論創ミステリ叢書

79

北町一郎探偵小説選Ⅰ

論創社

北町一郎探偵小説選Ⅰ

目次

創作篇

白日夢……2
宝島通信……256
五万円の接吻……260
福助縁起……280
作家志願……294
聖骸布……328

評論・随筆篇

虫太郎と高太郎……344
苦労あのテこのテ……345
探偵小説の作り方……347
＊
アンケート……352
【解題】横井　司……354

凡　例

一、「仮名づかい」は、「現代仮名遣い」（昭和六一年七月一日内閣告示第一号）にあらためた。
一、漢字の表記については、原則として「常用漢字表」に従って底本の表記をあらため、表外漢字は、底本の表記を尊重した。ただし人名漢字については適宜慣例に従った。
一、難読漢字については、現代仮名遣いでルビを付した。
一、極端な当て字と思われるもの及び指示語、副詞、接続詞等は適宜仮名に改めた。
一、あきらかな誤植は訂正した。
一、今日の人権意識に照らして不当・不適切と思われる語句や表現がみられる箇所もあるが、時代的背景と作品の価値に鑑み、修正・削除はおこなわなかった。
一、作品標題は、底本の仮名づかいを尊重した。漢字については、常用漢字表にある漢字は同表に従って字体をあらためたが、それ以外の漢字は底本の字体のままとした。

創作篇

白日夢

序詞

運命は鍵孔に似ている。そこへ偶然が、ひそやかに忍びよって、ドアをあけはなす。と、鍵孔からのぞかれていた単一の内部が、思いがけぬ複雑な世界を描いて展かれてくる。こういう現象を、人々は奇蹟だと考えるが、それを奇蹟だと信じ得る間、彼等は幸福である。もし、運命も偶然も、奇蹟も神秘も、その悉くが、一本の糸に織りまぜられた、数多《あまた》の繊毛を結ぶ押絵であり、一枚の占籤符《トランプ》の裏と表であり、必然の通り過ぎゆくときに、さし投げられる影が偶然であることを知ったならば、人々はその現実のまえに、慄然と頭《こうべ》を下げねばならぬであろう。夢を夢みる人生、夢を喰べる生活こそ、この世に現実の笞《しもと》を持たぬ、例えば貘《ばく》のごとき存在として、はかなくも美《うるわ》しく、かなしくも楽しい幻想の調律を奏でつづけることであろう。

消えた優勝球《ウイニング・ボール》

一

数万の眼が、たった一つの、握れば掌《たなごころ》にかくされる物体の行方をもとめて、興奮し、熱狂し、感嘆の声をあげる！

野球戦！

東京大学リーグの春の随一の呼物、W大学とK大学の第三回戦は、その所謂純真な野球精神と、清浄なスポーツマンシップの発揮という、全国学生野球の模範試合たる貫録を示すだけでなく、文字通り全国ファンの血を湧かすに足る大試合となった。日本へ野球が輸入されて以来、急速に伸びた野球史上に、絶えず覇者たる対立をつづけてきた両大学が、その伝統の華かな雰囲気を誇るだけの一戦ではない。また、あのリズミカルな、一糸乱れぬ応援団の統制の見事さにあるばかりではない。今日《きょう》のこの一戦は、まさにリーグの事実上の決勝戦、春の王者を確定する優勝戦なのだ。

文部省の野球統制案が、所期の成績をあげ得ぬうちに、統制策の一つとしてとられた、一年一シーズンという跛行的な試合方法は、果然、選手、学生、ファンと、全国をあげての猛烈な反対運動を受け、当局も遂に兜《かぶと》を脱いで、春秋二シーズンに復活せねばならなくなった。この意義ある最初のリーグ戦に、今日こそ晴の決勝戦を見ようと、東京のファンは勿論、遠く福岡、朝鮮、満州から、飛行機でやってきた、熱心なファンのいるのも、決して無理はないことである。

神宮外苑の入口の柵が、サッと取り除けられると同時に、ドッと雪崩《なだ》れこんできたファンの波は、一千、二千、五千、一万、二万と、瞬く内に球場を十重《とえ》、二十重《はたえ》にとりかこんでしまった。入場券にプレミアムがついて、外野券五円、内野券十五円という噂さえ伝わっている。

それもそのはず、六大学のうち、既に四校までを一引分で撃破し、最後に弱小のチーム一つを残して対戦するK大学。

六大学中、最も実力ありと評《うわ》さされたW大学は、R大学に黒星一つを献上して辛勝し、後にダークホースM大学を残しているが、その健棒はK大学の楽観を許さぬものがある。

この両雄の顔合せ！

第一回戦はW大学の打者よく打ち、五対二と引離してまず先勝。

第二回戦は、しかし、W大学の砲陣はどうしたものか、前日の冴えを見せず、一対零《ゼロ》とK大学に勝を譲ってしまった。

そして、今日の三回戦——。

指定席、内野スタンド、外野の芝生と、蟻の這い出る隙のないほど、観衆に埋めつくされてしまった球場。六月の陽光《ひかり》のさんさんと降りしきる下、カンカン帽と白シャツ、ハンケチとタオルの日除け、その間を赤、黄、青と原色のパラソルが咲いている。六万人の歓喜。——その興奮の坩堝《るつぼ》を更に湧きたたせるブラスバンドの響き、応援歌の応酬、拍手の波のうねり、新聞社の飛行機の爆音、と、花のようにパッと飛びたつ伝書鳩の群。——試合は既に八回の表である。

「おい、今度は、カーブらしいぜ」

と、オペラグラスをのぞいていた外野席のファンは、捕手《キャッチャア》の送るサインをとらえるたびに、隣の友人に話しかけている。

「サイン極めて慎重、という所だね。よし、そこだ、左近がうなずいたよ、いよいよモーション」

オペラグラスは、W大学のファンであろう、しきりにW大学左近投手の肩を持っている。

「投げた、凄いぞ、スピードボール。よ、外角をついて、あ、曲った、あっ――」

カーンという音が、青空にひびいた。と、瞬間、球場は割れるような歓声につつまれてしまった。

K大打者の一撃は、遊撃《ショート》の左を抜いて、転々と左翼手《レフト》を襲う安打となった。――一塁《ファスト》から二塁《セカンド》へ鮮やかに駈けぬける砂煙《しゃえん》の走者《ランナー》。

「ヒット、ヒット」

観衆は我にかえって、また新しい興奮にかられる。

スコーアボールドには、あざやかに、安打と出た。

――八回表、K大打者、次は四番。二死《ツウ・ダン》。走者二塁、一塁。得点、K大一点、W大一点。

「弱ったな、あんなにきれいに曲った所を打たれたんだからな、左近も運がなかったんだね。K大の三番、四番と、よく打つからね、いよいよ油断はできないよ」

オペラグラスで次のサインを見守りながら、先刻《さっき》のファンは、まだカーブを惜しがっている。

二

「――試合は、いよいよ九回裏。八回に一点を奪われて二対一とリードされたW大学の攻撃、K大のバッテリー、依然、投手宮本、捕手、楠田、サイン定《きま》って第一球、投手モーション、ボール、W大の打者、九番の堀内君、第二球ボール、ツウボール、只今W大のベンチから伝令が出ました。打者を呼んで、何事か秘策を授けております。堀内君、只今バッターボックスに戻りました、投手、構えました、投げました、ゆるいカーブ、インコーナーを流れて、打者見送りのストライク、一《ワン》ストライク、二《ツウ》ボール――」

アナウンサーは、ネット裏から懸命の放送を続けている。

そのネット裏の指定席に、妙齢の女性がいる。

「W大に勝たせたいわね」

「ああ」

「一昨日《おととい》はあんなに打ったのに、昨日《きのう》と今日は、どうしてなんでしょう」

「変だね」

「口惜しいわ、妾《わたし》。二対一で負けているのに、試合はこれ一回きりなんですもの」

「仕方がないさ」

「冷淡なのね」

「勝負は時の運というものだよ」

「まア、お父さんの意地悪！」

令嬢は赤い唇をちょっとゆがめて、父の横顔をにらんだ。グリーンのベレーに、よく調和のとれた共色《ともいろ》のドレスを着た令嬢を、父はちらと眺めたが、

「ほら、どうやら芽が出たようだよ、あれが四球というんだろう、苫絵《とまえ》」

球場に、わアッという声がまき起った。打者は四球を奪って、好運の一塁を踏んだのである。

「まア、素敵ね、いよいよW大学の勝よ」

「分るもんか」

「また、お父さん――」

「だって、お前が先刻教えてくれたじゃないか、野球は二《ツー》ダンからだろう」

「あら、あれとは事情が異《ちが》うんですもの」

「どこが？」

「あの時はW大が二人とも凡退《ぼんたい》した時だったでしょう。凡退ていう意味、知っている？」

令嬢は、すねたように父を見上げた。

「知らんで、どうする。なすことなくして退く、これを凡退という」

「漢文口調ね、父さんのは。そんな古い頭で、野球見てんの？」

「戦わずして勝つ、これ、兵の将たる所以である。支那の兵法だよ、知らないだろう」

「知っててよ、そんなの。妾は、もっと科学的に野球を見るの」

「それが、おお神様、左近選手に、どうぞ安打が出ますようにって、よく祈れたものだね」

「あら、そんなこと、妾云って？」

令嬢は、パッと顔をあからめた。

「自分で云ってて、忘れたのかい、あきれたもんだね。ほら、W大が二人とも凡退して、儂《わし》がW大も駄目なもん

だな、下手くそだ、と云ったら、お前は、野球は二ダンからよって、つめよったろう」

「その時出たのが、左近とかいう投手だ。お前は、お神様って、手を合せて――」

「ホホホホホ」

「いや、そんなこと云って、お父さん」

「アハハハ、参ったね。それが、科学的なんて、どうかしている」

「駄目よ、そんな理窟は。だって、左近さんは、一塁オーバーの安打で、続いて盗塁。四番の安打でホームインしたでしょう。それで一対一の同点になったの。だから、野球は二ダンからっていうのよ。あの時が七回の裏でしょう、あれがラッキーセヴン。七回になるとチャンスがあるってこと、科学的にちゃんと、証明できるのよ」

「科学的か、また?」

「モチ!」

令嬢はハンドバッグから、チェリーを出すと、器用にマッチをすった。

「苦絵、お前の科学的も、あてにならんね。ほら、今の打者は、三球三振じゃないか」

「あら!」

わアッという歓声と、応援歌の洪水のなかに、W大学の一番打者は、あっけなく三振をしたところだった。続いて二番打者。

「今度は打ってよ。あの人は、ピンチに強いんですからね」

しかし、第一球をねらった打者《バッター》は、中堅高く打ちあげられたフライで、たおれてしまった。既に二死《ツウ・ダン》。

「どうだい、苦絵。W大学の負けだね」

「ひどいわ、父さん。W大学は、きっと勝ちますよ」

「おや、どうして分る?」

「W大学ですわ、勝つのは」

「K大学だよ」

「お父さんは、K大の応援ばかりするのね、何故なの」

「お前こそ、W大の応援ばかりするんだね、儂には分らんよ」

「好きなんですもの、W大が」

「W大学がか。大学よりも、野球選手に好きな人がいるのじゃないのかい」

「まア」

と令嬢は身をくねらせたが、父親は、苦絵のぽウッと

染まった顔を、不愉快そうに、じっと冷やかに見つめて、

「今度出るのが、左近とかいう投手だね、先刻ヒットを打った——」

（え、譲二さんよ——）と、令嬢は云いかけて、はっとしたように、

「左近譲二って、いうんですって。あの人なら、打ちますわ」

父親はバットを軽々と抱えて、バッターボックスに入った左近譲二の、身体《からだ》は細いが肉付きのしっかりした、きりりと男らしく引きしまった横顔を、眉をくもらせて、見ていたが、やがて吐きだすようにつぶやいた。

「ふん、あんな奴が！」

「なんですって、お父さん？」

譲二のユニホーム姿に、見とれていた令嬢苦絵が、逸早く父の言葉をききとがめたが、

「いや、なに、あんな細い身体で、よく続くものだと感心したんだ。お前、もう一度、神様に祈ったらどうだ。野球は二ダンからという格言、外れたら後悔するからね」

父は、あわてて、言葉をまぎらせてしまった。

三

W大学対K大学の第三回戦、試合は九回の裏に入って、更に俄然緊張した。二死ながら走者を一塁に置いたW大学の攻撃は、その日の殊勲打者、否、W大学野球部の至宝投手、左近譲二選手をバッターボックスに送って、今や全ての成果を彼の一打に期待した。

人間は神も見捨てた九死に一生の瀬戸際や、どん詰の窮境にぶつかった時に、彼の能力の五倍も十倍もの活動をすることがある。その代り、平生の手腕の十分の一も仕事をしないうちに、彼の前に横たわる難関に気おくれして、ヘタヘタと参ってしまう人間もある。

バッターボックスに立った譲二は、K大投手宮本の剛球を、極めて冷静に見送った。一ストライク二ボール。

「左近、がんばれイッ！」

「ヒット、頼むぞオ！」

「グレート打者《バッター》、グレート投手《ピッチャア》、左近！」

観衆は思い思いに、左近の声援をした。K大の応援団やファン達は、リーグ随一の確実打者《シュアバッタア》左近の一打に、冷

い汗のにじむのを感じながら、固唾をのんで見まもるのであった。

「――W大勝つか、K大押し切るか。九回裏、既に二死、走者を一塁に置いたW大学の攻撃、打者三番の投手左近君、左近選手は何事かを期待するものの如く、冷やかにボールを見送って、一ストライク、二ボール。投手サイン定《きま》って第四球目のモーション、投げました。物凄いインドロ、外角を衝いて打者見送り、ストライクツウ、左近君再びストライクを見逃しました。――今春来既に四十五本の三振を奪っているK大剛球投手の宮本君と、これまた、頭脳的なピッチングと、鋭いスウィングを以て鳴る左近投手と、竜虎まさに神宮球場に雨を呼び風をまき起す熱狂の一戦であります。しかも場面は九回裏、二死のあと、ここに安打一本出《い》でんか、まさに形勢を逆転するチャンス。今や暮色ようやく迫り、蒼然と暮れなずむダイヤモンドに、水ももらさぬ守備陣を敷いたK大のナイン、立錐《りっすい》の余地なき六万の観衆、この一戦いかに展開するかと、手に汗握って見まもっております――」

幾分マンネリズムながら、アナウンサーの情熱的な放送ぶりは、よく球場の興奮をそのまま電波に托して、全日本の隅々にまで、いや、海を越えて満州に、台湾に、支那に、その感激をぶちまけているのであった。

マイクロフォンの真後《まうしろ》、丁度十二三段目の指定席には、周囲《あたり》の背広服とは凡そ不似合なほど、パッと華かな黄色に黒の蝶々を散らしたお召《めし》の、恐ろしく派手な装いをした美貌の女性があった。

「今度こそ、打つわね」

と彼女は、そっとパラソルのかげの学生にささやいた。

「え、左近君なら大丈夫ですよ」

学生はさも自信ありげに、彼女に答えて、

「何しろ水崎さんという隠れたるパトロンがいるんですから。僕みたいな、ペイペイ学生とは違いますよ」

「あら、利樹さん、いやよ、そんなことを仰言《おっしゃ》っちゃ」

水崎と呼ばれた女性は、なまめかしく学生をながし目で叱った。その媚のある視線が、野球の試合そっちのけで、彼女に見とれていた中老の紳士にぶつかると、彼はあわてて目をそらしてしまった。彼女はそのスタンドで、話題と疑問の中心になっている女性だったのである。

投手左近譲二――彼こそ敵からも、味方のベンチからも、ファンから、批評者から、注目の的になっているスタアプレイヤーである。その視線のなかで、特に異常な関心を持って、強く彼を射ぬいている眼がある。それは、読者諸氏が既に気付かれたように、令嬢苫絵と、その父――実業家覚張《かくばり》信也――である。また、美しい女性水崎銀子がいる。その連れの学生がある。

左近を追う関心の主は、それだけではない。W大ベンチには、野球部長の新島利国老博士がいる。スタンドには、その令嬢の三千子がある。譲二の兄で、新島博士門下の逸材、左近雄一郎助教授がいる。ネット裏には、いかにも運動部記者らしい顔をして、図々《ずうずう》しく乗りこんでいる東都日日《とうとにちにち》新聞の社会部記者、長曾我部盛一《ちょうそかべせい》がある。それから、ルンペン画家の碧水《へきすい》。――もし隼《はやぶさ》の如き炯眼ある探偵が、この野球戦の夜突発した殺人事件を皮切りに、相続く惨劇を洞察する力を備えていたならば、この顔ぶれを見て、思わずアッと、驚きの叫びをあげたであろう。また、神にして、もし真に人間の恣《ほし》いままなる邪悪の心を、さえぎる予告を与え得るとすれば、恐らく不幸な結果の何分の幾つかは予防せられたことであろう。悲劇の主要人物の数人まで、この日既に、球場の中へ、その重要な役割の演出を打合せするかのように、出現していたのである。

だが、野球試合は、極めて冷静な理智と計画の下《もと》に、最後のクライマックスへ、静かにその歩みを進めていた。

「あっ、打った、打った、打った、ブラボウ、左近!」

銀子の連れの学生は、たち上って熱狂した。

快いバットの響き! 青空を、サッと縫って飛んだ白球! 安打《ヒット》だ!

「うわアッ!」

「うわアッ!」

敵も味方も、総立ちになって、この一瞬のプレイに我を忘れてしまった。一塁の走者は二塁へ、二塁から三塁へ、三塁からホームへ! と、左近選手の白いユニホームも、また二塁から三塁へ、小さな弧を描きながら、本塁へ殺到してきた。ホームラン!

「ホームラン!」

観衆の一人が、ようやく我にかえって叫ぶと、六万の観衆は、それに和して、呼びかえした。

「ホームラン、ホームラン」

「左近、やったぞオ」

「うわアッ」

そこには敵も味方もないスポーツの醍醐味《だいごみ》だけがある。

左翼の観覧席にたたきこんだ劇的な一打、左近選手の大ホームランは、一挙に二点を奪って、三対二と、勝敗をひっくりかえしてしまった。二ストライク、二ボールのあとの、（いま、ここで打たれては！）という敵投手の、些細な心理の動揺を見逃さなかった、左近譲二の冷静なプレイが、遂に奇蹟的な効を奏したのである。

ブオーッ！　と、高々と懐しいサイレンが鳴りひびいた。W大学が勝った。W大学は事実上の優勝チームとなった。

「なるほど、苦絵、お前の云う通り、野球は二ダンからだ、さア、帰ろう」

ぽウッと、頬を染めて左近選手の姿を見つめていた令嬢は、父にポンと肩をたたかれて、ハッとしたように、

「やっぱり、譲二さんだわ」

と、軽く溜息をもらしながら、父について立ち上った。周囲の観客も、ぞろぞろと歩きだした。その人混みの中を歩いて行く父娘《おやこ》の姿を、これもスタンドから下りかけた水崎銀子が、素早く見つけると、

「あらッ！」

びっくりして立止った。連れの学生は、彼女に驚きの表情を発見すると、

「どうしたんです、水崎さん。ははア、さては意中の彼氏でも――」

と蓮っ葉な物云いをしたが、水崎の軽蔑を含んだ視線に射すくめられて、あわてて首をちぢめた。

「いいのよ、あなたは黙っていらっしゃい。何でもないの」

彼女は吐きだすように、無雑作にそう云ったが、深い驚きはまだ消えていなかった。令嬢父子《おやこ》とは反対の出口へ、学生を促がすと、そそくさと彼女は消えて行った。

四

W大学の選手達は、四台の自動車に分乗して、戸塚の合宿へ引き揚げてきた。

その道々、選手達は、

「W大、万歳！」

という声や、

「ホームラン、左近選手万歳！」

と、激励の言葉を浴せられた。合宿に近い家々には、気の早い国旗さえ出ていた。合宿へ着くと、

「皆さん、お目でとう、よく勝ってくれましたわね。私、ラヂオで聞いていて、すっかり泣きましたわ」

嬉し泣きで眼をしょぼしょぼさせた炊事の小母さんが、

とびだしてきた。

「やア、有難う。小母さんは僕らのお母さんだ、野球のお母さん」

左近譲二は小母さんの、がさがさした手を握って云った。

「左近さん、あんたのおかげですよ、W大の勝ったのは。二度もヒットを飛ばして、一つは大ホームランですもの」

「とんでもない。僕のは、まぐれあたりというものです。皆なが力を合せたからこそ、勝てたんだ」

「まア、また左近さん、そんなに謙遜しなくても。いや、左近さんの奥ゆかしいところが、私大好きなんですよ」

小母さんは、眼をくしゃくしゃさせて喜んだ。それは、丁度慈しみ深い母の手に抱《いだ》かれて、愛撫されているように、譲二はうれしかった。

――僕の母は？

と考えると、譲二は、悲しくなった。

――僕の母は、生れもつかぬ不具者だ。

譲二の母は理性と記憶を失った人形のような廃残者、白痴なのである。譲二は、優勝した喜びも忘れて、青ざめた母の顔を思いうかべながら、暗澹《あんたん》たるものを感ずるのだった。

その夜の合宿には、にぎやかな晩餐会が開かれた。食堂には、六月の夜には少しむし暑いが、勝った日の吉例である、すき焼の肉がぐつぐつと煮られて、今日だけは、お祝いのビールも何本か抜かれていた。

「さア、どんどん食べて、どんどん呑んで下さいよ」

小母さんは、我が子をいたわるように、忙しく立ち働いた。

「いよウ、やっちょるなあ。遅刻とは残念千万、いざ、駈けつけ三杯、頂戴仕《つかまつ》ろう」

「待ってたぞ、大統領」

「やア、伴君、今日は有難う」

と、主将が立って、おどけた足どりで這入《はい》ってきた応援団長、伴正五郎に握手した。木綿の黒紋付に、白い麻縄のように太い羽織の紐を首にまきつけた伴は、

「先生、本日はまことに行届きませず、拙者《やつがれ》め、応援団長として、慙愧に堪えざる次第にて、恐縮千万！」

床の間を背にして端然と坐っていた野球部長新島利国は、その温顔に喜びきれぬ笑をたたえて、かしこまって坐った伴にコップをさしだした。

「いろいろと御苦労さまでした、さア祝盃を一献、三千子、お酌してあげなさい」

新島部長の隣りには、令嬢が父につきそって席に連っていた。野球令嬢として評判の高い三千子である。

「いかが？　伴さん。それに、左近さんも、おほしなさいよ」

と、三千子はビールをとりあげた。譲二は、ええ、と云ったきり、三千子をまぶしそうに、ちらと見ただけだが、伴はニコニコして、

「おっほっ、これは、これは。御令嬢の御酌とは、伴正五郎、一生一代の名誉ですな」

と、持っていた扇を右手でさっと開いて、左手でコップを受けとると、三千子のつぐのを、大仰な表情でグッと一息に呑みほすのだった。

「伴さん、酔っていらっしゃるのね」

三千子は、まっ赤な伴の顔を見て、ふきだしそうになるのをこらえて云った。伴の頰ひげには、ビールの泡がくっついている。

「酔っている？　この拙者《やつがれ》めがですか？　酔っぱらい、オーライ。今日の佳き日を、酔わずに、いられりょか、コラコラ。応援団の有志で、ちょっと、印の一杯、かたむけてきたのですよ。W大学野球部万歳！」

伴正五郎は、ふらふらと立ちあがった。右手の扇には、日の丸が赤く、大きく染められている。

「団長、余興をやってくれ」

すぐ傍から、声がかかった。拍手が、パチパチと起った。

「余興？　よし何でもやるぞ。さア、お好み次第、お望み次第だ」

「詩吟」

新島部長が微笑しながら云った。

「詩吟ですか、先生。よろしい、やりましょう。剣舞《けんぶ》だ、おい、左近君、そこのバットをよこしてくれよ」

バットを握った伴が、汚れた白い袴の股立ちを取ると、毛だらけの太い足が、ニュッと出た。

「あら」

三千子は顔を赤らめて、うつむいた。

「お嬢さん、驚くことはありませんよ、拙者《やつがれ》、これでも女性には日本一優しい男性であるです」

伴は、また、ひやかした。

「さア、やるぞ、諸君緊張」

伴はバットを大上段にふりかぶった。

「意根《いこん》、ジュウネイーン、一剣を磨くウ」

バットが、揺れて、危うく電灯の笠を破ろうとした。

「割っちゃあ損害賠償ですよ、伴さん」

小母さんが、あきれて口を出した。

「うるせいよ、婆《ばば》ア」

伴が詩吟をやめて、小母さんに白眼をむけてにらむと、一座は子供のように喜んで、わアッと拍手を送った。

「落第、十年、一校に止《とど》まりイ」

おどけた選手の一人が、伴の口調をまねてうなると、一座はまた、他愛もなく笑いこけた。

「ナニ、落第十年？　俺が？　怪《け》しからん、じゃが、悲しいことに、本当だな。だが、人間至る所青山《せいざん》あり、さ」

伴は頭をかいた。

「伴君、つづけてやれよ」

「よし、さア続きだ――流星イ、光底《こうてい》イ、と、待ってくれ。ここで相手を逃がすところなんだが、拙者、新趣向を思いついた。珍案野球三振、空振《からぶ》りのヘッピリ腰と行こう。君、ボールを一つ貸してくれないか」

部員の一人が立って、部員室へ行こうとすると、伴は何思ったか、

「せっかく借りるんなら、今日のホームランのボール。左近君、あの優勝球《ウイニング・ボール》を貸してくれよ、君はホームラン、僕は空振り、プラットフォムと、しゃれるです。ボールが来るまで、休憩だ」

飲みさしのコップを摑むと、伴は一息にあおった。そこへ、ボールを探しに出て行った若い部員が戻ると、

「あの優勝球は、ないようですよ」

と、妙な顔をして云った。

「ない？　ないなんて怪《おか》しいな。もう一度探してみたまえ」

マネーヂャアが立って行ったが、やがて帰ってくると、これも、

「妙なことが、あるもんだね、いつものボールの箱に這入ってないんだよ」

「誰が、しまったんだろう」

主将が立ち上って、部員の顔を見まわした。伴が追いかけるように、

「ないとは不吉な、不思議千万な」

と、歌舞伎もどきで云ったが、誰も笑わなかった。食堂に妙な空気が流れはじめた。九回の裏、左近譲二の左翼席を襲う大ホームランのボールは、今そう注意される

と、観覧席から外野の方へ投げ返されたのを、誰も見たものがなかったというのである。その時は試合に勝った嬉しさで、深く気にもとめなかったが、今はっきりと調べられてみると、確かにあのボールはホームランとして打たれ放しのものであった。

「縁起が悪いな、せっかく勝ったのに、掌中の珠を逃がしたとは、このことだ」

主将は、若い部員の不始末をなじるように、にがりきって云った。

「K大の合宿に、殊によるとあるかも知れんから、電話で聞いてみたら、どうだね」

新島部長の言葉で、マネージャアが電話室へ行ったが、「向うにもないそうです」と、帰って報告した。

優勝球――勝利の確定する刹那に使用したボールを、記念に優勝球という。殊に、劇的なホームランとか、満塁のピンチに、敵打者を三振に打ちとった時とかのボールは、野球部の戦績に、輝かしい光を放つものだ。歴史的な今日の大試合に、左近の見事なホームランのボールは、六万人の観衆の視線を浴びながら、いつの間にか、観覧席から紛失してしまったのである。部員が、デリケートな心理と、何か不吉な予感を感じたのも無理はない。

「小人《しょうにん》、玉を抱いて罪あり、クヨクヨするなよ、君」

自分から招いた意外な結果に、髭の応援団長は、わざと陽気にはしゃいで、主将の肩をぽんと打ったが、もう笑うものはなかった。

五

妙な雰囲気のなかで食事が終ると、部員はめいめいの部屋へ引きあげて行った。

六畳の日本間に、譲二は今年入学した投手志願の若い選手の松山と、二人は同室であった。

壁際の本棚には、教科書や参考書、辞典、ノート類がきちんと整理され、窓にむかって二つ並べられた机には、百合の花が、かぐわしい香気を放って挿されてあった。青いテーブル掛けに、透明なインクスタンド、白い筆立てなど、電灯の下に快い調和の色を作りだしているのも、譲二のきちんとした好みからだった。

「譲二さん、随分来てますね、今日は」

松山は譲二の机の上に、積まれてある郵便物の山を指さして微笑した。

「僕には、ちっとも来ませんよ。稀《たま》に来るかと思えば、母校運動部委員、啓白、先輩諸君よ是非寄附をしてくれ、というんです」

「いやア、それがいいのだよ。こんなのは、ね、君」

譲二は、郵便の束を指ではじいて、

「浮気なファンのことだから、僕のピッチングが駄目になったり、三振でもしてみたまえ、直ぐ掌を返すように、来なくなってしまうんだ」

「それは、そうかも知れません。それにしても、うらやましいな、今日のは特別多いらしいですよ、何しろW大学のヒーロー、ナンバアワンですからね」

「冗談は、よそうよ」

譲二が真剣な眼をして云ったので、若い松山はビックリして譲二の顔を見つめた。譲二は、手紙の山を片っ端から読んでは、ひき裂いて行った。それは、どう見ても義務的な仕事をしているようにしか、思われなかった。

大学の野球部選手、殊にW大学の伝統ある野球部の、華かな名声にあこがれてきた松山には、譲二の真面目な生活、学校も止むを得ない練習の外には、予科から大学部経済科二年生の今日まで、遅刻、欠席、早退けを一度もしたことのないという、優秀な成績で押し通してきた譲二の勉強ぶりが、むしろ驚異であった。松山は全くびっくりした。

——ここに、こんな立派な野球選手がいる！

と思うと、松山は深く反省させられて、中学時代、土地の新聞やファン、学生たちに、わいわい騒がれるままに、ともすれば、いい気持になって無節制な投手生活をしてきたのが、譲二に顔むけならないことのように思われるのであった。せっかく甲子園の大会に出場して、準々決勝にも漕ぎつけないうちに、あっ気なく名もない田舎チームに敗れたことが、拭っても拭っても消えない泥まみれな記憶となって、頭から去らないのであった。松山は譲二との同室を心から喜んだ。そして譲二の真剣な練習と指導とによって、彼の腕はめきめきと上達して、秋のリーグ戦から彼は新人投手として、ひそかに注目されている一人であった。

松山は、壁に止められた、Wと校名を海老茶に白く染めぬいた、ペナントを見ながら、ぼんやりと考えこんでいた。

譲二は黙々と手紙の封を切って、破いたり、ハガキをザッと読んでは、丸めて紙屑籠へ投げこんでいた。その多くは、女学生達からで、あなたの御姿をスタンドに拝見して、胸がドキドキします、とか、いつかシネマを見に行きませんか、とか、同封のプロマイドにサインをしてくれ、とか、大抵は定《きま》りきった歯の浮くような文字の連続であった。自分のユニフォーム姿のプロマイドが、絵葉書屋で相当売れていることを知っている譲二には、そうしたことがいかにもマネキンのようで、嫌でならないのであった。

「ほほう、これは変っているよ」

譲二が珍しく笑いながら一通の手紙を松山に渡した。こんなことは滅多にないので、松山は不思議に思いながら、読みだしたが、直ぐに笑いだしてしまった。

その手紙は小学生からのもので、綴方《つづりかた》用紙に鉛筆で拙《つたな》いけれど、真心のこもった文章が書かれてあるのだ。

――はいけい　僕たちは××小学校の野球部のせん手です　僕たちはみんな左近せん手が大すきです　ピッチャアの太郎くんはカーブが上ずです　左近せん手に負けないようにけい古をしています　僕たちは左近せん手がうどんが大すきだということをききました　それで僕たちはちょ金をはじめました　し合にかったときに一銭ずつみんなでちょ金しました　お金があつまったので、うどんを買いに行きました　お金がたりませんでした　うどんをおくるときに折れてはつまらないと思いましたみんなで相だんをして、うどんのかわりにうどんこを左近せん手におくることにしました　セカンドの三ちゃんの家がうどんこやなので、お金のたりないのは負けてもらいました　ついたらへんじを下さい　し合に勝って下さい　さよなら

その後には、キャプテンやピッチャア、キャッチャアの順で、それぞれポジションと十人ほどの名前が書かれてあった。

「これは、すばらしい贈り物ですね」

松山が、感心したように、うなった。

「小学生にまで、こんなに思われているかと思うと、僕たちは大いに自重しなければいけないね」

譲二は、そう云ったまま、じっと考えこんだ。合宿の他の部屋から、陽気なヂャズのレコードが聞えてくる。ステップを踏んでいるらしく、部屋の天井が騒々しく揺れている。練習の暇には、女学生やダンサアなどと、巧みに遊んでいる選手の二三いることを知っている譲二には、この純真な小学生のスポーツマンシップを汚すように思われて、不愉快に唇をゆがめた。

「うどんことは驚いた」

松山が、もう一度よみ返して、声をたてて笑った。

「僕は、うどんが好きだけれど、そんなに有名になっているのかな」

と、譲二もあきれたように、笑い声を合せるのだった。

手紙の最後の一通に目を通すと、譲二は思わず、おや、と小さく叫んだ。それは、便箋に走り書きされた達筆な女文字で、ぷんと鼻をつくほど、香水の匂が快よく、ほろ酔いの譲二を刺戟するのだった。

――今日K大学との試合で、はじめてあなたのお姿を拝見いたしました。お写真では新聞や雑誌でお目にかかっておりますし、お噂はかねて承っておりましたの。水際だった今日のお働きは、ほんとにお見事でございましたこと。初めてお手紙をさしあげて失礼ではございますが、ぜひ一どお目にかかりたいと存じております。今日はお祝いの晩餐とかと承りましたので、あきらめました。一両日のうちに、お誘いいたします故、ぜひお出かけ下さいませ。その折、今日のホームランをお打ちになったボール、あれを記念に下さいましね。サインもおねがいいたしますわ。まだ見ず知らずの妾からこんなことを申し上げては、さぞ御不審と存じましょうが、妾こそ、あなたのお父様、お母様の秘密をよく存じあげている者でございます。

水崎銀子

左近譲二さま

「水崎銀子？　水崎銀子？」

幾度つぶやいてみても、それは譲二の記憶にない女性であった。

「どうしたんです」

松山が、のぞきこんで聞いた。

「いや、ラヴレターさ、いつもの」

と譲二は軽くあしらったが、気にかかるのは最後の言葉だった。

――妾こそ、あなたのお父様、お母様の秘密を、よく存じあげている者でございます。

「変だな」

封筒を見ると、W大学野球部合宿所、左近譲二様となっているが、所番地も切手もないのである。これは、誰かが持ってきたのに違いない。譲二は部屋を出て、受付へ行ってたずねてみた。

「ああ、この手紙なら、覚えてます。学生が持ってきたんですよ、お食事だといったら、そのまま置いて帰って行ったのです」

受付の老人はそう云って、いつもなら、郵便を少しも気にとめない譲二なので、怪訝そうに顔を見反した。

「学生？　どんな学生でした」

「そうですね、ちらと見ただけですが、ソフトを冠った色白の学生でしたよ」

「レーンコートを着ていたんですよ」

と、傍から居合せた小母さんが口を利いて、

「変だと思ったので、妾はね、窓から見てたんですよ、ところが、どうです、譲二さん、おごりなさいよ」

小母さんは、からかうように笑って、

「学生が門の所へ出ると、そっと寄り添って影から出たのが、女ですよ。女といったって、ピンからキリまであるけど、それが素晴しい美人でしたっけ、夜目にしかと分らないのが妾ア残念でしたがね、水も垂るようなシャンですよ、譲二さん。学生さんに二言、三言しゃべっていたと思うと、自動車にすいと乗って、ブー。その女の使いなんですよ、学生っていうのは」

小母さんは能弁にまくしたてた。

「どんな女です、小母さん」

「ほら、来なすった。女嫌いの譲二さんでも、やっぱりね、オホホホ」

「冗談じゃないよ、小母さん」

「まア、恐い。ああいうのが有閑マダムってんでしょうよ、黄色の着物に、黒い大柄の模様を散らしてさア、一反《たん》何十円という品なんですよ、指輪はプラチナ、帯止めは真珠と」

「よく調べたもんだ」

受付老人が、あきれて言った。

「と、まア、これは私のデタラメだけど、そんな金持ちの女らしかったね、譲二さん。女に御要心、女狐《めぎつね》、化け狐は恐い――」

譲二は落つかぬものを感じて部屋へ戻ってきた。

水崎銀子。消えたボール。――眼をとじても、眠れない夜であった。その譲二の瞼に、そっと浮んでくるのは、野球部長の令嬢、新島三千子の美しい横顔だった。その澄んだ清浄な瞳であった。

浴場刺殺事件

一

翌日の新聞は、いずれも申し合せたように、W大学の快勝を最上級の形容詞を以て報告しあった。神宮球場の熱狂したファンや、戸塚、神楽坂を練って歩く応援の学生達が乾盃している写真の中に、一際大きくクローズアップされたのは、左近譲二の莞爾《かんじ》とした笑顔である。野球児NO《ナンバー》・1《ワン》、それが譲二に贈られた新しい愛称だった。

が、野球記事と並んで、ひどく読者を驚かせたものは、美女裸体殺人事件のニュースである。ある黄色新聞《イエローペーパー》の如きは、例によって極めて煽情的な記事を掲げ、低級な肉体露出症の感情に迎合しようとした。それによると――

一糸をもまとわぬ美人、入浴中、何者かに刺殺され、女中に発見されたときは、絶命していた。場所は本郷区元町、アパート兼ホテルのお茶の水会館、被害者は水崎銀子、美貌で金持ちであるが、身許不明。犯人厳探中。

――というのである。

水崎銀子が、お茶の水会館に投宿してから、未だ五日ほどしか経っていない。女中たちは、彼女が支那から日本へ久しぶりに帰ってきたと、いうことだけで、外の詳しい消息には全く通じていなかった。会館でも特等の部屋を契約して、贅沢な生活を送り、調度品も素晴しい物ばかりであったことは女中達の好奇心をそそるに十分であったが、銀子は彼女等に女王のように君臨し、その行動については蔭口さえきかせぬようにしていたほどである。これには、勿論、女中達の月給ほどもある祝儀が利いていたこと、云うまでもない。

さて、銀子の殺害を、最初に発見したのは、栄子という女中であった。栄子は主として銀子の部屋のある二階の受持ちであったが、一時間近くも浴場へ入ったままの銀子を案じて、地階へ下りて行った。浴室の前で、

「水崎さん」

と呼んだが、別に返事はなかった。が、浴場には、水道がじゃぶじゃぶと流れ出る音がしているので、

「水崎さん」

と、もう一度呼んでも答えがなかったけれど、呼声が

水道の音に消されてしまったためと思い、それに水道を出している位なら、変ったこともあるまいと、板場へひきかえした。

二度目に栄子が、銀子の入浴後の世話をしようと、十時頃地階へ下りたとき、彼女はただならぬものを感じた。水が、廊下にあふれでているのである。

「水崎さん、水崎さん」

曇りガラス戸を、たたいたが、返事はない。耳をすますと、水道はまだ流れつづけているらしい音がする。

「浴場は水の出口の具合が悪いので、溢れると、時々廊下へこぼれることがありました。しかし、それはお風呂の掃除でお湯を流すときのことで、お客さんがいる時はそんなことはありませんでした。私は怖ろしくなったので、板場へ飛んで帰り、コックさんと、女中のお辰さんと三人で、ガラス戸をこじあけてみたのでございます――」

と、栄子は本富士《もとふじ》警察署で述べている。

栄子たちが発見したのは、無惨な銀子の屍体であった。家族風呂として、特に上等の泊り客のために用意された、小さな浴場である。白いタイルの浴槽には、水があふれて赤く鮮血に染められながらこぼれ落ちていた。銀子は白い背を一部分のぞかせて、俯伏せになっていた。一人で横になるだけの長さがない浴槽なので、彼女は膝を折り曲げ、顔をタイルの縁に押しつけて、ことぎれていたのである。黒い髪が、蛇のように、ゆらゆらと浮び、亡霊のように浴槽にまつわりついていた。

「きゃッ」

と、栄子もお辰も叫んで、バタバタと駈けだした。それにひきずられて、板場の男も、走りだしたが、気がつくと、

「おーい、大へんだぞオ。人が死んでいるぞオ――」

と、思いだしたように、大声でわめきはじめた。

表玄関の受付の老人は、あわててとんできた。玄関傍《わき》の応接間で煙草を喫ったり、新聞を読んでいた宿泊人も、急をきいて、下へ駈下りて行った。

しばらく経ってから、受付老人は玄関へ戻ってきて、警察署へ電話をかけた。

寝泊人も使用人達も、いずれも缶詰にされて、一応の取調べを受けることになった。

二

それによると——

その日、午前十一時頃、水崎銀子へ、電話がかかってきた。電話は受付の横にあるので、受付の老人が聞くことになっている。

「若い男の声でしたよ」

老人は、そう係官に云った。電話は、栄子が銀子に取次いだ。用件は簡単なものらしく、直ぐ切れた。それから間もなく銀子は出かけて行った。

夕方、七時すぎ、銀子は帰ってきた。学生が一緒であった。

「紅茶を二つ注文したので、私が持って部屋へとどけました。水崎さんに学生の方は随分親しそうな口を利いていました。学生さんは、二十分位で帰りました。私が、後かたづけをしていると、水崎さんはＷＫ戦て、面白いわねえ、と云いました。見ていらしたのですか、と聞きますと、モチ、指定席があるのだもの、と威張っていました。あのお連れの方、御親戚の学生さんででも？ と質《ただ》しますとほんのちょっとした知合いよ、あんなの、まだ子供よ、って、変な笑い方をするのです。そして、気にするほどのこともないじゃないの、と附け加えました。他人《ひと》のことをほじくっても始まりませんので、詳しいことは聞こうとは思いませんでした。聞いても、あの人は返事をしない方ですもの。それから水崎さんは簡単な夜食を、というので、板場へ帰って、軽い夕食を持って部屋へ行きました。食事が済んでから、しばらく経って、水崎さんは地階の浴場へ降りて行きました。九時まえだったと思います。私は部屋の掃除を済ませ、板場で無駄話をしてから、もうお風呂が終る頃だろう、と思って浴場へ行ったのです。二度目に行ったときに、変だと思ったのです」

と、栄子は云った。その学生については、栄子は眼鏡をかけた、やや美男子であるという外に、確実な印象を持っていなかった。金ボタンの学生服を着た学生などは、誰を見ても同じような感じを受けるものである。特に注意して観察しない限りは。それに栄子は、銀子の挙動にばかり気をとられてワキ役の学生まで見とどける余裕はなかった、というのが正しい批評かも知れない。

「その学生なら、私は見ました。Ｗ大学の学生服を着ていましたよ。顔も見たことがあるような、ないようなーー」

これは、ある宿泊人の証言であった。彼はしばらく考えてから、

「私が、受付横の応接間へ煙草をのみに入ってってたとき、玄関から水崎さんと学生が帰ってきたのです。夜ではっきり分りませんでしたが、確かに左近譲二ーーW大学の野球部選手がいますね、あれによく似ているなア、と思ったのです。もっとも僕は野球の雑誌で写真を見たり、試合の時にグランドで遠くから顔を見てるだけですから、本物かどうかは別ですが、左近譲二ではないかなア、と考えたほどです。その学生は眼鏡をかけていましたが、左近というのは、確か眼鏡をかけてないはずと思いますがーー」

WK戦を見に行ったという女中の証言もあり、有閑マダムらしい水崎銀子が、WK戦の立役者である左近譲二に、熱をあげるのには無理もないと当局は考えた。それに、譲二にとって、もっと具合の悪いことは、銀子の部屋から発見された封筒や便箋の書き汚《よご》しである。その一枚には、はっきりと、W大学合宿部、左近譲二様となっており、書き散した便箋の一枚には、今日手紙をあげたことにつき至急、お目にかかりたいから、御都合を知らせてくれ、という意味の言葉が書かれてあった。譲二が銀子から第二回目に受けとるべき内容の手紙であろう。

譲二が、本郷の本富士警察署へ連行されたのは、犯行翌日の第一時間目の授業がはじまると直ぐであった。守衛が、緊張した顔をして教室へ入ってくると、つかつかと譲二の席へ近づいて「ちょっと、来て下さい、警察から見えていますから」と云った。譲二は、何のことか分らなかったが、守衛について廊下へ出ると、私服の刑事が二人、つとよってきて、同行を求めたのである。

連れてゆかれた警察で、譲二は、

「水崎銀子という女を知ってるかね」

「いいえ、存じません」

「そうではあるまい、この手紙の手蹟に覚えがあるでしょう」

刑事は封筒を出してみせた。譲二は、ようやく昨夜の手紙を思いだすことが出来た。

「それなら、知っています。僕は昨夜、手紙を貰ったのです。水崎銀子という女なら」

「どういう手紙かね」

「何ということのない、意味のない恋文みたいなもの

です。私に会いたいというのです」

「その手紙を持っているかね、君は」

「いいえ、焼きすてました」

「返事は？」

「出しません。会ったことも、聞いたこともない女なのですから。それに、合宿では女との交渉が一番禁物です」

「で、昨夜の君の行動は？」

「ずうっと合宿にいました。合宿で祝賀会があったものですから」

「間違いはなかろうね」

「ありません」

刑事は、栄子に譲二の首実験させた。しかし、栄子は、

「似ていますが違います。家へ来た学生さんは、もっと色が白くて柔男《やさおとこ》でした」

と、証言した。譲二の疑いは解けたようであった。譲二は、水崎銀子という不思議な女性から受けた、父母についての秘密を知っているという内容だけは、黙っていた。

銀子と同道した学生は、吉植《よしうえ》利樹というW大学の生徒であった。利樹は、

「水崎さんとは、ダンスホールで知合いになりました。指定席の野球券があるというので、僕が誘って野球を見に行ったのです。水崎さんは、リーグ戦の指定席を二枚買ってあると自慢していました。金使いが荒いのを、誇っていたようであります。帰りに新宿でお茶を呑み、その時書いた手紙をとどけに、W大学の合宿へ廻りましたが、何が書いてあったかは存じません。お茶の水会館まで自動車で行き、ちょっと休んでから、僕は一人で新橋のダンスホールへ行きました。そこで、十時半頃まで踊っていました。水崎さんの身許については知りませんが、北京《ペキン》から遊びに来たとのことです」

と、青白い顔を興奮させながら答えるのだった。

学校へ戻ってきた譲二を、冷たい眼と、好奇的な眼が、とりまいていた。譲二としては、全く晴天白日な気持ちなのであったが、これが後日、譲二を苦しめる原因の一つになろうとは、もとより知るよしはなかったのである。

三

捜査本部では、最初、犯行の動機として痴情説が有力であった。銀子が浴場へ下りたのは、九時前であり、女中が発見したのは、十時であったから、その間《かん》、殺人が行われたことには、間違いがなかった。痴情説としては、彼女が入京以来、日浅いにかかわらず、ダンスホールへ出入し、一二度の交渉しかない学生とさえ、野球へ出かけたり、部屋へ連れこむところを見ると、中年の銀子が、豊艶な肉体と盛れあがる×慾の刷け口を求めようとしていたのは、十分推察されることだし、彼女が男性との交渉を過去に持って、恨まれる筋合のあったであろうことも、うなずけぬわけではなかった。

銀子は、水道の水をうめようとして、蛇口をねじったとき、兇刃を受けたものらしかった。その証拠には、タオルは浴槽の縁に置かれて、その位置と水道とは、浴槽の横幅だけも距離があり、銀子がタオルを縁にかけ、ホースが浴槽にむいている水道に手をかけた折をねらわれたものらしかった。浴室の一方は鍵のかかる曇硝子《ガラス》のドアで廊下に通じ、一方は裏の空地に面して、そこには、採光用《あかりとり》のガラス窓と、板の引戸がついていた。犯人はガラス窓に手をかけて、中を覗いたらしく、窓枠には埃がうすくはぎとれていたが、手がかりになる指紋その他の痕跡は見あたらなかった。が、ガラス窓の内部には、明らかに人の指を以て書かれたらしい三個の記号——それは、いずれも二本ずつの——《ダッシュ》、縦二本ずつの棒から成り立っているものの如くであるが——が、湯気と埃のガラス板に描かれていることが、発見された。ガラス窓は浴槽から、手を伸せば届く距離に二尺ほどの高さにあった。その記号が、銀子によって書かれたものであるかは、未だ断定するには早計である。何故なら、悲鳴一つあげ得なかった銀子——悲鳴は、女中も、浴場から近い板場も、聞いていない——が、ガラス窓に手をふれる余力が、あったか否か、甚だ疑問である。あるいは、兇行前に、銀子または銀子以外の者が、何の意味もなく記したものかも知れない。

犯人は、板の引戸をあけて忍びこみ、銀子を鋭く細い刃物——刺身庖丁より細く、それよりも、やや厚味のあるナイフようのもので、銀子を刺した。その侵入した引戸も、床も、犯人の足跡を止めておくことは出来なかった。水道の水が、出し放しであったからである。浴槽からは、赤インキを薄めたように、潺々《せんせん》とあふれ流れる温水のために、足跡は完全に洗い清められていた。水道は廊下寄りについており、浴槽から、それに手をかけた銀子を刺すためには、犯人は少くとも、二三歩は、内部へ足を踏み入れねばならぬはずである。華やかなピンクの化粧水に、弾力的な白い肉体を、しっとりとひたしながら、しかし水崎銀子は、無惨な死を遂げていた。――ふくよかに盛りあがった乳は、無花果《いちじく》色の乳房を斜めに二ケ所刺され、そして下腹部、両太股の付け根を、ぐさりと突かれて、恐怖の瞳孔を、大きくひらいたまま、既にことぎれている銀子である。

浴場の後は、空地で、その一端はだらだらとした丘になっていた。お茶の水会館の所有地であるが、雑草の茂るにまかせて、丘の上には粗末な板囲いで隣家との仕切りがしてあったが、犯人が、この空地へ忍びこみ、窓から銀子の肉体をひそかに享楽するのは容易に出来たはずである。銀子に、見とがめられて、やにわの兇行と見られぬことはない。それは、股を刺した色情狂的な行為によっても知られる。玄関は、道路からちょっとした坂を上るので、入ると直ぐ一階であるが、板場や浴場などの地階は、謂わば半一階、半地階になるというわけである。が、偶然的な痴情説は間もなく、その基礎が薄弱になってきた。それには、二つの証言が有力な原因となったからである。その一つは、受付の老人の説明で、当日朝、銀子が書留小包便を受けとっているのが、見当らないというのである。

「小さな箱でしたがね、書留にしては見慣れぬ切手が貼ってあるし、黄色な包装紙に、厳重な紐がついていて、いつもくる書留郵便とは感じが違うのです。それで郵便屋さんにたずねてみると、やはり書留小包なのだそうで、支那からの外国郵便だというのです。栄子が小包を持って二階へとどけ、認印をもらって郵便屋さんに渡しました」

その小包に該当する小箱は、しかし銀子の部屋には発見されなかった。これについては、栄子が、

「そう云えば、食事の時には、あったようでございます。卓《テーブル》を片づけようとしますと、水崎さんは自分で本棚の上にのせていたようでした。あとで掃除をするときにも、たしかにありました。はたきをかけようとして、箱を動かしたのを覚えています」

その箱がないのである。

有力な証言のもう一つは、女中お辰が、九時三十分頃、使いから戻ってきたとき、変なルンペン風の男を見かけたというのである。

お辰は客に頼まれて、本郷一丁目まで買物に行った。その帰り道、地階裏口の出入口へ戻ろうとして、会館横手の細い路をぶらぶら歩いくると、裏手広場の空地に近く、男がしゃがんでいた。お辰は、ぎょっとしたそうである。

「家の裏口へ出るには、路は一本しかございません。会館に向って左手の敷地には、コンクリートの塀があって、塀と部屋との間には中庭がありますが、ここへは表通りから入れません。裏口から廻らねばならぬのでございます。裏口へは、右手のお隣りの屋敷の石塀――と、申しましても、あまり高くはない塀なのでありますが、その石塀と家との間の細い小路を、だらだらと下ると、勝手口へ出るので、ここ以外には、裏口へ行けないのです。裏手の奥は、草の生えた山であります。私が、その小路を下ってゆきますと、電灯のついていない隅っこの塀のところを、ちらっと動く影がありますので、立止りました。乞食みたいな男でありました。私は奇味《きみ》わるくなって、

『誰だい』

と云いますと、その男は、

『た、た、たれでもない、ですよ』

と、吃りながら返事をしましたが、かなりあわてていたようであります。

『そんなところで、何をしてるんだい』

と、もう一度聞きますと、

『と、と、ともだち、を、まっているのさ』

また、吃るのです。私は、ルンペンが、よく残飯を貰いにきますので、てっきり、それだと思いましたので、

『貰いものに来たのだね』

『そうだ』

『お勝手へ行ったら、いいじゃないか』

『ここで、いいんだよ』

と、こんどは吃らないようでありました。私は、それで安心して、お勝手へ戻り、戸に手をかけながら、振りかえると、その男は、とっとと駈けだして、表の方へ行くのが見えました。板場に聞きますと、残飯など貰いにきたものはないようだが、裏のゴミ箱でもあさっていたのではないか、と云っていました。しかしもう一人の連れの姿が見えなかったので、変だとは思いましたが、ま

さか、あんな騒ぎが起ろうとは考えませんし、そのまま、お客さんの部屋へ買物をとどけて、世間話の相手をしていますと、栄子さんが呼びに来たので、下へ降りて行ったようなわけでございます。その男の様子ですか？　さア、まだ若い、三十四五位でありましたか、四十位になりましょうか、痩せて、顔かたちも、どこという特徴がない男で、眼鏡をかけていました。汚い洋服を着ていました。何しろ、薄暗いのでよく覚えておりませんが、悪人らしい顔ではないようです」

お辰の証言は、実地検証の結果、正しいことが証明された。石炭がらを敷いた裏口への通路の曲り角には、野育ちのコスモスが四五本、青く踏みにじられてあったし、そこに立っていると、表の大通りと、会館の裏口とが一目に両方とも見える位置なのである。同じく実地検証の収穫としては、浴場につづいた裏手の草地には、紅葉《もみじ》、月見草、ダリアなどの茂みがあって、人の隠れた形跡があり、女中のお辰は隠れた人物には気がつかずに、行きすぎたのであるらしかった。

この結果、当局では犯人は二人以上であると断定した。お辰が発見したルンペンと、雑草にひそんだ人間と、――彼等の中、一人は疑いもなく、銀子を刺殺している――もう一人共犯者があるとすれば、それは、表の電車通りに待機の姿勢をとっていた男で、ルンペンと、いつでも合図を交すことの出来る位置にあったに相違ない。ルンペンを配置した連絡の計画は、お辰の出現によって失敗したが、それよりも、彼等にとって都合のよいことは、銀子の殺害を発見した会館の使用人や居合せた宿泊人の騒動が、予期以上に大きかったことである。受付老人の言葉によれば、彼が警察へ電話をかけに戻ってくるまで、少くとも四五分間は、玄関は空っぽで、誰もいなかったことになる。この間に、犯人が玄関を通過することは容易であり、彼は悠々と銀子の部屋へ通り、例の小箱を盗みだすことが出来たのである。銀子の部屋は二階階段の突きあたりであるから、そこへ侵入して引きかえすまでには、ものの一分とかからぬはずである。当局の見解は、見事に的中した。――もっとも、これは、ずうっと後のことではあるが。

銀子の所持品の調査により、それから後数日にわたって、さまざまな人が参考人として名を列ねたが、彼女の素性について、的確な証言をしたものは一人もなかった。彼等の多くは不思議に、何らか支那と関係のある相当知名の人物ばかりであった。それ故に、南京《ナンキン》商行という有名な貿易商の李哲元《りてつげん》や、日本物産会社という支那相手の貿易会社の重役である覚張信也の名が見えたのも、決して偶然ではなかった。しかし、覚張の証言だけが、外の人と相違していたというのは、彼が嘗《かつ》て水崎銀子を妾《めかけ》にしていたことで、これについては、

「身持ちが悪いので、手を切りました。何しろ、十何年前も昔のことで、震災頃の話ですから、はっきり覚えておりません。銀子の消息は、それから、ぱったり聞きませんでしたが、ある支那人の妾になって、支那へ渡ったとかいうようでした」

と、述べていたが、彼もその後の正確な消息には通じていなかった。

最も単純そうに見えて、犯行の不明な場合が往々にあるものである。銀座の朝、ある貴金属商の飾り窓を破壊して金塊を持逃げした犯人が、未だに発見されないことは、この間の事実を物語るものでなくて何であろう。

銀子事件が、それだった。水道を出し放しにしていたとはいえ、銀子がいかに咄嗟を襲われたとはいえ、恐怖の悲鳴をあげぬはずがなく、その声を板場たちが聞き分けず、二人の女中までが注意しなかったのは、第一の不幸であるが、表の大通りには市電も走り、円タクも絶えない夜の九時半頃に、この事件が既に迷宮入りを約束されて実行されつつあったことは、それ以上の不幸であった。

彼女は何故殺されたか？　これは疑問として残されてしまった。物盗りとするには、奪われたものは、ただ、黄色な包装紙の小箱一個に過ぎない。その小箱に、何が秘められてあったか？　それを目撃したものはない。郵便局は発信局の証明である送状によって、内容は装飾品であると判断したが、北京の差出人の身許は、照会の結果、後日に到って、該当人なしと返事が来たほどである。当局は吃りで眼鏡をかけたルンペンに、捜査の主力を傾けて行った。

それから、今一つの捜査の手懸りは、浴場に残されていた指のあとであった。湯気に煙ったガラス窓に、力弱く埃と湯気とをかきのけて記されていたそれは、かすかに、ハ、ク、リ、とも、ク、ク、クとも、または、リ、リ、リとも読める、三個の記号であった。当局は、それを、犯行に関係がある何かの記号であると、にらもうとしたが、それが果して銀子の書き残したものか、疑問であった。救援の声さえあげ得ぬ重傷者が、身体を支える手段《てだて》のない浴槽から、たとえ手をのばせば、とどく位置

とはいえ、瀕死の状態で、それだけの努力をなし得るものか、それがまず検討されねばならない。——だが、精密な検証の結果、そこには微かながら、血痕を附着した銀子の指紋が見出された！

現実の殺傷事件がそうであるように、ここには科学的探偵小説の欲するような、理想的な推理の手懸りは残念ながら発見されなかった。と、いっても、これは必ずしも、信頼すべき我が警察機構を侮辱する意味ではない。ましてや、これは「小説」の世界でのことである——。

画家碧水《へきすい》

一

新聞の愛読者は、誰にも共通した心理を持っている。彼等は殺人や強盗などの血なまぐさいニュースには、拍手して感激し、自分勝手な空想をたくましゅうするが、彼等が熱中しているのは、その事件が進行中だけで、その結果に近づく頃にはもう興味を失って、更に新しい事件を探そうとしている。常に新しいニュースを作りあげぬことには、彼等はその新聞を面白くないと投げすててしまう。

有楽町寄りのモダンな新聞社、東都日日新聞は、この読者の気分を巧みに捕える、上品な一流新聞で有名である。これが譲二の召喚を見逃すはずがない。その日の夕刊には、野球児ＮＯ・1と、美貌の殺人というような軽い読み物が、譲二を中心にソーダ水のような味を盛っていた。

東都日日新聞社から省線のガードを抜けて、有楽橋に近く喫茶店パレスタインがある。それほど大きな店ではないが、新聞人の巣といわれるほど、新聞関係の常得意が多い。

今刷りだした東都日日の市内A版を、のぞきこんでいた一人が、

「妙なことが起ったもんだな」

と、つぶやいて、

「おい、長曾我部、これ、君が書いたんじゃないのか」

コーヒーをすすっている、ずんぐり太ったのに呼びかけた。

「ボールのことかい」

「そうだよ、いくら囲みものだって、ホームランボールの行方不明なんて、つまらんじゃないか。グランド係りの奴が、失敬して行ったんだろうよ」

「おっと、待ちな、とんでもない」

長曾我部は、我が意を得たりという顔をして、相手をのぞきこんだ。

「たかがボール一つ、と君は思うかも知れないがね。ところが、野球をやったことのある連中には、大事件なんだ」

「僕には分らんな、その心理が」

「そこだよ、問題は。あれほどの劇的な試合になって、クライマックスが柵越えのホームランさ。これア、貴重なボールじゃないか、縁起をかつぐ奴だったら、そのボールをマスコットにして、この次の試合にもまたヒットが出るようにって、拝みたくなるのが人情だろう」

「じゃ、君は骨董品の趣味から？」

「いや、骨董的趣味じゃないさ、君は一体」

と長曾我部は、グッと身体をのりだして、

「野球をやったことがあるのかね」

「これは、怪しからん」

相手もむきになって、

「支局にいた時は、町の野球会長だったのだからね」

「失敬、失敬。忘れてたよ。会長さんとは、大きいや」

「シートは投手、アンパイヤもやれば、始球式はお手のものさ」

「それが社の野球大会には三振続出で、稀にボールが飛んできたと思えば、必ずワンバウンドで、身を以てボールを止める右翼手《ライト》というのだから、驚いたもんだよ」

「あの時はコンデションが悪かったんだ」

「あんた、いつもコンデションが悪《い》けないのじゃないのかい」

卓子《テーブル》一つ離れて、ソーダ水を呑んでいた運動部の記者が口をきいて笑った。

「そう、ひやかすなよ」

「ねえ、長曾我部、特ダネがあるんだが」

と、運動部の記者は、長曾我部にニヤニヤ笑いかけた。

「かつぐんじゃないのか」

「おごるか？　おごれば教えてやってもいいぜ」

「物によっては、だ」

「モチ、例のボールよ」

「ひでい奴、足許へつけこみやがって」

長曾我部は、運動部記者をにらんだが、

「よし、お銚子二本だ」

「少いなア」

「三本、どうだ」

「四本。どうせ、週末の請求で、会計の親爺《おやじ》からしぼるんだろう？　カフェ位、おごれよ」

「おまけだ、五本だ。五本おごるよ。ネタになったら、その時はまた別さ」

「そんなら話そうか」

運動部記者はニヤニヤしながら語りだした。――それによると、ＷＫ戦のあと、彼が球場から信濃町駅まで歩いて、夕暮の景色になんとなく興奮のあとのセンチにかられていると、茂みの中から、ルンペンが現れて、

「旦那、これ買ってくれませんか」

と云った。観衆は殆んど引きあげた後だったので、人通りは疎らである。

「何だい」

と聞くと、ルンペンは周囲をはばかりながら、

「ホラ、さっきのホームランのボールですよ、左近の打った――」

彼は、これは面白いと思ったが、直ぐ、ボールがその辺に転がっているわけはなし、これはてっきり、ゆすりの手だなと思うと、からかってみようかという気になってみた。

「幾らだい、君」

「五円は、もらわなくっちゃ、旦那」

「五円？　相当だね」

「お安いもんですよ、日本に二つとない」

「どこって、君、旦那、手に入れたんだい」

「どこって、旦那、スタンドですよ。左近がカアーンと打った、その球が、わっしの足許へすうっと飛んできたんでさア。そいつをね、ちょっくら、ちょろまかして、この通り」

ルンペンは手のボールを、大切そうに、振ってみせた。

「じゃ、君がスタンドで野球を見ていたというわけか」

「これでも、野球といえば、三度の飯より好きでさア」

「へえ――」

ルンペンが天下のＷＫ戦のスタンドにいる！　これは全く笑わせものだ、と、少々馬鹿らしくなった彼は、そのまま帰ってきたが、あれが殊によると、ボール犯人じゃないかと云うのである。

長曾我部は黙って聞いていたが、

「嘘じゃなかろうけど、ちょっとしっくりしないなア、その話は」

「僕もそう思ったんだ、あんな汚いのが、まさか野球見物には来まいからね」

「インチキボールを売るんじゃないかな」

「そのルンペン氏、洋服を着てやしなかったかね」

会話の進行を黙って横から聞いていた野球会長の記者が、突然口を入れたので、長曾我部はビックリして、

「ほう、心あたりがあるのかい、君。——洋服を着ていたのか、神宮のは」

と、運動部記者をふりむいた。

「ウン、洋服を着ていたっけな」

「黒っぽい、サーヂの服だろう?」

野球会長氏が、たたみかけて聞いた。

「そうだ、間違いなし」

「それなら、僕も見たよ、昨夜《ゆうべ》。州崎《すさき》の方で殺しのあった帰り途《みち》でね、安酒屋へ飛びこんで一本飲んだが、そこにいたんだ。奴《やっこ》さん、新聞紙の包みから、カサカサボールを出しては、まわりの連中に自慢しているんだが、とり合うのがいないのさ。大分酔っぱらっていたようだった」

「どこだい、その安酒屋というのは?」

長曾我部が性急に聞いた。

深川、本所方面の警察廻りの野球会長氏から、大体の地図を聞くと、長曾我部は、もうよれよれの帽子《ソフト》をかぶっていた。

「おや、出かけるのかい」

「商売、商売」

「先刻の銚子は大丈夫だろうな」

「おい、俺の方の口は、どうする気だよ」

と、呆気にとられている野球氏に、

「オーケイ、もう五本追加。いや、三人でバーで一晩遊ぶか。じゃ、失敬」

長曾我部の丸っこい身体が、ウンイドの向うに消えて行った。

「相変らず、奴、早いな。ボールなんて、下らんと思うが」

「無駄足をせんことには、物の値打は分らぬものさ」

二

「ねえ、お父さん、昨日見に行った野球、面白かったでしょう」

「お伴は辛い、よ」

「野球嫌いのお父さんを、ファンにしたのは妾の力よ」

「そうでもなかろう」

「あら」

「昨日の野球は試合よりも、面白いものがあったね」

「知ってるわ、妾。応援団の競争でしょう。W大学の応援は、きれいでしょう」

「そんなんじゃ、ないよ」

「なに、父さん?」

「お前の顔さ、表情だよ」

「ひどい人」

「晴れたり、曇ったり、泣きそうになるかと思うと、はしゃいだり、十字架を切ったり、それを見ている方が、儂には、よっぽど、面白かった」

「十字架は、嘘。変なところだけ、お父さんは見ているのね、今度から連れてってあげないから」

「ああ、結構だ。お尻が痛くなる野球見物より、儂はゴルフがいい」

「あんなの、ブルジョア趣味よ」

「儂はプロレタリアだ、朝から晩まで、夜の一時二時まで、飛びまわっている、立派なプロレタリアさ」

「ほんと、今日のお帰りは珍しいわね」

実業家覚張信也の夕食である。いつも夜遅くでないと帰らない父が、珍しく会社から真っ直ぐに帰宅したので、父一人、娘一人の家庭で、苫絵は父と嬉しい雑談をしながら、晩餐をしているところであった。

食事を済すと、父子はサロンへ、お茶を運ぶように女中に命じて、席をたった。

サロンは豪奢な洋間である。金にあかせて買った絵や彫刻、贅沢な調度品、壁掛けやカーテンに至るまで、なるほど富豪の客間とうなずかせるものばかりである。しかし冷静な来客や美術批評の眼の少しでもある人が、仔細に観察したならば、金のかかっている品々にかかわらず、何となく粗雑でばらばらな、この部屋全体がしっくりした調和に充されていないことを発見するだろう。

イタリー産の大理石で作ったというマントルピースの

上には、支那から買ってきた宋時代の鶏冠《けいかん》壺といっしょに、安物の九谷焼の花瓶や、古ぼけた釣瓶《つるべ》桶《おけ》の朽ちかけたのが、同居している。

聖者が沐浴《ゆあみ》している壁掛けの下には、ゴルフ優勝記念と銘をうった桐箱に、ちかちか光るブロンズ像が乗せられている。紫檀《したん》の丸テーブルには、一日に四寸四方しか織れないというゴブラン織が覆われているが、灰皿は縁のかけた瀬戸製の、二十銭も出せば買える品ものなのだ。

何もかも、雑然とした一間である。だが、その中で特に人目をひくのは、真紅の絨氈《じゅうたん》である。竜を画《え》いた絨氈は、上海《シャンハイ》のさる大実業家の贈り物であるという。支那といえば、この部屋は、主人の営業関係からであろう、支那趣味の品が豊富にある。マントルピースの、元宵節《げんしょうせつ》の童女達の人形の群もそうであるし、一隅に花を挿されてある大花瓶も、清時代の朝廷に仕えた有名な陶工の作だという。朱塗りの花卓には、珠を追う竜の彫刻に宝石がちりばめられてある。これも、名の聞えた名人の作ったものである。また煙管《キセル》のねじれたのや、提灯《ちょうちん》、酒瓶、彩色した木片などが、壁にかざられているのは支那を旅行してきた時、記念に持ちかえった商店の看板、招牌《チャオパイ》なのであるし、大小さまざまな調度の中には、蜈蚣《むかで》を五六匹つないだ支那凧が、原始的な色彩を放って、グロテスクな景物を添えている。

この家の主人、覚張信也は、こうした部屋で、柔かいソファに埋もれるように坐っていた。彼に洗練された趣味のないことは、あながちとがめたてする必要のない次第かも知れない。震災後、めきめき発展してきた日本物産会社の社長である彼は、同時に多くの会社の重役であり、五十を一つか二つ過ぎた、あぶらぎった顔は、事業と資本とを追いかけてゆく実業界一方の雄者なのである。仕事と金儲け――それが彼の趣味であり、生活なのであるから。

「お父さんが、そうやって寛《くつろ》いでいらっしゃると、何とも云えないほど、私うれしいわ」

苫絵は冷い紅茶をすすりながら、父に話しかけた。

「いつもは、どうして、あんなにお忙しいんですの、お父様は」

「やむを得ん、さ」

「会社の重役って、妾、嫌いだわ」

「ははは、そうかね、嫌いかね、苫絵は」

「え、大嫌い」

「儂はまたお前を、あるとこの社長にしてあげようかと思ってたのに」

「御免ですわ、盲判を押したり、ゴルフをしたり、お酒呑みに行ったり」

「いいじゃないか、女社長なんて、新聞に書かれるよ」

「新聞？　いやなこった。――それで妾思いだしたけど、お父さん、これ、どうお思いになって」

苫絵は東都日日の夕刊を、テーブルの上に拡げて、父へ押しやった。

「昨日の続きなんですのよ、お父さん」

苫絵の指さしたのは、例のホームランボールの紛失事件を扱った、小さな囲み記事で、長曾我部の書いたものだった。

「また野球の話かい、その記事なら読んだよ」

「え、だって変じゃありませんか。あんなに多勢人が見ていたのに、ボールが見えなくなるなんて話」

「それア、小さなボールのことだ、なくなる時だって、あるだろうさ」

「ボールが飛んだら、返すのがスポーツマンですわ。妾、これには何か理由《わけ》があると思いますの」

「お前はよく空想を働かすね、探偵小説のファンは儂とは違うらしい」

「何か、あのボールには仕懸《しかけ》があったり、秘密な暗号でも入っているので、持って逃げたのではないかしら」

「アッハッハハハ、苫絵、ルパン以上だ」

「ルパンは古いわ、クロフツか、ヴァンダインよ。妾、クリスティが好きなの。素晴しい暗号が、あのボールに入っていると、素敵だわ」

「暗号？」

と、信也は、ちょっと険しい顔をしたが、

「そんな馬鹿げたことが。実業家にはロマンスは禁物だよ、ワッハッハ」

と、大きく笑い消してしまった。

「左近さんが、可愛そうですわ」

「左近？　あ、あのホームランバッターか」

「え、自分で打ったホームランですもの、記念にボール位持っていたいわね。新聞にも書いてあるわ――左近選手談。僕の今シーズン五つ目の優勝球です。前の四つは野球部室に飾ってありますが、この一つが欠けるのはいかにも残念です、って」

「お前は、どうして左近、いやW大学の肩をもつのかね」

「ファンですもの。左近譲二さんは、いい選手よ。卒業したら、お父様の会社でお雇いになるといいと思うわ」

「マネキンは嫌いだ」

「あら、マネキンじゃなくってよ。予科から首席の優等生です、譲二さんは」

「譲二？　お前知っているのかね、譲二さんと親しそうに呼んだりして」

「妾のお友達は、みんなそう云ってるの」

「ふん、いけないな、若い者は、近頃すぐそれだから」

苦絵は、急に不機嫌になった父の顔を、驚いて見つめた。ありありと不愉快そうな表情が、動いている。

「苦絵、よく聞きなさい。たとえ父が外出がちでも、少しはお前の身分を考えてみるものだよ。お母さんが死んでお前の監督がなくなったと思って、あまり飛び歩いていちゃ、この覚張のいい恥ざらしになる」

「まア、妾、そんな叱られる覚えは、ありませんわ」

苦絵が、父からこんなに云われるのは、初めてだった。

「覚えがないとは云わさないよ、テニスの斎藤とかいう男とは、どうした？」

「ほんの、お茶のみお友達よ」

「印度洋《インド》で身投げをして死んだから、いいようなものの、遺書《かきおき》を儂に売りに来た新聞記者がある。儂は何百円も金を出して、新聞社に頭を下げて内密にしてもらったんじゃ、あれが新聞に書かれてみろ、いい物笑いの種になっていたよ」

「遺書ですって？」

「儂は読んであきれた、僕の青春を踏みにじったあなたに測り知れぬ恨みを抱いて死んでゆきます、と細々《こまごま》書かれてあった。デ盃出場の途中だったので、新聞では、責任が重大なので、気に病んだ結果、神経衰弱が原因だと書いていたがね」

「知りません」

苦絵は、ヒステリックに叫んだ。

「知らないとは、云わさん。拳闘の何とかいう不良、野球の誰とかとも交際しているとか、映画俳優とドライブしたとか、儂はちゃんと知っているんだ」

「お友達ですもの」

苦絵の声は、どうやら捨てばちである。

「お前は、それにも倦《あ》きたりないで、今度はホームランバッターに夢中になっている。よく、考えてみなさい。あんな野球選手などと、交際してはいけません」

「……」

「いずれは一人娘のお前のことだ、聟《むこ》か養子でも貰わなくちゃならんが、それは儂が人物を選定してからのこと。そしたら、自由に散歩するなり、ドライブでもやったらいい。不良少女といわれては、お前も儂も困る。分りきったことじゃないか、苦絵」

「……」

苦絵は、口惜しそうに唇をかんだ。その成人した、ふっくらとした肉体を、父はそっと眺めて、今度はなだめるように、

「いいかね、分ったね」

と優しく云って立ち上った。

「旦那様、こういう品を、今持ってあがった人がありますが——」

ドアをノックして書生が現われると、小さな紙包みの箱を差しだした。黄色な包みである。

「誰?」

「いいえ、自動車の運転手です。これを置いて帰りました。いずれ主人が伺いますからと」

「あ、そうか、分った、いや有難う」

信也は一人で何か、のみこんだように、その黄色い包を大切そうに受取ってきた。机の上で、そそくさと紐を解くと、信也は中をのぞきこんでいたが、やがてつぶやいた。

「これは、貴重書類らしいぞ」

そして、また紙に包みなおすと、急いで部屋を出て行った。

それを、ちらとのぞいただけだが、苦絵には、父の態度から推察して、ダイヤとかプラチナとか、高価な指輪などのように思われた。

——どこかの賄賂か知ら?

と考えると、父が「これは貴重書類だ」と云った意味が分ってくる気がした。いろいろな会社や、利権屋から、よく賄賂が贈られて来るのを苦絵は知っていた。

——あの下に小切手でもあるのだろう。

それで、貴重書類の謎は解けた。苦絵は父に叱られた腹いせに、

「よし、あの箱の品を貰ってやるわ」

と、反抗的に云って、ソファから立ち上った。

三

浪花節《なにわぶし》が終った。

夜の時報が、ポンポンポンと、鳴り出した。

「虎造は、うめいや」

泡盛をあおっていた老人が云った。

「そりゃ、うまい。紅葉のカゲ踏んでゆく常灯明、こは名に負う東海ド、江尻の町を離れて急ぐウ三人連れ――って、渋くていいねえ。いつ聞いても」

隣りで、ウィスキーを喉にごくりとならして若いのが、相槌をうった。

深川、高橋から五六軒目、居酒屋珠屋《たまや》の夜である。

「うめいのは、酒だ、酒だ。碧水《へきすい》さんの日本画だい。おい、父《と》っさん、お代りだよ」

隣りのテーブルに、さくらをぐつぐつ煮ながら、相当酔っぱらった洋服が、徳利をふって帳場をふりむいた。

銚子が、五六本、ずらりと並んでいる。

「へーい」

「なんて顔をするんだよ、不景気な。父《とっ》さん、え、お勘定を心配してるってのかい、よ、大丈夫だ、ほら、金はこの通りなんだぜ」

「上酒、熱燗で二丁」

「それだ、熱いとこで、きゅッと。父さん、見てくんな、お金はザクザクうなってるってことよ」

洋服は、蟇口《がまぐち》をざっとあけた。赤いバラ銭に、十銭、五銭の白銅貨が二三枚、ギザギザの銀貨が三四枚、一円札らしいのも混っている。

酒屋の亭主は、すばやく眼で読みとったが、おどけた格好で手をふった。

「えー、会計はお帰りに、ねがいまアす。さア、銭勘定は後だ、お前さんの顔なら、いつだって飲ませまさアね」

「仰言いましたね、旦那」

と、洋服は、とろんとした眼をあげて、

「俺ア、勘定の汚いのは大嫌《でいきれ》えなんだ。俺がいつ、ウ、ああ、いい気持だ、いつ酒代を踏み倒したと仰言いますね、旦那」

「飲みっぷりが、いいっていうんですよ」

亭主は、猪口《ちょこ》をあける真似をした。

「そうだろう、俺の飲みっぷりは、けちけちしてやしねいぜ。ほら、きれいに、おっと、酒がきれちゃったイ。親爺イ、まだかア、お代り、お酒だよ、早いとこ」

「えい、お待ちどおさま」

「碧水さん、稼ぎがあったね、ぼろいのが」

隣の泡盛老人が、うらやましそうに、のぞきこんだ。

「えやア、はッは、ちょっくら臨時の仕事でね、今祝盃だ」

「お葬式《とむらい》のお悔み状じゃねえんですかい」

若いのが、聞いた。

「ふふぶるぶる、とんでもねえ。めでためでたの門松さまだ。長屋の松公ね、鉄工場へ出てる松公だアね、あれがお嫁さんを貰うんだ、明後日《あさって》が祝言さ。長屋で割勘の引出物が、軸ときまった」

「そいつを、描いたという寸法で?」

「お察し通りだ。俺ア、一代の智恵袋をしぼって、描きあげたのが何だと思いなさる。松に竹に梅、縁起ものの松竹梅さ。そこへ、鶴が一羽、とんでる図だ。こ、こういう風にね――」

手を振ると袖にからんで、空徳利が一二本、すっと倒れかかるのを、

「と、あぶねい、あぶねいと、勿体なや。空ときてらア、世話はねいが。松竹梅に鶴と、大観《たいかん》だって描けやしねいよ。玉堂《ぎょくどう》だって難しいぜ。松公が喜んだね、いやア、松公のお袋が相好くずして、喜んでた。何しろ、松公の嫁が鶴子というんだ」

「ハッハッハ、落語だ」

「親爺が梅吉、お袋が、お竹なんてんなら、なおいいがなア」

と、若いウイスキー氏が、笑った。

「インデアンおくれ、カレー粉を、うんと利かしてね」

「俺はお酒貰おう、熱い上政《じょうまさ》だ」

菜っ葉服の青年が二人、入ってくると、思い思いの注文をした。

「上政? こいつは話せる御仁《ごじん》だな」

松竹梅の画家、碧水は、徳利と猪口を持つと、ふらふら立ち上った。

「君、一献行こうよ」

「おや、碧水さんだね、相変らず、いい御機嫌だ」

「なあにね、長屋チームは松公の祝言さ」

「へえ、あいつ嫁を貰ったのかな」

インデアンライスを注文したのが、うらやましそうな顔をした。

「そうじゃないよ、どうだね、あんたも一杯、いい気持だよ」

「碧水さん、松公がどうしたんだね」

今度は、上政が聞いた。

「始球式は明後日《あさって》だ、明後日はお嫁さんが来るんだってさ。俺ア、頼まれて、おめでたい絵を書いてきた、大観だって及ばないな」

「碧水さんの大観も、久しいもんですな」

「なんだと、大観も売れっ子なら、俺ア、貧乏人仲間の売れっ子さ。売れっ子に変りがあるもんけい、ほら、熱いのが来たぞ」

碧水は徳利を受けとって、アチチチと云うなり、急いで耳たぶをおさえた。一杯つぐと、思いだしたように、

「いくら大観だって、こんなのは持っちゃ、いめえね」

と、ポケットをがさがささせると、紙包みをひっぱりだした。それは野球のボールだった。

「なんだ、ボールじゃないかね」

「なんだ、とは怪しからん。ボールもボール、正真正銘、日本に二つとない、曰くつきの代物だ、売ろうか、五円だ」

「プッ、五円とは驚いた」

青年はカレイライスを、ぷっと吹きだしてしまった。

「たまげたのかね、五円ぽっちで。安いもんだよ、五円なら」

「その曰く縁念を聞こうや」

「聞いて驚くなかれだ、ゲップウ、と、いい気持だぜ、今夜ア。そらそら、このボールはだ、ね。WK戦、知ってるだろう、昨日の大試合を」

「ラヂオで間に合せちゃった」

「ラヂオもいいが、実物はもっと凄いぜ。俺ア、見に行ったんだ、するていと、九回裏、W大絶好のチャンス――」

「左近の大ホームランだね」

二人の青年も、いずれは野球狂であろう、碧水の言葉に耳をかたむけている。

「まア、急《せ》くなってことよ、左近選手、バットを持ってあらわれました、投手投げました、そこをコツンと打つと、ボールがぐんぐん伸びてくる、俺の真正面へやってくるのさ」

「本当かね、小父さん」

「本当とも、嘘をいうもんか、わアーッというちに、外野席に落っこちた、ひょいと見るていと、俺の足許に

白いのが転がってる、拾って投げ返そうかと思ったんだが、待てよ――」

「それを失敬したんだね、小父さんは」

「失敬しはしないさ、せっかく返すんなら、打った本人の左近とかいう野郎に、俺《おら》アトンガリ長屋の野郎軍、碧水て者です、今日はお目出度うございやす、って、一言位挨拶して渡そうと思ったのさ。ところが、奴さん達、自動車で帰りやがった。応援団の髯ッ面が、がんばって、傍へ通させや、しねえ。糞、と思ってポケットへ入れてきたのさ」

「本当かな、その話」

青年は冷たくなったカレイライスを、スプーンですくいながら、云った。

「野球仲間のお前さんでも、信用しないのかい。俺ア、気がついてみると、球場から戻りの電車賃がないのさ。こうなりゃ、物好きの野郎共に売りつけてやれと思ってね、二三人にあたってみたが、話だけ聞いて、ふふんと、行ってしまぇやがる。仕方がないさ、青山からここまで歩いてきちまった」

「ハハハハ、宝の持ちぐされだ」

「いや、珠の持ちぐされさ」

碧水は、笑いながら、ボールをポケットに入れて、

「お前さん方まで、そんな気持なんなら、俺ア、誰にも売らねえ。金輪際《こんりんざい》、売らねえよ、売らねえ、売らねえと、甘茶でかっぽれ、ヨーイとな」

あとは、鼻唄で勘定を済ますと、出て行ってしまった。入れ代りに、ずんぐり太った男が、入ってきた。帳場へ行くと、

「ここへ、野球のボールを持った絵描きさんが、見えなかったかね」

新聞記者の長曾我部である。

「野球のボール？　奴さんのことだね」

亭主は、じろじろ長曾我部を見た。

「僕は、ああいうのを集める道楽なんですよ。先刻、ちらと聞いたものだから」

長曾我部の言葉に、亭主は合点がいったようである。

「碧水なら、つい今まで、うちにいましたぜ」

「ヘキスイ？」

「碧《あお》い水って、書くんです。いや、それじゃ、青水《せいすい》だ、あおはへ、へき」

亭主は長曾我部の手帳をのぞいて、

「おーい、吉《よっ》ちゃん、碧水のへきは、どんな字だった

っけ」

と、どなった。

「そりゃ、紺碧の空ア、のぺきだろう」

上政を飲んでいた青年が、応援歌の節で返事をした。

「分った、この碧だ」

「画描《えか》きさんでね、酒好きだ、この界隈で、深木《ふかき》碧水と云やあ知らぬ者なしですよ」

「ボールはまだ持ってましたか」

「ああ、持ってました。野球場で拾ったのか、貰ったのか、大威張りでしたよ、五円なら売るって」

「買手は？」

「つくもんですか、一本十銭の酒店へ来て、五円で買え、と云っても無理ですよ、ボールだって、五十本のお銚子代だ。とんだ笑い話になってね、どこから持ってきたのか、当てになるもんですか。奴さん、昨日から持ちまわって、先刻の帰り際には、金輪際売るもんかいと云ってましたよ」

長曾我部は、碧水の住居《すまい》を聞いた。

「トンガリ長屋と云ってね、この次の停留所を左に入った所、トンガリ長屋といえば、大概知ってまさア」

「有難うございました」

帰りかけた長曾我部に、亭主は、

「碧水は飲んだくれでも、さっぱりした気性の男ですよ。貧乏絵描きで、女房のない変り種のくせに貰い子だという女の子を養ってるんです。根が正直なんでしょうな、悪いことは、これっぽっちも、したことがないですよ。碧水、碧水と、可愛がられる訳でさア」

しかし、この亭主が、たった一つ、言い落したことがあった。それは、長曾我部が、間もなく発見したことであるが――。

四

「おい、寝たかい、旦那、眠っちまったのかい、おい、お隣り、返辞をしろよ、起きなってことよ」

碧水が、どんどん、足で壁を蹴った。蒲団から、食《は》み出ている碧水の足に、壁砂が、ばらばらと落てきた。

「居ないのかな、返辞がないのは」

「居るよ、なんだね」

壁の向うで、眠そうな声がした。

「居るなら、いいんだ」

碧水は、ごろりと仰向けに寝がえりうって、答えた。窓の磨硝子《すりがらす》の破《わ》れ目から、月がのぞいている。月は電信柱に、ひっかかっている。

「いい機嫌だね」

今度は、お隣りの声がした。

「ああ、松公の祝言のお裾分けだ、飲んだよ、今夜は」

「松竹梅に鶴の軸か――」

壁越しの声は、うらやましそうだった。

「お前さんも揮毫《きごう》料をはずんだ組だったね、こいつは、すまねえ。すまねえ、ついでに、煙草あるかい」

「バットがあるよ、ちょっと待ってくんな」

ごそごそと音がしていたが、

「はイ、バット一本」

と、壁の穴から、白く細いのが、そっと出てきた。

「吸口までついてるとは、豪儀だ」

碧水は、うまそうに火をつけた。

「ボールは売れたかね」

「盲目《めくら》千人さ、もう売るもんか」

「五円振ったね」

「空振りだ」

隣りも、トンガリ長屋のチームなのであろう。

「松公の奴、うれしいだろうな」

壁の声は、そっと溜息をついた。

「健ちゃん、お前だって相当なもんだぜ、若奥様、今夜はお留守かね」

「勤め持つ身の憂さ辛さ――」

健ちゃんは都々逸《どどいつ》で云った。

「四五日顔を見せねえ。今頃は、どこかのホテルで男とお楽しみでしょうよ、幸子の奴は」

「とんでもない、あれは貞女だよ。女給で稼いで亭主を養うなんて――」

と、碧水は、壁をどんと蹴って、

「もっとも、お前の女房が帰ってくると、俺は神経衰弱になるよ、うらやましくって、寝られやしない。壁越しじゃね、健ちゃん」

「アハハハ、聞えるのかね」

「聞えるかとは、おのろけだ、壁一枚、おまけに穴まで、丁寧にあいてらア」

「バット、まだあるよ」

「煙草で、買収とお出かけなすった。俺は、この子を抱いて寝るとしようか」

碧水の隣りには、女の子が口をあいて眠っている。

「可愛そうなは、この子とござい。何の因果アか、親許知らアず、とくらア。今じゃア、わたしイの恋女房、か」

「しん子さん、寝てるかね」

「ああ、寝てるよ。白河夜舟イの、しん子さん——」

碧水は、終りを都々逸にしたが、

「しん子で思いだしたが、新太の奴、どうしているんだい、今夜は？　健公」

と、壁にむかって、耳をすました。新太というのは、健吉の同居人である。

「呑みに行ったよ」

「景気がいいじゃないか、え、馬鹿にさ」

「なアに、昨夜二人で稼いだんだ、浅草《えんこ》のチョボでね」

「へえ、新太の奴、そんな器用な真似が出来るのかい？」

「ああ、それあね」

と、健公は、言葉をぼかしたが、

「稼いだといったって、俺が稼いでやったみたいなもんだ、山分けだったがね」

「ふん——」

碧水は考えていたが、

「ああ身体が柔しく出来てちゃ、荒仕事も出来まいな。やっぱり、サイコロ位かな」

「しっ！」

トンガリ長屋の溝板《どぶいた》が、キチキチと鳴った。誰か、やってきたらしい。

マッチをする音がした。標札を読むのだろう。

「今晩は」

長屋の連中の声ではない。健吉が、起きて行った。戸をあける音がした。

「碧水さんなら、隣りです、こっち隣りですよ」

健吉が、返事している。靴音がして、碧水の戸が、ドンドン鳴った。

「誰だね、借金とりなら、居ないよ」

碧水は、蒲団から首をもたげて云った。

「あの、ボールのことなんですがね」

「ボール？　売らないよ、今頃来たって、もう遅いや、売るもんか」

「僕はW大学野球部の——」

「なに、W大学だって？」

碧水は寝巻一つで、飛んで行った。

「待ってました、さ、ずっとお入りなすって、と云っても、坐る所もないがね」

訪問客は長曾我部だった。

「野球部から頼まれてきたんです」

「なんだ、野球部の人じゃないのか」

「いや、僕は、東都日日の――」

と、長曾我部は名刺を出して、

「あなたが、ボールをお持ちだと聞いたものですから、野球部も記念品になることだし、是非貰ってきてくれ、と、こういう話なので伺ったわけです」

「野球部なら渡してもいいが、新聞てのは、私《わし》ア大嫌いだ」

「しかし碧水さん、これは拾得罪になりますよ、放っておけば」

「ひろったのだよ、ひろったものを――」

「でも規則は規則です」

「知るもんけい。――といっても、相手がサツときてはね、おっかねいや」

と、碧水は、大げさに身体をゆすって、

「あんたは、本当にとどけて下さるのかね」

「本当も嘘も、野球部から頼まれてきたのですから、左近選手、あれは僕の友人です」

「へえ、左近さんがお前さんの？　ふうん、じゃ仕方がないや、あんたを信用して渡すとしようか」

碧水が、立ってゆくと、今まで碧水の影になって見えなかった室内が、寝ている少女の蒲団を中心に、ぼんやり薄暗い電灯に照しだされた。長曾我部は、一目のぞきこむよりビックリしてしまった。それもそのはず、横三尺、高さ六尺もあろうという、戸棚兼用の本箱が二つ、つきあたりにあって、そこには鼻の欠けた人形、酒瓶をぶら下げた狸、おびただしい徳利にちろりの羅列、色のさめた絵馬、地蔵さまの首、天狗の面や、ひょっとこ、ジャバの金冠《きんかん》面、羊のマスク、笠のない電気スタンド、裸になったお雛様の夫婦、犬張子、売薬熊の胆《い》の効能書、花簪《かんざし》、ブリキの独楽《こま》、尺八、棕梠《しゅろ》の葉根箒、銅壺《どうこ》、舌を出した椰子《やし》面《めん》、瓢箪《ひょうたん》、蛍籠、古ぼけた兵隊靴、フラスコ、太鼓、眼覚し時計、皿、石膏のレーニン像、千社札、筆立て、鍋蓋、にゅっと突き出た義手などと、夜店の古道具屋をそのまま並べたにぎやかさなのだ。いや、古道具屋を探したって、見付かりそうもないゲテモノが、所狭しと肩をつきあわせているのだ。

それればかりではない、本箱にあふれたガラクタは、家中所かまうことなく、到るところにはみでている。少女の枕許には、溲瓶《しびん》がバットをつったてて、くすぶった光を投げている。壁には野球のペナント、欄間には蕎麦屋の看板に、淋病梅毒一夜薬という怪しげなトタン板まで貼ってある。一隅の柘榴《ざくろ》の根の花台には、仰向いた石膏の死像が、ナイトキャップをかぶせられ、隣りの招き猫と接吻《キス》しているし、天井からは、葬式の花輪がぶら下って、埃にまみれているし、ツリ下げられた遍路の管笠《すげがさ》の隣りには、弓の矢をつきさしたり、絃《いと》の切れたバイオリンをのせた果物籠がゆれている。——どこを探しても、これほどの不要品はまたと揃うものではない。

長曾我部はあきれて、下駄箱代用になっている冷蔵庫の、グロォーブと同居しているオカメの面をにらんでいると、戸棚をごとごとさせていた碧水が、白い紙包みを持ってきた。

「なんですか？　これは、大変な——」

長曾我部は部屋の中を指さした。

「これかね？　俺のお守りみたいなものさ」

と、碧水は事もなげに云って、あきれている長曾我部の顔を見ると、

「あはは、あはは、あっはっはっは」

と、さもおかしくて、たまらぬというように笑いだした。

「アハハハ」

長曾我部も、つられて笑ったが、碧水の笑いはまだとまらず、ゲラゲラ、ゲラゲラ、笑いこけているのだった。そして、悪戯っ子のように、足をばたばたさせて、涙をためながら笑っては、腹をおさえているのだった。

しんと静まりかえっている夜更、口には似ず童顔の碧水の声は、しかし無気味に部屋の中へひびくのである。

「なに？　お父ちゃん」

蒲団から頭の毛だけ出して寝ていた少女が起きてきた。つんつるてんの寝巻をきている。

「しん子、寝ていろ、寝ていろ」

叱るような声だが、調子はやさしかった。

「碧水さん、ボール、ロハでやる気なのかい」

隣りの健吉までが起きてきて、警戒しろといわぬばかりに、長曾我部をじろじろと、見かえした。

「俺ア、やる気だよ」

「呉れるのかね」

「約束したんだ」

「お父ちゃん、大切《だいじ》なボールだと、いってたじゃないの」

と、少女が口を出した。

「ただで渡すって法はなかろうぜ」

「それも、そうだな」

「野球部の人が来たんなら別、そうでもないのに——

それに、こんな真夜中だ……」

健吉は、もう一ど、長曾我部を顎でしゃくった。

「いやア、僕は……」

と、長曾我部は、云いかけたが、うんざりした。

健吉は、碧水を、暗いところへ、ひっぱって行って、
何か相談を始めるらしかった。

「小父さん、何しに来たの?」

「お父さんに、用があるのさ」

「用って? お酒のみに?」

「うん。お父さんお酒のむのかい」

「とてもお酒好き。酔うと、きっと、何かひろってくるの、貰ってきたり——」

「ああ、そう? これ、みんな、それなの?」

と、長曾我部は、少女の相手になって、部屋の中を眺めた。

「そうなのよ。沢山あるでしょう」

と、少女は自慢そうに首をまわして、

「あたいも、ね、お父ちゃんが拾ってきた子供なんだって。お父ちゃんには、ね、あたいのお母さん、いないの」

「へえ、そうかい。あんた、なんていう名?」

「しん子というの。平仮名で、し、ん、子と書くの。

子だけ、漢字よ」

漫瓶の横から、出てくると碧水は、

「すまんけど、ボール、やらないぜ」

「お金、あげますよ」

「お金は要らん、お金の問題じゃないよ」

「じゃ?」

と、長曾我部は、碧水のとろんとした眼を見た。

「本人へ渡したいんだ。左近さんに、渡したいのさ」

「ああ、そう」

長曾我部は、あっさり、あきらめることにした。帽子をかぶりながら、

「この子、しん子さんとか。拾い物だってね。生き物は、金がかかるでしょう」

と、皮肉を云ったが、碧水には感じないとみえて、

「拾い物も、拾い物。震災で母子《おやこ》を拾って、残ったのが、このしん子。地震だから震、しん子って、わけさ。

あっは、はっは、はっは」

学究の門

一

都の西北、市電を早稲田の終電で降りて、左へ二、三丁行くと、見事な銀杏《いちょう》の森にかこまれて、野球の殿堂、W大学の正門が、白い丈余《じょうよ》の花崗岩《みかげいし》に、黒い鉄板に浮彫した校名を、くっきりと陽光《ひかり》の中へのぞかせている。野球ばかりではない、水泳に、陸上競技に、庭球に、角力《すもう》に、拳闘に、ここは学生の聖なるオリンピアードだ。いや、スポーツだけと云っては、W大学の面目にかかわる。学術日本のために、ここには幾多の駿才が養われ、英才が輩出している。校門を通って、正面のゴチック式建築を誇る大講堂への左右、銀杏並樹の間に、点々と立っている銅像や石の胸像は、いずれも日本の学界に、世界の学術振興のために、気を吐いた先輩や教授たちの記念なのだ。

六月のある日、午後三時すぎ、ひっそりと風のない、むし暑い日である。

三四人の学生が、図書館の石の階段から連れ立って出てくると、その横を、学園には珍らしい若い美しい女性が、足音も軽く、通りぬけようとした。

「今日は」

「……」

眼鏡をかけた学生が、帽子をとって、呼びかけた。しかし女は、黙って一礼したまま、スタスタ行きすぎた。

「利樹、早いな、知ってるのか」

「ああ、ちょっとばかり」

「こいつ！　すましやがって」

と、相手は股をつねった。

「よせよ、彼女の前じゃないか」

利樹は、ちらと目くばせした。女は、講堂前の砂利道を右へ折れながら、利樹達を見返したらしかった。

「ほら、こっちを見たろう。君達がいなけりゃ、傍へ来て話をしたいのだよ」

「わっはっは、しょってやがる」

「おい、名前きかせろよ」

もう一人の学生が、利樹の胸を指でついた。

「三千子さん」

「どこの喫茶店だ」

「女給じゃないよ、れっきとしたお嬢さん」

「へえ?」

「三千子って、しとやかないい名前だろ」

「うっふ、勿体ぶるな」

「野球部長のお嬢さんさ」

「新島先生の、あれが?」

相手は、あごで、しゃくって、三千子の消えた方をふりむいた。

「シャンだろう」

利樹は鼻を、うごめかした。

「吉植《よしうえ》、お前には敵《かな》わねえ。水崎とかって殺されたマダム、あれとも交渉《つきあい》があったんだろ?」

「彼女、わが青春のパトロン、なりき」

「ふん、三千子嬢は?」

「あれは、青春の恋人、さ」

「あれ、ちゃっかりしてらア、キッス位、したのかい、おい利樹」

「難攻不落さ、野球部長の娘だけあるよ、守備が固い」

「まだか。それなら、僕たちでも、脈はあるな」

「ホーム・スチールと行くか」

「馬鹿、親父にタッチ・アウトされるぞ」

「あっはっはは」

「わははは」

淫らな学生達の、不遠慮な哄笑が、静かな空気を大きくゆすぶった。

三千子は、その笑いが、自分を中心としたものであることを、直感した。そして、何か汚らわしいものに触れたように、小走りに、薄暗いコンクリートの校舎の中へ急ぐと、吸いこまれるように廊下へ入って行った。

明るい外気から、急にほの暗い建物の廊下を踏んで、まぶしい残像にしばらくの間は、眼をキラキラ射られるように感じた三千子は、やがて慣れた廊下を、トントンと階段を二階へ上って行った。父の文学博士、新島利国は、名の聞えた歴史学者で、W大学の校宝とも云われるほど、篤学の人格者として知られていた。この二階建の校舎は、父の利国をはじめ、主に歴史学関係の教授たちの研究室にあてられている。三千子は、時々父の研究室へ出かけるので、案内はよく知っているのである。

二階のつきあたりの一室を、三千子はコツコツと、ノックした。

「誰方《どなた》?」

中から返事がドア間近くした。

「妾、新島です。お邪魔してかまいません?」

「お入り」

ぶっきら棒な言葉だった。

三千子は、ドアをあけた。ドアにかかっている木の札が、小さく揺れた。――第十九号研究室、助教授、左近雄一郎。

野球選手、左近譲二の兄である。

二

雄一郎は、ワイシャツ一枚で、書棚に参考書を探しているらしかった。

「お掛けなさい」

表紙がかすれて、所々、虫の食いあらした、薄黄色い和本を持った手で、雄一郎は窓際の椅子を示した。

「御勉強ですのね」

三千子は遠慮してか、立ったままだった。

「僕は書物の虫です。書物の虫は、勝手に食い散しますが、僕はまだ、そんな器用なことが出来ません」

「父も云っておりますの、あなたは、ほんとに見上げた方ですって」

「先生がですか?」

「ええ、私もそう思いますわ」

「僕は、お世辞が嫌いです」

雄一郎は、和本をばたりと、机の上に投げるように置いて、窓際に背を見せた。

「お世辞じゃ、ありませんことよ」

心なしか、三千子の頬が、紅《あか》くなったようである。

「まア、ひどい埃ですこと。左近さんは、お掃除なさいますの」

「小使がすることにはなってますがね、他人に本や原稿をいじられるのが、嫌いなのです。僕は、一人で、気のむいた時た、はたきをかけることにしています」

「左近さんらしいことを仰言るわ」

三千子は、ハンドバッグをあけて、

「甘いもの、いかがですの。チョコレート。子供のお土産みたいですけど」

と、紙包を解いて、押しやった。雄一郎は、ちょっと

振返っただけで、

「有難う」

相変らず、窓外の景色に見とれている。緑の銀杏の茂みに、講堂が白く反射している。青銅の屋根を、伝書鳩が五六羽、ゆるく旋廻して行った。

「お茶があると、いいですわね」

「水がありますよ、そこに」

埃が白くたまった水差しが、机の上に置かれてある。

「こんなの、お飲みになっては、毒でしょう」

「いや、先刻、とりかえてきたばかりです」

冷たい返事である。

「あのう、妾ね、お花を持ってきてあげたのですけど」

「すみません」

「矢車草なのよ、左近さん。活けるもの、ありますかしら」

「その水差しで結構です。コップでも、いいのですがね」

「……」

とりつく島もない雄一郎である。三千子は悲しそうに、うつむいていたが、窓へ、雄一郎と並んで立った。

窓下を口笛をふきながら、学生が通って行った。


「御勉強の方、すすんでいらっしゃいますこと?」

「村落史の研究ですか。まあ、ボツボツ」

「父が申しておりました、あなたの研究が、まとまったら、大したものになりますって」

「先生には、とてもお世話になっております。これを、うまくまとめるには、先生からもっと教えていただかねばなりませんよ」

「そんなこと、ございませんでしょう」

「僕がどうやら、今日あるのは、全く先生のお蔭なんです」

雄一郎は、眼鏡の底に、キラリと情熱的な瞳を輝かせた。それは、身を以て真理を追求する、あの真摯な学徒の希望に燃える瞳であった。雄一郎は新島利国老教授の秘蔵弟子で、新進の経済史学者である。

「僕は最近、古文書を漁っているうちに、意外なことを発見したのです」

机から汚い和本を持ち帰ると、雄一郎は、パラパラと繰ってみせた。それは義太夫の丸本に似た文字で記されたもので、所々、虫が食ってあったり、朱筆で書きこんだ註釈もあり、三千子にはとても読めそうもない、古書であった。

「この本です。風土記の一種なのですよ。昨年、田舎を旅行した時、偶然の機会で百姓家の蔵の中に発見して、譲ってもらいました。その時は気にかけなかったのが、読んでみると、日本の昔、だいぶ昔の時代のことが書いてあるのです。御覧なさい――」

雄一郎は、とある頁《ページ》をめくって指さしながら、

「たかつきという文字がありますね。ほら、ここにもあるでしょう」

三千子には、とても読めはしなかったが、何か貴重な文献らしいことは、雄一郎の態度で、うなずけるのだった。

「たかつきは、部落の名前らしいのです。書いてある記事も、その土地の奇妙な風習とか、生活法とか、宗教などで、旅行記だと云えるのです。手っとりばやく云えば、ですよ。調べてみると、それがどうやら日本にも珍しい集団生活をやっている部落、経済史の方では、共産部落と名付けている、あの村落らしいのです」

「共産部落と申しますと」

三千子には、日頃無口で、冷淡な雄一郎が、こんなに情熱的に話すのが、珍しく、それだけに、うれしいことだった。


「共産主義、コンミニズムとは違います。もっと素朴で、原始的な、生活です」

「そんなのが、ありましたの」

「歴史家や経済学者が調べたところによると、日本にも、あったらしいのです。現に、岩手県などの山奥に、そういう村が今でもあるのですからね。子、親、祖父母、そのまた親、それから、兄弟、お嫁さん、その子供たちと、何代にわたる肉親が、一ツ家に起居している、だから親族全部が一棟に生活している。一村が、親族の全体となっている。そういうのがあります」

「南洋あたりにも、ありますのね」

三千子は、雄一郎の瞳をじっと、見つめた。

「ほウ、よく知ってますな」

「映画で見ましたの」

「そう、映画でね。ああいう部落が、この古ぼけた写本に書いてあるわけです。子は親を捨て、骨肉相食《あいは》むような今の時代、間隙《すき》があれば相手かまわず打ち倒そうとしている現代の経済社会に、一つの道徳、一つの単純な掟が部落という狭いながら、一つの社会を整理して生活する。実に美しいと思いますね。ここに、どんな素敵なロマンスが待ちかまえていることでしょう。僕は早く行

ってみたい。これこそ、美しい冒険でしょう」

雄一郎は情熱的な瞳を光らせて、パタンと本をとじた。ぷんと、黴臭い匂いがした。

「古い地図や地名辞書で探ると、このたかつきという部落が、今でも方々にあるのです。大阪の淀川に沿う高槻という町、古城址があります。また『秋といへば光をそへて高月の川瀬の浪もきよくすむなり』という和歌にある高月は、岡山県で随分古代からある所ですよ。しかし、この本のたかつきは、それらではないらしい。僕は信越国境にあると思っています。歴史家が発見していないだけに、もしこれが事実だとすると、素晴しい研究になりますよ」

「御成功を祈りますわ」

「成功にはまだまだ、実地を踏査しないことには、雲を摑むような訳ですからね。僕には、まだ、そこまで自信がありません。たかつきが、地名であるのか、地名が該当しても、長い歳月のうちに、どう変っているのか、調べてみなければ、結局机上の空論です。また、たかつきという言葉も、地名以外の言葉かも知れません。昔、食物《たべもの》を盛る時に使った器、あれは高坏《たかつき》と云いますね」

「高い台のついた、盃みたいなものでしょう」

「その器の語源は、いつごろか、この写本とどんな時代的なつながりがあるか、調べてみる必要がありましょう。雌蛭木《めひるぎ》の異名をたかつきともいうし、成長した植木に接木《つぎき》するのを高接法《たかつきほう》といってます。同じく植物に、高《たか》盃蔦《つきつた》に、高盃藻屑《たかつきもく》、もっともこれは暖地に育つのだから、この本と関係はないかも知れません。この本のたかつきは、相当寒くて雪のある状態が描かれていますから。——風景をもじった地名としては、高い丘の月、高い槻の木、たかつきですね。鷹のいる丘の月、たかつき。また、墳墓《おくつき》、お墓のことです、これが変化して、たかつきとなったかも知れない。人名では鎌倉時代からの旧家、鷹司家《たかつかさけ》、これが変化したのかも知れませんね。信濃の国には代々高槻氏という豪族が住んでいて、これから分れて高月氏、高付氏などが出たとも、古書に記して見えます。——」

と云いかけて雄一郎は、ふっと、口をつぐんでしまった。

「つまらない講義などをして——」

雄一郎の頰に、紅潮が消えた。学者的な瞳の光も遠のいてしまって、三千子がそこにみたのは、白皙《はくせき》の痩せた冷たい人間、雄一郎であった。

「今日は、御散歩ですか」

それは、うるおいのない言葉であった。

「お誘いにあがりましたの」

「さア」

「散歩ではありませんけど、およろしかったら、御食事にお寄り下さいません？　家へ」

「有難いですが、僕――」

雄一郎は、云い渋るように、

「僕、友達と、約束があるのです、夕方から、生憎《あいにく》――」

「父も御相談申したいことが、ありますとかで。母も、喜びますわ」

「せっかくですが、先生によろしく。いずれ、伺わせていただきます」

「食事の用意も、してありますの。御馳走とはいえませんけれど」

雄一郎は窓から離れると、黙って机に向ってしまった。

「ほんとに、御都合つきませんこと」

三千子は、頼むように云ったが、雄一郎は本を開いたままだった。学問以外には、このように冷い態度が、三千子には、たまらなく淋しかった。

手を触れないチョコレートに、木もれ陽が、そっと射してきた。矢車草はパラピン紙に包まれたままぐったりとしおれていた。

三

三千子が帰ると、待っていたように、卓上の電話が鳴りだした。研究室には、教務室や教授室との連絡のために、私設電話が設けられてある。

電話の主は、女だった。

「あたしよ、わかる？」

声が、受話器にはずんでいる。

「苦絵よ。どう、お忙しい？　あら、そう。今夜、お暇ですの、え、お会いしたいのよ、だって、しばらくですもの。ね、いらしてね、待ってるわ、駄目？　いけません、苦絵、怒るわよ、いらっしてね。六時、モナミの二階《スペシアル》へね、ね。モナミは、少しクラシックすぎるかしら？　それより――」

苦絵の声が、ちょっと、とぎれた。

「コロンバンが、いいわね」

「僕、研究があるので、行けそうもないんですよ」

「いやよ、そんなこと、一晩位、いいじゃないの」

「しかし、ね——」

「駄目、駄目、云うことをきいて。雄ちゃん、内気ね。恥しいんでしょう、ランデヴーが」

「まさか」

「じゃ、いらしてね。それから、譲二さん、今夜は連れてきてよ、ね、きっとですよ」

「弟は合宿だから、困るなア」

「だから、頼むのよ、あんた、兄さんでしょう、助教授じゃないの」

「合宿中は、外出できませんよ」

「嘘仰言い、見たわよ、妾、銀ブラしてたのを」

「いつです」

「四五日前だわ、譲二さんと、あんたと、きれいな女の人と。あれ、あんたのアミイ?」

「あれは、訳が——」

「あの人ならよくて、妾は、いけないの」

「新島三千子さんて、野球部長の先生の娘さんですよ。あの日は、外の部員も一緒だったんです」

「ほら、御覧なさい。外出出来るじゃ、ありませんか。部員の人も、つれてきてもかまわないわ、途中で、撒けばいい。じゃ、約束してよ、六時、コロンバンの二階で、ね。さよなら」

「困るな、苫絵さん」

と、雄一郎は追いかけるように云ったが、電話は断《き》れていた。

苫絵の電話のあと、雄一郎はずうっとそわそわして、落ちつかなかった。そして、五時をちょっと過ぎた頃、研究室の戸締りもそこそこにして、階段を下りて行った。表門で、折よく円タクを拾った雄一郎は、

「銀座、尾張町でいい」

と、乗った。譲二の合宿所は、大学裏のグランドの横にあって、自動車を廻せば、何でもないのだし、歩いても何分とかからない近さなのだが、雄一郎は敢て合宿をまわれとも告げず、自動車は、そのまま正門前の狭い商店街を、矢来下へ抜けて行った。

コロンバンの二階で、雄一郎は二十分近く待たされた。待たされた、というより、苫絵を待ちこがれていた、と云った方が適当であろう。尾張町からブラブラ歩いて、コロンバンへ着いたのが、五時半を少し過ぎていた頃だったから。

夕暮れの銀座通りを眺めたり、藤田嗣治の壁画をぼんやり見ていると、淡黄《うすき》色のドレスを着た苫絵が、ポンと肩をたたいた。

苫絵は、

「譲二さんは？　つまんないの」

と、にらんだ。雄一郎が、くどくどと、譲二を誘ったが、外出出来なかった、理由を述べかけると、

「寄ってこないんでしょう、意地悪！」

苫絵は、キュッと、雄一郎の靴を踏んだ。しかし、すぐ、

「いいわ、あんた、でも」

「僕、でも、の組ですか」

「ごめんなさい、そんなつもりじゃ、ないことよ」

苫絵は面白そうに、ほほほほと笑って、

「譲二さんを連れて来なかった責任、あんた感じて？」

「靴で蹴られるほどは、ね」

「もう一度、踏むわよ」

「痛い」

「あら、嬉しそうな顔をして」

「あははは、あなたなら、痛くないから」

「可愛いい、お馬鹿さん」

「僕、お腹が空いたな」

「おごって！　譲二さんを連れて来ない、罰よ」

「仕方がない」

「お願いがあるの」

苫絵は、帽子の下の瞳《め》で、いたずらしく、ウインクした。

「アルコール、飲ませてね」

「飲めますか、酒が」

「こう見えてても、強いのよ」

「驚いたなア」

「いいとこへ、案内してね」

「僕、貧乏で、弱る」

「案内料《ガイドフェー》出すわ、その外に、御褒美も」

「御褒美？」

「ええ」

雄一郎は、苫絵の美しい瞳を見た、唇を見た、ふっくらした乳のふくらみを見た、煙草をはさんだ白い指を見た。雄一郎は、解放的な苫絵に、新しい冒険の喜びを、ひしひしと感ずるのだった。

コロンバンを出た二人は、ビールを飲みたいという苫絵が先頭に立って、直ぐ近くのビヤホールへ入って行っ

た。

ビヤホールから、小料理屋へ誘ったのも、苫絵だった。

「よく、飲めるね」

と、雄一郎は驚いた。苫絵は、父から叱られた、むしゃくしゃの気分もあり、もともと不良じみた彼女の性格は、いつの間にか、酒に慣れているのだった。が、雄一郎は苫絵のこの一面に始めて触れて、そのフラッパーぶりに全く驚くより外はなかった。

「今日は、私が、みんなおごるわよ」

苫絵は酒で上気した紅い頰をほてらせながら、雄一郎の耳許でささやくのだった。雄一郎は、苫絵にすすめられるままに、遂知らず知らず、盃を重ねていた。

二人が、酒場アヴァンチュールへ、地下室の階段を踏んだときは、苫絵も、雄一郎も、相当よっぱらっていた。

酒場の女給たちは、意外の客、苫絵を、じろじろと観察しているらしかった。

「ウオッカ、頂戴」

遠慮して傍へ近づかない女給に、苫絵は慣れきった調子で、声高に云うのだった。

「君は、ペパミントがいいよ」

雄一郎は、あきれて訂正した。

「うそよ。こっちの方に、甘いマンハッタン。ボクに、強いウオッカ。――そうね、ハイボールにしようか。わかって」

云いかえした苫絵の目は、とろんとしていた。それは、どこかの女給が、客と遊びに来たという情景に似ていた。

「驚いたなア、苫絵さんが、酒場にまで発展しようとは」

「ふん、ボクだって、酒ぐらい――」

苫絵は、ソファに、ぐんにゃりと、よりかかるように、腰かけていた。

「あら、お強いのね、こちらは」

断髪の女給が、ウオッカとハイボールを持ってきたが、苫絵が息もつかずに呑みほすのを見て、驚いて、目を見はった。

「もう、一杯」

と、苫絵は、ハイボールの味覚を舌にもてあそびながら、酒くさい息を、ふうと吐いた。

「止したまえ、苫絵さん」

「苫絵さんと、おっしゃるのね、こちら。――妾、お仲間入りして、いいこと?」

女給が、わりこんできて、苫絵と並んで腰をかけた。

「君、なんていうの、ボク、苦絵」

苦絵は、女給の手をにぎった。

「妾、幸子。どうぞ、よろしく」

「さち子。幸福の幸、ね。いいわ」

「お二人で、お楽しみ?」

「そんなんじゃ、ないのさ。ボク、ふられちゃってるよ」

「おほほほ、嘘ばっかり」

「あら、誤解しないでよ、こっちにでは、ないことよ」

と、苦絵は、ぽんと雄一郎の足を蹴った。

「雄ちゃん、飲みなさいよ。男らしくもない」

「よし」

雄一郎は、カクテルに唇をつけたが、半分も飲まないうちに、グラスを置こうとした。

「弱虫、もっと――」

「あら、妾、手伝ってあげることよ」

女給の幸子が、手をのばした。

「幸子、君、雄ちゃんの傍へ行ったげたが、いいよ」

「怒ってんの?」

幸子が、苦絵をふりむいた。が、苦絵は、ハンドバッグをあけると、横をむいて、金色のコンパクトを取りだした。鼻をたたくパフから、白い粉が、青いシャンデリアに美しく散った。雄一郎は、苦絵の横顔を、うっとりと眺めていた。幸子は、マッチをとろうとして手を伸ばした時、職業的に苦絵のハンドバッグをのぞきこんだが、はっとした表情をして、まだパフをたたいている苦絵の酔った眼を見つめた。

レコードが、騒々しいジャズから、静かなワルツに変った。

「幸子、踊ろうよ」

と、苦絵は女給の手をひいて、ボックスから、よろけるように、歩みでた。棕梠の植込みのかげへワンピースの幸子と、苦絵が、組みあったゆるいステップで、青く照明されながら、消えて行った。その向うには、三四組、踊っているらしい嬌声が聞えた。

ワルツが終った。席へ帰ると、

「おお、喉が乾いた。幸子、お冷《ひや》」

それは、家庭で女中に命ずる、あの口調だった。苦絵は、幸子の持ってきた水を、ゴクリと喉をならしながら飲みほすと、

「雄ちゃん、お相手」

と、ルンバのリズムに合せて踊っている棕梠の向うへ、

雄一郎をひっぱって行った。ボックスには幸子だけが残された。

「私も喉が乾いたわ」

幸子は、独り言を云いながら、苦絵のハンドバッグと並んでいる、雄一郎の残したカクテルのグラスをとりあげた。そこからは、かげになっていて、苦絵たちの姿は見えなかった。

レコードが、変った。タンゴだ。タンゴが終って、次のフォックス・トロットが、終りかける頃、苦絵は戻ってきた。

「駄目なのね、雄ちゃんは」

「君、酔ってるんだもの」

雄一郎は、どちらともつかない、弁解をした。苦絵は、ひょろひょろと、立って、また幸子の手をひっぱった。

「やっぱり、君はうまいや。踊ろうよ」

一人残された雄一郎は、苦絵のこうしたダンサアか、女給のような態度に、少からず、面食《めんくら》っていた。今まで、苦絵とは何回か交際しているが、それは多くはブルジョアのお嬢さんの、お転婆《てんば》位としか考えていなかった印象であった。それだけに、雄一郎は、すっかり当惑したし、また、娼婦じみた苦絵を征服することが、大きな興味になってくるのだった。

四

苦絵は、酒の酔が、ダンスのために、すっかりまわったのだろう、ふうふう云いながらもどってくると、雄一郎の隣りへ、ぺたんと腰を下した。

「カクテル、どう?」

「もう、よそうよ」

と、雄一郎は、上気した苦絵の頬に、自分の頬をふれさせながら、

「君、ダンスがうまいね」

「ふん。ボク、いい気持ちよ」

苦絵は、汗ばんだ頸にハンケチをあてた。

「おいしいもの――」

つかれたのか、苦絵は雄一郎に、頭をもたせたまま、夢を見るような、眼をしていた。

「何が、いい」

雄一郎は、苦絵を抱くように、耳へ口をよせて、ささやいた。こんなことは、苦絵との交際に、今までにない

経験だった。

「僕、苦絵さんが、好きだ。大好きさ」

と、雄一郎は、とろんとした苦絵によびかけた。

「あたしも」

「恋をしているんだ」

「恋は、カクテルみたいね」

「恋はカクテルだ、あまい」

「淋しいわ」

「二人でいても？　苦絵さん」

「淋しいのよ」

苦絵は、うっとりとして、雄一郎の胸にもたれている。

「センチだな、苦絵さんは」

雄一郎は、眠ったように、眼をほそめている苦絵の指をまさぐりながら、小さく笑った。

「離れているんですもの」

「ここにいるよ」

「苦絵は、一人ぼっちよ」

「うそだ、ここにいるじゃないかね」

「会いたいなア」

「誰と？」

「会って、話してやりたい」

「……」

「うんと、あたしの気持ちを」

「……」

「こんなに、思ってるのに」

「誰のこと、ね、苦絵さん」

「会いたいわ、譲二さん」

「譲二⁉」

雄一郎は、ギクリと苦絵を見た。

「譲……二……さ――」

急に、苦絵は、ぱっちりと眼をあいた。

「あら、妾、何か云ってて？」

「何にも、云いや、しませんよ」

雄一郎は、冷たく吐きだすように云った。

「そう、それなら、よかったけど、妾、酔ってるのね、ごめんなさい」

煽情的なジャズが、高く鳴りだした。苦絵は、また小鳩のように、顔を雄一郎の胸へ埋めようとした。苦絵の紅い唇は、全く妖しいほど、美しく雄一郎の心をさそった。

――苦絵が、弟の譲二を恋している！　三千子は、僕を恋している！　しかし僕には、三千子が、好きになれないのだ。

酒の酔もあって、雄一郎は、苫絵を出来るだけ力強く愛撫したい欲情にかられた。

「苫絵さん、僕は、あんたが――」

と、いきなり雄一郎は、苫絵の唇を盗んだとき、ぱちり、苫絵の白い手が、頬に鳴った。

「いやアよ。お馬鹿さんね」

苫絵は、つと、身体を起すと、

「雄一郎さん、嫌い」

と、眉をひそめたが、直ぐ持前の魅惑的な笑顔にかえって、

「ほほほほ、ごめんなさい。ねえ、いい物をあげるわ」

ハンドバッグを開けて、のぞきこんだ。が、

「おや、一組しかないわ。変だこと」

ハンドバッグをかきまわしている手を止めて、

「おかしいわ。二組入れてきたと思ってたのに」

「何? 苫絵さん」

「これ、御褒美よ、先刻約束したでしょう」

苫絵が、テーブルにのせたのは、カフスボタンだった。

「あなたと、譲二さんと、二人へ持ってきてあげたのに、これきりしきゃ、見つからないの」

「弟の分も?」

「それが、ないの」

「へえ――」

冗談を云う苫絵ではないことは、雄一郎が知っていた。カフスボタンは、黒い木材を純金の鎖でつないだ、凝ったものであるが、それよりも雄一郎をひどく驚かせたのは、そこに鏤《ちりば》められた、燦然《さんぜん》と光っている宝石であった。

「それ、ダイヤモンド?」

「ダイヤモンドかしら」

雄一郎は、気がついて、もう一度見なおした位であった。苫絵は、くっくっと、おかしそうに笑った。

「まがいものよ。硝子よ」

「まさか――。だが、変だね、二つ入れてきたのが、一つしかないなんて。落したんじゃ、ないかなア」

「妾、こう見えても、正気よ。落したりするもんですか」

「盗まれたのでは?」

「ほほほほ、そんなはずないわ。ずっと、ハンドバッグにあったんですもの。それで、酔ったって、妾正気よ。盗られたり、掏《す》られたりするもんですか。家にあるのよ、きっと。だから、安心なさいよ。それ、あんたに御褒美

よ」

「貧乏書生には、勿体ないな」

「あら、そんなもの。その代り、この次はきっと、譲二さんに会わせてね」

「譲二？」

雄一郎は、ちょっと不愉快そうに顔をしかめて、

「ええ、こんど――」

と、言葉を濁した。

苫絵が、立上ると、棕梠のかげから、しばらく姿を見せなかった女給が、つと、寄ってきた。幸子だった。

「あら、お帰り？」

母の秘密

一

銀座から麴町の下《しも》二番町、苫絵の家まで自動車で送り、雄一郎が四谷見附に近い、自宅へ帰ったのは、十二時を過ぎた頃だった。

玄関のベルを鳴らすと、女中が、直ぐに、戸をあけた。

「お帰りなさいませ」

「遅くまで、すまないね」

雄一郎が、靴を脱いでいると、女中は、待ちかねていたように、

「また、いけないんですの。妾、ずっと、お傍に、つきっきりでしたけど」

と、声をひそめて、奥の間を指さした。

「お母さんが？」

雄一郎は、女中をふりかえった。女中のお清《きよ》は、そういわれてみれば、なるほど昼の身装《みなり》のままである。

「どんな、様子だね」

「御食事が済んでから、七時頃でございましたかしら、急に、お腹が痛いと、仰言いますんですよ」

「例の発作らしいな」

「そうなんでございますわ。妾、お腹をさすったり、揉んだりしていますうちに、恐いお顔をなさるのです。お床《とこ》をとって、横におなりになってからも、うなされるし、変な事を時々仰言いますんでしょう、妾、おそろしくなって――」

女中のお清の話は、こうだった。――雄一郎の帰りを待っていたが、帰りが遅くなるらしいので、先に食事を、という母の言葉に、夕食を終ったのであるが、ラヂオのカレントトピックスが始まる頃から、母は急にお腹を抑えて、うううと、苦しみ出した。下腹部から痛みだして、やがてその疼痛が、胃や全身にまで及ぶ発作は、母に前からあるのだった。それは、昔の言葉でいう癪、胃痙攣の一種に違いないが、母は医者に見せるのを極端に嫌っているし、病状も二三時間もすれば、けろりと直るのが普通だったので、雄一郎も、今まで、いつも遂そのままにしていた。何よりも、いけないことに、正確な症状を医者に語るには、母にその資格がないのである。関東大震災まで手広く貿易商を営んでいた父が、ある倒壊家屋の犠牲になって死亡し、居合せた母も打撲傷を受けて倒れた。母の怪我は、後日全快したが、打撲傷が原因となって、生れもつかぬ白痴、いや震災前の記憶をすっかり忘れた廃疾者になってしまったのである。母の理性や感情は、十二、三歳の少女のそれに近いのである。

「やはり、囈言《うわごと》を云うのかい」

雄一郎は、玄関を上りながら、聞いた。

「ええ、それが、殺すとか、殺されたとか、妙なことばっかり。すっかり、気味がわるくなりましたの」

お清は、おそろしそうに、首をすくめた。

「それは、気の毒だった。もう、寝《やす》んで、いいよ、清やは。僕が、代って看るから」

母は、六畳の間に寝ていた。雄一郎は、その枕頭《まくらもと》に坐ると、まだ酔で、ふらふらしていたが、何かすうっと冷いものが通りすぎて、心のなかでは、ひしひしと呼びかけるものがあるのだった。青ざめた母の顔をのぞきこむと、酔も一度にさめるような気がしてくるのだった。

「お母さん」

「……」

「お母さん、僕です。雄一郎ですよ」

母は、かすかに意識してきたらしく、痙攣がぴくぴくと、頬を走った。

「どうですか、具合は？」

じっと、額に手をあてたまま、雄一郎は母の模様を見まもろうとした。掌療法というほどのものではないが、前の二三度の発作のときに、雄一郎は母の痛みを、鎮めたことがあったのである。

坐っているだけでも、ねっとりと汗ばむような、むし暑い夜である。

「うわ、うわ、うわ、ああ、ああ」

身体を、ゆり動かしながら、母は苦しそうなうめきをあげた。

「しっかりして下さいよ、お母さん」

「うわ、あ、うわあ――」

もう一度、母は、うめきをもらしたが、急に身悶えすると、

「痛い」

蒲団から、両手をつきだすと、何かを摑むように、はげしく指をひらいたり、にぎったりするのだった。

「ああ、ああウ、痛《いた》、痛――」

それは、断末魔の重傷患者が、虚空《こくう》を摑む時の表情である。母の顔には、じっとりとあぶら汗がにじみ、息はとだえ、とだえに、火を吐くほどかと思うばかりに喘ぎ、全身は小刻みに、たえずふるえている。女中お清の注意で、黒いシェードをかけられた電灯は、部屋をうす暗く照して、床の間の軸はぼんやりと浮び、雄渾に書かれた赤壁《せきへき》の賦さえ、まるで、無気味な蟻が這っているようではないか。また青磁の壺は、花を挿されていないその口を、だらりと開けて、くろずんだ青味をたたえた光から、今にも妖気がほとばしり出るかのように見える。しかも母は、この世のものとは思えぬ苦痛に歪められた表情をつづけて、やせた両手を、この暗い照明のなかへ、さしだしているのだ。

二

「痛い？　どこが、痛むのです」

雄一郎は、ぞっとする気持から、のがれるように、呼びかけた。

「頭だよ、打《ぶ》っちゃ、ああ、痛い」

「えっ、頭？」

頭痛が、するとは、雄一郎には初めての言葉だった。母は胃腸の疾患から、謂わば癪をひき起すのだと、雄一郎は考えていたからである。

「そんな、棒で、卑怯な――」

「棒なんか、持っていませんよ、お母さん。僕は、ほら、この通りですよ」

雄一郎は、額から手を離して、母の腕を握った。

「離してくれ、汚らわしい」

母は、はげしく、手をゆすって、もぎとるように、雄

一郎からひっこめると、蒲団をかぶるのだった。

「あっちへ行け、人非人《にんぴにん》、馬鹿、獣《けだもの》。人をたぶらかして、悪魔、ろくでなし、畜生、それでも人間か、乞食、馬鹿――」

聞いてはいられない悪罵と嘲声が、口をついて洩れるのである。

「可哀想な、お母さん」

と、雄一郎はさすがに酔もさめて、暗然としたが、それは母の白痴のような能力のためではなくて、彼女が神がかりのような状態で、夢幻のうちに、心の悪魔と戦っているためではないかと気付くと、母の囈言《うわごと》が、とぎれとぎれではあるが、前後に連絡のあるらしく思われてくるのであった。

母は、なおも、その恐怖をくりかえしているではないか。

「人を、こんな目にあわせて、まだ後悔しようとしないで――」

――恐らく父との痴話喧嘩であろう。

雄一郎は不愉快なものに想いあたりながら、母の次の言葉を待った。

「恥知らず！」

突然、母は甲高《かんだか》い叫びをあげた。

「人殺しイ、誰れか、来てイ」

母の顔は、大きく歪んだ。

「人殺しですって、誰もいませんよ、しっかりして下さい、僕です」

あまりのことに、雄一郎は、はっとして母をゆすぶった。しかし、その言葉が母に通じようとは思えなかった。が、母の表情は、見るまに変った。――瞳孔いっぱいにひらいた、眼。恐怖の色。

「手で、絞め殺そうたって、妾は、妾は。ああ、ああ、この子供は、お腹の子は――」

「子供？　お腹に子供がいる？」

それも、雄一郎には初めての言葉である。母は一体、誰のことを、何の記憶を口走っているのであろうか。

「鉄の棒だ、怖いよウ」

雄一郎は、あわてて母の胸から手をとった。殊によると、雄一郎の手が、鉄棒に見えたのかも知れない。

「あっ、つウ、痛、背中が、あっ、肩だ、畜生、う、うあ、う、うあ――」

母は、また、はげしく痙攣しだした。

「ピストル。おっ、ピストルだ。お父さん、お父さんがいる。あなた。早く、早く」

夢のなかに、新しい人物が出場してきた。お父さんと、あなたという二人、いや、一人の人物なのかも知れない。母が、お父さんと名乗る人とは、誰を指すのであろうか。雄一郎は、また疑惑につつまれるのである。

「逃げて、逃げて、早くですよ。あっ、射ちます。お、痛。あなた、危い、危いから、逃げて、わたくしが」

囈言は、しかし、ここで、とぎれてしまった。母は、ぐったりと疲れて身体を、横たえたまま、かすかな寝息さえ、たてはじめたのである。

雄一郎は、怖ろしい悪夢から覚めたように、慄然と我を忘れていた。胃の痛みから、母はたえざる恐怖に襲われて、それから逃れる術《すべ》もないらしい。

母の安らかに眠ったのを見て、着がえに立とうとして雄一郎は、

「あ、いたっ」

と、思わずよろめいてしまった。きちんと坐っていたので、足が痺れるのも、気がつかなかったのだ。

鉄の棒。絞殺。ピストル。

父と呼ばれる人物。あなたと呼びかけられる人物。畜生、獣と嘲けられる人物。

頭の痛み。背と肩の痛み。

――母は、たしかに怖ろしい夢になやまされているのだ。

――だが、夢とは？　夢は、記憶を再現するものだというではないか。

――では、母は記憶をくりかえして見たのか。

――母の夢は少くとも殺人の現場であるらしい。優しい母、厳格だったが慈愛深い父に、そんないまわしい過去が、どうしてあろうか。

――だが、母が、あまりに、はっきりと、記憶をよみがえらせるのは、どうしたことだ？　あの苦痛な顔、恐怖に歪んだ表情！

――いやいや、夢には統一がない。夢は、ばらばらに、距離も時間も消しとんだものを、一時に見るものなのだ。仮令《たとえ》、母の囈言が意味あり気に見えても、それは芝居や、小説などの記憶かも知れない。

――母が脅迫される、鉄の棒でなぐられる、ピストルで射たれる。そんな、馬鹿げたことが――

雄一郎が、自問自答していると、

「おや、お前いたのかい」

母が、眼をぱっちりとあけて、雄一郎を見た。雄一郎

は、救われたように、ほっとした。

「お母さん、苦しそうだったね」

「苦しい？　何が」

「お腹ですよ、胃ですよ」

「そうかね」

雄一郎は、きょとんと母をのぞいた。

「お母さん、知らないんですか。あんなに、うなされていたのに」

「妾あ、夢を見ていましたよ」

「夢？」

「ああ、きれいなお花畑。鳥が鳴いていた、ホーホケキョって」

——可哀想な、お母さん。

雄一郎は、母の手をやさしく握って云った。

「ねえ、母さん、おそろしいことなかった、お花畑で」

「キャラメルを食べたよ」

「いいえ、悪人が来たりして——」

「そうね」

と、母は考えていたが、

「知らないね、知らなかったね」

「よく考えて、ごらんなさい。人に撲られるとか、殺されるとか——」

「殺される？　おお、怖い」

髪の毛を無造作にひきたばねて、やせこけた母は、いかにも怖ろしそうに、身ぶるいしたが、やがて、また、すやすやと寝息をたてはじめた。その顔は、五十を越したとは見えない、あどけない、安らかな、少女のような微笑さえ、もらしているではないか。

雄一郎は、複雑な気持ちで、そっと座を立った。

三

麴町下二番町。住宅地として、昼も閑静なこの一劃に、コンクリートの塀を高々とめぐらせて、実業家覚張信也の家がある。門を入ると青々とした植込みの中を、くの字形に砂利道が敷かれ、蔦のからんだ洋館二階建て、玄関は、だから門から右手にあたることになる。

門前で、雄一郎と別れた苫絵は、よろめく足で砂利を踏んで行ったが、玄関前には、ツウ・ドア式のモーリスが停って、運転手が居眠りしていた。応接間には、あかあかと灯《ひ》がともされていた。こんなに夜遅いのは、滅多にないことなのである。

苦絵は、そっと玄関の扉《ドア》をあけて、女中も呼ばずに、そのままスリッパの音を忍ばせて、二階の居間へ上って行った。

「……」

苦絵は、ぎょっとした。部屋の扉をあけると、誰やらが机をあけて中を調べているのである。が、その後姿は父であることに気がつくと、

「何してんの、お父さま」

苦絵は、そ知らぬ風で、上着を脱ぎはじめた。

父は、つかつかと寄ってきた。

「苦絵。どこへ隠した?」

「だしぬけに、何をです」

「カフスボタンのことだ」

「ああ、あれ——知らないわ、そんなの」

「手文庫から持ち出したんだろう」

「知るものですか、そんなこと」

「嘘をつくつもりか」

父の言葉は妙に上ずって、荒かった。しかし苦絵は、派手な友禅模様の錦紗《きんしゃ》の単衣《ひとえ》を肩からさらりとかけて、父に背をむけたまま、下着を脱いでいた。

「お父様、何か誤解していらっしゃるのね、妾、覚えがないのですもの。カフスボタンなんて、見たことも、聞いたこともないわ」

「おい。儂が大切にしていた手文庫をこじあけて、カフスボタンを持って行ったのは、お前だろう。お前に違いない。それも、二組だ。儂が支那から受けとった大切な預り品なのだ」

「……」

「今夜、その預け主が来て、直ぐ渡してくれと云うのだ。苦絵、出しなさい」

「ほほほほ、妾だけを責めるのね、お父さんは。妾が、そんな大切な品を、奪《と》ったとでもお考えになるの」

「お前だけなのだよ、あの紙包みを受けとるのを見たのは。儂が包みをあけたとき、傍に立っていたのは、苦絵、お前だ。お前より、外にいなかった——」

「ふん」

「儂は、それを部屋へ持って行った。おい、急ぐのだ。苦絵、こっちを向きなさい」

信也は、伊達巻をしめかけた苦絵の肩に、ぐいと手をかけた。衿がしどけて、白い美しい肩の線がちらりとのぞいた。

「いやです」

「酒を飲んでいるね、お前は」

「知らないと云ったら、妾、知りません。知らない、知ってるもんか」

「ふん、ますます驚いた子だ、お前という子は。分った、相手の男にプレゼントしたのだね、誰だ、それを貰った野郎は」

「そんな下品な言葉を使うものでなくってよ、紳士は。お父様」

苦絵は、するりと父の横を抜けて、窓際のソファに身を投げた。

「カフスボタンが、何故そんなに、大切なのでしょうね」

「何でもいい、貴重品なのだ、儂には。なくては困るのだよ」

「ほほほほほ、いやなお父様。実業家には、ロマンスが禁物のはずでしたわねえ。あんなの、どこでも、買えるじゃありませんの」

足組みをした苦絵の、ふくら脛《はぎ》が、派手な縮緬《ちりめん》からのぞいている。信也は、煙草をくゆらしている苦絵の人を人とも思わぬ態度に、むしろあきれて、

「まるで、娼婦のようだ」

と、にらみつけるように、しばらく立っていたが、やがて、

「儂の云うことが分っただろうね、苦絵。我儘もいい可減に止すものだ」

あきらめて部屋から出て行った。

階段を下りてゆくスリッパを聞いてから、苦絵は「寝ようかしら」と、ベルで女中を呼ぼうとしたが、父がカフスボタンで意外に狼狽しているらしいのと、今夜の来客は誰であろうかと、ふと気になってきた。それで、応接室の隣りの部屋へ、電灯を消したまま、すうっと入りこんだ。

苦絵は音を立てないように、そっと、窓をあけた。窓は鉄枠のついた、縦に細長い、半開きの硝子である。その一枚を音をたてずに開くと、隣室の一部が写って見える。

来客は二人らしい。一人は黒眼鏡をかけた、やせた男である。一人は、父の影になっているので、はっきりと見えないが、和服を着た女である。三人の主客は、声をひそめて話しているので、苦絵には殆んど聞きとれなかった。が、そのうちに、苦絵は全身をぶるっと緊張させ

て、利耳《ききみみ》をたてた。

父の信也が、たしかに、

「左近――」

と、いっったらしいからである。

「じゃ、その左近とかに渡ってるのですな。お嬢様の手から」

男の声が、ややはっきりと聞えた。父は、うなずいたらしい。それから、ひそひそ話が、しばらくつづいた。

「お美しくいらっしゃいますから――」

今度は女の声がして、父が笑い出した。話題は苫絵にうつったらしい。

苫絵は急に深夜の訪問客に憎悪を感ずると、窓を元通りに閉め、書生の斎藤の部屋をのぞいた。

「あのお客、何て人?」

「李《リー》さんとか仰言いましたよ」

「李? 支那人なの。朝鮮人?」

「さア――」

と、斎藤は首をひねって、

「会社関係の支那人だと思いますね」

「もう一人は?」

「女の方は、存じません。家へは初めてですよ」

「シャン?」

「さア――」

斎藤は、意味ありげに、にやにや笑った。

「老人《ばあさん》で、ウンシャンね、分ったわ」

と、独り合点した苫絵は父に気取られないように、部屋へ戻ると、女中が床をのべてあった。

「手文庫から、出した時は、たしかに二組あったわけだわ。父もあんなに云うし――」

床に入って、苫絵は考えていた。

「それが、雄ちゃんにあげるとき、一組しかなかった。そうすると、後の一組は?」

考えても、思い出せるものではなかった。

うとうとしていると、客人が帰ってゆくのだろう、玄関に自動車のエンヂンが、聞えだした。

覚張邸を辷《すべ》りでた自動車の客は、黒い眼鏡をかけた男と、相手は苫絵が安心した予想とはちがってこってりした厚化粧の美しい女であった。男は書生の云った通り、支那貿易商で、南京商行の李哲元という男だった。

「覚張さんのいうの、本当でしょうか、ねえ、嘘じゃない?」

女は媚をふくんだ瞳で、李をのぞきこんだ。

「あいつ、まさか出鱈目をいうとは思えんが、しかし、どうかなアーー」

男の声は、ぼそぼそと、つぶやくような低声であった。

「ふふふ、心配になったの？　ほほほ」

と、女は身体で笑って、

「伯《パイ》さんともあろうものが、さ。なんです、あんな小箱位に」

男は、仲間では伯ともよばれているらしかった。

「それが、さ、北平《ペーピン》の連中が何と云ってきたのか、あの箱の中味さえあれば、一目でわかるんだが。小娘にしてやられるなんざ、覚張信也、ぼけちゃったかな」

「寝返りうつんじゃ、なかろうね」

「さア。分らんな、分らんが、あいつなら、しょっちゅう金を握らせてあるし、女も抱かせてあるし、大丈夫だろうよ。代議士の多羅尾《たらお》の野郎だって、新政党の幹部だのって威張っていやがるが、この金穴《きんけつ》を逃がしっこはないからな。覚張がいないことには、多羅尾の金の出所がないのだぜ。奴さん、覚張に食いついて、離すものかい。ーー二人とも、女は三度の飯より好きだな。ウフフフ」

「いやだよ、お前さんまで真似しちゃ。ところが覚張の旦那、レコにあきたらしいね」

と、女は小指をチョイと動かして、

「新しいの、食わえさせてやらなくちゃ」

「ふん、そうか。お雪、お前に心あたりがあるだろうな、後釜は？　キャピタルにはどうだい？」

「そりゃ、ね。家には見付からないけど、ほら、アヴァンチュールの幸子って娘《こ》、あれならどう？」

「あのハッキリした女か、いいだろう。覚張のお相手は出来ような、あれなら」

「ほほほ、目が早いのね、あんたは。いやよ、旦那、世話する前に、チョッカイを出しては。妾、というものがあるのに」

「あっ、こいつめ！」

妾のお雪に、つねられた股をさすりながら、李は顔をしかめて、

「何にしても、幸子とかいうのをあてがって、お前がうまくあやつるのだな。あの箱は俺も手抜かりだった。てっきり、ばれたと思って、覚張へ運んだのが、いけなかった」

「娘が持ちだして、左近とかいうのに、渡したのでしょう？」

「分るもんか。——弱った、きっと通信文が入っていたろうに、南京との俺の連絡が、まさか嗅ぎつかれはしまいと思うが」

「せっかく、バラしたのに、ねえ」

「おい！」

と、急に、李は声を高めて、

「今夜は、銀座の酒場《みせ》へ帰らんよ。縁起が悪いや。お雪の家へ、やってくれ」

と、運転手へ肩ごしにどなった。運転手は、へいと、頭で返事した。

「お前、口外しちゃいけないよ。しゃべっちゃ、これだよ——」

ぐっと、お雪が刺す真似をした。

「えへへ……」

鏡《ミラー》の中で、ずるそうな運転手の片顔が笑っていた。

深夜の犠牲者

一

銀座のネオンサインが、ぽつりぽつりと消えて行った。女給たちを乗せた省線電車が、きしりながら高架線を走って行った。銀座は、東京は、ようやく夜らしい眠りに包まれはじめた。

深夜の東京を、しかし眠らないで活動をつづけているものがある。新聞社の輪転機と、交番のお巡《まわ》りさんと、円タクと——

「あああ、ブンヤは、辛いな」

有楽町ガード下で、新聞人相手に徹夜で営業しているおでんやである。すんぐり太った男が、背のびをして、つぶやいた。長曾我部である。ブンヤとは、新聞屋をもじっていう。

「辛いところが、花なのさ」

分ったように、これも、あくびまじりで答えたのは、同じ社会部の野球会長氏である。彼等は、朝刊〆切《しめきり》前をサボって、その帰り道、おでんやへ寄ったらしい。

「おい長曾我部、ボール一件は気の毒したな。お酒は有難く頂戴したぜ」

「あっはっは。あいつは、弱ったぜ。飛び歩いて、ろくにネタにもありつけやしない。君等の聞きこみは、あてになるもんか」

「悪く思うなよ」

野球協会氏は、眠そうに眼をこすった。

長曾我部は、杯《さかずき》をぐっとのむと、流行歌《はやりうた》の「国境の町」に合せて、

――靴の音さえ　淋しくひびく
　暗い廊下よ　刑事《でか》の眼よ
　一つオトセば（他社に出し抜かれること）社からのベルで
　いやになるほど　どやされる

と、歌うと、

「おい、協会氏、野球氏、呑みなってことよ。何だい、女房の顔など思い出して」

「あはは、女房か。ケイサイか、ゴンサイか、テンサイか知らんが、女房なるものはだ、――貰わぬうちがはアななのよウ――」

「気持の悪い！　俺は女房もらわん」

「女房もちょいと用事が足りていいものだがね、あはは。それも、亭主を尊敬してくれる間だけだ。あああ」

野球協会氏は、あくびしながら、歌い出した長曾我部と同じ節で、

「故郷離れて遥々千里、モサ（すり）や殺しと走らされ、青いお濠（警視庁のこと）をつくづく眺め、いやになるよな宵もある」――新聞記者仲間で流行《はや》っている替歌である。

それから二三本呑んだ後、終電車に辛うじて間にあった長曾我部は、ほろ酔いの微風になぶられながら、ついうとうとしかけたが、秋葉原の声を聞くと、あわてて飛び降りた。長曾我部は、駅から近くのある素人《しろうと》下宿に泊っているのだ。

駅を出て、小路から小路を抜け、広い大通りにさしかかったときである。

タン、タン、タンと、猛烈なスピードで、驀進してくるオートバイがある。

と、左手から、これもフルスピードで、風を切って飛ばしてきた円タクが、長曾我部の鼻っ先を、ひゅっと、

右へハンドルを切って折れようとした。

「馬鹿野郎、気をつけろ」

と、長曾我部は怒鳴りかけた声を、はっと呑んだ。心臓が、どきんと鳴った。

オートバイと円タクが、あっという間に、激突したからである。——少くとも長曾我部には、そう見えた。

「うわあっ」

喜びとも、悲鳴ともつかない叫び声をあげながら、長曾我部は駈けだしていた。が、二台の車は衝突しなかった。オートバイはすりぬけていたし、自動車は、危機一髪の瞬間を、それこそ弾丸のように辷りぬけていたからである。もう一、二秒遅ければ、勿論惨澹《さんたん》たる現状が、出現していたに相違ない。

しかし、極めて不思議な事件が突発した。最初、長曾我部が目撃したのは、一固まりの黒いものが、ふわりと空へ投げだされたことだった。それは、球でも投げるようにに、オートバイから飛び出たのだった。次の瞬間、その黒い固まりは、空中から、さっと落されてきた。

ぐわら、ぐわら、がちゃん、がちゃん、きゅん、きゅん。——すさまじい音響をたてて、その物体は大地に、たたきつけられた。それは、瀬戸物やガラス器具の壊れる、あの音の複雑な響だった。

長曾我部は、本能的に走りだした。そのとき、ふと、頸すじに妙なものを発見した。何か液体が、頸すじに、とびついたのである。長曾我部は走りながら、指をあてる、べっとり、ねばっこい——指は赤く、染められている。

「血だ！」

新聞記者としての感覚が、咄嗟に長曾我部の全身を支配した。現場には、おびただしい陶器や、樽や、ガラス瓶の破片が散乱していた。菰《こも》をかぶった樽も転がっている。その中に、うつぶせになって倒れているのは、正しく人間である。ガラスの破片を染めて、血が噴き出ている。

「人間が死んでいる。おい、降りろっ」

呆然と失神したように、エンジンをかけたまま、レバーを握っているオート三輪車の運転手に、長曾我部は、わめいた。

「死んでいる？　ふえっ——」

運転手は後を振返ったが、そこに倒れている人間を見つけると、

「うわあっ！」

と、叫んで、やにわにクラッチを切って、レバーを入れた。

「こらっ！」

が、オートバイは既に五六間もふっとんで、猛烈にガソリンを吐きながら、見る間に小さくなって行った。

「馬鹿野郎、待てっ」

今度こそ、長曾我部は顔を赤くして、声をからして怒鳴った。そこへ、先刻の自動車がバックしながら徐行してきた。空車である。

「あのオートバイを追っかけろ。人を殺したんだ。君等だって責任があるぞ」

逃げてゆくオートバイを、長曾我部は指さしながら云った。運転手も助手も、はっと顔色を変えたが、直ぐ、

「ヘッ」

と、上ずった声で答えて、ぐんと出た。その番号を長曾我部は素早くノートした。

「君、しっかりしたまえ」

長曾我部は、コンクリートの舗道にのびている男をゆすった。が、返事はなかった。

「くん、くん、くん」

長曾我部は鼻をならした。馥郁《ふくいく》たる香りが、あたりを流れている。酒である。自動車を避けようと急カーブを切ったオートバイは、街路樹の植え込みの石縁に、いやというほど、ぶつかって乗り上げその機《はず》みにオートバイから毬のように投げだされたのは、酒瓶であった。人間であった。あふれでた酒の洪水のなかで、男が死んでいるのだ。

男は頭から酒と血を浴びている。着物も、びっしょり濡れている。長曾我部は、鼻をくんくんならしながら観察していたが、

「おや、見たことがあるような、男らしいぞ。はてな」

と、首をひねった。男は右手をしっかり握りしめている。長曾我部が、無理に開かせると、ぽろり黒いものが転がりでた。細い金鎖で結んだ、黒い二枚の木片——

「カフスボタンだ。この男には妙な所持品らしいぞ」

新聞記者としての慾望が、むらむらと長曾我部に起った。現場に手を触れてはいけないことは、百も承知の上で、長曾我部はカフスボタンを、もぎとると、そっとポケットに忍びこませてしまった。

交番から巡査が走ってきた。

「何をしとるかア」

まず一喝を食った長曾我部は、手短かに現場を目撃し

た、新聞記者であること、オートバイを円タクに追跡させたことなどを、物語った。巡査はうなずいたが、

「もう、しばらく待ってい給え」

と、今度は言葉を改めた。

巡査は懐中電灯で男の体を照していたが、その光が、顔をクローズアップすると、長曾我部は、思わず、

「分った、深川だ」

「何、身許を知ってるのか、君は?」

「いや、心あたりが、ちょっと――」

「おい、おい、待て」

と、巡査は追いかぶせて叫んだが、長曾我部は折よく通りかかった円タクに、転がりこむように、

「深川だ、高橋の停留所でいいよ。特急だぜ――ああ、だから、ブンヤは辛いってんだ」

二

深川のトンガリ長屋から、長曾我部が碧水を連れてきたのは、それから二十分ほど、経ってからだった。酒を飲んで、ぐっすり寝こんだ碧水は、隣りの健吉が自動車で怪我をして死にかけていると云われても、冗談としかとらなかった。しかし、血糊のついた長曾我部の手や頸や、上衣にとびついた血痕を一目見ると、碧水は、へたへたと、くずおれてしまった。そして長曾我部の云うままに、自動車にのせられて来たのだった。

健吉の家には、同居人の新太がいたが、暗がりの中に長曾我部を見ると、ギョッとしたらしく、

「俺ア、いやだ、健が死ぬと聞いちゃ、友達甲斐がないようだが、家の始末をしておくぜ」

と、ボソボソ云って、あわてて家へ逃げ込んだ。

現場には、深夜ながら、円タクの運転手や客、物見高い野次馬が、ぐるりと輪を描いていた。人垣をかきわけて長曾我部が入ってゆくと、

「あっ、来ました、あれです、新聞記者というのは」

巡査が眼ざとく見付けて刑事に報告した。検屍の結果は、オート三輪車から放りだされた時に受けた打撲と、酒瓶の破片で喉を切られた即死ということだった。喉には、×××正宗のレッテルが貼られたガラスが、まだ、ぐさりと大きく刺されていた。

オートバイを追って行った円タクも、帰ってきていた。碧水は、長曾我部の後に、おどおど小さくなって控え

ていた。屍体は筵《むしろ》をかぶされてある。長曾我部が、そっと、あけて、

「たしかに、健ちゃんだろうね」

と、碧水を招いた。碧水は一眼見ただけで、わなわなと、ふるえだした。

「ケ、ケ、健公、だ。ヒ、エッ」

碧水は、むごたらしい隣人の姿に、胆をつぶしたらしい。尻餅をついてしまった。お尻が、じっとりとお酒ににじんできた。

「こら、お前は何だ」

巡査が、碧水をどなった。

「わ、わしですか。わし、は、ト、トンガリ長屋の、碧、碧水、てんで」

「もっと、はっきり、云え」

「死、んだ、この健公の、知り合、いです。可愛想に、健が、おっ、なんまいだ」

「念仏は、後だ。姓名は」

「碧水。あっ、これは雅号でして」

「雅号などは要らん。本名だ」

「深木藤太郎って、申すんで、へえ」

「よし、死亡者の知人だな。後で、調べがあるから、待っていろ」

刑事達は、健公を載せて来たオートバイの運転手に、疑問を集中した。しかし、運転手は、健吉に全然覚えがない、と申立てるのであった。

その間に、碧水は好きな酒の匂いが身にしみたので、元気が出て来たのだろう、屍体に近よって、筵を恐る恐るめくって行った。

突然、巡査がどなった。

「こら、手を触れては、いかん」

「あんまり健公が、可哀想なもんですから」

と、碧水はあわてて手をひっこめた。

現場での検屍と、簡単な訊問が済んでから、関係者は警察署へ連れてゆかれた。

長曾我部は、見たままの状況を告げ、死亡者に心当りがあるので、画家の碧水をつれてきた次第を残らず物語った。――ただ一つ、カフスボタンの点だけは除いて。

当局の疑惑は、健公を載せてきたオートバイに注がれた。運転手は依然として死亡者に覚えはないと主張した。彼の語るところによると、こうである。ある酒屋の配達夫である彼は、この日の注文品が夜遅くなってからかなり集まったので、配達に廻り、傍々《かたがた》、得意先で空瓶や空

樽を受取ってきたのだという。それは、明日は一月一回の公休日であるため、仮令夜遅くとも仕事を終えておけば、ゆっくり休めるからであった、あの椿事の後にも、一二軒廻る店があったというのである。

彼の申立ては得意先の受取証――その中には、バア・アヴァンチュールも混っていた――や、後で呼びだされた店主の証明で、間違いのないことであった。

円タクの運転手も助手も、長曾我部の報告と同様であった。

碧水、深木藤太郎は、トンガリ長屋の隣人同志というだけで、深い素性は知らなかった。こういう生活者の常として、深くは身許を穿鑿《せんさく》しないし、仮令したところで、どうなるわけのものではない。北海道生れで、本名は辰野健吉、年齢三十四、五才、職業はブリキ屋の職人、煙突掃除夫、夏は氷水屋《こおりや》と、碧水の知っているのは、それだけであった。ただ、碧水は、係官に驚くべきことを申立てた。それは、健吉に情婦があったことである。

バア・アヴァンチュールの女給幸子が呼びだされたのは、夜があけてからだった。店の二階に寝とまりしていた幸子は、薄化粧もそこそこに、眼を泣きはらして飛んできた。彼女は係官に問われるままに、健吉との内縁関係は、彼女が深川のあるカフェにいた時から始まり、後、銀座のバア・アヴァンチュールに移ってからも続いていたが、最近は店に同輩の女給たちと、寝泊りしている日が多かった、と彼女は云った。それは、彼女の健康がすぐれなかったためだという。

「最後に、健吉と会ったのは、いつだったかね」

「昨夜で、ございます」

「昨夜？　ほう、すると事故のあった当夜だ。何時頃かね」

「十一時を過ぎていたようでございます。多分、半に近かったと思いますけど」

「十一時半、ふむ」

それはオート三輪車の運転手の言葉と一致していた。

「健吉は、どんな様子をしていたのかね」

「ハイ、和服の着流しで、酒を飲んでいたようでございました」

「で、おまえは、何を話し合った、二人で」

「勝手口から私を呼び出して、身体の具合を聞きました。それから、私にお金を心配してくれと云ったのです」

「金は渡したのだね」

「ハイ、手許に五円ほどありましたので、それを渡しますと、これじゃ少い、もっと都合がつかないのかと云いましたので、私は帳場へ入って主人から十円借りて、勝手口に出てみますと、もう姿が見えなかったのでございます。それっきり、来ませんでした」

「話をしている時に、傍に誰かいなかったかね」

「店へ酒を配達に来る番頭さんがいましたが、二度目に出たときは、番頭さんも、オートバイも見えませんでした」

警察当局の見解は、幸子から金を受けとった健吉は、酔ったあげくのことでもあり、オート三輪車の酒瓶の中へもぐりこみ、荷物の覆布《おおい》を頭からすっぽり被って、次の配達先である酒場か、カフェーまでの奇妙な冒険を企てたのであろうということであった。健吉には、そういう無鉄砲な酔っぱらいぶりが、これまでにあったことが、幸子や碧水などの証明によって知られていたのである。

しかし、この冒険は、途中の思いがけない事故によって、無惨にも天国行きと化けてしまったのであった。

三

トンガリ長屋では、しめやかな通夜が営まれた。

健吉の家には、正面にお粗末ながら仏壇も設《しつ》らえられて、不慮の奇禍にあった故人の霊を慰めるために、好きな酒瓶さえ、備えられているのであった。

お通夜は、トンガリ長屋向きの無礼講であった。幸子の奮発で、酒が豊富に仕入れられてあったのだ。

お通夜の客は、一人帰り、二人帰って、いつの間にか、櫛の歯の欠けたように、五六人が、しょんぼりとり残されてしまった。それも、何かの用にかこつけて座を立って行くと、結局新仏《にいぼとけ》をかこんでいるのは、碧水と幸子と、同居人の新太だけだった。

「こう小人数になるていと、どうも淋しくて仕方がないな」

碧水は、盃をちびりと甜《な》めながら、つぶやいた。

「だけど、いいもんだよ、健ちゃんは、好きな酒と心中と来てやがる」

「酒のなかで、死んだのだものな、あきらめもつかアね」

と、云ったのは、インテリルンペンと渾名《あだな》のある新太だった。新太は、おどおどした眼を眼鏡の底に光らせながら、盃を重ねているのだった。

「酒イは涙かア、溜イ息イかア、だ。おい、幸《さっ》ちゃん。いやさ、奥さん、くよくよ、するなってことだ」

碧水は持ち前の呑みっぷりを発揮して、話しかけて、

「健公も可愛想だが、酒の天国、極楽行きだあ、俺も安心だ。そうじゃ、ねえかね、え、奥さん、幸ちゃん、お幸《こう》さん――」

と、幸子のうつむいている顔をのぞきこんだ。

「こりゃ、いけねえ。泣いているんだね。俺アまた、よけいな無駄口たたいて、これア、済まん」

「男一匹、働きざかりを、惜しいことをしたものだ。なむ、あみ、たぶウ――」

と、新太は後の半分をお酒にとかしこんで、ぐっと、あおった。

幸子はお通夜にふさわしい黒っぽい銘仙を着ていたが、顔をあげると、突然、

「おほほほ、ほほ」

と笑いだした。そして、

「なんだね、念仏なんぞ。さア、呑みなさいよ、お酌をしますよ」

碧水も新太も、長屋の者も、今まで沈みきっているとばかり思っていた幸子の、これはがらりと意想外の態度に、呆気にとられてしまった。

「なにさ、皆さん、しんきくさい顔をして。あんたから、飲まなくっちゃ、話になりませんよ、碧水さん、画伯」

碧水は、お銚子を持った幸子を、きょとんと見つめたが、

「いやア、幸ちゃん、そう来なくっちゃ、いけませんぜ。何をくよくよ、川ばたア、柳だ、おっとっと、お酒をこぼしちゃ、勿体ない」

と、盃の下に掌をひろげて、こぼれた酒をぺろりと、なめた。

「新太さんも、どうなの」

幸子の酌で、一座はまた、お通夜に不似合な奇妙な酒宴にもりかえった。碧水も酔った、新太も酔った、幸子も酔った。

「泣くのじゃアないよ、泣くウじゃないよ、泣けばア、と、来らア、翼も、ままならぬ、イイ気持ちだア、済ま

ないな、健公」

碧水は、酔って、泣いている。

「みっともないね、画伯、男のくせに」

幸子は、寝そべったまま、手をのばして碧水をこづいた。

「あいてて、男のくせにって、お前《めえ》さま、女のくせに、悲しくないってのかね、嬉しいってのかね、御亭主が死んだというのに」

「お生憎さま、だよ」

「御亭主といやア、旦那だ、親爺だぜ、夫だよ、主人、ハズバンド――」

「ジャズバンドは、ジンタだ」

酔った新太が、まぜっ返した。

「いやな、洒落だぜ、新太。シンタのジンタか、こいつは、いいやな」

碧水は盃をあけて、幸子に、

「マダム、呑みなってことよ、くよくよしたって」

「くよくよなんか、するもんかね。妾ア、健吉が死んだんで、せいせいしたのさ」

「いよ、冗談を。幸ちゃん、それア、仏の前もあることだ、いくら腐れ縁だからって、あんまりだ」

「妾アね、ホトホト愛想がつきてましたのよ、健公にゃ。下手な博打《ばくち》の横好きでさ、稀に顔を出せや博打と競馬の金の無心ですわ。死んだ晩だって、夕方ひょっこり顔を見せて金をふんだくって行ったので、少しは儲けておいでよと、毒舌ふりまいたのを根に持ってか、十一時半頃というのに、またやって来てね、今度は刃物で脅かすんですよ。それに、云い草がいいじゃありませんか。――俺ア、人殺しだってしたことがあるんだ。ぐずぐず、見損うと、承知しねえぞ、ってさ」

「えっ、ケ、健公、そんなこと、云って、たのかい」

と、寝そべっていた新太が、吃りながら、むっくり手をついて起き上った。

「おや、なんだね、新太さん、深刻な顔をしてさ」

「なに、いや、なに」

と、新太は、さりげない顔をして、

「健公、ほんとに殺《や》ったのかなア?」

「ふん、あてになぞ、なるもんかね。だけどさ、あの晩は、新太も一緒だった、疑ぐるんなら、新太に聞いてみな、といってましたよ。よウ、ほんと?」

幸子は、からかうような瞳をしていた。

「ふへっ、じょ、冗談じゃないぜ」

「わかるもんか。わははは」

と、碧水がまぜっかえすのへ、新太は、

「サイコロ稼ぎはしたって、殺しはしないぜ、碧水さん」

「浅草《えんこ》では、大分稼いだというじゃないかね」

「そうとも」

「あああ、妾は、肩身がひろくなったよ。足手まといの健が死んだんで、さ」

「喜ぶ奴が、あるかい、よウ」

と、碧水は、酒をごくりとならした。

「その晩だって、つくづく嫌になって、縁切り話を持ちだした位だもの」

「おや、いい男でも出来たのかね？」

「ほほほ、察しの早い――」

と、幸子はうっとりとした眼をあげて、

「れっきとした旦那が出来たんですよ。知合いのバアのマダムの話でね。実業家のパリパリよ」

「レコは、だれだい」

「覚張さんていうの」

「カクバリ？　聞いたことが、あるような」

「大会社の重役さんですよ。妾ア、いい可減に、健公から手を引くつもりだったものだから、仏にゃすまないけど、せいせいした気持ちよ。悪く思わないで、頂戴」

幸子は、ごろりと仰向けに寝そべった。その顔を、碧水と、新太とが、あきれて眺めていたが、新太は特別の驚きの表情をうかべながら聞くのだった。

「その覚張とかっていう男は、どんな人、幸子さん」

「年は少々老《ふ》けているけれど、中々いい男よ、ほほほ、妾から云うのは、どうかと思うけど」

「こいつあ、あてられた。ブルジュアの親分だろう」

「モチ。丸の内の日本物産の社長さん」

「ははア、覚張信也というんだね」

「おヤ、あんた、知ってるの」

と、幸子は、半身を起して新太を見た。

「いや、な、なに。俺だって、その位のことア、知ってらアね。物産の覚張といやア、実業界の利け者だってこと位は」

「なるほど、インテリ新ちゃんだけのことは、あるのね。覚張さんの第二号になろうって、いうのさ妾が。ふふふ、殊によったら奥さまに、ね。どう？」

「さア、あいつは、相当の女たらしだぜ。有名なもんだそうだ。気をつけねえと、あんたも――」

と、云いかけて新太は急に、口ごもった。が、幸子は頰杖ついたまま、深く気にもとめないで、

「捨てられるって、いうの」

「まア、そ、そんな——」

「いやに心配するのね、有難うさん。妾は捨てられるなんて、下手《へま》しないことよ」

「殺されるぜ、うかうかすると」

と、黙りこくっていた碧水が、幸子の顔をのぞきこみながら、云った。

「死んだ水崎銀子とかいう女、あいつも昔は覚張の妾だって噂だからな」

「そんなこと、なくってよ。あれには、覚張さんも、迷惑したと云っててよ。全然覚えがないことなんですって、さ」

「それア、カ、覚張——だ、旦那の、云ったことかね」

と、新太が聞いた。

「そうですよ」

「はははは、口は調法だ」

碧水は、また酒を注ぎながら、

「口は調法、口は禍の門、死人に口なし、と来てるからね。はははは、銀子を殺した野郎は、ルンペン臭いというじゃないか、お風呂へ入っているのを、のぞいた助平野郎の仕業だっていうことだ。そういえば、あの晩、新太、君は居なかったようだね、どうも臭いぞ。お前じゃないのか、おい」

「と、とんでもない。とんだ濡れ衣《ぎぬ》だ。あの日は、健公と呑みあるいてたんだぜ」

「わはははは、こいつは死人に口なしの類だな」

と、碧水は洪笑して、ふっと気づいたようにポケットを探していたが、

「幸ちゃん、俺、こんなの持ってるんだが」

碧水の投げだした黒いものを、何気なく手にとった幸子は、さっと顔色を変えた。手がふるえている。

「これ？　どうしたの、碧水さん」

それは、黒いカフスボタンであった。

「幸ちゃん、知ってるのかい、へえ。こいつあ、驚いたな」

急に変った幸子の様子に、碧水も不審の眼をみはった。

「どこで手に入れたの、これ」

「拾ったのさ、健公の屍骸の横でさ。俺が、蓆《むしろ》をかきのけてると、酒瓶のかけらの間に、妙なものがあるんでね、例の持ち前の癖が、むらむらと起ったのさ。俺の病

気だ、叱られるのは百も承知で、ちょっくら失敬したら、運よく見つからずしまった訳だ。健公、妙ちくりんなものを持ってやがった」

「健ちゃんからね、そうか――」

「お前さま、知ってるのだね」

「妾がやったの。呉れてやったの」

「へえ。これ一つじゃ、片輪だぜ」

「呉れたのは二つ。一組ですよ。カフスボタンは二つで役に立つんだから。一度目に金をゆすりに来たとき、金はないから、これをやるって渡したの。質に入れるか、たたき売っても飲代《のみしろ》位には、なるよと云ってね」

「じゃ、これは、お前のものだったのか」

「モチ」

「はははアん、読めた。例のこれから、捲きあげたんだね。覚張とかいう旦ツク」

碧水は、親指を、ひょいひょいと動かして見せた。

「いいえ。――ええ、そうよ」

と、幸子は曖昧に返事をしたが、

「黙ってて下さいよ、碧水さん。サツがうるさいだろうから。新ちゃんも、ね」

新太は二人の会話を、聞いていたが、幸子の押した駄目に、こくりとうなずいて、カフスボタンを手にとってみた。酒くさいしみが、ぷんと臭った。気のせいか、血糊もついているようである。黒い木片を二枚併《あわ》せて、それを金の鎖がつないである。覚張が探し、苦絵が持っていた、あれである。

「僕に、これ、くれないかな」

「とんでも、ねえ、幸ちゃんのものだぜ」

と、碧水は素早く取って幸子に返そうとしたが、幸子は首をふって、

「いいのよ、片っ方じゃ役に立たないし。碧水さんの棚に飾っとくと、いいわ、健も、厄介になってるし、形身よ、つまらない記念だけど――」

と、しんみり云った。

トンガリ長屋の溝板《どぶいた》が、ギシギシと鳴った。ガチャリと佩剣の音がした。巡査である。と、新太は横っとびに、仏壇のかげへ隠れてしまった。

「騒々しいな、夜遅くまで、何だ」

若い巡査の顔が、戸口からのぞいた。

「へえ、相済みません。お通夜の酒で、ついメートルをあげやして」

碧水が、ぴょこんと頭を下げた。しどけなく寝そべっ

ていた幸子は、あわてて坐り直して、挨拶した。

「お通夜か。ははア、オートバイ事故の。まア、静かにすることだね」

巡査が帰ってゆくと、新太が、のそりと出てきて、

「俺ア、お巡りてのが、だ、だ、だい嫌いでね。子供の時に、戸籍調べのお巡りに、叱られて、ひっくりかえったという、因縁つきなんだ。それに、この前の浅草《えんこ》の一件があらあ」

と、頭をかきかき、坐った。

汚《けが》された血

一

文学博士、新島利国教授に呼びだされた左近雄一郎は、その研究室のドアをあけると、白髯の老教授が、今日は珍しく洋服を着ているのを奇異に感じた。鶴のようにやせた利国である。


利国は、雄一郎に、席をあたえると、その後の研究の結果をたずねた。雄一郎は、たかつき部落についての研究のあらましを告げたが、利国は、何故か浮かぬ顔をしていた。その理由は、雄一郎にも分っていた。何故なら、利国の令嬢三千子に話した時の内容以上に、雄一郎は研究をすすめていなかったのであるから。

「近頃、思うように本が読めぬものですから――」

と、雄一郎は身体を固くして弁解した。苫絵とのバアの一件以来、苫絵の媚びをふくんだ眼、美しい紅い唇、はりきった肉体が、たえず雄一郎の頭を往来して、ゆっくり落ちついて本を開いて読まさないのである。

利国は、ふん、ふんと、うなずきながら、雄一郎の話を聞いていたが、それが終ると、

「まア、あせることは、ないのだから、ゆっくり落付いて仕事をすることです」

と、雄一郎を見つめた。

「はっ、それは心得ておりますが、いつまでも机上の参考書とにらめっこをしていたのでは、らちがあきませんので、実地踏査をしてみようと考えております」

「それは偉い。実地に見聞することは、歴史学者の大切な課題なのだから。いつ、発つ予定かね」

老教授は、たのもしそうに、雄一郎を見た。愛弟子として、新進経済史学徒としての雄一郎を、幾度《いくた》び、この老教授は誇りたかく考えていたことだろう。

「休暇が間もなくですから、休暇になったら弟でも連れましてと、考えています」

「譲二君も君に劣らず頭がいい。あれは、私も感心している学生です」

「いいえ、お賞《ほ》めにあずかっては、恐縮です。弟は歴史や経済史が好きだと申していますが、いずれは会社か、銀行にでも就職させた方が、本人の将来にもよいかと考えております。野球などやっていますから、地味な学問よりも、そういう方面に向くことでしょうから」

「いや」

と、老教授は頭をふって、

「そうじゃないと思うね、譲二君は。野球選手に似合わず、派手なところがなくて、しっかりしている。大学の研究室に残させた方が、ぐっと伸びますよ。この点、野球部長の儂が、兄さんの君より、よく理解してるし、本人を知ってると思うのだ。はははは。兄さんのもう一考を願うよ。なまじっか銀行へ入れたところで、儂の新一を御覧なさい。せっかくアメリカまで行って放蕩に身を持ちくずして、私は、いい笑いものです」

さびしそうな利国の顔である。両眼は、自分の話につまされて、もう、うるんでいる。

「新一君のことは、全くお気の毒でなりません」

「あいつの事は、思うまい、思うまいと考えているのだが、こう老人《としより》になってみると、つい思いだすのでね。私も気が弱くなった。せめて新一でも傍にいてくれると、何かと相談相手になるのだが――ああ、止めましょう。こんな話は。老人の愚痴だと、笑って下さい。ははははは」

それは、力のない笑い声であった。

新島利国の長男、新一は、雄一郎の同級生であった。雄一郎のクラスには、三羽烏といわれた秀才がいた。新一、雄一郎、長曾我部盛一である。三人とも一の字がつくので、同級生たちは、天下一とも渾名していたものである。大学を卒業すると、長曾我部は新聞社に入社し、雄一郎は研究室に残り、新一は横浜第一銀行に勤務した。見習として半年間、銀行の実習を受けた新一は、その成績の優秀なのを見こまれて、ニューヨーク支店詰を命ぜられた。これは破天荒の抜擢といわれるほど、同僚や先輩の羨望の眼をあとに、新一は鹿島立ちをしたのである。

しかし、ニューヨークで、新一はある金髪美人とのいざこざから、邦人を切傷した事件をまき起した。これは酒の上での出来事であったが、既に女と酒との歓楽郷の味を知った新一は、その事件以後は銀行へも顔を出さず、遂に放浪のメリケンヂャップの群に落ちてしまった。それから七年、未だに杳《よう》として消息を断っている。

しばらく、ぼんやりしていた利国が、声をひそめて語り出した。

「新一のことなのだが、実は、東京へ帰ってきているらしいのだ」

「えっ、新一君が？　そうですか。それは、初耳です。奥さんもお喜びでしょう。何か、通信《たより》でも」

「風のたよりの話なのだがね、新一を見かけたという人から聞いたのだ」

「先生は、お会いにならないのですね」

「勿論です。その会ったという人が、新一さんじゃ、ありませんか、と声をかけたら、じろりと見ただけで行きすぎたそうだ。新一より一、二級下だった人の話ですよ。その場は、人違いかな、と思ったそうです。考えてみれば、何年もハガキ一枚よこさない新一が、東京の町中へ、ひょっこり現われるはずがないと思うのも、無理はないからね。新一らしいのを見かけたのは、本所緑町の交叉点だったそうだ」

「不思議な話ですね」

「うん。その時の着物、いや洋服だが、ぼろぼろで、だぶだぶの汚ないのを着ている、ルンペンなんだそうだ。それで、折よく来かけた市電に乗ったが、考えてみると、姿や形は変っているが、どうも新一らしいという。新一と瓜二つの顔かたちだったそうだよ」

「へえっ、先生はどうお考えになってますか。そのルンペンは、もしかしたら、新一君じゃないでしょうか」

「君も、そう思うのかね。その学生、今は会社員だが、念のために私に知らせてくれたのを、家内や三千子が聞いて、君と同じことを云うのだ。私も親馬鹿だから、内地へ戻って来ても、零落したままで今さら、戻ってきましたとは云えないだろうし、仕方がなく、ルンペン生活をしているのだろう、とは考えたのだがね――。いや、そんなことは、万が一にも、あり得ないよ。馬鹿な。あいつは、勘当したのだから」

と、老博士は、ぐるぐる室内を歩きだした。学問と栄誉とを恵まれている利国も、我子には常に心をなやましているのである。それは何という痛ましい光景であろう。

「思うまい。思うまい。帰ってきたところで、あの恥知らず奴《め》が、いや、帰ってこられるものか。親の顔に、散々泥を塗っておきながら、今更おめおめ生きて帰れるものか。いっそ、死んでくれ、新一が死んだ方が、どれほど、親が助かるか知れない――」

利国は、ひとり言を云いながら、コツコツ歩いていたが、席へ戻ると、

「時に、左近君。三千子のことなのだが」

「はア」

雄一郎は、また身体を固くした。

「いや、いや、そう改まらなくともよい。実は三千子と結婚してくれないかね、結婚してもらえまいか。これはお願いなのだが――」

「はア、それは」

「今すぐ返事を聞こうとは、思わん。考えておいて、もらいたいのだ」

「今まで、結婚問題などは、一度も考えたことがないのです、先生」

「三千子に、それとなくたずねてみたら、万更でもなさそうだし、君さえ、承知してくれれば、いいのだから」

その三千子の気持は、雄一郎には分りすぎるほど、分っているのだ。

「しかし、先生、お嬢様を頂戴するには、僕のような者では、勿体なさすぎます」

「いやア、そんなことがあるものか。あんな不束《ふつつか》な者のこと故、君には甚だ不足だろうが――」

「とんでもありません」

「押しつけがましいが、娘の聟は、左近君、君と白羽の矢を立てた。嫌だろうが、承知をしてもらいたい。学校の方も、私の後継者として、新島学派の完成者は、君より外にないと思ってる」

「先生、それは、私などに、とても」

「いや、君は私の学説を経済学の方面にまで発展させ、実証的に私の学説に誤まりのないことを証明してくれている。立派な後継者だよ。それだけに、儂の血統も、三千子を妻にして、受けついでもらいたいのだ。新一が、あんなでなければ、こうもくどくは、云いたくないのだがね――」

雄一郎は、利国と話をしているのが、心苦しくなってきた。

「いずれ、御返事させていただきます。山の中へ研究

に行きますから、そうしたら考えもまとまりましょう」

二

研究室から、雄一郎が出て、講堂の前を食堂へ歩いて行くと、

「やア、左近君」

と、長曾我部に、バッタリ会った。

「しばらくだったね、新聞、忙しいのか」

「うん、ブンヤは暇なしさ。今日、大学へ来てね。ネタを貰いに来たのさ」

二人は話しながら、食堂へ歩いて行った。

「大学も、来るたびに立派になってるなア」

「粛園《しゅくえん》運動のおかげさ」

「いや、そんなのじゃないのだ、大学の経営さ、大学百貨店、大学企業の利潤増大という奴だ」

「相変らず君らしいが、大学が儲けても、僕なぞ、月給はちっともあがらん」

「あははは、同じことさ。社《うち》の新聞だって、株主だけは蛸配《たこはい》もやりかねぬくせに、こちとら、みじめなもんだよ。それでも社会の木鐸《ぼくたく》たれ、だとさ。笑わせらア」

「木鐸とは、ひどく大時代だね」

「それが、ピンと来なけりゃ、雲助ではどうだ。新聞記者なんざ、方々飛び歩いて、駕籠かきみたいなものさ。仕方がないから、請求でごまかすんだ、腹いせに」

「請求って?」

「自動車代だの、調査実費だのを、会計からもらうのさ。その時、過大に請求するのが楽しみでね。この前、前科十八犯というモサが捕まって、社《うち》が特種だったことがあるがね、あの時は、乗りもしない自動車を二十マイルも飛ばせてやった」

「うははは、かなわんな」

「なに、象に蚊がとまったみたいなものさ」

二人は笑いながら、窓際の椅子を探して、冷しコーヒーを注文した。青い微風が、ポプラをさらさら動かしてくる。

「どうだ、変ったニュースないか?」

と、長曾我部は上衣を脱ぎながら聞いた。

「それは、君から聞きたいことだ」

「ははは、逆か、新聞で御覧の通りさ」

長曾我部は苦笑した。

「水崎銀子殺しは、捕ったのかい」

「いや、未だ、未だ。銀子という女の身許が、さっぱり、はっきりしないんだ。当局は五里霧中らしいが、殊によると、こいつは、意外の大事件になると、僕はにらんでいるね。もっとも、僕のカンだが」

「大事件?」

「意外な所から、意外な奴が、ひっぱられるのではないか、とね。例えば、政治家とか、大臣級の連中とかが」

「ほう、これは面白い」

「面白くはないよ、こちとらの身を考えてくれよ、そうなると、夜昼駈けずり廻って、お巡りさん以上だよ、苦しいことは。大体、君のように篤学の助教授まで、犯罪のニュースに拍手したがるのだから、困る」

「あははは、こいつは参ったな」

「といった所で、毎日、事件が、ないことには、新聞は要らなくなる。こっちの首も、要りはせん。そうなったら、なお大事件だ、わっはっは」

と、長曾我部はストローにチュッと音をさせながら、コーヒーをすすって、

「誰かが、こんな短歌を書いてたよ。新聞記者ってものは『足で書け足で書け書け足で書け、月賦の靴の磨《す》りきれるまで』だ、と。いやだね。——ところで、粛園運動はどうなっているのだろう?」

「今は一息ついている形だ。あれ位でおさまりはしないかと思うね」

「左近君のような若いのが、新島先生などという老人をひっぱり出す法はないと思うな。いい年をした老博士を——」

会話の中の粛園運動というのは、左近達少壮教授や助教授の一団が、多年築いてきた地盤に立って老朽教授連が学問上にも人事行政にも専断的な圧迫を加えているのに反抗して、W学園改革の運動を起しているのであった。

「新島先生だけは老教授団とは別だよ、あんな清廉潔白な学者は少い」

と、左近は恩師への悪口だけに、むっとしたらしいのを、長曾我部は、

「それは君の認識不足じゃないかな。新島博士にしたって、学者としては立派かも知れないが、現実の見透しは利かぬ人だからね。大体僕は、学問学問と、研究の自由や発表の真正などを表立って叫ぶ学者などは、それこそ、教授の椅子や、学部の勢力拡張などを、たくらむ奴

に違いないのだと、にらんでいるよ。今の大学に研究の自由なぞ、絶対にありっこないよ。ましてや、粛園運動の如きは――」

　と、ズバリと思うことだけ云いのけて、

「今度の運動なんかは、結局大学に新しい勢力の網を張ることになるのさ。そういう野心家がいるんだ。例えば――」

　長曾我部は二三の教授の名をあげて、

「これらのロボットに、君や新島先生が踊らされているんだ。君は先生の最高弟子だし、先生は覚張という財産と結びついているし、覚張の後には多羅尾代議士がある。多羅尾なんかいやな野郎だが、先生には教え子の一人だろう。彼等が恐れているのは、このブロックだよ。それが、粛園の仮名《かめい》をかぶっているだけなのだ」

「そんなことが、あるものか、あの運動というのは――」

　と、左近が景色ばむのを、長曾我部は手をふって、

「いや、いや、怒るなよ。どうせ、俺は雲助で口が悪い。むきだしで、いかんな。あははは。ところで、今云ったことは、本当だよ。排斥されている教授か、少壮教授の中からか、いずれはきっと形をかえて反新島運動が起ると思うね。例えば、野球部にイザコザを起して、部長の先生に味噌をつけるとか、または……」

「絶対になし、先生に限っては」

「灯台下暗し、君だって、覚張の娘なんかと遊んでいると、とんでもないデマがとぶぜ」

　と、長曾我部は朗かに笑った。

「かなわん、君には」

　雄一郎も、頭をかいて苦笑したが、長曾我部がそのワイシャツのカフスボタンに目をとめると、

「しゃれたのを、しているじゃないか、カフスボタンを」

「あ、これか」

　雄一郎は、ちょっと眉をひそめた。

「妙だな、見せてくれよ」

　長曾我部は無遠慮に雄一郎の上衣をめくった。

「俺のと同じだぜ。どこで買った？」

「買いはしないさ、貰い物」

「誰から」

「彼女のプレゼント」

「ほんとか、おい、お安くないぜ」

　と、長曾我部はカフスボタンをいじくっていた手を離

したが、

「そっちも、同じのかい」

「こっちだって、当り前さ。二つで一組だもの、君にも似合わない愚問じゃないか」

「そうだ、こいつは、どうも。俺のは片っ方きりしきゃ、ないんだ」

長曾我部はポケットに手をつっこんでいたが、探しているカフスボタンがないのに気付いて、

「家へ忘れてきたよ。誰だい、贈り主は。艶福にあやかりたいな。隠すのは、罪だぜ」

「覚張苦絵さ」

「へえ？　そうか。あの子は、親爺に似て、相当の不良らしいぞ。左近、気をつけろよ」

「なに、お茶のみ程度さ」

「信也ときたら、女に眼がないからね。俺たちの仲間は、あ奴《いつ》のことを、悲願千人斬りって、ニックネームをつけている」

「千人斬り？　何だ、それは」

「あははは、女を手当り次第、千人まで手をつけたら、成仏するって訳さ。それを、我が宗教だと、ふれまわっている。女給だろうが、ダンサアだろうが、芸者、人妻、小娘、後家、ガソリンガール、タイピスト、何だって構わない。スタア、オンパレードだ」

「すげえ、親爺だな」

雄一郎は、あきれた。

「ブルジョア仲間は、そいつを怪しまないのだね。もっとも、金で始末をするのだから、始めっから金で云うことを利かせるんだ。そいつの娘だよ、気をつけないと、ふられるよ」

「ははは、せいぜい気をつけることにしようよ」

「ふられると、男は台無しになるぜ。でも覚張ってのは、新島先生の義弟じゃないか。覚張の姉が、先生の奥さんなのだから、ふられたら、先生にお尻を持ってゆけばいい」

「その手もあるかね」

「先生にもシャンの娘があったね。何といったっけ？」

「三千子――」

雄一郎は苦笑して、

「ああ、暑いな」

と、上衣を脱いだ。内ポケットから、ことりと小型の本が落ちた。長曾我部は、それを素早く拾うと、

「妙なもの、読むんだね」

雄一郎の顔とを見比べながら、パラパラと頁をくった。

――『心霊学講話』と書かれている。

「研究に関係があるのかい」

「うむ、まア、ね」

と、雄一郎は笑いながら、扇をつかった。

「そうかい。君も物好きだなア。時に、休暇中のプランは、どうするんだい」

「信越国境に探検に行こうと思ってる。いつか話したろう、共産部落、あそこへね。もっとも、暇と準備が出来たら、四五日うちでも、出かけようと思っているが、未だ分らない」

「うらやましいよ、二月《ふたつき》も休みがあるのだから」

と、長曾我部は、バットの煙を大きく吐いた。雄一郎は、先刻新島博士から聞いた新一のことを、手短かに物語った。

「外へ出て、心あたりがあったら、教えてくれよ。先生からは、僕と譲二の学資を出してもらってあるし、こんなことで御恩返しでもしておかないと、とても心苦しいんだ。頼むよ」

「オーケイ」

長曾我部は、気軽く引受けた。

三

その日、雄一郎は、四時頃に研究室を閉じて、四谷見附の家へ帰った。いつもは、六時頃の夕食時でないと帰らぬ雄一郎だけに、女中のお清が、

「随分、お早うございますのね」

と、びっくりした位であった。

夕食が済むと、雄一郎はお清に「映画を見に行っておいで」と云って、小遣銭を渡した。

「あら、そんなことをして頂いては」

と、お清は辞退したが、雄一郎は、

「いいんだよ、稀には骨休みをやっておいで、明日は日曜だし、洗い物は明朝《あした》にしてもいいだろうから」

「でも――」

と、お清は縁側に涼んでいる母に、ちらと眼をやった。

「いいのだよ、お母様のことは。ああ、それから、池田屋、知ってるね、新宿二丁目の文房具屋だ。あそこから、便箋を買ってきておくれ。見本を、あげておく。この見本の通りのものだよ。いいかね。あそこの店は、遅

くまで起きているから、映画を見てからでも、結構間に合う。映画の帰りでいいんだから、分ったね」

お清は嬉しそうに、出かけて行った。

母は、ぼんやり縁側に坐っていた。小さな庭を、微風が流れてゆく。雄一郎は、寝そべって夕刊をひろげていたが、眼はたえず、うつろうつらしている母に注がれているのであった。

やがて、雄一郎は縁側にいる母と並んで坐って話しかけた。

「お母さん、こちらを向いてごらんなさい」

「なんだい」

とろんとむけた母の瞳を、じっと射こむように、雄一郎は見かえしながら、

「私が誰だか、知っていますか」

「雄一郎だよ、雄一郎だよ」

「雄一郎ですね。雄一郎は、お母さんの何にあたりますか、知ってますか」

「怖い人だよ、お前は」

「どこが怖いのです？　私はお母さんの子供じゃありませんか」

「子供？　子供？」

「子供です、赤ん坊です、ここから生れるのですよ」

と、雄一郎はお腹を、大きく丸く描きながらも、その凝視は瞬きもせず、

「分りませんかね？　それが」

「覚えがないよ、妾には」

「お母さん、これ、幾つ」

雄一郎は話題を転ずると、片手をあげた。母が「五つ」と答えると、今度は両手をひろげた。母はヒイ、フウ、ミイと、幼童《おさなご》のように、指を折りながら算《かぞ》えると「十《とお》」と答えて、ニッコリ笑った。雄一郎は、その間、何物かに——いや、母の視線にむかって、全神経を打ちこみながら、ニコリともせず、厳粛な顔をはりきらせながら、その返事をきくと、

「その二倍は？　二倍は、いくつ？」

それは科学者のように、冷静で、妥協のない態度だった。額には、じっとりと汗がにじんでいた。

「二倍？　二倍？」

口ごもる母の顔には、ありありと、狼狽の色が浮んできた。

「そうです、二倍です、十の二倍です、いくつになりますか」

きまりの悪そうな表情が走ると、母は急に荒々しく、

「そんなことが、あるもんか。でたらめな」

ヒステリックに叫ぶと、身をねじむけようとするのを、雄一郎は押しかぶせるように、

「いけません、こっちを向きなさい、私の顔を見るのです。この目を見ているのです。いいですか。十の二倍が、分りませんか」

「ああ」

「私には、ちゃんと分りますぞ。五倍でも、十倍でも、百倍だって、千倍だって計算が出来ます」

「まア」

それは、無心な童女の憧れに近い表情でさえあった。その動揺を見のがさず、

「そうですとも。私は偉い人間だ。怖ろしい人間です。神様のような力を持っている。私には、何だって、出来ないものはない」

「まア」

「私は神様だ。いいですか、神様ですぞ。あなたは、私の命令《いいつけ》をきかねばならん。私のいうことを、聞きわけるのですよ、いいですか」

「ああ」

母の瞳孔《ひとみ》は、大きく開いたまま、いささかの動きもなかった。それは、全く仮睡の状態におかれていた。

「私のいうことは、何でも聞かねばなりません。いいですか。私の質問には、必ず答えるのですぞ。私は神様だ。いいですね」

「ああ」

「では、こっちへ来なさい」

雄一郎について、母も蹌踉《そうろう》と、夢遊病者のように立ちあがった。隣室の六畳へ来ると、

「しばらく待っていなさい」

と、母を坐らせてから、勝手口、玄関、窓と錠を下して、電灯を消し、六畳の間へ戻って、電灯を黒い厚いシエードで包んでしまうと、この家全体が、まっ黒な影の中へ、じーんと沈んでゆくのであった。そして、ここに奇妙な心理試験がはじまったのである。

四

六畳の部屋から、うめき声と、ぼそぼそした話し声が聞えだしたのは、それから間もなくのことである。

「信子や、私だよ、民子だよ、お前の母だよ、分るかい」

ぼそぼそした声は、最初にそう云った。雄一郎である。

「久しぶりだったね、お前がどうして暮しているか、遠い遠い冥土から、わざわざたずねて来たのだよ」

雄一郎は、つづけて云った。一語一語、滲《し》み通るような、暗い声である。

「お前の元気な顔を見て安心したよ、孫はどうしている、え、信子や」

母の歪んだ顔に、不思議な表情が現われはじめた。

「あのウ、学校へ行っております」

「さぞ、大きくなったろうね」

「いいえ、みんな子供で、仕方がありませんのよ」

「でも、お前、雄ちゃんは大学を卒業しただろう」

「いいえ、まだ一年生ですからね、お母さん」

「そりゃお前、弟の譲二のことじゃないのかい」

「ああら、変なお母様、譲二はまだ小学校ですのよ、四年生ですもの」

奇妙な対話は、ちょっととぎれた。

「雄一郎は幾つにおなりかい」

「二十二ですわ、昨年検査で」

「譲二は？」

「腕白で仕様がありませんの、十」

会話は、また、とぎれた。雄一郎の眼は、憑かれたように母の眼を見つめ、そのいかなる表情の変化をも見逃すまいと努めている。疑いもなく、母は十三年前、大正十二年の記憶を語っているのだ。

「お前、心配事でもあったのかい、信子」

「いいえ」

「だいぶ、やつれたねえ」

「そう見えますか、お母様」

「そうだよ、やせたねえ、可愛想に」

「病気でしたの」

「ちっとも知らなかった、それは、いけないねえ」

「でも、もういいんですのよ」

「治ったのかい」

「ええ」

「病院で？」

「いいえ」

「家で寝ていたの、信子」

「いいえ」

「どうしたの、さア、お母様に、話しなさい」

「ええ」

「どこが、悪かったの、風邪?」

「いいえ」

「胃病かい、お前は胃がいけないのだったわね」

「いいえ」

「お腹だね」

「ええ。みんな知っていらっしゃる癖に、お母様は」

雄一郎の母の信子は、急に、なきじゃくりだした。

「さア、泣くのはお止し。いい年をして笑われますよ。お母様とお話をしましょう。お腹どうしたの」

「もう、生れるんですわ、直きに」

「生れる?」

雄一郎は、質問に窮した。

「ああら、お母様、ちゃんと知っていらっしゃるはずなのに」

母の信子は、泣きながら、返事をつづけている。

「変だねえ、この前会ったとき、信子、お前は、何も云わなかったじゃないの」

「でも、お母様はその眼で、妾のお腹を御覧になったじゃありませんか」

「ああそうだったね。雄造さんは喜んだろうね」

雄造とは、雄一郎達の父、信子の夫である。

「いいえ、知りませんの、黙っていたのですもの」

「譲二の後が、随分なかったもの、十年も子がなかったのだね」

「ハイ」

「それなら、雄造さんに一日でも早く知らせてやったら、喜ぶだろうにさ」

「ええ」

「お前、恥かしいのかい」

「ええ」

「おや、何故だい、信子」

「妾、申せませんわ、そんなこと」

「ここは、妾とお前、二人だけしかいないのだよ、信子や、決して恥かしいことはありません」

「だって、お母様。お腹の子供、雄造のじゃないのですもの」

「えっ?」

雄一郎は、ごくりと唾をのんだ。

「信子や、本当かい、それは」

「御免なさい、お母様、妾、——」

「いいえ、妾は叱るつもりで、ここへ来たのではないのだよ。安心おし。お前達夫婦は、仲がいいって、親類でも評判ものだったよ、子供も出来がいいのだし。それが、どうして、そんな――」

「お母様、ほんとに御免なさいね、妾、死にたいわ」

「死ぬなんぞ、いけませんよ。お母様に正直に話してしまえば、お母様が、ちゃんと後片付をしてあげます」

「誰にも仰言らないでね、お母様」

「ああ、決して誰にも云わないよ。お前、どうして、その人と恋をしたのだね」

「じゃ、申しますわ。雄造が洋行しましたね、半年ばかり」

「洋行、ああ、そうだった、洋行したね、大変な見送りだったこと」

「その帰り途ですわ、その人と知合ったのは。いろいろ話しかけてきて、心安くしたのが始まりですの」

雄一郎にとって全く未知の世界、母の秘密が、今徐々に明らかにされようとしている。――雄一郎がまだ大学の一年であった頃、父の雄造はアメリカを旅行したことがある。大正十二年一月に横浜を出発し、五六ケ月後に帰朝したが、その見送りの帰りに、母は恋人（？）と知合になったというではないか。


「お前、初めて、その日会ったのかい」

「いいえ、顔は前から知ってましたの。だけど、言葉を交したのは初めてでしたわ。いろいろ慰めてくれたり、雄造の会社の事などを話してくれたり――」

「その人の子を宿したのだね」

「ええ、親切な人だとばかり思って、油断したのが、間違いの元だったのですわ。ある日、ホテルに連れこまれて、いやなことをされて――。妾、ああ、死んだ方が、ましだわ」

「好きだったのかい、その人が」

「殺すと云って、脅かしたのですわ。それから、いやいやながら、云うままになって。雄造が、六月末に帰って来た時は、もう身重でしたの」

「雄造さんは知らなかったのかい」

「気付きませんでした。アメリカから帰ると、急に商売が忙しいといって、方々へ出張して、家には滅多にいませんでしたから。それに、妾、病気だと云って寝たり、起きたりしていましたから。雄造は知らなかったのです」

「雄造が帰ってからも、その男と、お前会ったのかい」

「いいえ、その頃はもう、見向きもしませんでしたわ」

「憎い男だね」

「ええ、犬畜生みたいな男です。でも、この子が可愛想ですわ」

「その男は、何ていう人?」

「井上竹次郎という人ですの、お母様」

「井上竹次郎? 聞いたことがないね」

「偽名らしいですの、お母様。後で調べて分ったんです。口惜しい、妾、だまされて」

「本名は、何というの」

「あのウ、あのウ――」

母は苦しそうに、顔を歪めた。記憶を呼び返しているのであろう。

「分らないのかい」

「雄造から、一言聞いただけですから」

「雄造から? 雄造が知ってたのかい、その井上とかいう人を?」

「ええ、つい先刻、雄造が怒って呶鳴っていましたわ」

「どうして?」

「手紙をだして、井上と最後の型をつけようと、秘密に会ったのです。そこへ、雄造が、とびこんで来て、井上と喧嘩をしたのです。その時、雄造が云いました――ああ、何と云ったのか、思い出せませんわ」

「よっく考えて、信子や、思い出しておくれ」

「ハイ。――新《しん》、心《しん》、真《しん》、信《しん》、進《しん》、親《しん》、――思いだせませんわ、何でも、何とかのしんの奴、お前はよくも、と雄造は、ぶるぶるっと、掌をにぎってふるえました。ああ、今でも、はっきり思いだします、恐い」

「怖ろしいことは、ありませんよ。しっかりするんですよ、信子」

「恐いわ、お母様。雄造は、殺されたのですもの、その時、目の前で」

「殺された? 誰に?」

「しんの奴、竹次郎にですわ」

父が殺された! これは雄一郎にとって、全く晴天の霹靂《へきれき》と云っていい大事件である。父は、大正十二年の関東大震災で、ある家の壁や梁の下敷きになって惨死していたはずである。いや、雄一郎は確かにその眼で、父の所持品から調べて、知人が家へかつぎこんできた、父の屍体を見ているのである。父と居合せたらしい母は、脳天を打たれて、十数日間放浪した末、これも顔見知りの人がつれ戻してきてくれた。しかし、それは白痴の母、生ける屍となってしまった母をであるが――。

「竹次郎が確かに殺したというのだね」

「ええ。竹次郎は、ピストルを打ちました」

「それが、あたったのだね」

「いいえ、あたりませんでした。すると雄造は、昔の恩も忘れやがって、それに、女房にまで手を出すとは、何事だと、わめきながら、竹次郎に飛びかかりました。するとおお恐い――」

「仇はお母様が、とってあげるから、しっかりするのですよ」

「ハイ。すると竹次郎は、馬鹿な、と云って、傍にあったステッキを振りあげて、雄造を打ったのです」

「ステッキでね」

「ええ、竹次郎は、いつもステッキを持って歩いていました。握り太のステッキでしたわ」

「それから――」

「雄造が倒れるのを見ると、にやっと笑って、どうせ、お前もついでだと、叫ぶと――お母様、ああどうしましょう」

「さア、こっちへお出で、そら、竹次郎はいないでしょう」

「竹次郎は、ステッキで妾の後頭をなぐったのですわ、肩も、腰も。それから首を絞めて――」

「痛かったろうね、信子や、可哀そうに」

「妾は、雄造に済まない、済まないと思っていましたから、ああ、これで死ねる、死んでお詫びが出来ると、却って安心して、あきらめると、いい気持で今まで眠っていたのですよ」

ああ、父も母も、仮面の人物、井上竹次郎に打たれて死んだ――死ぬ目に合されたのである。雄一郎は、ぞっとした。

「お前、それは、いつのことかい」

「いつって、今日のことですわ」

「今日？　今日は何日でしたかねえ」

「あら、いやなお母さま。今日は一日《ついたち》ですことよ」

「一日、そうだったね」

「今日から学校が始まるので、譲二が逗子の別荘から帰ってきたばかりですの。雄一郎は、大学が未だなので、別荘にいますけれど」

「九月一日だね」

「ええ」

「お前、今日の東京の大地震を知っているかい」

「東京の大地震？　そんなのがありまして、お母様」

「あったとも、今でも燃えてますよ、京橋、日本橋、神田と、下町は火の海ですよ」

「そんなら大火事ね、日本橋の家は、どうなったでしょう」

「あら、お前、井上と会ってたのじゃないのかい」

「いいえ、家じゃありませんの、外へ出ましたわ」

「どこ、それは」

「エグノですわ」

「エグノ？　何だね、それは」

「料理を食わせたり、泊らせる所よ、お母様」

「ホテルかい」

「ええ。竹次郎が、食事でもしようといって、私を連れだしたんですわ。妾、十一時半過ぎに行ってしばらく待ってると、竹次郎が来ました。それから特別食堂へ入ったのですけど、間もなく雄造が来ました」

「エグノって云うのだね」

「エグノは、外人の名前よ」

「何時頃だったの、雄造さんが入ってきたのは」

「十二時ちょっと前位だと思うわ」

「地震があったのに、気がつかなかったのかい、お前は」

「怖ろしくて、そんなこと、分るもんですか。だけど、ボーイたちが、地震だと云って、騒いだようにも、思うの」

「大きな地震だったよ、ぐらぐらっと、何もかもひっくり返って」

「知りませんわ。そうね、雄造がステッキで撲られたとき、妾、眼がくらんで、ふらふらとしたけどあれ、地震か知ら」

おぼろげながら、母の記憶によれば、十二時に数分前頃に、惨劇が行われたことを、雄一郎は知ることが出来た。

「エグノは、どこにあるのかね、お母様を連れて行っておくれ」

「ハイ。あそこですの、あの坂の上の建物がそうですわ。ほらね、洋館風の。赤い電気がついているでしょう」

「今は昼だよ。お前、夜来たことがあるのだね」

「竹次郎に辱しめられたのが、この家です。夜、つれこまれて」

「看板が出てるね、読んで御覧」

「お母様、妾、読めないの、英語ですもの、英語知りませんわ」

「ああ、お前は小学校だけだったね、じゃ、英語は知らないはずだ。字の恰好を云って御覧、信子」

疑いもなく、アルファベットのOかQである。

「初めは、丸い字」

「それから」

「あら、変な字。子供が踏《と》んでいるような、燕が飛ぶような、ペンギン鳥、そう、ペンギン鳥のような字よ、お母様。ああ、妾、思いだした、お伽話の本に出てくるわ、あの字が。さしえの所に、ちょん、ちょんと」

それは雄一郎には想像もつかなかった。

「その次の字は、どんな字?」

「これは分りいいの、文廻《ぶんまわ》しよ」

コンパスに似たローマ字――Aか、Kか、Rか、Vか、Yか?

「コンパスだね、それからは?」

「橋を架けたみたいよ、二本の棒に斜《は》すっかいに」

Hであろう。もしくは、A・B・N・Z。

「まだあるの、字は?」

「え、もう二つ。今度は、子供が縄とびしているような、ところよ、そうね、初めの字と似てるけど少し違うの」

それは、象形文字として、例えばC・D・G・Q・Rなどであろう。

「一番終りは?」

「鍵みたいだわ、だけど恰好が変ね、そうそう、櫛だわ、歯の欠けた――」

櫛と鍵に似た文字? E・F。この二つが条件に合致している。

「看板は、それで終りだね、信子」

「ええ、お終い」

雄一郎は、メモに控えると、

「お前は、この家で最後に竹次郎に会ったのだね、たしかに、そうだね」

「ハイ、本当ですわ」

「お前は、生れかけた赤ちゃんを、どうしたのだい」

「ああら、ほら、このお腹の中にいますわ、こんなにお腹大きいでしょう」

腹をさぐるのだろう、母は手を微かに動かそうとした。

「ああ、いいのだよ、分っているよ」

「妾、あれから眠っていた所へ、お母様がいらして起したのですもの」

「そうだったねえ、それからお前、竹次郎の身許を知らないのかい」

「雄造と同じ商売だってことが、分ったの。雄造が殺されるちょっとの前に」

「雄造は、何といったの」

「あれほど面倒を見てやったのにって、ぷんぷん怒りましたわ」

「お前、竹次郎の手紙や、写真を持っていないのかい」

「ええ、ここに、ありますのよ」

母は、手を大きく動かしはじめた。それは、手文庫でも取るつもりなのであろう。が、やがて、激しい疲労を顔に見せるとともに、母は、

「う、う、あっ、痛っ――」

と、うめき始めた。

この時、バサリと、音がしたようである。雄一郎をハッと「誰か聞いている」と、予感がかすめた。つと立って、窓をあけて見たが、外は今にも雨模様の、どんより曇った空で、暗くはあり、眼には何も写らなかった。

再び、母の前へ坐ると、母は寝とぼけたような蒼白な顔に、ほつれ毛をまつわりつかせて、それは生き者とは思えぬほど、やつれた姿であった。ぐったりと、元気がなかった。

「さア、続けるのです」

と、命令的に云ったが、雄一郎の息も乱れていた。と、門の鈴《ベル》が、ちりりんと鳴って、玄関の戸をがたがたさせながら、激しい声がした。

「只今、只今。あけて下さい、私です」

女中のお清である。チッと舌をならして、雄一郎はいまいましそうに立って行った。電灯をつけて錠をあけると、お清は転ぶように入ってきた。

「ああ、恐い。門の所で、酔っぱらいみたいな人に、ぶつかって――」

と、外の闇をすかしながら、おどおどしているお清は、ぜいぜいと肩で息をしていた。

カフスボタン

一

「長曾我部さん、時間ですよ」

長曾我部の下宿である。

「もう、時間ですよ」

「はアイ、起きますよォ」

眠そうな返事である。トントンと足音が、階段を下って行った。小母さんである。

しばらく経った、トントンと、小母さんが階段を上ってきた。

「起きて下さい、時間、時間」

「小母さん、今日は日曜だったたね」

語尾のはっきりしてきたのは、長曾我部が寝床から首をもたげて、煙草でも喫んでいるからだろう。

「日曜ですよ、今日は」

「日曜ぐらい、寝せてて下さいよ。夕刊がないから、夜まで暇なんだ」

「御飯が冷めますよ、お汁も」

小母さんは、また階段を降りて行った。

「仕方がないな、下宿料を値切ったのだから、負けて起きてやるか」

顔を洗って、下で遅い朝飯を食べていると、二階の長曾我部の部屋を掃除していた小母さんが、一抱えもある洗濯物を持って降りてきた。

「ついでだから、洗ってあげましょうね、いいお天気だから」

「お願いしますよ、よろしく」

朝刊から眼を離して長曾我部は、ワイシャツや靴下を持った小母さんに、ぴょこんと頭を下げた。

陽のあたる二階の障子を明け放して、長曾我部は寝そべって、夜までの自由行動の時間の利用法を考えていた。日曜は夕刊が休みなので、夜の八時頃までは、どう暮そうと勝手なわけである。

「野球へでも行くか、WK戦の後じゃ、面白くなしと。映画か、芝居か、麻雀《マージャン》か、手紙でも書くとするか、こいつも、面倒くさいや。いっそ、寝ていようか」

独り言を云っていると、階段から顔だけをのぞかせた小母さんが、

「長曾我部さんも、カフスボタンなぞ、持っているのね。いつも、共衿のワイシャツばかりかと思っていたのに」

「僕だって、正式のワイシャツ位、持ってますよ、小母さん。モーニングだって、月賦だけれど、持ってるし」

「お見それ申しましたよ。粋なカフスボタンですこと、これ――」

と、小母さんは、ざくりと投げて、

「片ちんばじゃ、だけど、仕様がないわね。片っ方が、ひどく安ものじゃ、ありませんか。知らずに水へ浸《つ》けちゃって、洗い出してから気がついたの、御免なさい」

小母さんは、また、トントンと階段を降りて行った。間もなく、水道の水が、流れだす音がした。

「女の使命は洗濯と育児と料理にあり、か。社《うち》の家庭欄の親父は、うまいことを云ったもんだな。しかし、せっかくのカフスボタンも、水浸しとは、可愛想に――」

長曾我部は足を伸ばして、カフスボタンが転がっているのを、引きよせた。そして、寝ころがったまま、黒い木片をつないだカフスボタン――オートバイ事故の現場から拾ったボタンを手にとって、いじくっていたが、そこに妙なことを発見した。

水にふやけたためか、木片――それは黒檀であるが――の形が変っていたのである。指で押すと、黒檀は二枚合せになっていて、外側の宝石を中心に、動きだす仕掛になっている。

「これは、面白いぞ」

長曾我部は、もう一方の黒檀を押したが、これは容易に動かなかった。しかし、無理にこじあけると、その中はやや凹《くぼ》んでいて、何か白いものがのぞいている。

「いよいよ愉快だ」

長曾我部は、バットの灰が長く白く、灰皿の縁に伸びるのも忘れて、その白いものをとりだすのに苦心しはじめた。虫針で、そっと、ほじると、蟋蟀《こおろぎ》の羽よりも薄い紙であった。バットが、一本とうとう灰になって、吸口だけが残ってしまった。

「なんだ、つまらない。定価表じゃないか。あけて口惜しい玉手箱、ストトン、ストトンだ。ああ、バット一本、無駄にしたようなものだな」

紙切れを投げだしたまま、長曾我部はまたごろりと横

になった。

二

カフスボタンから取りだしたのは、定価表のようなものだった。いや確かに定価表に違いはない。畳めば、米粒位の小ささになる、その紙に書かれたのは、次のような品名と値段であった。

No.2　LIST

	1st Class	2nd Class	3rd Class
No. H Siamese Olympic & co.	$ 50—	$ 30 40	$ 20 60
Hammer Single trade mark	$ 40 50	$ 38 30	—
Natural Material Net	$ 32 50	—	$ 18 11
Made in Ching Tao	—	$ 30 55	—
Exported for Shang Hai f. o. b.	—	$ 38 19	—
Imported from Hang Kou c. f.	—	$ 40 82	—
Sharp Cutting Class	$ 20 20	—	—
Hamilton'S Submarine Gilded	—	$ 50 34	—
Painted Green Colour	$ 18 22	—	—
Sun Rising Glass	$ 30—	—	$ 27 13
Watson Union Company	$ 35 50	$ 30 40	—

第二号定価表

	一等品	二等品	三等品
シャム・オリンピック会社H製品	五〇弗《ドル》	三〇弗四〇仙《セント》	二〇弗六〇仙
単鉄槌印	四〇弗五〇仙	三八弗三〇仙	——
天然品正味	三二弗五〇仙	——	一八弗一一仙
青島《チンタオ》製品	——	三〇弗五五仙	——
上海向け輸出品本船渡	——	三八弗一九仙	——
漢口《ハンカオ》輸入品運賃込値段	——	四〇弗八二仙	——
美麗琢磨品	二〇弗二〇仙	——	——
ハミルトン会社潜航艇印鍍金《メッキ》製	——	五〇弗三四仙	——
緑色彩色品	一八弗二二仙	——	——
旭光印《サンライジング》ガラス製	三〇弗	——	二七弗一三仙
ワトソン・ユニオン会社製品	三五弗五〇仙	三〇弗四〇仙	——

それは、どう読んでも、ただの定価表としか見えなかった。長曾我部が、馬鹿々々しく思ったのも無理はない。長曾我部は横になって、ぷかりぷかりと、煙草をふかして、青い空を眺めていた。しかし、そのうちに奇妙な疑問が湧いてきた。気になって、定価表をいじくりまわしていると、

「ハテナ」

と、小首を傾けて、坐り直した。なるほど、定価表と書かれてはあるが、カフスボタンの定価とは一言も書いてはない。また、値段にしても、一等品、二等品、三等品の区別こそあれ、一打《ダース》とか、半打とか、数量の明示はどこにもない。単価の標準のない定価表では、意味をな

さない。——長曾我部の疑問は、それだった。
疑問は、そればかりではない。カフスボタンから飛出たことが、そもそも怪しいことなのである。誰が好き好んで、狭くるしいカフスボタンに穴をあけて、こんな虫眼鏡でなければ読めぬ値段表を入れるものがあろうか。勿論、この紙切れは、何らかの目的のために、誰人《たれびと》かによって挿入され、誰人かへの手に渡ることを希望していたものに違いがないのである。——密書。
「ふん、これは密書だぜ、確かに」
長曾我部は、自分で自分に云いきかせて、ほくそ笑んだ。映画や小説には、度々暗号の場面があるが、長曾我部には勿論生れて初めての経験である。
「殊によると、国際スパイ団の機密書類かも知れないぞ。あア、昼寝どころの騒ぎでなくなった」
長曾我部は机に向った。最初、頭に浮んだことは、アラン・ポウの「黄金虫《こがねむし》」の暗号であった。この先人の例にならって、長曾我部は、単語をアルファベットに分解して、そこに何かの法則を見出そうとしたのである。
ひろげられたノートは、忽ちHやSやIやEなどの文字でいっぱいになってしまった。
S……二十一個
P……六個
M……十二個
A……二十三個
O……十四個
アルファベットを数えた、こんな表があるかと思えば、また一枚の紙には、
Ham Wat Com Sub
Si Sin Chin Sun
tra ma Ex Im Pain Na
母音と、子音とが結合して、一個の発音を示す文字が書かれ、その隣りのノートには、
A E I O U
A……Na ra ma ha la pa
E……me le te ne de te
I……pic Sin hi (ching) Gil Ri
O……
U……
と、母音別の文字の記されかけたのもある。
長曾我部は、社用の海外電報のコードを繰って見た。しかし、そこには、彼を満足させる答案はなかった。
「河岸《かし》を変えて、数字は?」

長曾我部は、再び数字を調べ始めた。数字を足したり、置きかえてみたり、引算や掛算、割算、因数分解まで試みたが、そこに求められたのは、無駄な紙屑ばかりであった。

その次の調査は、数字とアルファベットとの関係だった。一等品、二等品、三等品と区別された数字の値打だった。

何時間か過ぎた。暑い、赤い夕日が、カッと、長曾我部を照らしはじめた。

「駄目だっ！」

とうとう、長曾我部は、鉛筆を投げだしてしまった。

「大臣を追っかけるより、難しいよ」

紙屑のなかへ、頭をつっこんで、長曾我部は長々と寝そべった。柄にない苦心を放ってしまうと、急に肩が凝ってきた。

「まア、驚いた人だこと、長曾我部さんたら、あんたという人は、朝から今まで寝ていたのね。あきれたわね、せっかく掃除したのに、紙切れをこんなに飛ばして」

洗濯物を抱えて、上ってきた小母さんが、とんきょうな声をあげた。長曾我部は苦笑しながら、

「性にあわないことは、するものじゃないね、小母さん」

「えっ？　性にあわない？　昼寝ができすかい。あなたが、寝ていると、いいですよ。静かでね。性に合ってましょう。妾が男だったら、昼寝している隙《ひま》に、女房探しますよ。長曾我部さんは、何故奥さんをお貰いにならないの？」

「女は御免です、泣くので困る。小母さんは別ですよ」

「女じゃないっていうのね。妾が？」

長曾我部は紙屑を丸めながら、もう一度、定価表を目にすると、

「おや、第二号と出ているわい。これが第二号なら、第一号があるはずだ。すると、第一号には暗号の手懸りがあるかも知れんぞ」

彼の頭に浮んだのは、W大学で会った左近雄一郎のことである。雄一郎は、確かに同じ種類のカフスボタンをしていた。そうすれば雄一郎のカフスボタンに、第一号というのがあるかも知れない――

長曾我部は、手早く洋服に着かえはじめた。

「おや、お出かけ。さんざん昼寝をして、お出かけとは、蝙蝠《こうもり》みたい」

小母さんが、あきれて目をみはった。

三

雄一郎の玄関の呼輪《よびりん》を押すと、出てきたのは女中だった。

「旦那様は御旅行の支度をなさっていらっしゃいますのですが——」

「いや、君、ちょっとでいいんだよ」

客間で、しばらく待つと、雄一郎は汗をふきながら浴衣《ゆかた》のままで、出てきた。

「旅行に行くんだってね、どこへ」

「例の、信州の山の中さ」

「今夜、発つのかい」

「ああ、いや、明日になるかも知れない」

と、雄一郎は言葉を濁した。

「成功を祈るよ。日本の経済史を根こそぎ、ひっくりかえすような——」

「いやア、有難う。それほどまでの自信はないのだが、まア、ぶつかってみようと思うんだ」

「助手は?」

「助手? 連れて行かないつもりだよ」

「一人か、危険だなア」

「なアに、熊に食われたら、本望さ」

二人は、しばらく雄一郎が実地踏査をしようという部落の話をしていたが、それが、とだえると、

「時に君、童話の挿絵を描く人で、サインを、ちょん、ちょんと、やってる人って、誰だろうね」

と、雄一郎が聞いた。

「何だね、その、ちょん、ちょんて、のは」

「さア、サインの一種さ。童話の挿絵で、何か特徴のある文字か、模様のことだよ」

長曾我部は、しばらく黙って考えこんでいたが、

「文字のことだろうね」

「ああ、ローマ字だ」

「それなら、分った。竹本竹雄のことじゃないかな?」

「竹本竹雄? 面白い線を使う人だね」

「あの人のサインは、形の変った書体で、いつもR.R.R.とやってるぜ」

「ははア、それで、ちょん、ちょん、ちょんか。なるほど、子供が踏《は》ねているようで、燕が飛ぶような——」

「それも、経済史に関係があるのかい」

「いやア。なアに、ちょっとメンタルテストをされたんだよ、知っている子供に」

「ふうん」

長曾我部には腑に落ちないものがあったが、訪問の目的であるカフスボタンを見せてくれないかときりだしたのである。

「あれは、ワイシャツを今日洗濯させたのでね、ちょっと待って下さい」

と、雄一郎は女中のお清を呼んで、たずねた。お清は勝手へ返って行ったが、しばらくすると戻ってきて、

「あのウ、旦那様がお蔵《しま》いになったのでは、ございませんか?」

と、妙な顔をした。

「いや、僕は知らないよ」

「あら、変でございますね。妾、確かにお勝手元へ置きましたの、棚の上ですの、それから洗濯をしたのですけど」

「僕の部屋から持って行った時は、カフスボタンも、カラーボタンもついていたのかい」

「ええ、さようでございます」

「洗濯屋《クリーニング》へ出したのでないのか、君」

と、横から長曾我部が口を入れたが、雄一郎は、

「僕は洗濯屋の糊でゴツゴツしたワイシャツや、カラーが嫌いでね、いつも清やに洗わせて、アイロンをかけてもらうんだ。お清、お前はそのワイシャツをどうしたのだ」

「お勝手でボタンを外してから、シャツなどといっしょに水に浸しておきました。その時カフスボタンは棚の上へ上げたのでございますの。後で、旦那様にお返ししようと思ったものですから」

「お前、後で取りに行ったのかい」

「いいえ、そのまま忘れていたのでございます。旦那様に今云われて、初めて気がついたものですから、台所へ行きましたら、御座いませんでした。済みません」

「お母さんは知ってないのかい」

「お聞きしましたら、御存じございませんと仰言るのです。ほんとに、不注意をして」

お清は泣きそうな顔をしている。

「いいんだよ、心配しなくとも。お前はずうっとお勝手にいたのだね」

「ハイ、御飯が済んでから洗物をしました。それから洗濯盥《だらい》に洗濯物を浸しました。お掃除をしてから、洗濯

をやって、干物竿《ほしものざお》にかけたら、お午のサイレンが鳴りました。午飯《ごはん》の後は先刻まで、お勝手で奥様の浴衣を仕立てておりました」

「誰か、お客は来なかったかね、お客と言っては変だが、御用聞きとか、配達などが」

「お掃除をしている時に、誰か呼んでいるようでしたので、行ってみますと、誰も居りませんでした。その外は、朝のうちにみんな御用聞が来ました。洗濯をしています間は、誰も来ませんでした。お裁縫をしていますと、配達の小僧さんが二三度来まして、品物を置いて帰りました」

お清は半分泣きだしかけている。雄一郎は女中を返して、

「バタ屋にでも奪られたらしいね」

「弱ったな。君のは、これと同じ品だろう」

と、長曾我部の出したカフスボタンを、雄一郎は手にとっていたが、

「違うようだぜ。形は似てるが、宝石《いし》が違う。こんな安物じゃないんだ」

「ふん」

長曾我部は、がっかりした。

「彼女のプレゼント、貴重品じゃないか、惜しいことをしたな」

「なアに、どうせ貰い物さ、惜しくはないよ」

と、雄一郎は、あっさりと云ったが、それは、心にもない表面《うわべ》だけであると長曾我部は感じた。

間もなく、長曾我部は雄一郎と分れた。

四

新宿の方へ、ぶらぶら歩いて行くと、横丁に人だかりがして、洋服を着た男が巻紙を拡げて、しゃべっている。長曾我部は何気なく、人垣から中をのぞいた。てきやである。てきやは、見物の客の云うままに、毛筆にタップリ墨汁をふくませて、それを巻紙に書きとめている。

「なに？　百六十八万、五千、その次は七百、うん、七百二十六円だね、それから？　え、九十銭、九十何銭です？　九十七銭、七銭五厘、それから三毛と、六朱だね、よし、これで出来た」

てきやは筆太に、客の読みあげる金額を、さらさらと書き流した。巻紙は長く地面に拡げられて、それまでに

も無意味な数字や、漢字がぎっしりと書きつらねてある。

「さて諸君、僕が今まで書いてきたのは、いずれも見物の皆さんの出した問題だ。我輩、自分で考えた問題は一言も入っていない。それを我輩、一度サラッと見ただけで、一言一句間違えずに、諸君の見ている前で読みあげようというのだ。昨日、ここでそれをやったら、サクラがいて、ちゃアんと教えてくれるから、分るんだろうと吐《ぬか》した奴がある。嘘つけ、俺に一分一厘でもインチキがあったら、たった今お巡りさんを連れて来い、警視総監でも、憲兵隊でも、構わん、我輩喜んで縛られて行こう。おい、こら、子供、そこへしゃがんじゃいかんぞ、交通妨害になる。——我輩、神武天皇の昔から、悪いということは一度もやった覚えがない。もっとも、その頃は、未だ生れちゃおらん。——おい、自転車、自転車に乗っている小僧、何だ、お前の恰好は、自転車から片足下して。え、さっきから君の態度は、どうも気に食わんぞ、あっち見て、きょろきょろ、こっち見て、きょろきょろ、そんなことじゃ偉くなれん——」

巻紙を拡げたまま、てきやは中々本題に入ろうとしない。長曾我部は、つまらないので、ぶらぶら歩きかけたが、てきやはいよいよ問題を解こうとするものの如く、

「さア、もっと、こっちへ寄りたまえ。我輩が実験をしてみせる。ここまで来たまえ、この線まで、丸くなるのだ。坊ちゃん、君は、いい子だね、幾つになる？　九つ？　そうか、君は頭がいいぞ、ちゃんと、自分の年を覚えとる」

見物はくすくす笑った。

「何が可怪《おか》しい。自分の年位、誰でも知っていると思うだろう。それなら聞くぞ。我輩が、そこの背広さん、あんたのお父さんは幾つですか、知ってますか？　はア、知っている？　いや、感心だ、じゃ、お袋の年は？　なに、忘れた？　忘れたとは、情けない。あんた、女房があるね、ないのか、独身ですか、未だ。よし、我輩が世話をして進ぜよう、すてきなシャンでお金持ちだ、その上、つんぼで、片輪と来ている。おまけに、肺が悪くて、ヒステリー、近眼にトラホーム、腰から下は中気《ちゅうき》で、プラットホーム。どうです、駄目ですか、駄目？　良縁を棒に振るとは勿体ない話だ。——そこに笑っている御老人、あなたなら奥さんが、あるだろう、あなたの奥さん、幾つです？　なに、死んだ？　おや、それは可哀想に。いつです、それは。昭和何年何月何日何時何分何秒、すらすら云えますか。え、云えないでしょう。それなら、

お子さんの生れた日は？　長男は大正何年何月何日何時何分何十秒か、次男は何年何月何日何時何分何秒か、さア、間違えずに云えますか？　なに、区役所へ行けば分る？　あたりまいだ。じゃ、区役所が火事になって、書類が焼けたら、どうしますか。――自分の親兄弟、女房から子供、孫と、大切な人の生年月日さえ、諸君は忘れている。知らないとは、云わせませんぞ。忘れているのだ、何故、忘れているか、それは覚え方が悪いからだ。――我輩、問題を出すぞ、いいかね、大東京市の人口は〆《し》めて何人か、内訳、男何万何千人か、女何人か。新聞に国勢調査が大きく出ていた、覚えている人が、ありますか。それでは、日本の総人口は何人か、さア、分る人は？　居ない。情けないな、この唐変木《とうへんぼく》。オリンピック選手、吉岡君の百メートルレコードは？　これなら知っているだろう。これも居ないのか、これは驚いた。日本一の富士山、これは何尺か、メートルに直して何千メートルか、さア、分った人は、手をあげて。誰も分らない、知らないのか。いよいよ話にならん。諸君は、眼も二つあり、鼻も口も一つずつ、ついているくせに、まるで、私は馬鹿ですと、吹聴して歩いているようなものだ。頭が悪いと、広告しているんだ。――家へ帰れば分る、手帳を開けば分るというのでは、モノの役には立たん。それでは、頭の悪い諸君をびっくりさせてやろう。もっと前へ寄れ、ずっとここまで。遠慮は要らん、税金をとるとは、云わんよ――」

てきやは持っている巻紙を、くるくると巻いて、頭の上にふりかざした。

「これなら、僕の頭に眼がない限り、読めないだろう。昨日もこうやったら、向うの家のガラス戸に写るのを読むのだろうと云った奴がある。くどいようだが、我輩には爪の先ほどもインチキはないのだからな。今日は、眼をつぶってやる」

と、彼は眼をとじたまま、巻紙を左手から右手へ、ほごし始めた。拡げられた紙には、地名が沢山書きつらねてある。

「最初は地名だね、国の名前だ。我輩、紙を拡げながら読むから、その字と違っていたら、間違いと呶鳴ってくれ。さあ、読むぞ――始めは信濃、どうだ、信濃だろう。次、土佐、近江、合っているね、安芸《あき》――肥後――相模――羽後《うご》――美作《みまさか》――陸奥《むつ》、奥州のことですな、伊予――周防《すおう》――大和――三河、豊臣秀吉が生れた三河だよ――羽前――若狭――下野《しもつけ》、次は備前、最後は越中ふんどしと、さアどうだ。順序が一つでも違っていたら、お目にかかるぜ」

なるほど、出題と、答とは、全く誤りはないのである。

「感心するのは、未だ早いぞ。次は数字だ、これは出たらめに書いてある、諸君の云うままに写したのだから意味もない。無名数ほど覚え難いものは、世の中にまたとないのだ。それを間違えずに読もうというのだ。いいかね、最初は3だ。違ってたら、違ったというのだよ」

さらさらと、巻紙がほぐれると、書かれた数字がとびでてくる。

「最初が3、それから5、次は8、それから、2、1、6、4、9、2、6、5、3、1、2、4、8、0、2、7――。どうだ、我輩はこんなに頭がいい。逆に読むことだって、お手のものだ。英語のアルファベットを、すらすら読める人があったら、やって御覧。ほうら、出来まい。じゃ読むよ、下から上へ。7、2、0、8、4……」

てきやは、驚くべき早さで、逆に読み返して行った。

「これは、我輩の頭がいいためではないぞ。諸君、僕の勉強法のおかげだ。我輩は小学時代は鼻たらしの低能だった。中学時代は、落第を二度もした。大学の予科へ入学してからも、試験の成績は目もあてられないほど、ひどい。いっそ、死のうか、酒のみましょうか、ラララ、ラララ、っと、これは冗談だが、ともかく学校を止めようかと迷った時に、覚えたのが、この専売特許式の暗記法である。暗記の原理は実に簡単、誠にあっさりしている。その要領は、ここにパンフレットにして書いてある。――おい、逃げるな、小僧。お前に本を買えと、誰が云った。話は終りが大切だ。いいかね、僕の特許暗記法は、実に容易《たやす》い。しかし、暗記には簡単なものほど、覚え難いものは、またとないのだぞ。諸君は数字を出たらめに書いて、それを暗記出来るか、出来まい。数字位、簡単で、厄介なものは、ないからだ――」

いずれは、パンフレットを売りつけるのであろうが、聞いているうちに、長曾我部は、ハッとして、てきやの顔をのぞいた。

――そうだ、簡単な手口、あっさりした犯行こそ、犯人の発覚が難しい。例えば、全然縁もゆかりもない路傍の人が、通行人を殺した場合、その謎を解く鍵は、なかなか与えられないはずである。計画的な犯罪なら、推理の手懸りはある。そうすると、あの定価表が、もし暗号であったら、その秘密は？――

急に、ある暗示を得た長曾我部は、俄かに人垣をかきわけて、小走りに歩きだした。

「見給え、本を買ってくれと頼みもしないのに、逃げてゆく奴がある――」

と、てきやの悪口を背に聞きながしながら――

五

下宿へ帰った長曾我部は、飯も食わずに、紙切れ――定価表をにらみつけていた。暗記法を売るてきやの言葉から、その解読法を思いついたからである。

定価表をじっと見ていると、最初に長曾我部が、はてな、と思ったことは、英文の単語の配置法である。メニユーとか、カクロダなどの常として、花文字で記されているのが普通なのであるが、これは花文字と小文字とが併用されており、その中でも、花文字で始まる単語と、小文字で始まる単語とが結合していることだ。

例えば

Hammer Single trade mark
Imported from Hang Kou c. f.
Watson Union Company

の三つを比べてみても、最初の trade mark は、当然大文字で記されていいはずの言葉であるが、小文字である。それならば、

Hamilton'S Submarine Gilded

の Gilded も小文字でいいはずだが、これは大文字となっている。

長曾我部は、ここへ神経を集中した。すると、

「なアんだ、これか」

と、大発見をすることが出来た。それは、品名の中に、大文字の言葉が原則として三つずつ存在していることを知ったのである。少々、煩雑であるが、書き記してみると、

No. H Siamese Olympic
Hammer Single
Natural Material Net
Made Ching Tao
Exported Shang Hai
Imported Hang Kou
Sharp Cutting Class
Hamilton'S Submarine Gilded

Painted Green Colour
Sun Rising Glass
Watson Union Company

となっており、花文字二個のもの一つ、四個のもの二つとなっている。

「大文字で始まる言葉と、定価の三つの区別とが連絡があるに違いないぞ」

　大文字の言葉——三個原則
　定　価　欄——三階級原則

これが、長曾我部の結論であった。いや、結論というには、未だ早すぎる。それは、序論に過ぎないことを、彼は間もなく発見したのである。

しかし、この発見に至るまでには、長い時間が、かかっていた。

「長曾我部さん、お出かけの時間じゃありませんの。——おや、起きていらっしゃるか、妾また、昼寝じゃないかと思って。おほほほほ」

様子を見にきた小母さんが、とって附けたように笑った。

「ああ、今日は休みますよ。済みませんが、小母さん、社へ電話してくれませんか、風邪をひいて、熱がひどいですから、と」

「昼寝で、風邪をひきましたからって、ね」

「口どめ料だ、小母さん、お寿司でもおごろうや」

小母さんが注文しに行った寿司は、やがてとどいたが、長曾我部は、寿司をほおばりながらも、暗号とにらめっくらを忘れなかった。

左手に三字の品名、右手に三段の値段表を書きぬいて思案していた長曾我部は、三つの値段のうち所々ブランクになっているのに気がついて、思わずポンと、膝を打った。

「この——《ダッシュ》に相当する大文字の単語を消せという意味か。なるほど」

この方法で省略せられるのは、例えば

Natural（Material 省略）Net
（Made 省略）Ching（Tao 省略）
（Exported 省略）Shang（Hai 省略）

などで、間もなく、長曾我部は一枚の表を作りあげた。

それは、

No. H Siamese Olympic—Hammer Single—Natural Net—Ching—Shang—Hang—Sharp—Submarine Gilded—Painted—Sun Glass—Watson Union

「よし。秘密は、この表と、定価の金額との中にある。——それとも、省略せられた文字と、金額にあるのかも知れない。いずれにしても、袋の鼠である。が、これを、どう解くというのだ？」

はたと、長曾我部は、つかえてしまった。この金額との連絡を、いかに解くべきであろうか。

「おい、長曾我部、がんばれ。——おい、長曾我部、無駄骨折るなよ、つまらないぞ、初めから、種も仕懸もないのだからな。スパイの暗号だなんて、お前らしくもない。それは、ロマンチストか、探偵小説家の仕事だ。——いや、そうじゃない、せっかくここまで漕ぎつけたのだ、もう一息だ——」

二通りの声が、長曾我部を支配した。それから何時間か、がんばってみたが、それほどの発展はなかったようである。

時間が遠慮なく過ぎて行った。長曾我部はふらふらと立ちあがると、紙切れを、ぴしゃりと机にたたきつけて、

「糞、やめろっ！　暗号だなどと、馬鹿々々しい。今時、暗号入りの探偵小説なんか、古くさくって読めるものか。東日の記者ともあろう長曾我部が、とんでもないロマンスにとりつかれたもんだ。あっ、ああ、あ」

と、背のびをして寝ころがって、バットに火をつけてすっていたが、しばらくすると、またむっくり起きあがって、

「待てよ」

と、また紙切れを手にとった。

隠れたる眼

一

譲二は、合宿の会議室のドアを開けて、冷たい視線に一斉に射すくめられた。会議室には、中央の丸テーブルを囲んで、部長の新島博士こそ見えなかったが、W大学野球部の大先輩として有名な清川氏の半白の頭や、野球部後援会の理事をしている先輩の顔などが揃っていて、現役選手の主立った部員、主将などと、ひそひそと何か重大な協議を続けていたのである。応援団長の伴正五郎も、今日は微塵もおどけた気味のない髯っ面を並べてい

た。

そこに、よほど激論が戦わされていたことを、部屋に入った途端に、その空気から譲二は鋭く察した。譲二は一礼して、一番若い部員の隣へ坐った。

「御呼びだったそうで……」

誰も話しかけないので、譲二が口をひらいた。部屋に重苦しい空気が動いた。

「ああ、ちょっと、君にたずねたいことがあってね——」

と、清川氏が沈痛な顔を譲二へ向けて、

「君は、我が野球部伝統の精神を知っているね、光栄ある歴史も」

「はア、よく知っております」

と、譲二は答えたが、清川氏の言葉が、一体何を意味しているのか、ちょっとのみこめないのであった。意外な質問であった。

「部へ入って、何年です?」

「五年——まる四年と三ケ月になります」

「それなら——」と、清川氏の傍にいた理事の一人が「野球選手としての心掛けは知っているはずだ」と、うめくように云った。清川氏は、まアまアと云って、その先輩をなだめてから、

「じゃ、左近君。野球部員として心得ねばならぬ宣誓は?」

「第一に、W大学の学生として純真なるスポーツマンシップを発揮すべきこと。第二に、部の統制に従い、規律ある生活をなすべきこと。第三に、……」

「いや、よろしい」

と、清川氏は譲二の機先を制して、

「頭のいい君のことだ、みんな覚えていることと思う。ただ、一言聞きたいと思うのは、宣誓の中に猥《みだ》りに婦女と風紀を乱し、学生にあるまじき場所へ出入すべからずと、いう一項なのだ。君は、忘れたか?」

「忘れる? そんなことはありません。僕も野球部員です」

譲二は多くの部員や先輩の前で、こんな恥しい質問——いや、叱責の調子さえ、清川氏の言葉に含まれているではないか——を受けるのは、生れて初めてのことだった。堪えられぬ侮辱であった。

「ごまかすな!」

いきりたった部員の一人が、卓をたたいた。気の短い、荒っぽい気性で有名な、遊撃手《ショート》の宮島である。

「忘れないというのだね、君は。君の胸に手をあてて、とっくと、考えて見給え」

先輩が、譲二を見つめて云った。譲二は、明らかに誤解されていることを知った。考えてみなくとも、先輩や部員から、まるで裁判所の被告のように非難される理由は、少しも持合せていないのであった。

「君が、我がW大学の野球部員として、恥しい行動をとった覚えがないか、というのだよ」

宮島の隣りに坐っていた部員が云った。右翼手《ライト》で、投手補欠の高木である。高木が、日ごろ、譲二に対し好感を持っていないことを、譲二は知っていた。一級上であるが、彗星《すいせい》的な譲二の出現と活躍に、プレートを踏む機会のなくなっている高木である。

「どうだね、野球部に初めて入部した日に誓った宣誓の言葉に、君は反いたと思うことはないかね」

「誤解です、そんなことは。あなたがたは、な、何か、誤解、されているのです」

たまりかねて、譲二は叫んだ。

「嘘をつくな！」

宮島が、嚙みつくように云った。

「左近君、正直に云ってくれよ」

そう云ったのは応援団長の伴であった。伴はぼろぼろ泣いている。

「君達は、僕をどうしようと云うのです」

「僕は先輩の一人として、君に忠告したいのだ、ねえ、左近君、僕たちは敢て君を傷けたくはない、君の反省を待ちたいのだ」

清川氏は、我子を愛《いとお》しむような温い眼で、譲二を見つめながら、云うのだった。しかし譲二には、そう云われることが、不思議な位であった。

「僕には、あなた方から、そんなことを仰言られる覚えは、少しもないのです」

譲二は決然と云い放った。一座には、ざわざわと動揺の色が見えたが、気の短い宮島は、

「ええ、証拠を見せてやろう、これでも、隠すつもりか」

と、いらいらした言葉で、しわくちゃな新聞を投げてよこした。

譲二は皺のよった新聞を拡げて、一目のぞきこむなり、アッと声をたてた。例の黄色新聞《イエローペーパー》であるがその社会面を半分以上も埋めて書かれてあるのは、自分のことだった。大きく写真まで出ている。

W大学の左近投手
玉の井私娼窟で三振
臨検で命カラガラ逃げ出す

という悪どい標題で、私娼窟で遊興中、臨検の刑事に不良学生として説諭された所、左近選手と判明したので、将来を警《いまし》められた上、ブタ箱入りも特に免れたが、売れっ児《こ》の野球選手はかくも特典がある、というのが、その内容であった。

この外の記事には

評判の軟派不良
銀子事件にも名を連ねて

と、迷宮入りの水崎銀子との恋愛関係や、女学生、ダンサアなどとの醜聞を、誡しやかに掲げてあり、その横には

秋のリーグ戦には
W大学優秀の望み薄し
左近選手の退部確実

早くも、秋のWK戦の予想記事まで出ていた。

譲二は、この人身攻撃や名誉棄損罪を平気で犯すので有名な黄色新聞を、じいっと読んでいたが、こんな出たらめな記事で、いきり立っている先輩や部員が、むしろ可笑《おかし》くなってきた。譲二は、その日朝から教室の学生達が冷い眼を向け、廊下を通ってさえも譲二を指さして、こそこそと話しあっている学生達の行動が、はじめて分ってきた。根も葉もない記事を信用している人々なのである。

「それでも、君は恥を知らないのか」

高木が、低いが、針のある声で云った。

「僕たちは、君の平常《へいぜい》を信用していた。しかし、こうした新聞が出てみると、君を疑わざるを得ない」

先輩の清川氏は子供に説き聞かすような態度で、

「君の率直な告白を聞きたいと思うのだ。この夜の君の行動が、ねがわくは、冤罪であって欲しいと僕は祈っている――」

清川氏は、じっと譲二を見つめた。その眼は、譲二のいかなる感情の動きをも見逃すまいとしている。

譲二は、かねてから野球部に二つの対立のあることを知っていた。一つは、謂わば正義派で穏健な思想と人格の所有者が集まり、清川氏を中心として、新島部長を推すものであったが、一つは、野球部の実権を握ろうと、大学のある教授連と呼応して策動している一派であった。策動派は清川氏の存在を煙たがって、事ある毎に野心的

な運動を続けていた。新聞記事の譲二の問題を採りあげて、部会を開かせたのも、勿論この策動派であることに間違いはなかったのである。

譲二は、清川氏の温顔を見かえしながら、静かに云った。

「何と仰言られても、僕には覚えのないことです。それに、皆さんは、こんな新聞を――いや、新聞の記事というものを、頭から鵜呑みに、信用されようというのですか。新聞だって、間違った報道をすることもあります。デマを飛ばすことだってありましょう」

「君は、僕を侮辱する気かっ!」

と、どなったのは、先輩で、某新聞社にいる男だった。

譲二は、その男に顔をむけながら、

「侮辱ではありません。そういう事実があるという、現実論です。新聞は無責任なことを、度々します。それで、恬《てん》として顧みないのです」

「よしたまえ! 新聞人として、大きな勢力を占めているW大学の伝統を、君は馬鹿にしている」

先刻の男が、また、叫びかえした。

「なるほど、伝統的に新聞人が先輩には多いかも知れません。現に、僕の先輩にも、尊敬すべき人だっています。しかし、他の大多数は、ニュースへの魅力というか、特種の歓喜というか、新聞社会の誤られた道徳観念に支配されていると思うのです。名誉棄損は勿論のこと、誤報されたおかげで、社会から冷い眼で見られ、自殺する人だっていします。そうなれば、新聞は立派な殺人罪を犯してますよ」

「馬鹿だな、君は。証拠を見せろ」

三度び、相手がわめくのを、譲二は新聞を押しやって、

「これです。この記事です。僕は、こんな汚らわしいところへ、足を踏み入れたことは、断じてありません。絶対に濡れ衣です。僕は誓います」

はっきりとした態度に、一座は一時しんとなったが、興奮した譲二はなお続けた。

「これを機会に僕は云いたいのです。現在の大学リーグは、改革されなくちゃ、いけないと思うのです。我が野球部だって、そうです」

「なに、野球部も? 何故?」

と、清川氏の声もさすがに険しくひびいた。

「純真な学生スポーツに帰るんです。今のリーグに、清浄なスポーツ精神が、どこにあるといえましょう。精神だけではありません、生活だってそうです。いろいろ

な名目で、学資をもらったり、実家へは月給のように、仕送りをしてもらったり、腐っています。マネキンです。職業野球の方が、よっぽど公明正大です」

譲二の日頃の憤懣が、遂に爆発したのだ。一座は呆気にとられて、ぼんやりしてしまった。

「大名に抱えられた角力取《すもうとり》や、役者みたいじゃ、ありませんか。これで、どこに、学生スポーツなどと――」

譲二は、声を呑んだ。眼がしらが、熱くなってきた。

忽ち、会議室は、激しい非難の声にあふれた。

「除名しろ」

「野球部の光輝ある歴史を無視している」

「困ったなア」

「泣いて馬謖《ばしょく》を斬るのだね」

「いや、それほどの破廉恥漢《はれんちかん》じゃあるまい」

誹謗と弁護とが、交錯しあって、急流のように身のまわりを過ぎてゆくのを聞きながら、譲二はしかし、心のわだかまりがとれて、何となく晴れ晴れしい、清涼な気持ちだった。

喧騒が、やや静まったとき、待ちかまえたように、高木の声がとんだ。

「君、一昨日の夜、どうしたんだい、あんなに遅く酔っぱらって帰ってきて。僕は見てたぜ」

「えっ、一昨日？」

「そうさ、玉の井へ行った帰りだろう？」

一座は急にしんとして、二人の対話に耳をそばだてたが、直ぐに、がやがやと以前の騒々しさに帰った。身体が、サッと冷たくなるのを、譲二は感じた。

二

「静かにして下さい。議事を進めます」

と、清川氏は喧騒な空気を制して、

「高木君、左近君が酔っていたというのは、いつのことです」

「一昨日ですよ、それは――」

高木の語る所によれば、一昨日――つまり、玉の井で左近譲二が発見されたという日である――の夜遅く、ぐてんぐてんに酔った左近が、合宿の裏口から戻ってきたのを、丁度便所へ起きた高木が見付けたというのである。

「左近君、それは本当のことかね？」

「事実です」

左近の言葉は意外だった。

「ほう？　酒を呑んでいたというが――」

「残念ながら、それも事実でした」

悪びれずに、譲二は答えるのだった。

「それ見ろ、化の皮をあらわしたじゃないか」

と、聞えよがしにつぶやく声がした。

「しかし――」

と、譲二は蒼白の面《おもて》をあげると、

「あなた方は、僕が玉の井へ行った、その帰り途に酒を飲んできたのを、合宿で見付けられた、と、こうお考えになるのでしょうね」

「勿論」

宮島が、ぶっきら棒に答えた。

「僕は玉の井なんか、野球部の体面にかけても、断じて足を入れません。一昨日の夜、僕は、ある所を訪問しました」

「それはどこだ?」

「それは――」

と、譲二は云いかけたが、ぐっとつまった。

「云えないのかね、そうだろう」

「いいえ」

と、譲二が何故か、ためらっているのを、

「アリバイがあるなら、聞こうじゃないか」

勝ち誇ったように云ったのは、高木であった。

「新聞記事のような、いまわしいことは、僕に決してありません。あの日、僕と会っていた人については、皆さんも知らない方じゃないのです。しかし――」

譲二は真実を顔いっぱいに表現しながら、いかにも無念そうに、

「今は、公表を遠慮したいと思います。いずれ、それが誰であるか、僕が冤罪であることが、分る日が来ると信じます。僕は誓って、そう云います」

と、語るのであった。語り終えると、熱い涙が故知《わけ》らず流れてくるのであった。

「それは、君、ますます疑惑を深めるばかりじゃないかね。弁解があったら、男らしく、堂々と、述べたらい い」

先刻の雄弁と変って、急に口をつぐんだ譲二の態度を、清川氏はいぶかしげに感じて、何か理由《わけ》があると、誘いの水をむけたのであるが、譲二は、

「僕も男だから、こそ、云えない気持ちがあるのですよ。それから――」

と、譲二は思いきったように、

「生意気かも知れませんが、僕は、会議、会議といったり、合議制とかいうものの効果に、実は疑問を持っているんです。何でも多数決にする、衆議一決で定めるという会議万能の方法は、恐ろしい結果を生むことがあります。その場の空気や、気兼ねなどから、正しい意見まで否定されて、間違った軌道の上を、間違った方向へ、盲馬《めくらうま》のように、つっ走るのです。昔の賢人政治を夢見るのではないがそういう弊害が衆議の場合に往々にあるのです。しかも、結果は大衆の慾望に副《そ》わない、別のものであったりする。——いや、僕は僕の弁解を、こんなことにかこつけているのではありません。それほど、卑怯じゃないです。また、野球部の会議を、どうこう批評したいのではありません。僕のいうのは、もっと大きなもの、例えば政治などのことです」

またか、と顔をしかめた、二三人へ、譲二は強く、しかし静かに云った。

「清川さん、一指《し》の指さすところ、それ十目《もく》の観るところ。——もし、これが原因で、処分を受けるようなことがあっても、僕は甘んじてそれを受けます。進退は一切、あなたにお任せします。ただ、これを機会に、学生スポーツの浄化だけは、是非、実現させていただきたいと思います。お願いします」

と、一礼すると座をたった。

それまでに、清川氏や部員などから、一昨夜の行動を明白にしろと、つめよられたとき、譲二の心には二つの思索が逆流しあっていたのだった。

——早く話せ！　事実さえ話せば、疑惑も氷解するし、先輩も諒解するのだ。何を、ぐずぐずしているのだ！

——いや、話しては、いけない。男なら、話すべき場合ではない。相手は、お前が恋を打ちあけて容れなかった女だ。恋する者の掟は、相手を不幸にするなということだ。今発表しては、どんな噂が彼女にとぶか分らない。彼女は恩師の令嬢ではないか。それに、お前は水崎銀子と、既に妙なゴシップをまかれた、無辜《むこ》の前科者ではないか。

そして、譲二は、じっと唇をつぐんで、第二のささやきに従った。

あの夜、譲二は新島三千子を散歩に誘ったのである。

「左近ですが——」

と、玄関での声を、食後の休息を雑誌でまぎらせていた三千子は、てっきり雄一郎だと思った。

「まア」

自宅へは滅多に来ない雄一郎なのである。三千子は自分でもおかしいほど、あわてて、玄関へ飛んでゆくと、

「あら、譲二さんだったの」

急にがっかりした気持の動揺を、押しかくすのに、三千子は顔が紅くなった。しかし、ほの暗い電灯では、譲二にさとられぬ心の動きではあった。

「散歩に行ってみませんか」

譲二の声は、かすれているようだった。

「妾?」

「駄目ですか?」

飾りのない学生らしい言葉に、三千子はむしろ好意を感じて、それに、今のあわてかたを、あっさりと片附けたいように思われて、

「ええ、いいわ。ちょっと、待っててね」

と、快活に朗かな余韻を残すと、奥へかけこんで行った。

「行っていらっしゃい」

母に送られて出てきた三千子は、その間に、白っぽい、小ざっぱりした矢絣《やがすり》の銘仙に着かえ、薄化粧も忘れていなかった。譲二は、新島博士夫人に、何か後めたいものを感じて、黙って頭を下げると藤棚の青い葉の下をくぐって、三千子と並んで露路へ出た。黒い森が、小山のように見える戸山の原は、西大久保の新島邸からは、直ぐだった。

もともと、女との散歩などは、野球部員として慎しむべきことなのであるが、譲二は部長の信任を得ているし、家では二人の外出を、別に怪しもうとしなかった。ただ、は、兄の雄一郎と三千子との関係を知らなかった。譲二は、三千子と二人きりでいるだけでも、うれしかった。機会があれは、恋をうちあけたかった。そう思うと、譲二はなお固くなった。

町はずれに近い喫茶店で、二人はソーダ水を注文した。レコードは、タンバリンを低くならしていた。

「いいわねえ」

三千子は、うきうきしていた。

「妾も、レコード、新しいの、買おうかしら。ギターや、あんなものばかり、集めたいわ」

と、美しく、テーブルに置いてある団扇《うちわ》をつかって、

「でも、単純すぎるかしら。ねえ?」

譲二はストローを指にまきつけて、パチパチと折りながら、考えこんでいた。

「さア——」

「元気がないのね、今夜は。何か、憂鬱なことでもあるの」

「いいえ」

と、譲二は三千子の瞳をみつめようとしたが、まぶしい光を感じて、つと、そらしてしまった。

喫茶店を出て、射撃場の横から、埃に乾いた原の一隅を斜めにつききってゆくと、青い草原がつづいて、夜目にも水々しい青葉が、林の上で、ゆさゆさと、ゆれていた。その間を、星がまたたいていた。

「きれいな夜だこと」

二人は高田の馬場の町の灯の見える丘に、並んで腰を下ろした。三千子の、うっとりと眼をほそめている顔が、ほの青く美しく見えた。そこには、電車の音も聞えてこなかった。たった二人だけ——この気持ちが、譲二を急に刺戟して、大胆にした。

譲二は、簡単に卒直に、しかし情熱をこめて、愛を訴えた。

三千子は、はじめ、それを冗談だと考えたらしかった。が、譲二の熱した言葉が、ぽつん、ぽつんではあるが、続くのを聞くと、

「あら！」

と、本能的に身を避けて立ち上ったが、追って来ない譲二の坐ったままの姿を認めると、戻って近よってきた。

譲二は黙っていた。三千子も黙っていた。三千子が大きな感動を受けたことは、その呼吸で、譲二に、はっきり分った。心臓の血が、どきんどきんと、一つ一つ、譲二にも、伝わってくるような気がした。

「御免なさいね」

三千子は泣いていた。

「御免なさいね、譲二さん」

「……？」

譲二には、適当な言葉が見当らなかった。

「妾、困るわ」

「いけないんですか」

「そうじゃないの——」

と、三千子は袂を顔へあてると、急に泣きじゃくりながら、

「あなたには、お約束できないの。許してね。婚約があるの——」

「婚約？」

譲二には、町の灯も星も、三千子の顔も、ぼっとかす

んできた。

「婚約しようとしてる人があるの。でも、結婚しても、あなたとは、そんなに遠くにはならない人と――」

三千子には、そうとしか云えなかった。（あなたの兄さんの雄一郎様と）と、口には出かかった言葉だったが、それだけしか、云えないのだった。

二人は黙って、距離を置いて、坂を下って行った。戸塚の町へ出る頃、譲二は円タクを見付けて、

「西大久保――」

と、ドアをあけた。三千子だけが乗って、自動車は右へ大きくカーブを切った。

「さよなら」

しかし、自動車の三千子は、着物だけが残って、それは白く大きな、ふんわりとした悲しみの影のように、譲二の目にひろがっていた。

譲二は、暗い露路を選んで歩いた。

「あきらめるのだ！」

と、自答しながらも、しかし、あきらめきれぬものを感じていた。譲二は、ふっと、酒が呑みたくなった。そして、生ビールの空き樽を重ねたビヤホールへ、躊躇しながら入って行った。

――あそこの、バアテンダーだって、僕の証明をしてくれるだろう。だが、それも無意味な！　僕は、もう三千子さんとは会うまい。

そう考えて、会議席を外した譲二だった。

譲二が会議室から出て行った後も、まだ会議は続けられたが、強硬派は、W大学野球部の清浄のために、譲二の除名または退部を主張して譲らなかった。それには不思議な死を遂げた水崎銀子事件に、譲二が関係していたことも含まれているのだった。W大学野球部には四五年前に、大学リーグ随一の称あった某選手が待合遊びをしたのが発見されて、退部させた苦い経験があった。しかしその結果は、居残った選手の一致協力で、その選手の在部中よりも、更に華々しい活躍をすることが出来たというのである。

しかし、穏健派は、譲二が真面目な学生であること、玉の井事件は本人が否定していること、水崎銀子との関係は皆無であること、当夜は事情ある人と面談していたらしいこと、等をあげて、譲二の無罪論を主張した。

会議は、結局、譲二は野球部員として止まること、但し当分の間は、公式の試合の出場を自発的に遠慮するこ

と、という条件附きのままで解散することになった。
その間、黙々として衆議の傾くところを聞いていた先輩清川氏は、
「あの夜、左近君が他の人と会っていたとすれば、玉の井で左近譲二と名乗った男は、一体誰であろう？　その男は何故、偽名を語る必要があったのだろう？」
と、しきりに小首をひねっていた。

三

苫子、カエレ。父。

新聞に広告が出た。
夕刊に、同じように広告が出た。

苫子、居所知ラセヨ。父。

次の朝刊には、もっと長い文章がのせられていた。

父ハ心痛ニテ病臥ス。苫子ヨ、スグ帰レ。父ハ怒ラヌ。

その続きは、夕刊にも発表された。

苫子ヨ。解決ツイタ。父。

翌日の朝刊の広告は、東京の殆んど総ての新聞に共通した文句だった。

苫子。万事希望ニマカス。スグ帰レ。父。

「御令嬢、恋の道行と見えるね」
「ふん、心配かい」
「父者《ててじゃ》は身も世もあらず、泣きにける、だ。親心、子知らずだよ」
「いい、お客さんじゃないか。高い広告料を払って下さる――」
喫茶店パレスタインの午後である。話しているのは、社会部記者の野球協会氏と長曾我部である。
「お嬢さん、だいぶ、執拗だな」
「ハンガー・ストライキの組だろうよ」

「はは、恋愛饑餓争議《ラブ・ハンガー・ストライキ》とは愉快だ。こちとら、駈けずり廻っているのに、恋愛も自由も、へったくれもあるかい。馬鹿娘が――」

と、野球協会氏は、発送部から失敬してきた早刷の夕刊をひろげて、

「今日のでは、父親が、よほど弱っていると、みえるよ」

苦子。オ前ノ自由意思ヲ尊重スル。信。

野球協会氏は声をたてて読んだが、

「おや、変っているな、署名人が。父が、信になっているぜ」

「信？　どれ、見せろ」

長曾我部は指さされた三行ほどの小さい広告を見たが、

「ふん、心当りがないわけじゃ、なさそうだよ、僕には」

「勿体ぶるなってことよ」

「しかし、あたってみても、無駄だな」

「どうして？」

「俺は、最初の広告を見て、早速広告部の奴に聞いてみたんだ。広告の依頼主を」

「へえ？」

「ところが、社の広告部扱じゃないのさ。博進堂《はくしん》だ」

博進堂というのは、新聞広告の取次店なのである。

「博進堂に探りを入れてみたが、とても、とても泥を吐かないのだ。よほど、握らされているとみえるな」

「なんだ、そういう訳か。しかし、こんなに金を使って広告をする位なら、何故警察へ届けないのだろうなア。身許を、ひた隠しにしてさ」

「捜索願を出しちゃ、具合が悪いのさ。第一に、お互い同業の連中が押しかける。新聞に書かれたら家の家名にかかわる――」

「すると、娘の実家は？」

「定りきっているさ。ブルジュアか、それとも札付きの淫奔娘か、または脛に傷持つ奴でさ、たたけばぼろの出る野郎だよ」

「W大学の野球部も、もめているし、世の中、面白くなってきたな」

「例の粛園運動の余波さ。川口って、排斥された教授があやつっているのだ」

「左近が可哀想だな、いい男じゃないか」

「なに、結局左近のスポーツ浄化が勝つよ。左近のいうのは正しい、学生に人望があるんだ。秋のリーグは見ものだよ」

「そうかねえ。——サテ、仕事に出よう。令嬢事件、一つ特種にしてみせるかな」

「あははは、骨折り損だろうよ。あああ」

と、長曾我部は大きく欠伸《あくび》をして、

「俺は、それより、こっちが大切だぜ」

ポケットから紙切れをひっぱりだすのを、野球協会氏は、あきれたように、

「長曾我部、お前、どうかしているぜ、この二三日は。いい可減にあきらめろよ。いくら考えたって暗号が分るもんかい」

と、これら欠伸をしながら、出かけて行った。

長曾我部は、日曜日以来、未だにカフスボタンの定価表を手離なさないと見える。卓の上に並べられたのは、文字や数字をいっぱいに書きこんだカードである。これを見ると、長曾我部の暗号解読はかなりの進行を示していることが分る。日曜から四日目、今日は木曜なのである。

「何してらっしゃるの。熱心ねえ」

レコードを変えたついでに、女の子がのぞきにきた。

「金の勘定だよ」

「素敵ねえ。だけど長曾我部さんのことですもの、借金の計算じゃなくて」

「馬鹿いえ。百万円の金塊事件だ」

「あら、そんなの、あった、の?」

女の子は息をはずませた。

「これから起るんだよ。起るだろうと思うんだ」

「あら!」

「起きないと困るのだ、僕が。——ちょっと、計算してくれないかな。暗算でいいんだ」

「オーケイ」

「読みあげましては——三十銭なり、四十銭なり——」

「それだけ? 七十銭よ」

「四十銭なり、足すこと、五十銭では?」

「九十銭。小学生でも出来てよ。百万円事件にしては、随分計算が細かいのね」

「うるさいな。君のお小遣なみに読んでるんだよ。その方が、実感が出るだろう。五百円なり、八百円なりでは、感じが分るまい?」

「妾だって、百円札位、握ったこと、あってよ」

冗談を云いながら、長曾我部は、定価の金額をカードに書きとめていた。

「お次、五銭なり、五銭なり」

「十銭」

「お代り、一銭なり、九銭なり」

「十銭、馬鹿々々しいわ」

「黙っていろ、八銭なり、二銭なり」

「これも十銭だわよ」

「十銭？　可怪《おかし》いな」

「八銭に二銭足したら、十銭じゃないこと？　いやな人！」

「しかと、さようか」

「モチ。変ね、あんたは、うなったりして」

少女は、声をたてて笑ったが、しかし長曾我部は、まじめに考えこんでいた。そして、しばらくすると、カードに、次のように書きこんだ。

Ching　$\$30^{\underline{55}}$（5＋5＝10）
Shang　$\$38^{\underline{19}}$（1＋9＝10）
Hang　$\$40^{\underline{82}}$（8＋2＝10）
5＋5＝ 1＋9＝ 8＋2＝10
10＝共通　　∴＝？

10＝9ト11ノ中間ニアリ　　コレハ真理ナリ
9＝10ヨリ1ヲ引ク　　〃
11＝10ニ1ヲ足ス　　〃
∴＝9ト10ト11ノ関係ハ？

それは、中学生の代数の問題のようであった。しかし、ここまで筋書きを作るのには、長曾我部は、目方が二三貫目も減るほどの苦労をしていた。

最初、長曾我部は選ばれた大文字の単語と、右側の金額との数字を分解し、そこに暗号解説の鍵を求めたが、これは失敗した。それから、手を替え、品を替えているうちに、堂々廻《めぐ》りをして、再び金額の数字に帰ってきたのである。彼は数字を掛けたり、割ったり、小学生のような加減乗除を繰返した後に、金額すべてを足してみることにしたのである。それから——いや、こういう経過を話すことは誠に無味乾燥の仕事であろう。ただ、長曾我部は、仙《セント》にあたる端数の合計が、十となる答えを得ることが出来た。それも、三つ揃っている。しかも幸にも、その金額に相当する文字はChing Shang Hangの各一語ずつの言葉だったのである。

「秘密は、ここにある」

長曾我部は、コーヒーをもう一杯注文して、どっしりと腰をすえてしまった。

四

野球部の部会で、思わぬ誤解から、除名処分を免れたものの、遠まわしに退部を希望している先輩や上級の部員に対して、譲二は限りない憤りを感じた。しかし、責任の一半は、当夜の行動を公表しなかった自分にもあるので、譲二はただじっとこらえていた。その憤りや不満は、やがて譲二に、職業化した学生スポーツに、大きな疑惑を抱かせてくるのであった。

「僕は単なるマネキンではないか」

それが譲二にさびしい影を宿させた。学校で、今までちやほやと、譲二の機嫌をとった学生達は、一様に冷い、い、い、眼をむけて、稀に話しかけても、話題はいつも、

「その後、玉の井《ボール・ファウンテン》へ行かないのかい？」

とか、

「野球部の名誉部員だってね」

などと、嘲笑的な云い方をした。譲二は、その度に撲ってやりたい衝動を感じたが、心を深く反省させて、笑っているだけだった。

譲二は中学時代から大学本科二年の今日まで、その学資は部長の新島博士から貰っていた。兄の雄一郎も、博士の援助で大学を卒業したことを知っているので、今の今まで、深く考えることもなく、ただ博士の好意に対して測り切れぬ感謝の念を捧げていたのであるが、野球部員として、先輩まで騒ぎだす事件の中心に捲きこまれたこととて、これから先も、それ以上の好意を受けとるのは、実に心苦しいことであった。

さすがに、博士の自宅へは行けないので、研究室の博士を訪《と》うて、譲二は卒直に心境を訴えたのである。

「先生、僕は野球部を辞めることに決心しました」

「短気を起しては、いけないよ、君。この前の問題なら、皆が氷解してくれたのだから、もう気に病むことはないと思う。時機を見て、再びマウンドに立ってもらうし、秋のリーグ戦には大いに活躍してもらわなくちゃ」

「いいえ、先生。そんなことじゃ、ないのです」

譲二は、ちょっと云い渋ったが、思い切って、

「僕は野球部員として補助を受けたりすることが、職業選手のように思われてなりません。あれではマネキン同様です」

「マネキンじゃないよ。誤解をしては、いかん、誤解を。なるほど、大学からは補助はしているさ、しかし左近君、あれはユニフォーム代とか、ボール代とか、バットの代金などで、当然なことだ。別に気にするほどの――」

「いいえ、僕には、そういう物質的な問題だけでなく、精神的なマネキン主義さえ、たまらなく嫌になったのです。僕は学校や校友会のために、入場料をとる試合をやって、儲けさせているのだぞ、そういう気持や、学校は学校で、お前には金を出しているのだから、もっと活動しろ、と――」

老教授は純情な学生に、ふっと、溜息をもらした。

「君のように若い時は、誰でも、そう考えたがるものなのだ。しかし、大義、親を滅す、という言葉がある。これの精神だよ、必要なのは、左近君」

「野球部の補助だけでは、ありません。僕は先生から、毎月いただいている学資も、実は今月からお断りしたいのです」

「何、儂の学資も断わる？」

老博士は、険しく顔をくもらせたが、譲二はひるまなかった。

「そうです、先生。気を悪くなさらないで下さい。僕には他人の補助や援助で、これ以上学問を続けたくないのです。仮令、苦学でもいい、自分の力でやってゆきたいのです」

「苦学など、口に云うほど、そう簡単に出来るものじゃ、ありません」

「出来なければ、学校を止しても構わないと思うのです」

「左近君、それは――」

しかし、譲二は、続けて云った。

「人間一人、生活はどんなことをしても、出来ると思います。先生は、僕だけでなく、兄にも学資を出して下さったのですね」

「ああ、そうだ」

「これは、兄から、ちらっと聞いただけなのですが、父の死後、私共の家の面倒まで見て下さったそうじゃありませんか」

「うう、面倒というほどのこともないがね」

「先生は何故、僕達兄弟に、こんなに御親切にして下さるのでしょう。御恩は忘れません、死んでも忘れません。御好意は心から感謝しています。しかし、僕には御親切の底が、分らないのです」

「心配することはないよ、左近君。君達兄弟こそ、立派なものになると、僕が見込みをつけたからやったのだ、余計な心配は要らんのだ」

と、博士の語気はさすがに荒かった。

「僕たち兄弟が御厄介になるほど、先生の御暮しが、決して御裕福でないと、僕は思っています。それに家のことまで――」

「そ、そんなことを、君」

「立ち入ったことを申すようですが、先生は清貧に甘んじられる方です、いつも貧乏をなさっていられることも聞いております。それなのに、毎月沢山のお金を私共のために割《さ》いて下さるのは――」

「もう、いい、分った」

と、博士はしばらく考えていたが、思いきったように、

「君達兄弟の学資は、僕自身のポケットマネーからばかりではない。あれは、ある育英資金から出ているのだ」

「育英資金？　何というのですか」

「名前かね？　名前は、名前は匿名になっていて、発表は出来ないことになっとる。しかし、その奨学資金の利用法は僕に一任されてあるのだ。僕が秀才と見こんだ人なら、誰にやろうと僕の自由になるのだ。いいかね、君や雄一郎君だけじゃない、自惚《うぬぼ》れては困るね」

「自惚れてはおりません。しかし、先生、その奨学資金を受けたことのある人は、誰々ですか？　僕はまだ、聞いたことがありませんが」

「くどいね、君は、え？」

と、博士は言葉を荒げて、

「誰だろうと、君の知ったことではない」

しかし、純情な譲二は、得心のゆくまで聞きただされば、気持がおさまらないのだった。

「では、先生のお金でないとすれば、その隠れた篤行者と、私共給費生との間の関係にすぎぬわけですね」

「そうだ」

「その隠れた恩人は、誰方でしょう？」

「名前が聞きたいというのだね」

「そうです」

「名前を聞いて、どうする？」

「会って、お礼を云いたいのです」

ありありと、当惑の色が博士の老いた顔にあらわれた。

「名前は、絶対に発表しないことになっている」

「何故ですか」

「初めからの約束が、そうなのだ、君」

「僕には、分りません」

「何が？」

「その人の気持ちがです」

「はっきりしているではないか、英才に隠れて補助をしようというのだもの」

「善い事をするのに、自分の名を隠しだてする必要がないでしょう。僕には、その心理が分らないのです」

「そんな事は、僕に聞いても仕方がないよ」

「僕は、そういうお話なら、いよいよ学資は御辞退しなければなりません」

「何故？」

「理由のない金を、見ず知らずの他人から、受取る理由がないのです」

「それほど、理由が聞きたければ、本人に会ったら良い――」

と、云って、博士は、つと口をつぐんだ。しまった、という表情である。

「本人に会わせて下さい」

「……」


博士は困惑の表情を浮べていたが、やがて決心がついたように、

「君が、それほど、聞きたいなら、教えてあげよう。学資の提供者は、覚張信也という人だ」

「覚張信也？　有名な実業家じゃありませんか」

「そうだ」

「それに、先生の奥さまの御兄弟ではありませんか」

「そうだ、家内の弟です。もっとも、腹異《ちが》いだがね」

「してみれば、先生の義弟にあたる方の篤行を、先生は何故、あんなに隠していられるのですか」

「隠すのではないよ、義弟の気持ちを汲んでやっているまでのことだ」

博士の顔には、じっとりと汗がにじんでいた。

譲二は、研究室を出るとき、振返ってたずねた。

「僕の退部問題で、お嬢さんは、さぞ僕を軽蔑しているでしょうね」

「そうじゃないよ、あれは、君の理解者だ。それに雄一郎君をも」

「私娼窟へ出入するなどと、僕を蔑んでいられましょうね」

「それどころか、君のことをとても心配している。野

球部の事が新聞に出た日から、ふさぎこんで、具合が悪いらしい。もっとも、前の日の夜、散歩してきてから、調子が悪いとは云っていたがね」

「風邪ですか」

「いや、頭痛がすると、云っていたようだ」

その夜は、譲二が三千子に恋をうちあけた夜である。あのとき、三千子はすげなく逃げて帰った。譲二を恐れている態度であった。譲二には、病気でぶらぶらしているという三千子の心持ちが分らなかった。

「失礼しました」

廊下を遠ざかってゆく譲二の靴音を、老博士は、ぼんやり放心したように聞いていた。

双頭の竜

一

新島老博士から、その学資金の出所が覚張信也であると知らされた譲二は、意外な感に打たれた。それも、提供者の氏名を厳秘するという約束であるにもかかわらず、老博士の義弟が、何故匿名にしなければならないのか、譲二はその理由を判断するのに苦しんだ。最初、譲二は、博士が自分の名を表面に出して、一人で好い子になりたい心算《つもり》があるのではないかと思ったが、博士の話し振りにも、また、これまでの経歴にも、博士にそんな策略や野心が微塵もないことに気がつくと、すぐ軽率な観察を後悔した。

二三日経って、譲二は下二番町の覚張の邸宅を訪れた。が、書生は、信也が留守だと告げた。

その翌日、朝早く、譲二は学校を休んで、再び覚張邸のベルを押した。

一度、奥へひっこんだ書生は間もなく出て来て、

「主人は直ぐ出かけるところですが、どんな御用件でしょうか。私が代って伺っておくようにとのことです」

と、信也の言葉を伝えた。譲二は、僅か五、六分でいいのだから、是非お目にかかりたい、覚張氏の義兄にあたる新島先生の自分は門下生で、新島先生には一方ならぬ御世話になっている等を、つけ加え繰返して頼むのであった。

譲二は、玄関傍の応接間へ通された。例の奇妙な飾物のある部屋である。静かな朝である。小鳥が、チチと、庭の木を囀りながら飛んでいる。女中が、紅茶を運んできた。

「おひで、おひでや、どこにいるの。え？　呼んだら、直ぐ返事をするものよ」

どこかで、甲高い女の声がした。女中は、不愉快そうに眉をくもらせたが、紅茶の皿を譲二の前へ並べると、急いで部屋を出て、

「ハアーイ、奥様ア」

と、バタバタ廊下を走って行った。

覚張信也は、和服のままだった。応接間へ入ってくると、譲二の挨拶には、ふむ、ふむとうなずいただけで、黙って腰を下し、ハバナに火をつけると、大きく息を吐《つ》いてから、女中の運んできた紅茶を一口喫んで、

「何かね？　就職の依頼？」

それは、いかにも相手を小馬鹿にした態度であった。

覚張信也は五十歳を過ぎたと思えぬほど、若々しい、精力的な容貌をしていた。髪は黒々と豊かに眉が濃く、黒瞳《くろめ》がちの大きい眼《まなこ》は、きゅっと結ばれた分厚な唇とともに、経済界の荒浪を乗りきる海千山千の闘士というべき感じを与え、そのがっちりした体軀は、いかにも堂々たる恰幅を見せていた。しかし、それにもかかわらず、その人柄から受けとる印象に、どこか粗野で荒けずりな、下品なところのほの見えるのは、巨万の資産を擁し、日本物産の社長を始め、貿易事業の諸会社の重役、その他の財界各方面に辛辣な商略の手を伸し、日産の荒鷲と恐れられているにもかかわらず、一部の人々からは成上り者として軽蔑されている理由を裏書きするものである。震災後の財界の混乱に乗じて、名もない男が一躍貿易界の第一線に躍り出て、異数の幸運児として羨望されてきた彼である。——もっとも、この印象が、彼の成り上り者である故だけでなく、もっと根本的には、彼の人格に

秘められた奥底のものから発散していたものであることを、後日に至って譲二は発見したのであるが……

譲二は、実業家の大立物と会うのは、これが初めてであった。そして、堂々たる覚張の前に、金ボタンの学生服に包まれた、細い我が身を今更ながら、肩身の狭い思いで、固くなって坐っていた。しかし覚張の最初の一言が、意外にも就職の依頼なのかと切りだしたので、譲二は反って、それに反撥する勇気が湧いてでた。

「いいえ、就職の御願いにあがったのではありません。実は――」

と、新島博士が、覚張の奨学資金を預っており、その使途は博士に一任されてあるということ、特に僕達兄弟が面倒を見てもらってあること、それについて出資者たるあなたに確かめておきたいのであると、手短かに打明けたのである。

信也は黙って聞いていたが、

「それで、君が聞きたいと云うのは、私が出資者であるか否《どう》かという問題なのだね」

と、黒い大きな眼をぎょろりとさせた。

「そうです」

「もし、儂が出資者でなかったなら、君はどうするつもりだ?」

「いいえ、そんなはずはありません。新島先生の御義弟にあたるあなたのことですから、先生が嘘を仰言るはずはないと思いますから」

「それなら、いいじゃないかね、君。何も事を構えて聞かなくても」

「私が伺いたいと思っていますのは、どういうお気持ちで、あなたが見ず知らずの私共に学資金を提供していて下さるのか、そのお気持ちのことなのです」

「ふうん」

「先生のお話によると、あなたは絶対に匿名にしているように、先生に御約束なさったそうですが、何故なのでしょうか」

「ふうん」

「貧乏人の学生には奨学資金は誠に有難い、御厚意は感謝しなければなりません。しかし、ただ新島先生がその乏しい家計の中から資金を提供して下さったとのみ考えて、真の隠れた恩人には一度も御礼を申上げたこともなく、いや名前さえ知らなかったのは、たいへん失礼だし、恩知らずだと思います。現に兄の雄一郎も、あなたのことは、恐らく何も知らないことと思います」

「そんなことは、君、どうだっていい」

と、信也は噛んで含めるように、云い捨てた。

「どうだっていいと、あなたは仰言いますけれども、僕がどうしてもおたずねしなければ気の済まないことがあります」

「それは？」

「あなたの奨学資金を頂いた学生は、多勢いるのでしょうか」

「知らん」

「新島先生に一任してあるから知らないと仰言るつもりかも知れませんが、仮令あなたが些少の金、僅かな金額を提供されているにしても、学資を受けている学生を御存知ないというのは、お金の使い方を知らない遣方《やりかた》だと思います。死金《しにがね》ではないかと考えます」

「君は、忠告に来たのか？　意見をしに来たのだね」

信也は、譲二の言葉が、ぐっと癇にさわったと見えて、急に、けしきばんだ。

「御気持にさわりましたら、お許しをねがいます。ただ、私はその貰いお金が、多くの貧乏な学生達に——W大には苦学をしている前途有望な学生が沢山います。新島先生だって、御存知のはずです。それなのに、その学生達に分配されていなくて、僕だけ、頂戴するというのが、わからないのです。兄の雄一郎もそうでした。聞けば震災後の僕の家には、毎月相当な金を新島先生がお渡し下さったそうですが、外の学生は除外して、僕たちにだけ、家庭上のことまで、これほど御親切にしていただくのが判断に迷うのです」

「え？　そんなことは——」

と、信也の顔には、狼狽の色が浮んだが、直ぐ持前の冷静な態度にかえると、

「そんなことは、儂の知ったことではないよ、君。一向に知らん」

「えっ？　御存知ないと云われるのですか、奨学資金のことを？」

「そうです。君は何を聞き違えて来たのか、儂には、さっぱり見当がつかないよ」

「でも、新島先生が云われました。金は弟の方から出ているのだ、と」

「あはははは」

信也は大きく笑った。

「新島君の勘違いさ。この本人が金を出した覚えが少しもないのだもの、詮議だては無用だと思う」

「しかし、僕には——」

「くどいよ、君。よしんばだ、仮令僕が出すにしたところで、儂はそんな風に金は使わん。会社関係に資金が山のように必要なんだ。人の世話をするほど、僕は物好きじゃなし、学生時代にちょっと頭がいいからといって、社会へ出てから、必ず成功するとは定っとらん。実業家は、そんなところに投資をしないものだ」

それは確かに、一つの実業家哲学かも知れぬと、譲二は考えた。

「君は、さっき、君達一家の面倒を、儂がみたと云ったね。しかし、儂は君達を知らないし、何も補助してやる理由もない、そうだろう、君」

「しかし、父の生前に、父と御交際があったように、兄から聞きましたが——」

「兄さんが、そう云ったのかね？　ふん」

と、信也は、何か思いあたることでもあったのか、眉をひそめたようである。

「兄が、そう云いました。私はまだ子供でありました故、覚えはありません。それに、母は病気で、昔の記憶がないのです。くわしいことは知りませんが、御交際があったのではないかと考えていました」

「お母さんが、病気？」

「そうです。ずうっと前から、恥しいことに白痴のようになって、記憶がないのです。たしか、震災の時に打けた打撲かららしいとのことですが——」

譲二は眼をふせて答えた。

「それは、お可哀そうに、震災は、実にひどかったからな」

信也は、仰山《ぎょうさん》に眼をみはって、さも気の毒そうな表情をした。

「儂と亡くなられた左近雄造君とは、商売上の用で一二度お目にかかったきりですよ。儂には、だから君達の家庭にまで、立ち入るような事情は少しもないはずだし、まして、補助など、思いもよらん」

信也は、そこで言葉を切ると、急に調子をかえて、

「君は野球選手だったね」

「そうです」

「儂は野球選手が嫌いだ。ちょっと上手になると役者のように、いい気になる。役者以上だ」

「それは、僕のことなのですか」

譲二はさすがにむっとして、

「新聞の記事なら、事実無根です」

「新聞？　ほう、新聞に書かれたのか、君が？」

譲二は、潔白を証明するために、簡単に事件を話したが、信也は急に態度をかえて、

「だから、嫌いなのだ。そんな噂をたてられるだけでも、君に何か欠点があるのだろう。——それで分った。娘の家出も、君が糸をひいたのだね」

「えっ？　お嬢さんの家出ですって？」

それは譲二に初耳だった。寝耳に水のような詰問に、譲二はむっとした。

「嘘とは云わさんぞ。まさか、まさか、と思っていた手紙が、君の話で腑におちたのだ。それに、わざわざ、家まで出かけてきて、様子を探ろうとは、君も大した不良だよ」

譲二は呆気にとられているばかりだった。信也は、書棚から一通の手紙を持ってきて、ぽんと譲二の前へ放りだしながら、

「これが証拠だ。正直に話したまえ」

「僕には、何が何やら、分りません」

「嘘を云うな。君が、この手紙で娘の苫絵を呼びだしたのだろう。どこへ隠した？　どこで同棲しているのだ？」

「手紙など、出した覚えはありません。僕はそんな不良と断じて違います」

「わはははは」

信也は不貞々々《ふてぶて》しそうに嘲笑して、

「玉の井であげられる男が、何をするか、分ったもんか。自分の胸に覚えがないか、あるか、手紙を開いて見たらいい」

恐しい誤解を、ここにも受けている——そう思うと、譲二は、玉の井で名をかたった男、更に、偽の手紙で覚張家からおびきだした男に、心の底から限り知れぬ、怒りを感じた。

譲二は手紙を手にすると、まず宛名を見た。覚張苫絵あて、六月十五日附消印の速達である。封筒には差出人がない。

> とり急ぎ、先日の話のことについて、お目かかりたいと存じます。午後五時に、この前の家の二階でお待ち下さいませんか。
>
> 日曜朝　　　　左　近　生
>
> 苫　絵　さ　ま

「あっ、これは、――」

一眼読むなり、譲二は、さっと顔色を変えたが、ぐっと唾をのみこんだ。手紙は疑いもなく、兄雄一郎の手跡なのである。

「どうだ、もう逃げられないだろう、わっはっは」

嘲け笑いころげる信也に、譲二は、ぎらぎらする残忍な瞳の光りを見て、ぞっとした。それは、傷ついた鼠を前にして、勝利の快感にぞくぞくしている猫の眼ではないか。

――これは、兄の書いたものです。

といえば、自分への誤解は去るであろうが、それは譲二にとって忍び得ないことだった。自分が既に新聞に書かれ、その上、仮令兄に苦絵を誘拐した事実がなくても、再び新聞にでも発表されたら、新進学者としての兄にどんな障害が起るとも限らない。何事も兄に尋ねてからのことにしよう――咄嗟に、譲二は考えた。

「これは、僕ではありません。僕の名を騙《かた》った奴の仕事に違いありません。この前の新聞記事が成功しなかったので、誰か僕を恨んでいる奴が、またやったことに違いないのです」

「そんなことで証拠を覆《くつが》えせせんよ」

信也は、狂的に笑った。

譲二は、十五日に野球部内の紅白試合があり、夜は茶話会があったので、終日一歩も外出しなかったことを話し、手紙の中の文句や、署名まで試みて、その筆跡の違うことを力説して、一刻も早く覚張邸を去ることに努力した。

しかし、信也は、案外あっさり、うなずいてみせたが、

「まア、いいよ。娘が家を出てもう一週間近くなるのだが、新聞広告では効目がないので、警察へ捜査願を出してあるのだよ。今日は、何とか返事が来るだろう。そうすれば、君の罪状も明白になるだろうからな。娘は君が好きらしかったが、君が不良だとすれば、娘にも云いきかせる。とんだ者にかかって、私も家名に泥を塗るところじゃった。また、改めて新聞に書かれるのも楽しみだろう。それまで、君を放免しておこう。逃げても、無駄だよ、直ぐ警察へ知らせておくからね、わっはっは」

それは、娘の愛に溺れている父親の言葉としては、むしろ当然かも知れないが、いやしくも、実業家の口に上《のぼ》すべきものではないと、譲二は心の底に暗いわだかまりを感じながら、唇をかみしめて聞いていた。

覚張邸を出た譲二は、そこからほど近い兄雄一郎を訪ねた。が、出てきた女中のお清は、

「旦那様は御旅行中ですよ、まア、御存知なかったのですか」

と、あきれた顔をした。譲二は、兄が旅行に行くとは、うすうす知っていたが、それは暑中休暇になってからのプランであると思っていたのである。

「いつ、行ったの、君」

「この前の日曜でございましたわ、夜行に乗るが、少し買物があると仰言って、夕方お出かけになったのです」

「日曜だね、確かに」

「ええ」

日曜——それは、六月十五日。苫絵あての速達は、十五日の日附である。

「兄さんは、汽車に発つ前に、どこかへ出かけなかった？」

「いいえ、どこへも、お出かけにならなかったと思いますが——」

「大切なことなんだ、はっきり思い出してくれよ」

お清は、しばらく考えていたが、

「そうそう、朝御飯がお済みになってから、ちょっとお出かけのようでした。何でも、郵便局までと仰言ってらっしゃいましたわ」

「郵便局だね。それから出かけるまで、家にいたのかね。誰かお客は来なかった？」

「夕方、長曾我部さんがいらっしゃいましたが、二三十分でお帰りになりました。その外の方は、いらっしゃいませんでした」

「兄さんが家を出たのは？」

「長曾我部さんがお帰りになると、直ぐでした。五時ちょっと前位でしたでしょうか」

「汽車は何時だったね？」

「七時半の新宿発と仰言いました」

「行先は？」

「さア、お聞きしたけど、忘れましたわ。信州のどこかで、山の中の——」

「旅行に出てから通知は？」

「全然《まるで》ございませんの。もっとも、山の中ではねえ——」

「何日位で帰ると云った？　兄さんは」

「早ければ四五日、長いと十日位かも知れないと仰言

ってました」

「ありがとう」

雄一郎は、疑もなく朝食後、苫絵あての速達を出し、五時に苫絵と会っている。苫絵の失踪に、兄が関係ないとは、どうして断言出来ようか。今日は六月二十一日——既に一週間である。——譲二は頭が、がんがん痛みだしてきた。

二

深夜の新聞社——。

海の潮に干満の差が、時間的に流れてくるように、新聞社にも潮《うしお》に似た繁忙な時の流れがある。

夜の十二時少し前。運動部も家庭部も夕方から人影を見ず、隣りの経済部の連中も帰って、政治部に一人二人だけで、がらんとした編輯局の大部屋である。朝刊の〆切には、未だ時間があるので、外出した記者は帰ってこず、所々の机には、当番の居残りと見えて将棋を闘わせている者もあり、椅子を三つも並べて寝ころんで、いい気持で眠り込んでいるものもあり、時々電話が鳴るほかは、新聞社にも、こんなに静かな時間があるのだろうかと思われるほどである。

社会部長も副部長も、さっきから席を外して首脳部はがら空きである。何か会議でも開かれているらしい。

長曾我部は、机の上に、だらりと足を投げだして、椅子にそりかえっている。しかし、彼は居眠りをしているのではない。ポケットからカードを取りだしては、鉛筆で書きこんだり、消したり、並べかえたりしている——カフスボタンの暗号である。凝りだすと、その奥底まで、正体をきわめないと気のすまないのが長曾我部の性質らしい。

机の上に投げだされたカードには、こんな文句が書かれてある。

Sharp Cutting Class
$ 20 20　—　—
Sharp = 2 + 0 = 2
∴ S h a　S—H—A
ジャ?

長曾我部は、一行の定価表から、シャ、という手懸りを得たことになる。

「あなたアと呼べイばア、か。二人はア、若いいだ

――」

鼻歌などを歌って、カードをいじくっているところを見ると、長曾我部には、もはやよほどの自信がついてきたはずである。

彼がここまで漕ぎつけてきたのには、並々ならぬ苦心がひそんでいたことは云うまでもないが、解読の都度、彼の頭を支配したのは、あの大道香具師《やし》の云った言葉であった――簡単なものほど、解くのが難しい。これである。

「敵が簡単に、出たらめに組みたてたものなら、我輩も簡単に、大きな骨組を作って、ぶつかってみよう」

それが、長曾我部の考えだった。

が、それも、やがて難関に逢着した。というのは、例えば、

明日午後三時日本橋人形町来店須《すべか》らく談ずべし

が二字ずつの冗語が入っているため、翻訳すれば、反対に、

明後日人来らず

の意味となり、チャンバラの一場面の、

木曾の街道　身を切る風に
鳴くはこおろぎ　きりぎりす
哀れその音《ね》も　乏しく細く
望みの仇の　後を追い
十年恨みを　兄妹《きょうだい》ふたり
名乗るその日を　さがしゆく

映画主題歌の文句のようでいて、その実は頭韻が踏んであるので、

木《き》身《み》鳴《な》き哀《あ》乏《と》望《の》後《あ》十《じ》兄《け》名《な》さ
（君なきあとのあじけなさ）

などと艶歌になったりする。結局、簡単な暗号組織は、簡単に見破れる。それよりも、出たらめに、本人の記憶を待つより外に解釈の道のない、法則を持たぬ暗号こそ、恐ろしいというのが、長曾我部の得た結論なのであった。

もっとも、彼がこの解釈に達するまでには、相当の苦心

を要したことは云うまでもない。

「簡単な法則――」

長曾我部は、てきやの暗示から、定価表の文字と金額とを対照して、それが三段構成になっていること、つまり、文字は大文字のものが三つ、金額は欠欄の分を含めて一等品から三等品までの三段に分れていることに気がついた。これは、既に愛読者諸氏の承知の通りである。

だが、もし長曾我部の考えたように、この両者に法則があるのが正しいとすれば、読者諸氏は、いかにして、その秘密を解かれるであろうか。また、長曾我部が、一行の文句から一句の言葉 Sharp Cutting Class から Sha を得たことを、いかに解釈されるであろうか。

長曾我部は、数字を暗号を解く鍵とした。即ち、彼は数字を化学の方程式の如く利用しようと計画した。例えば H_2O. SO_4 というが如くに。しかし、この計画は完全に失敗した。そこに、手懸りはなかったのである。

長曾我部は、英文に織りこまれたアルファベットの数と、数字とを対照し、そこに聯関を求めようとした。それも、失敗した。

事件の発展を早めるために、筆者はこの暗号探求への、いろいろな方法については、読者諸氏の賢明なる御研究に任せることとし、ただ長曾我部が最後に達した結果についてだけ記すこととする。

「簡単な法則――」

これが、長曾我部の頭を去来した。

彼は数字と睨めっこをしているうちに、弗《ドル》と仙《セント》との金額のうち、仙を表わすものが、いずれも小さな数字であることに気がついた。彼は、ここに全力を傾倒した。そして、この仙の数字を、十位《い》の金額としてでなく、単位の無名数として加減乗除、何のことはない小学生の四則計算を試みたのである。喫茶店パレスタインの少女に笑われても、大真面目だった理由は、ここにある。その計算の結果、加法のみが関係のあることを知ったというのは、その答えの多くが、

40＝4＋0＝4　　60＝6＋0＝6
34＝3＋4＝7　　22＝2＋2＝4
13＝3＋1＝4　　55＝5＋5＝10
19＝1＋9＝10　　82＝8＋2＝10

のように、十以下の数字になるにもかかわらず、十を示すものが三個ある。その十を示す英文は意外にも、

Made in Ching Tao　—　$\$30\underline{^{55}}$　—
Exported for Shang Hai f.o.b.　—　$\$38\underline{^{19}}$　—

Imported from Hang Kou c. f.　—　$40.82　—

の如く、二等品のみ金額を有する品名であり、最初の仮定に基き、この三行中前後の大文字二つはいずれも省略せられたるものであった。長曾我部は、雀躍《こおどり》した。彼の推定にして間違いなければ、今や、

Ching—Shang—Hang

の三字が暗号の鍵として残ることになる。

彼は次に、十に足らない合計を示す数字は、その数字だけの語尾、終りからアルファベットを減らすことにしたのである。勿論、これとても繰返し行われた結果である。即ち、

Hammer Single trade mark　$40.50　$38.30　—

は、計算の結果、次の通りになる。

Hammer　終りより五字抹消＝H

Single　終りより三字抹消＝Sin

trade mark　仮説により抹消　故に Hsin が残る

長曾我部を次に困らせたのは、仙に端数のない金額で、例えば $50—, $30— などは、それに該当する大文字が全然不要か、または、完全に生きるか、そのいずれかであると考えた。

次の問題は No.H や Hamilton'S などの中途から始まる大文字であるが、数字との関係で、その中のいずれかが必要なものであるとの見解を立てた。

かくて——

まわりくどい数日の後、長曾我部は、漸く次のメモを作りあげることに成功したのである。

N（あるいはH）Sia O

H Sin

Na N

Ching

Shang

Hang

Sha

Su（あるいはS）Su

Pai

Sun（あるいは全然不要）G

W U

ここまで来たことは、勿論長曾我部の絶大な根気の強さにある。このアルファベットの羅列から、完全な言葉を組みたてるのは、更に数段の努力が必要である。例えば N Sia O は、何を意味しているであろうか。また、Sha や Pai あるいは W U などの簡単なものは、何を意

味しているのであろうか。

「簡単なる法則――」

これが、頭をもたげてきた。長曾我部は、英語の辞典や仏語辞典などを繰ひろげたが、無駄であった。だが、Ching, Shang, Hang などのG止りの多い単語、青島、上海、漢口等の地名から推して外報部の机から中華辞典をひっぱりだしてくると、やがて長曾我部に得意な笑いがのぼってきた。

見給え、彼のカードには、無数に書きぬかれた、同一発音の漢字が並んでいる。同時に NSiaO は支那語の発音では Hsiao が正しく、W U は Wu であることを知ったのである。それ故、断片的な言葉は、今や、

Hsiao《シアオ》 Hsin《シン》 Nan《ナン》 Ching《チン》 Shang《シャン》 Hang《ハン》 Sha《シャ》 Ssu《スウ》
Pai《パイ》 Sung《スン》 Wu《ウー》

として、一つの文章を成すに至った。長曾我部が鼻唄まじりで、カードをいじくっているのも無理はない。あとは、この英文字を、漢字に直して意味を通ずればよいのである。

Hsiao ＝消、硝、銹、屑、霄、削、逍、梟、簫、驍、
哮、学、小、暁、篤、篠、肖、笑、孝、校、
効、效、嘯。など

シアオと発音する漢字には、少くともこれだけの種類がある。長曾我部には、大学時代、満蒙雄飛を志して、北京官話を少々習ったことがあるので、ここまで暗号を押しつめてくると、あとは独りでに、愉快になれてきたのである。

Hsin ＝辛、薪、新、心、欣、尋、信、衅。など
Nan ＝楠、男、南、難。など
Ching ＝敬、竟、境、鏡、競、凊、婧、徑、逕、浄、
靚、静、京、経、精、晴、菁、蜻、驚、更、
晶、旌、荆、矜、兢、莖、井、景、警、頸。
など
Shang ＝上、傷、賞、晌、商、尚。など
Hang ＝行、杭、航。など

漢字の羅列は読者諸兄を、徒らに退屈させることであろう。しかし、問題は、この中に秘められている。これらの夥しい漢字の中から、首尾一貫した単語を拾いだして、文章を綴ればよいのである。

長曾我部は、学校で北京語をサボっていたことを今更後悔した。それに、同じく支那語といっても北京語と広《カン》東《トン》語、上海語、南京語と、それぞれ大変な発音や語脈の違いがあるのであって、上海語を知る者、必ずしも広東

語に通ぜず、南京に居住する者が、北京で自由に会話が出来るとは限らない。長曾我部は、この点にも疑を持ったが、知らないが強みで、北京語にだけ頼らねばならなかったのである。

支那語を少し聞きかじった人なら、誰でも知っているであろうが、文章の構造は英文とよく似ている。日本語で「今日行きます」は支那語では「私は今日行きます」か「今日、私は行きます」の形をとり、主格——動詞の型を必ず履《ふ》むのであるが、命令や語気を強めるためには動詞を前に出すことも英文と似ている。それで、シアオに相当する漢字で、動詞となり得るのは、消《けす》、削《けずる》、哮《ほゆる》、学《まなぶ》、笑《わらう》、効《きく》、嘯《うそぶく》など、いろいろあるが、長曾我部は、このクロスワードパズルよりも、更に無味乾燥な字群から驚くべき努力を以て、遂に意味の一貫する小文を作りあげた。

それは、

小心南京商行殺死伯宋悟《シアオシンナンチンシヤンハンシヤスウパイスンウー》

（南京商行に注意せよ！　伯宋悟《はくそうご》を暗殺せよ！）

「あっ！」

最早疑うべき一点もない、暗殺の指令である。深夜の街頭で、瀕死の負傷者から奪ったカフスボタンは、意外にも殺人を命令している。しかも、もう一個のカフスボタン、定価表第一号を秘めたカフスボタンは、長曾我部の手にはなく——それは、画家碧水の所有であるが——秘密を解くべき雄一郎のボタンは、何物かに奪われてしまっている。

「暗殺！　暗殺？」

思いがけぬ結果に、さすがの長曾我部も足が飛び立つように驚いた。

三

その時、その足をのせてある机の上で、ベルがヂリヂリと鳴りだした。

「うるせいな」

長曾我部は、原稿紙や、新聞紙などが散乱している中を掻きわけるようにして、受話器をとりあげた。

「あ、ああ、社会部だよ、何だい」

つっけんどんに、どなった。電話の主は、かなり、あわてているらしく、甲高い声が、びんびんと響く。

長曾我部は、原稿紙を裏返しにして、鉛筆を握った。

「はア、いいよ。何？　目黒の火事か、目黒区下目黒一ノ一二〇、ホテル・オレンヂ荘こと、諸橋孝蔵（三八）、諸々《もろもろ》の橋だね、それから？　二十一日午後十一時……何分？　三十五分？　オーライ、同家階下炊事室より出火し、木造二階建一棟を全焼し、十二時十分鎮火、と。原因は？　漏電らしい？　もっと気の利いたことを云えよ、やきもちを焼きすぎて、焦げたためなり、と位はね。おい、オレンヂ荘ってのは、つれ込み専門じゃないのかい？　そうだろう。死傷者は、ない？　じゃ、廻しとくよ、さよなら」

目黒方面受持の探訪員からの電話であろう。機械的に処理して、原稿を廻すようにすると、また例の暗号である。

長曾我部は、会社名鑑などを繰って、南京商行を調査した。それによると、資本金三十万円程度、日本より綿製品その他を南支へ輸出し、上海、南京より、酒類、絨氈、骨董品を輸入している。横浜山下町に横浜店、東京日本橋室町に東京店があり、店主は李哲元という男、資本関係には、内地の貿易商が多少関係しており、主なる出資者には、政治家多羅尾政善、実業家覚張信也、などの名も見える。

これには、何等の疑問も起りそうではないが、伯宋悟を調査カードで調べあげた時は、長曾我部もびっくりした。伯宋悟――光緒《こうしょ》七年（一八八一年）南京生れ、大正三年来朝、支那商館に入り、後独立して貿易商を起す。日本名、葉木荘吾《はくそうご》とも名乗り、別名、李哲元ともいう。満州事変に際し、北支軍閥に武器弾薬等を供給した嫌疑により取調べられたが、多羅尾代議士、覚張信也等の運動により釈放されている。

「伯宋悟と李哲元とが同一人、しかも南京商行の親爺ではないか。双頭の竜。こいつは、面白くなってきたぞ」

ひとりで愉快になって、長曾我部は声をたてて笑った。

「彼奴《あいつ》は、軍部ににらまれている。それを、日本主義者の多羅尾や、ブルジュアの覚張が、糸をひいている所を見ると、いよいよ只事じゃなかろうて――」

代議士多羅尾政善は、社会主義的色彩を帯びた愛国主義、つまりファッシズムの強力な実現を主張する政治家として、一部の大衆、特に若い地方の青年達に人気があり、W大学の卒業生の一人である。多羅尾は、独特な演説で議会でも花形の方であるが、文書宣伝によって地方農村から五銭十銭と浄財を集めて、主義主張の実現に運動すると称しているが、その何分の一かは、勿論私生活費に振向けられているであろうことは、想像に難くはない。——裏面はともあれ、そのファシストが、札付きの不良商人と結託しようというのである。

長曾我部は、これにつけても、失われた第一号カフスボタンの秘密文書を手に入れたくて仕方がなかった。——一体、誰が盗み出したのであろうか。

と、その時である。受話器が、非常警戒の信号のように、けたたましく鳴りだした。

「ちぇっ！」

舌打ちしながら電話にかかった長曾我部は、

「何？　目黒？　先刻の小火《ぼや》の続き？　止せやい」

と云ったが、直ぐにさっと顔色を変えた。

「死んでいる？　女が？　殺されたのか？　よし、行くよ、直ぐ」

ちらと時計を見ると、一時二十分前。まだ、自動車を飛ばせば、間に合う時間だ。長曾我部は、社会部長や、折から帰ってきた記者の二三人に、簡単に打合せて、どんどん、階段を、一足とびに駈け下りて行った。

ホテル・オレンヂ荘に、若い女の他殺屍体が発見された。火事のあったオレンヂ荘に、奇怪な事件が発覚したのである。

ホテル・オレンヂ荘

一

省線目黒駅から二三分、行人坂《ぎょうにんざか》をだらだらと下って右側、松や紅葉の青い植込みを縫った玉砂利の道の奥に、附近を見下す小高い丘がある。白いペンキ塗りの二階建ての洋館、ポーチもヴェランダも蔦が青く覆って、幽邃《ゆうすい》な感じのするホテル——ネオンサインで、オレンヂ荘と書かれている。

星が降るように、またたいている夜であった。玉砂利を、ざくざくと踏んで、青年が坂を上って行った。ポーチへ近づくと、古ぼけたペンキ塗りの看板が、ORANGE HOTEL と、独逸《ドイツ》語の横文字をさらしていた。

「いらっしゃいまし――」

女中が三ツ指をついて、挨拶しながら、相手をすばやく観察した。

「あの、お一人で?」

「ああ」

と、青年は靴を脱ぎながら、

「どこか静かな部屋が欲しいのだが――」

青年の通された部屋は、二階の端で、窓を開けると下は庭の一部で、泉水が白々と電灯に灯《てら》されていた。青年は、表は洋館作りだが、室内が日本間なので、ちょっと意外な感じがしたらしかったが、スーツケースを床の間に置き、女中の運んできた丹前に着かえながら、簡単な食事を註文した。それから狭い階段を降りて、地階にあたる浴場で一風呂浴びてくると、お膳が用意されてあった。

年増《としま》の女中が給仕に来た。

「あまり混んでいないようだね」

青年は、盃に酒をうけながら聞いた。

「いいえ、時間もちょっと早いものですから」

と、女中は、妙な笑い方をして、

「お二人づれが多いんですの、家《うち》は」

「ホテルなら、長く泊っている人もあるのだろうね」

「ええ、それは御座いますわ。下宿のようにしている方もありますし」

「僕は一人だが、泊っていても、構わないわけだね」

「ええ、どうぞ、ごゆっくり」

「よほどになるの、この家は、建ってから?　相当古いようだが」

「十何年になりましょうかしら。妾。最近来たものですから、よく存じませんけど」

「震災前から、あったのかしら?」

「多分、そんな話だと聞きました」

「番頭さんを、呼んでもらえないかな。うん、後でいいんだよ、後で」

青年は、祝儀を出しながら、そう云ったが、女中は「そんな御心配は」と辞退しながら、紙包みを指で押えて、予想よりも多いらしい金額に、相好をくずしながら、そそくさと出て行った。

間もなく年配五十がらみの番頭が、揉み手をしながら入ってきて、礼を述べた。青年は番頭の差しだした宿帳代りのカードに、万年筆を走らせた――左近雄一郎。その手に、ひどい凍傷があった。

「震災の頃からあったのかね、この家は」

「ええ、御座いましたとも。このあたりが、狸や狐が出そうな頃から、家が建っていたそうです。行人坂の異人館といえば、有名なものでした」

「異人館？」

雄一郎は、酒にほんのり頬を染めている。

「外人の家だったそうなんで、へえ」

「ホテルだったのだね」

「いいえ、外人が内地をひき払うというので、買受けたのだそうです」

「いつ頃だろう、それは？」

「さア。もう、よほど前のことなので。経営者も代りまして、な」

「震災の時は？」

「勿論、商売をやっていましたでしょう。買い受けてから、二三度修繕したり、建増しなどをしましたから。元は洋館だったのを、日本間を作ったりして、今は御覧の通り、二十幾つも部屋があります」

「震災の時は、破損がなかったのかなア」

「相当ひどうござんしたようですよ」

「怪我人や、死人などは？」

「あったことで御座いましょうなア」

番頭は、ホテルの人気にさわるとでも思ったのか、あいまいに、言葉を切って、

「旦那は、妙なことに、御趣味をお持ちのようで、へへへ」

「趣味じゃないがね、古い歴史を調べている者だから、つい、なんだよ、そういう話に興味を有《も》つものでね」

雄一郎も、言葉を濁した。

「ははア、なるほど。それなら、いい人を連れて参りましょうか。植木屋の六兵衛と云いましてね、この辺のことなら何でも生き辞引といわれている老人ですよ。ええ、直ぐ坂の下に巣食っています。今夜は遅うござんすから、明日の朝にでも、早速——」

いずれは渡り者の番頭のことである、深くはオレンヂ荘については知るまいし、雄一郎は明日を約して番頭を返した。

少量の酒で、快い酔が全身を支配する。お膳を下げさせて、一人になると、隣室の話し声が気になってきた。若い男女が、愛欲の表情をもてあそんでいるらしい。女中が「二人づれが多いので——」といった言葉が、雄一郎には、分ってきた。

床をのべさせて、寝《しん》についた雄一郎は、間もなく、ぐっすりと眠りこんでしまった。

二

その夜半《よなか》である。

妙にむせっぽく、喉をしめつけるような気配に、雄一郎は、ふと眼をさました。顔の上一めんを、白い雲のような影が往来している。霧のような記憶である。

と、

「火事だア――」

つんざくような声が、廊下を走って、ばたばたと、足音が入り乱れて行った。

「火事?」

がばと、起き上った雄一郎は、ガラス窓をあけると、さっと、黒い煙と赤い焔が、めらめらと窓に吹きこんできた。火は、よほど猛烈に迫っているらしい。

「しまった!」

何ともいえぬ叫びをあげながら、しかし雄一郎は、手早くスーツケース、それに洋服を抱えて、日本間ながら鍵のかかるドアをこじあけて、転ぶように廊下へ出た。

しどけない寝乱れ髪の女や、浴衣一枚の男たちが、理由《わけ》もなく、うろうろ騒いでいるが、その頭上を、足許を、白い塊が、勢いよく、駈けぬけてゆく。その煙の奥には、赤い焔の舌が、地獄のように口をあけている。

「そっちは危い。こっちだ、こっちだ」

枕を持った男が、うわずった叫びをあげている。

「右は火だ。左の階段、非常階段を降りて下さい――」

動転した先刻の番頭が、金盥を打つような叫びをたてている。

雄一郎は、まだ火のかからない狭い階段を下りて、漸く安全地帯に脱れることが出来た。雑草の生い茂った植込みの中に、ぼんやり放心したように立っている泊り客は、泣いているのもあり、狂人《きちがい》のように手を振って、わめいているのもあり、駈けだそうとして押しとめられているのもあり、そのいずれも火で顔が赤くほてっている。

――ホテル・オレンヂ荘は、焼けている。坂下からのかなり強い風にあおられて、童話の城のように、煙を吐いている。

パチパチと木の焼ける音。ゴウッゴウッと天に舞い立つ煙。口々に叫びたてている人々。

遠くで、エンジンの音と、消防自動車特有の警鐘が聞えだした。が、狭い小路の奥にあるオレンヂ荘までは、あの巨大な自動車はとても入らない。ホースを継ぐにも、相当な距離にある。

と、狂人のように、わめきたてる声を、人々は、はっきり聞いた。

「助けてイ――」

あとは語尾の分らぬ泣き声である。呪われた火に、未だ見舞われぬ二階の窓から、泣き叫ぶ小さな姿が見えた。少女らしい。

「消防を呼ぶんだ、早く」

「可哀想に――」

「助けてやれよ、死ぬぞ」

口々に思い思いの表現が走ったが、二階までの距離、あの火の中を、さていかにして救いだすか？　それは、誰にも思い浮ばぬことだった。

雄一郎は、呆然と火事に見とれていたが、この時、不思議な力が沸いてくるのを感じた。力強い正義感が、彼の心を打った。――あの少女を助けてやらねばならない。

神は思いがけぬ時に、思いがけぬ偶然を引き出してくれる。しかも、その偶然は、怪しくも正しい神の摂理に導かれた必然の法則に依るものであると、誰が断言し得ないであろうか。雄一郎の場合がこれだった。後日、彼はいかに偶然の神秘を感じたか、見えない糸にたぐられていたかを、はっきりと知ることが出来たのである――。

「よし！」

軽く叫ぶと、雄一郎は、手をつかねて、ぼんやりしている人々の間を走りぬけた。

「危い！　止めなさい」

番頭が、必死にしがみついてくるのを、雄一郎はつきとばして、ホテルから持ち出した麻縄を一二本腰に結びつけると、天水桶の水を、ざんぶと頭からかぶった。落ちていた風呂敷を水に浸して、頭を丸め、火の子を防ぐ用意にした。それは、あっという間の働らきであった。

火は、ホテルの裏口から起ったらしく、玄関よりの正面の一劃は、まだ、猛烈に煙を吐くだけで、火の姿は見えない。しかし、右よりに火は猛り狂ってくるので、ものの二、三分もすれば、完全に火を噴きだすに違いはない。少女は、あまりのことに、失神したらしく、今は姿も声も見えない。

雄一郎は、玄関傍にそびえている松の木に手をかけると、するすると上って行った。ヴェランダまで、三尺ほどの距離がある。ぱっと、雄一郎の姿が赤く照しだされたと思うと、彼は幹から小枝を利用して、ヴェランダに飛びついた。

「しっかり、頼むぞ！」

群集は、この新しい英雄に、我を忘れて拍手した。

ヴェランダを駈けぬける雄一郎に、火の子が、パラパラと降ってきた。ヴェランダから廊下へは、既に火が迫っていると見えて、廊下をのぞいた雄一郎は、断念して、窓枠につかまりながら、危険極まる方法を繰り返して、遂にヴェランダから二つ目の部屋、少女の倒れている窓に達することが出来た。――この行動は、平常の雄一郎には考えることさえ出来ぬ、軽業師《かるわざし》の振舞でさえあったが、不思議な縁《えにし》にひきずられていた雄一郎には、この命懸けの芸当さえ、出来得たことを、読者諸兄は間もなく知るに相違ない。

「おーい、大丈夫かア」

窓から姿を消した雄一郎に、避難客は、声を合せて、どなった。――一分、二分、三分。無気味な沈黙のまま、オレンヂ荘は身を火に焼けただらしている。

と、窓から、するすると細長い包みが、縄の先に、つる下って降され始めた。窓際には、雄一郎が縄をあやつっている。――少女は救われたのだ。その時には、消防隊が駈けつけて、その包み、即ち気を失った少女を、蒲団で捲いた雄一郎の気転だったが、首尾よく地上へ下すことが出来た。

「偉いぞオ！」

群集のわめきの中を、雄一郎は、消防隊の梯子を伝わって、勢いよく放射されるポンプの水で火勢を弱めてもらいつつ、安全に降りきることが出来た。雄一郎は、背、手、足と、所々火傷していた。

火事が、鎮まったのは、それから間もなくである。

消防隊員は、まだ、ぶすぶす煙っている中へ突進して行ったが、やがて、わあっと悲鳴をあげた。

「ひ、人、が、死んでいる！」

東都日日新聞社へ、通報員が電話をかけたのは、勿論、この後であった。

三

検屍の結果、その屍体は若い女で、一週間ほど前から投宿していた覚張苫絵、謎の家出をした彼女が絞殺されて発見されたのである。検察医の証明によれば、死後約二時間半、つまり、午後の十時半から十一時半頃までの兇行と見られた。原因は、頸にまかれたタオルによる窒息死で、現状はホテルの裏手にあたる一階の八畳の洋室、薊《あざみ》の間であるが、火はその下の物置から出ていた。

ホテルの使用人、泊り客は、すべて目黒署で取調べを受けたが、次は、訊問の一部である。

ホテルの経営者——私がオレンヂ荘の主人、諸橋孝蔵であります。たいへんな不始末を致しまして旦那様方に何とも申訳がございません。当夜は、目黒区内の旅館営業組合の総会がありましたので、午後五時頃から外出しておりまして、急を聞いて駈けつけたような次第であります。会が終ってから、有志達で二次会を開いてつい遅くまで飲んでいたようなわけです。私は市内にカフェなどを開いていますため、ホテルの方は、稀に参る位で、一切番頭に任せておりました。火災保険は、三万円かけておりましたが、四五日前に契約期限が切れまして、そのままになっていました。保険料が値上げになるとかで、外交員がうるさく話しますので、面倒くさいまま、そのうちに交渉することになっていて、この火事です。保険目あての放火どころか、丸損です。

ホテルの番頭——私が番頭の大下喜作であります。主人は外出勝ちのため、私が店の仕事を殆んど受持っていました。火災保険は期限が切れております。当夜は、二十二部屋のうち、十四室までふさがっておりました。十一時過ぎ、今夜はもう客はあるまいから、戸締りをして寝るように、女中に申付け、私も玄関傍の自分の部屋に寝ますと、間もなく火事だという声に眼をさましましたが、その時はかなり火が廻っていました。金庫の中味やら、重要書類は、全部持ち出しました。ええ、火は裏手の方から出たらしいので、玄関は火の廻りが割合遅かったようです。死んだ女のお客さんは、ここに宿帳が書いてございますが、中沢友恵さんで、六月十五日の夜遅くお見えになりまして、火事の日まで一週間泊っていられたことになります。無口で、おとなしそうな方で、昼間は大抵家にいて、夜になると出かけて、遅く帰ってきたようです。もっとも、当日は、夕方出かけて、十時半頃には帰ってきたようでしたが——。

ホテルの女中——私が女中の吉村なかでございます。

火事を発見しましたのは、板場の高《たか》どんで、私は朋輩のお咲さんや、静子さんなどと、戸締りをして、お風呂に入っていたところでした。高どんが、がらりと戸をあけて、火事だ、手を貸せ、番頭さんに知らせては怒られるから、内密《ないしょ》だぜ、と、いいますので、変な云い方をする人だ、きっと釜の火の不始末位だろうと、たかをくくって行ってみますと、物置きから真赤な火が噴いていました。私は直ぐ番頭さんを呼びに行きました。お咲さんなどは、あわてて、裸かで飛出し、湯文字一枚という有様でした。死んだお嬢さんですか。あの人の部屋は、物置きの上になっております。つまり、板場、物置、浴場などが、地階になっていますので、表は二階建てですが、裏から見れば、三階建てのようなものでございます。薊の間は物置の真上でございました。中沢さんという方が、覚張苫絵さんが本名だとは、只今初めて伺ったような次第です。断髪で、美しい人でしたが、顔を合せるのは、一日に一度か二度でした。薊の間の係はお咲さんでございます。

ホテルの女中——私が女中の浜田咲でございます。薊の間の中沢友恵さん、覚張苫絵さんでございましたか、あの方は十五日の夜遅く、表を閉めようとする頃、やっていらっしゃいました。その日はお一人でしたが、翌日《あくるひ》から、ええ、夜でございますけど、男の人といっしょに帰ってきて、翌朝、男だけが帰って行ったことも、二度ほどありました。二度とも相手は違っていたようでございます。私共は、ダンサアか、女給だろうと噂していました。ホールの帰りなどに、二人連れの客などが、ちょいちょいあるものですから、別に疑いませんでした。あの夜は、六時頃に家を出て、十時半過ぎには帰ってきたようです。大抵酔って帰ったようですが、この日も酔っていたようで、水を持ってきてくれと註文を受けました。それから部屋に鍵を下したようです。間もなく部屋の中で、ぼそぼそした話が聞えたようでしたので、変だと思いましたが、一人言と思い、そのまま伺わなかったのです。ええこの日は一人で帰ってきました。家へ来た翌日、つまり十六日でございますね、たいへん快活に、私にも冗談などを云って、朗かな人だと思っていましたのに、その翌日からは、すっかり、ふさぎこんでいました。新聞は宿でとりつけの東京新聞だけ一通入れていましたが、大きな新聞は全部取揃えるようにとの註文で、私は目黒駅までわざわざ買いに行ったほどで御座います。夕刊からは、御用聞きに頼んで、毎日買ってきてもらっていました。朝、新聞を待ちかねるように、受取ると、ベッドにもぐりこんで読んでいたようで、起きるのは、大抵十二時近くでした。掃除に行きますと、読み散した新聞が、ベッドの下に投げだしてあって、だらしがないと思いました。何をお読みですと聞きますと、いい仕事口を探してんの、という返事でした。夕刊を読んでから、ほっとしたように出かけていたようです。夕食は、とったり、食べなかったりです。連れて来た男の名前は知りませんが、一人は学生のようでした。電話は、殆んどかけませんでしたが、一二度掛ってきたことはありました。私が、それを取次ぎいたしました。手紙は、どこからも参りません。

ホテルのコック——私が高山友吉であります。火事を最初に発見いたしましたのは私であります。丁度釜の火も仕末したあとなので、後は風呂場の火さえ片づければよいというので、寝るばかりの所でした。板場の方は、十時頃で註文が止りました。風の強い晩で、永年のカンと申しましょうか、土曜日というのに、今日はお客はもう来まいというのが、番頭さんの意見でありましたので、私共——朋輩の常どんや信吉、長治などと、コック部屋に休んでいたところであります。コック部屋は風呂場の隣りにあります。物置の隣りが料理場、料理場の隣りがコック部屋、女中部屋、それからお風呂となっています。女中部屋とは壁で仕切られています上、出入口は廊下にありませんので、料理場に続いたコック部屋からは、料理場を通って廊下へ出て、それから女中部屋へ参りますわけで、旦那方の仰言るように、そんな淫らな事を女中共にしようたって、出来ることじゃありません。それに、女中さんの寝る部屋は、一階の方ですから。物置に近いコック部屋から、何故火事が分らなかったかと仰言るのですか？　風が強い上に、火の手が早かったのですから、つい大事になるまで知らなかったわけです。物置には、炭俵や、寝具の消毒に使うアルコールや、ストーブ用のガソリンなども、随分残っていたようです。え？　番頭さんに叱られるから、静かにしろと云いましたって？　それは、私が下の責任者だったものですから、叱られるのが、いやだったのです。十時から十二時近くまで、何をしていたと仰言るのですか？　雑談をしていました、馬鹿話を。それに、酒を呑んで——。恐れ入りました、私共は花をやっていました。旦那の証拠の札は、間違いなく、あの晩やったものに違いありません、金も、かけました。どうも、恐れ入りました。悪いことをして。

ホテルの小番頭――私が佐藤信吉であります。花札で夢中になっていましたので、火事のことはさっぱり気がつきませんでした。コック部屋は、ドアをすっかり閉めきりましたので、つい知らなかったのです。死んだ女が来た夜は、番頭の大下喜作さんが風呂へ入っていましたので、私が帳場に坐っていました。あの女《ひと》が玄関に来ると、ついてきた学生風の男に、もう帰っていいと云っていました。学生が帰りますと静子が奥から出て来ましたので、薊の間へ案内させたのであります。学生風の男はその後、夜遅く女と来て、一晩泊ってゆきました。酔っていました、二人とも。女は私にチップをくれましたので、私は黙って女中にも知らん顔をしていました。もう一人の男のことは、顔をちらと見ただけで、よく覚えておりませんが、会社員のようでした。その学生の男の顔ですか、私はどこかで見たような男だと考えましたが、後で、野球選手の左近譲二に似ているな、と思いました。ええ野球が好きなので、野球の雑誌などで、口絵に見たことがありますが、ユニフォーム姿とは、素顔は違うようですし、変だとは思いましたが、一々女の情人《いろ》に深く気を止めていた日には、たまりませんのでそのまま忘れていました。あの火事の夜ですか？　変ったことと申しては、私共が博打を始めた頃、勝手口の戸をどんどんたたく奴がいますので、びっくりして開けますと、べろんべろんに酔っぱらったルンペン風の男が、酒があったら売ってくれ、というのです。無い、と断わると、なおもしつこく云うので、叱りとばして戸を閉めますと、間もなく植込みの中を帰って行きました。変な奴でした。

左近譲二――死んだ苫絵という女とは、一度も会ったことがありません。ホテルへ連れて行ったことなど、とんでもない誤解と思います。先日、ある用で覚張さんを訪ねたとき、私が令嬢を誘拐したように誤解されて、弱ったことがあります。あの日は、野球部の会で遅くまで、合宿に起きていました。

覚張信也――苫絵の父であります。娘のことにつきまして、たいへん御世話をかけて、相すみません。娘が家出をしたのは、十五日の夕方で、あれから一度も手紙をよこしませんし、電話もかけて参りません。我がままな娘ですから、気まぐれに旅行でもしているのではないかと思いますので、そのままにしていましたが、万一、もしも一人娘のあれに間違いがあっては、と、新聞に広告を出しましたが、効き目がないので、麴町の警察に捜査願を出しました。家庭のことを新聞に書かれては、恥さらしになるので、控えていたのでございます。それが、今度の意外な結果で、全くびっくりいたしました。家出の原因ですか？　さア、思いあたりますことと申しては、娘《あれ》に、そんなにふらふら遊んで歩いては、いけない、お前も間もなく結婚する身だし、しっかり将来を考えなくてはいけない、と云ったことがありますが、それを、柔順《おとな》しい娘のことですから、気に病んだのではないかと思います。それから、もう一つ、十五日の午後、娘《あれ》を呼びだした速達が来ています。参考になるかどうかは、存じませんが、持ってまいりました。左近という差出人です。

左近雄一郎――その手紙を出したのは、私に違いありません。苫絵さんとは前から交際していましたし、この手紙の通り、あの日は喫茶店で会い、十分ほども話して別れました。それから、会いません、と申しますのは、あの日の夜行で、信州の山奥へ実地視察に参りましたからです。私のW大学での専攻が経済史なので、ある古代社会に関する資料を求めに旅行したのです。東京へ帰ったのが、二十一日の夜でありました。何故、家へ真直ぐに帰らなかったと申されるのですか？　それは遅く家へ帰っては、家の者にも気の毒だし、それに、誰にも会わずに、静かな部屋で資料を整理したかったものですから。オレンヂ荘のことは、いつか目黒へ用で来たときに静かそうな家だと思ったことがありますので、帰りの汽車で思い出したのです。東京のホテルなら、研究書や参考書は大学へ行けば、直ぐ手に入りますから、二三日泊ってゆくつもりでした。家や学校へは、翌日知らせる予定でした。疲れていましたので、ぐっすり寝込みますと、あの火事騒ぎです。ようやく、表へ逃げだしますと、一人の子供が逃げ後《おく》れていますので、思いきって助けてやりました。え？　旅行中の日どりですか、それは、十五日の夜は汽車で暮し、あとは、ここの備忘録の通りです。えっ？　出発の時の証人と、帰京した日の証人ですって？　さア、それは誰とも会っていません。私は、人に世話をやかせるのが嫌いなので、今度の旅行も、休暇中の予定だったのを、思いたって、一人で出かけたわけです。前後の証人はありませんが、私を信用していただきます。

深木しん子――私ハシン子ト申シマス。火事ノトキ、煙ニマカレテ死ンダトオモイマシタラ、親切ナ小父サマニ救ケテイタダキマシタ。私ハアノ日、オ父サンニ連レラレテ、目黒マデ行キマシタ。オ父サンハ、長屋ノ松蔵サンガ引越スノデ、荷車ニ荷物ヲ積ンヂ、私ヲ上ニノセテ、引ッ張ッテユキマシタ。松蔵サンノ家ニ荷物ヲ下シテカラ、知ラナイ小父チャンノ家デ、オ酒ヲゴ馳走ニナリマシタ。私ハ、玉子焼ヤ、海苔巻キヲゴ馳走ニナリマシタ。オ父サンハ、大酒飲ミデス、オ酒ガナクナリマシタノデ、オ父サンハ酒ヲ買ッテクルト云ッテ出カケマシタ。知ラナイ小父サンヤ、松蔵サンハ、イイカラ、イイカラト、トメマシタガ、オ父サンハ外へ出マシタ。私ハオ父サンニ、クッツイテ、出マシタ。オ父サンハ坂ヲ上ッテ、アカルイオ家へ行キマシタ。オ勝手デ、ソコノ小父サント話ヲシテイマシタ。私ハ、家ノ中ヲノゾクト、男ノ人ガ酒ヲノミナガラ、カルタノヨウナコトヲシテイマシタノデ面白イトオモイマシタ。オ父サンハ、マダ話ヲシテイマスノデ、私ハ、梯子段ヲ上リマシタ。キレイナ廊下ガアルノデ、アルイテユクト、美シイ部屋ガアリマス。コリントヤ、野球遊ビヤ、面白ソウナ道具ガアリマス。誰モ人ガキマセンデシタノデ、一人デ遊ンデイマシタ。ホシイオ人形ガアッタノデ帰リニオ父サンニネダッテ買ッテモラオウト思イマシタ。梯子段カラノゾクト、オ父サンハ、下ノ人トオ酒デモノンデイルノカ、見エマセンデシタ。帰リニハ、ムカエニクルト思ッタノデ、一人デ遊ンデイマスト、火事ダトイウノデ、ビックリシマシタ。梯子段ニハ火ガツイテ、下リラレマセン。私ハ悪イコトヲシタト思ッテ、空イテイル部屋ニトビコンデ、火ガ消エルノヲ待ッテイマシタガ、ナカナカ、火ガ消エマセン。ソノウチニ、苦シクナッタノデ、窓ヲアケテ、助ケテクレト、イイマシタ。ソレカラ、煙ガ喉ニツカエテ、アトノコトハ知リマセンデシタ。

深木碧水――しん子の父親です。長屋の松公が目黒へ引越すというので、しん子を連れて手伝いに来ました。松蔵の家では荷物が片附かないので、植木屋の六兵衛が松蔵の知合いというわけで、お酒の御馳走になりました。私は、酒に目のない方で、へえ。六兵衛も大好きでした。飲むほどに、酔うほどに、大いに酔っぱらいを発揮しまして、お酒が足りなくなったので買いに出たような次第です。ええ、しい子もついてきたようでした。行人坂を上ると、洋館建ての家が見えますので、てっきり、酒屋かと思って、坂の中途から近道をして行きますと、裏口へ出ました。酔ってた証拠でしょう、ホテルとは気づきませんでした。勝手へ出て来た男に、押問答をして酒を売れと云ったのですが、こっぴどく、はねつけられました。仕方がないので、駅の近くへ出て一升瓶を買って帰りました。しい子ですか？　道々、遅いから帰れ、帰れ、と云いつけていましたので、気がつくと傍にいませんでしたけれども、たかをくくっていたわけです。なアに、長屋にいる時は、しょっちゅう、慣れているのでしてね。それが、火事騒ぎで、とんだ御迷惑をおかけしようとは、夢にも存じませんでした。六兵衛の家へ帰ってきたときは、松蔵も帰ってしまって、六兵衛も寝る仕度をしていましたが、私も、歩いてきたので酔が一度に出たものか、框《かまち》に足をかけたと思うと、それっきりで、火事とは、朝まで知りませんでした。そうそう、忘れていましたが、松蔵の引っ越しには、同じ長屋の新公も手伝いました。それが車を引いて、私が後を押したのです。新公は御馳走の中途で帰ったようでした。

植木屋六兵衛――松蔵どんの御馳走を引き受けたのは私です。前からの知合いの者ですから。碧水さんとは、二三度顔を合せたことのある飲み仲間です。新公というのは、酒を少し飲んで、十時過には帰りましたが、間もなくお酒が足りないと云って、碧水さんが危ない足どりで、止めるのも聞かずに、買いに出かけました。娘もいっしょでした。それが、中々戻ってきません。坂の上まで、五六分で行けるのですから、可怪しい、可怪しいと、女房や松蔵どんと話していました。これは、きっと気が変って、深川へ帰ったのだろうと、松蔵どんも家へ戻り、私共も寝る仕度をしていますと、へべれけの碧水さんが帰ってきました。娘がいませんので、怪みますと、何を聞いても返事が出来ない仕末です。仕方がないので、ひっぱりあげて、蒲団をかけていますと、消防の自動車のサイレンが聞えました。女房《かない》が外へ出て、ホテルが火事だという騒ぎです。ホテルには出入りさせてもらっていますので、飛んでゆきますと、消防の力で、大分下火になっていました。その時、救けられたのが、しい子でした。

職工松蔵――私が片岡松蔵です。勤め先の工場が、目黒に分工場を持っていますので、今度転勤となり、碧水さんや、新公に手伝ってもらって、引越してきました。碧水さんは酔っぱらっていましたが新公はあまり呑まず、十時過に帰りました。

トンガリ長屋の新太――私が岡島新太です。あの日は、早く帰りました。それは、碧水さんは、酔うと、必ず、尻が長いので、こまるからであります。一人で、市電で、深川へ帰りました。十二時ごろであると、思います。青電車を見つけましたから。お隣《となり》家の洗濯婆さんと壁越しに、話をして、寝ました。

トンガリ長屋の洗濯婆さん――新太さんが帰ってきたのは、十二時すぎでしたでしょう。一眠りした後で、帰ってきたのです。松公の引っ越しの話を聞いて眠りかけますと、番太郎の拍子木が聞えました。

警察署では、苫絵の部屋で聞えた話し声の主を探したが、それは到頭分らなかった。苫絵の所有物には手がついていないらしいので、犯人は強盗ではなく、痴情関係とにらみ、放火は犯行をくらますための行為であるというのが、捜査本部の意見であった。物置には、放火に使用された材料が、誂らえ向きに揃っていたし、苫絵の部屋にも、油を注いだ跡が残っていた。犯人は外部の窓をこじあけて侵入し、何か云い争った後に、タオルで絞殺し、物置からぼろや油を運んで、火をつけると同時に、物置にも点火したらしい。苫絵の部屋の外には、鉄の非常梯子が窓の傍を通っているので、下から登って侵入するのは、容易だったのである。見えざる声の主に向って、警察は全力を集注した。

その結果、苫絵を誘いだした雄一郎と、当日、一時間余も、行動の明らかでない碧水とが、有力な嫌疑者となった。雄一郎には、旅行一週間の行動が、全然不明である。彼の出発も帰京も、誰も見た者がない。しかも、出火当日は、オレンヂ荘に泊っているし、苫絵に失恋したことも、係官に白状している。碧水は、十分位で帰れる道を、酔っているとはいえ、あまりに時間をとり過ぎている。オレンヂ荘の勝手口までは、しん子と小番頭の話で分るが、後は駅の近くの酒屋で酒を買うまでと、その後の行動が不審である。酔ったといって、犯行を誤魔化すのではないか？　これが当局の見解であった。

疑問の黒子《ほくろ》

一

新島老博士や、W大学の教授達の尽力で、雄一郎は、間もなく釈放されて、自宅へ戻ることが出来た。全く偶然は、意外な触手をのばすものである。

画家碧水が、酒の香りが全くなくなって、乾物のように、くたくたした体で、トンガリ長屋へ帰されたのは、事件発生から三日目の午後であった。嫌疑が稀薄のため、ひとまず釈放されたのである。

トンガリ長屋で、まず第一番に碧水を訪ねたのは、新太だった。

「偉い目に合せて、すまなかったね、碧水さん。すっかり、迷惑をかけちまって」

「迷惑?」

と、碧水は手をふって、

「なんの、なんの。そいつあ、俺が云うことだよ、新公」

「とんでもない、俺は一人で帰らずに、お前さまも連れて帰るんだった」

「いいよ、酒のたたりで留置場暮《ぶたばこぐら》しも、万更じゃ、あるまいて。滅多にねえ禁酒だった。おかげで、やせたよ、俺ア」

碧水は、髯だらけの顔を撫でた。

「酒なら、持ってきたよ」

新太は、茶碗に冷酒《ひや》を、注いだ。

「すまねえ、すまねえ」

碧水は、舌なめずりをしながら、茶碗を取ったが、アルコールのきれた腕は、わなわなとふるえている。息もつかせず、ぐっと飲みほして、

「ああ、いい酒だな、留置場《あそこ》じゃ、三年寿命がちぢまったが、このおかげで五年も長生きできらア、これ、お前の祝い酒かい、新公」

「そうだよ、遠慮は要らねえ」

「いつも、すまねえな、お前、よくお金を持っているなア」

「ははア、ちっとはね。それに、なんだ、碧水画伯の

お帰りとあっては、質を置いても、酒ぐらいはね」

「おやっ、しん子の奴、どこ行ってやがるんだろう」

「しん子さんはね、火事で助けてくれた男ね、何と云ったっけ、な」

と、新太はちょっと考える様子をしたが、

「左近だ、左近てえ人が、お前さんの帰るまで、預かるって云ってたぜ」

「へえ、あの命の恩人が?」

碧水は、もう涙ぐんでいる。

「ああ、そうだよ。火傷も少々あるそうだが、治してやるって、ついでだから。あははは、ついでと云っちゃ変だが——」

「火傷も? へえ、偉い男だね」

「そうさ、お前、火の中をくぐって、少女を救ったばかりか、病院まで連れて行こうていうんだ。長屋じゃ、大評判さ」

「俺は、親爺甲斐もねえ、なア」

「気を滅入《めい》らせることはねえさ。向うは、小金があるんだろう。聞くと、あれはW大学の助教授で、原始古代社会史の研究に、信越の国境を踏破して帰り途にホテルへ寄ったのだそうだぜ。新島——」

新太は、何故か、はっとしたように、

「新島とか云ってたな、そいつのお弟子さんでね、頭はいいし、学問が出来る、この研究が終れば、博士になれるんだそうだ」

「何の研究だね、そりゃ」

「原始共産体の研究さ。日本にも、そういう社会が昔あったというのだよ、左近君——いや、左近雄一郎が云うにはね」

「共産党かい、そいつは」

「違う、違う。今の共産党じゃないさ、昔の共産体では、社会の組織も……」

「お前、いつ学問したんだ、そんなに」

碧水が、呆れたように、茶碗を下へ置いて、じっと新太を見つめた。新太は、どぎまぎしたらしいが、急に、

「なアに、新聞よ。新聞に大きく出ていたんだ」

「そうか、新聞に出たのか。しん子のことも?」

「ああ、左近助教授、猛火の中に少女を救うってね」

新太は、揉みくちゃな新聞をとり出して拡げた。そこには最大級の形容詞を連ねて、雄一郎の英雄的行動を賞めたたえてあった。長曾我部の筆らしく、東都日日新聞である。

「この人だね。この写真の男なら、警察でちらと見たよ」

「警察でも調べたらしいからなア」

「お礼を云うのだったな。惜しいことをしちゃった。はアて、この左近てのは、野球のホームランの――」

「左近選手の兄さんよ」

「へえ、そいつは、なお有難いや。俺、あのボールを、まだ持っていたが、ついでに返して来よう。お詫びしなくっちゃ」

「さては、兄貴で我慢しようという腹と見える――」

新太は、何杯目かの酒を、なみなみと注ぎながら、

「警察の調べは、どうだったんだね」

「ひでえな、お酒を飲ませねえし」

「あたりまえさ、留置場で酒飲ませた日にゃ、みんな虎になる。格子がはまっているから、動物園に早変りするぜ」

「ははは、動物園は、よかったね。どうりで、こちとら、動物扱いだ。ひっぱたかれた、うんとこさと」

「何と聞かれた?」

「お前が、女を絞め殺して、火をつけたんだろうって、ね」

「へえ、証拠があるまい?」

「それが、あるのさ。半焼けのタオルを持ちだしてね、これを見ろ、覚えがあろう?」

「うん」

「見たら丸に松の字が書いてある。ほら、丸松百貨店の印さ。松公の祝言の時、貰ったのが、そのタオルだ、うっかり、知ってますって、答えたんだ――」

「そいつは、拙いな」

「うん、拙かったぜ、云うんじゃなかった。すると、白状しろ、と、こう来やがった。癪にさわったが、おっかねえな、警察は」

「俺も大嫌いさ」

「しかし、こちとらも、人殺しなんぞ、大それた覚えは無《ね》えから、一生懸命だ。なるほど、その丸松の印を知っています。松公の祝言の時に貰ってあります。しかし、そんなタオルは一日に何百本となく、丸松で売ってるでしょう、と、そう答えてやったのだ」

「ううん」

「それが、旦那方のかんに障ったと見えて、お前の品でないと、どこで分るかと、詰めよるんだ」

「それで?」

「俺んのは、ここにありまさア、こんなに汚れていますぜ、と、腰をさぐったが、ズボンのかくしには影も形もねえ――」

「あああ、弱ったね、それは」

「いや、確かにあります、と、がんばったが、見つからねえ。それでも、知らぬ、存ぜぬで押し通すと、結局六兵衛の家から、ホテルを廻って酒屋まで、どこをどう通ったか、そっくり始めっから、やってみろ、というわけなんだ」

「実地検証だな」

「仕方がねえ、云われるまんまに、坂道を上ったり、木をくぐったり、うろ覚えの道を歩いたよ、刑事といっしょに。俺も馬鹿だったんだな、一升瓶をぶら下げて、随分廻り道をして、それも尻餅までついた跡まであるのさ。戻ってきたのだ、六兵衛の家によ。あれじゃ、時間も食うし、疑われる理由《わけ》と思ったな。その中途の藪ん中に、あった、あった、タオルがあった。俺は、嬉しくって泣いたぜ、あの時だけは」

「そいつは、よかった」

「あたりまえだ、人殺しなんか、するもんけえ、俺が」

「しかし、どうして焼けなかったのかな、そのタオルが」

碧水は、びっくりして新太の顔をのぞきこんだ。

「焼けないって、お前、知ってるのか」

「いや、いや、新聞に書いてあるのさ、屍体は丸焼けで、手懸りなしって、ね」

「どれ、どれ、なるほど、な。しかし、そんなことア、あてにならないよ。警察だって、本当の事を書かせた日には、犯人があがらないからな」

「それも、そうだな」

「タオルが残っていたのが、何よりの証拠だ。これが、天網、何とかを脱《のが》さずって、云うやつだ。悪いことは、出来ねえな。畜生、早く、ふんじばられやがれ――」

久しぶりで、碧水は茶碗を取り落すほど、酔ってしまった。

「ああ、酔った、酔った、と。都々逸ア、下手でも、と、来りゃ。よい、よい、よいとなア」

「それで、警察は、何かい、まだ外の事を聞かなかったのかい」

と、新太が云いかけるのを、

「御免だ、御免だ、警察のことア。何だい、新公、警察ばかり心配しやがって――」

「なアに、お前様《まえさん》のことだけだ、気にかかるのは」

「有難えが、俺はこの通り、天下晴れての御帰宅だよ、このところ、心配無用、警視庁だ。さて、左近さんとやらに、お礼参りと出かけやしょうかい」

ふらふらと、碧水は立ちあがった。

二

四谷見附の雄一郎の宅で、碧水は、食事中という女中の挨拶で、しばらく待たされた。

「お父さん、会いたかったわ」

しん子が、ばたばたと駈けてきて、碧水の胸にしがみついた。

「お前こそ、よう無事でなア」

碧水は、額の繃帯がまだ脱《と》れないしん子を抱きしめた。眼は、もう、うるんでいる。

「お父さん、どこにいたの、今まで」

「俺ア、ウ、家によう――」

「どうしていたの、しん子悲しかったわ」

「お前の火傷が治るまで、お医者さんが、来ちゃいけないって、そう云ってたからだよ」

「嘘、嘘、お父さん、警察へ行ってたんでしょう」

「警察? ば、馬鹿な、そんな所へ、お父さんが行くものか」

「だって、ここの家の人が云ってたわ」

「俺はな、しん子、そんな悪人じゃないよ」

「悪い人でなくっても、行くんでしょう。ここの小父さんだって、呼ばれたんですって。ここの小父さん、好い人よ、しん子、大好き」

「そうか、そうか、お前の命を助けた恩人だぜ、よくお礼を云いな。お父さんも、お礼に来たんだ」

「そう、妾もお礼云うわ。だけどね――」

と、しん子は、可愛らしい瞳をくるくるさせた。雄一郎の温い気持から、しん子は、トンガリ長屋にいたときとは比べものにならぬほど、小ざっぱりとした浴衣を着ていた。それを見るだけでも、碧水は、気持がいっぱいになってきた。

「だけどね、――云っていいかしら?」

「何だ、しん子、お父さんに話してご覧」

「叱られると、怒《こわ》いわ。――あのね、ここのお婆さん、馬鹿よ」

「これ、そんなことを云って、気をつけなさい、しん子」

「本当なの。お婆さん、馬鹿なのよ、お父さん」

しん子は、恐ろしそうに、碧水の胸に身体を埋めて、

「子供みたいなことしか知らないのよ。老人のくせに、時々、妾を打ったり、蹴るのよ。そうかと思うと、直ぐニコニコして、お菓子をくれたり、一緒に遊んだりしてくれるんだけれど」

「お前が悪いことをするからだよ、しん子。いたずら、したんだろう」

「いいえ。いたずらなんか、しなくってよ、だって、ここ他人《よそ》の家でしょう。何もしないのに、殴るのよ、お婆さんは。どうしてでしょうねえ、お父さん」

「老人は、気が短いものだ」

「いいえ、違うの。あれ、気狂《きちが》いよ、きっと気狂いなんだわ」

「これ！」

そこへ、雄一郎が入ってきて坐った。碧水は、しん子を傍へ坐らせて、くどくどと礼を述べた。雄一郎は、それには軽く答えただけで、

「聞けば、あなたは、たいへん立派な腕をお持ちのようですが、みっちり勉強されてはいかがです。大器晩成とか、これからでも、絵で立つのは遅くはないでしょう。それに、しん子さんも私に、なついてくれますし、あの火事騒ぎを縁に知り合ったのも何かの引き合せでしょうから、この近くへでも引越して、やってみたらどうでしょう。しん子さんの教育は、私が引き受けてもいいですし――」

碧水は、鳩が豆鉄砲を食ったように、顔をきょとんとさせていたが、

「さア、あんまり有難い話で、私は、どうも夢を見てるようですよ。私は、この年をして、もう名誉も、金も――」

「お父さんはね、小父さん、お酒呑みで飲ん衛《べえ》で、駄目なの。お金も、名誉も要らないんですって」

傍から、しん子が碧水の口癖の通りを真似たので、碧水は苦笑しながら、

「そ、その通りでさアこの子がよく知っていますよ、左近さん。私は画家として名を立てようとは思いませんよ。その日暮しのルンペン画描き、ペンキも塗れば、看板も書く。稀に絵筆を握って気儘な絵を書けば、好きな人にロハで呉れてやりますさア。その方が気楽で、私の性

分に合っていますよ」

と、頭をかいた。

「実は、このしん子さんですが、ね」

「へえ」

「ホテルで死んだ娘さんとよく似ているんですよ」

「この子が？　死んだ娘さんて人を、あなた御存知なんですかね」

「ああ、ちょっとかかりあいがあって知っているんですよ。覚張という人のお嬢さんでね、その女《ひと》としん子さんの顔かたちが、どうやら似ているのです」

「これは驚いた」

「ああいう騒ぎに、死んだ人に似ている子供を助けたのも、何かの因果かと思いました」

「妙な話ですわい、それは。しん子というのは、もともと捨て子でした」

「捨て子？　本当の子供じゃ、ないのですか、あなたの」

と、今度は雄一郎が、びっくりした。

「私は、女房を持ったことのない男ですよ、左近さん。それが、ひょんなことから、しん子の父親になったのですよ。丁度、震災の後のどさくさの時でした——」

碧水が語りだしたとき、廊下で、

「奥さま、そっちへ行っては、いけませんよ、お客さまですよ」

女中お清の声である。雄一郎の母を、ひきとめているらしい。が、

「しん子、どこだい、おや、ここだね」

母が客間へ、入ってきた。

「こわいよう、お父さん」

しん子は碧水にしがみついた。母は、ずかずかと入ってくると、雄一郎の止めるのもきかずに、

「この子だよ、妾をいじめて、憎《に》っくい子だ、本当に」

「痛いよう——」

しん子は、拳の下で、身をもがいた。母は二つ三つ、しん子を打つと、ほほほほと、気味悪く笑って、ふらりと出て行った。

碧水は、眼をみはって、呆気にとられたままだった。

「すみませんでした。びっくりさせて」

と、雄一郎はさすがに恥しくなって、碧水に詫びるのであったが、碧水はまだ、ぼんやりと空間を見つめたままだった。

「どうかしましたか、碧水さん」

「……」

「もし、もし。気を悪くされて――」

「いや」

と、碧水は漸く我にかえって、

「おかしいなア」

と、つぶやいた。そして、

「あの方、あなたのお母様《かあさま》ですかい」

「ええ、母です。少し、頭を悪くしているものですから、時々あんなことをします」

「よく似ているんです、この子の母親ていのに。つまり、私が介抱して、子供を生ませた女の人に、瓜二つです」

「子供を生ませた？」

「そうなんです。話は長いが、震災後のどさくさの大雨の降った日、びしょ濡れの私の家、といいましても、バラックでしたがね。その前に行倒れの病人があったんです。バラックではあるけど、中へ入れて看病してやりますと、その女の人が気狂いでしてね、おまけに妊《はら》んでいるんです、お腹が大きいのですよ。ところが相手が、狂人でさア、何を聞いたって、まともな返事が出来ない。もっとも返事が出来りゃ、これア狂人じゃ、ありませんや」

聞いている雄一郎には、それが我が母のこととしか受けとれなかった。

「これア、大変な者をしょいこんだと、後悔しましたが、後の祭り。そのうちに、うんうん、呻《うな》りだす、苦しみだす、産気がついたんですね。さア、産婆だ、医者だと騒いだって、あの焼野っ原のことでしょう、どこに産婆がいるのか、見当がつかない。親切な人が、警護団に話して、赤十字の看護婦が来たときには、もう手遅れでさア」

「死んだのですか？」

雄一郎の声は、思わず、つりあがっていた。手は、じっとり汗ばんでいる。

「いや、いや、死ぬどころか、芽出度く安産ですよ。看護婦が来るまでに、生れちゃったのです。仕方がない、私が産婆代りになりましたよ。女房もらったことのない私が、女一生の大事に立ち会おうてんですから、後で冷笑《ひやか》されましたよ。生れた赤ん坊というのが、玉のようならいいんですが、猿の子位、見っともない位、小さいんです。看護婦が産科の先生を連れてきて、調べると、月足らずで生れたのだそうです。多分、地震で騒ぎまわったので、それでお産が早かったのだろうとのことでした。あの時だけは、思いだしても、よくやりましたよ」

「生れたお子さんが、このしん子さんですか。なかなか、頭がいいし、器量もいい」

「地震で拾った子だから、しん子って、こいつは、私の洒落でさア。そうそう、その母親ていのが、この子を生んで、三四日経つと、ひょいと見えなくなってしまったんです。狂人の悲しさで、生れた子も忘れているんですね。それで、それっきり帰ってきません。私は乳飲児《ちのみご》をかかえて、うろうろしましたが、いっそこうなら、自分で育ててやろうと、友達から貰い子ということで届けを出しましたら、心配してた狂人の子は狂人じゃないらしく、どうやら人並みには、育ててきましたがね。もう十四になりますからなア、早いもので。ところが、親の私に似て、ルンペン性が抜けないのですなア、火事の晩だって、一人でのこのこホテルへ入りこんで、あの騒ぎでしたからね」

「はははは」

と、雄一郎は、うつろな笑い方をして、

「その女の人が似ているというのですね、私の母に」

「似てるどころが、爪二つ、と申上げたいが、私が可怪《おかしい》と思うのは、お宅のように、きちんとした所の奥さまが、どうも、あんな乞食みたいな身装《みなり》をしっこねえので」

「乞食のようとは？」

「ぼろぼろの着物を着ましてね、つぎはぎだらけの、それこそ、お乞食《こも》さんのぼろ着物だったですよ。あんまりひどいから、私の浴衣を着せたほどです。後で看護婦が、女物を持ってきましたけれど、あの時はひどかった。顔は、なるほど、似ているが、あの女乞食とは、どこか品が違いますようで。それで、あなたのお母様は、いつから悪いのです」

碧水は、頭を指でつついた。

「前からでは、ないのですよ、母のは」

真実のことを語るのが、雄一郎には何となく恐しかったので、さりげなく答えた。

「それなら、なおのこと、私の見違えかも知れませんや、いや、とんだ御心配をおかけしましたな、変なことをしゃべって」

「どこでした、あなたのバラックというのは」

「それが日本橋の浜町《はまちょう》公園の近くでしたっけ。そうそう、云い忘れてましたが、証拠があるのですよ」

「証拠?」

雄一郎は、息をはずませた。

「証拠というほどのこともないですがね、女の右の内股に、ほくろがあるのです。ひょんなことですが、産婆代りをしていたとき、見ちまったんです」

「はあ?」

「お宅の奥さまにあれば、その女の人かも知れませんな。奥さまは、頭は全然いけませんか」

「いや、時に正気になることも、あるようですよ」

「明日、お目にかかれば、あるいは覚えていられるかも知れませんな。もし、私が介抱した人だとしたら私の面《つら》、そんなに忘れっぽく、雑作《ぞうさく》が出来ていませんからね、一度見たら、大抵の人が知っていますからな、あははは」

碧水は、膝にもたれて眠っているしん子の頭を撫でながら、笑った。夜も遅いし、雄一郎のすすめるままに、碧水はその夜、泊ることになった。

三

運命は、影絵灯籠《かげえどうろう》のように廻る。悲劇は、その絵のように、後から後から押しかけてくるものである。せっかく金を貯めて、あこがれの家を新築した披露宴に、ぽっくりと死ぬ人もあり、子供が自動車に轢《ひ》かれたのをきっかけに、まるで待っていましたと云わぬばかりに、病気、不幸、火事、破産と、幸福な家を瞬く間にむしばんでしまう悪魔さえある。こんな例は世間に多いのだ、そして左近家には、まるで碧水がその運命の悪魔を、地獄から運んできたようなものであった。

その夜深更である。

二階の書斎に寝ていた雄一郎は、気味の悪い呻き声に、はっと眼をさました。しかし、周囲は、森閑とした静かさである。

と、

「うわあーっ」

魂切《たまぎ》るような叫びが、聞えたかと思うと、階下の廊下を、どたどたと走る音が、雄一郎の耳をはっきりと打った。

何事か起ったらしい。

雄一郎は、もはや猶予する時ではないと考えた。寝衣《ねまき》のまま、とんとんと階段を駈け下りたが、廊下には、それらしい姿はなかった。が、奥の六畳――母の寝室の襖が半ば開かれているので、小走りに近づいて、さっと開けると、異様な空気を感じた。

「あっ」

電灯のスイッチをひねるなり、ぎょっと釘を打ちつけられたように立ちすくんだ雄一郎の眼に映じたのは、あまりにも変った母の姿であった。

「殺……され……て……いる」

囈言《うわごと》のように、つぶやきながら、雄一郎の両眼がはっきりと見たのは、朱《あけ》に染まって、のけぞっている、母の半裸体の姿である。顔は苦悶に歪み、手は虚空を摑んで、胸からは鮮々と、血を噴いている。

雄一郎は、呼吸が今にも止まるように思われた。心臓が、どきんどきんと鳴りだした。唾が一度に乾からびたように感じられた。

漸く、女中部屋までたどりついて、

「お清、お清」

と呼んだが、女中はぐっすりと寝こんでいるらしい。かすかな寝息さえ聞える。戸をあけて、揺り起しながら、

「け、警察へ、と、どけて――」

それだけが、漸く声を出した。お清は、不時の主人の姿に、呑みこめぬらしく、ぼんやりしたが、雄一郎の指さすまま、明るい六畳を一眼見るなり、

「ひ、人殺し！　助けてぃ――」

と、雄一郎にしがみついた。お清の態度に、ようやく雄一郎は一家の主人としての理性をとり戻しはじめた。人は、他人の振舞を見て、急に自己の態度を批判することが出来るものである。

雄一郎は、もう一度、母の寝室をのぞいて、冷静に観察し直した。窓が開いている。母は、掛蒲団を剝がれて、びっくりする所を刺されたらしい。敷蒲団を斜めに倒れ、血は敷布や、枕を赤く染めている。胸から腹にかけて、どくどくと血の滲んでいるのは、恐らく短刀で、何回も刺されたのであろう。手をあげて母は反抗したらしく、右手の掌には、すうっと、血が糸を引いている。寝巻がしどけて、露わに向きだされた右の太股には、故意か、偶然か、短刀に刺された跡らしく、柘榴のように、血が噴いていた。

「太股？　あそこに、ほくろがある！」

そう教えたのは、碧水であった。雄一郎は、碧水の寝ている玄関寄りの小間へ走った。

「？」

が、そこには、しん子一人が、小さく寝ていた。碧水の床は、藻抜けの殻だった。

悲劇の家

一

ルンペン画家、深木碧水の逃亡は、思いがけぬ母の横死をもたらした。雄一郎は泣くに泣かれぬ、名状できない感情の混乱にまきこまれてしまった。

世にも、もの淋しいお通夜が営まれたのは、事件から二日目、帝大病院で解剖の済んだ小雨の降る夜であった。雨は、しとしとと庭の八ツ手を濡らし、楓《かえで》の葉が、小さくばさりと音をたてては、風に揺れて雫を散らした。軒につるして、母が子供のように鳴るのを喜んでいた、セルロイドの赤い風鈴さえ、今は焼香の人々を新しい涙にさそうのであった。

階下の部屋の襖を開け放して、細長く広がった仏間は、母の遺愛の小さな仏壇を正面に飾り、母はその前に置かれた棺に、永遠の眠りについていた。

「喪主としての私が、たいへん遅く帰宅いたしまして、皆様には誠に申訳がありません。実は母の死亡手続につきまして、ちょっと手間どりましたものでございますから――」

雄一郎が外出先から帰って、こう挨拶した時は、新島博士を始め、大学関係の人々、変事を聞いて駈けつけた田舎の親戚、学生服の譲二や、教え子たち、知人などが、広い部屋に、溢れるほどであった。

帝大病院で解剖屍体の受取を待つうちに、雄一郎は急用を思いだしたと云って、譲二に後の指図を任せ、一人で雨の中を出かけて行ったのであるが、霊柩車が病院から自宅へ着き、お通夜の客が、ちらほら見え始めても、雄一郎は姿をあらわさなかった。譲二が、いらいらしている時、ようやく雄一郎が帰ってきたのである。

霊前に端座して合掌をつづけている雄一郎は、僅か二日のうちに、すっかり憔悴し切ったように見えた。青白い頸《うなじ》は、後にいる人々には、ぴくぴくと痙攣しているように思われたし、白い手は焼香の煙のなかに、ほっそりと透きとおるようにさえ、見えた。

新島博士の横に坐っていた三千子は、思わず、

「う、う、う、――」

と、声を呑んで泣いた。眼をなきはらした女中のお清は、折から茶を運んできたが、これも、つりこまれて、その場へ泣き伏してしまった。

慟哭の声が、あちら、こちらに続いた。父に忘れられて行ったしん子は、声をたてて泣いている。

それを、雄一郎は、ちらと眺めただけで、溢れる感情をこらえるように、直ぐ、

「どうぞ、御焼香を――」

と、云って、眼をとじたまま、身動きもせずに坐ったままだった。

雄一郎が座を立つと、譲二もすぐ席を外して、勝手許へ兄を追ってゆくと、

「どうしたんです、あんなに遅く帰って」

と、詰《なじ》るように、声をかけた。

「いいじゃないか」

雄一郎は、冷たく答えたが、はっと気がついたように、

「いやア、済まなかった。お前にばかり心配をかけて。区役所で手続きが、うるさかったのでね。それに火葬場のことなども」

と、言葉を和らげた。

「火葬場のことは、私がやったじゃありませんか」

譲二は不審そうに、兄の顔を見た。雄一郎は横を向いたままだった。

「そうそう、そうだったね。どうも、頭が混乱していかん。――譲二、お前、お客様の相手をしていないと、困るよ」

と、雄一郎は頭を押えた。

夜が更けてからだった。お通夜の人々は、研究室や、親戚、知人などの、気のおけない心安い顔ばかりであったが、雄一郎は、

「まことに済みませんが、私はちょっと、遠慮させていただきたいと存じます。こんなことは、たいへん我儘な話ですが、昨夜来、ひどい精神的な打撃で、もうこのまま坐っていますと、眼がくらくらとして、今にも倒れそうなのです。それで、しばらく、ほんの三十分か一時間位、横になりたいと思いまして。頭が弱って、参って

しまいそうです」

と、さすがに遠慮をしながら、坐り直して挨拶をした。客達は、不幸な雄一郎に限りない同情を寄せる者ばかりでこそあれ、その中立に異議を挟んだり、我儘な、と眉をひそめる者は一人もあろうはずはなかった。

「では――」

と、雄一郎は、よろよろと、客達の間を抜けて立って行った。

玄関には、譲二が、学生や雄一郎の同僚達と、受付の机をかこんでいた。

「僕はちょっと二階で寝かせてもらうことにしたからね」

譲二は兄を見上げたが、詰問的に、

「兄さんが、そんな事を云っちゃあ、いけないと思うなア」

「左近君は疲労困憊しているんだ。寝かせたまえよ」

と、同僚がとりなした。

「済みません。少し横になりたいのです。眠れやしないと思いますがね」

雄一郎は階段を二三段あがったが、顔だけをのぞかせて、

「譲二、僕が起きてくるまで、二階へは上らんでくれよ。ぐっすり、二時間も眠れば、大抵は元気を回復出来るだろう。その間、安眠させてくれ、頼む」

わざわざ、詫びるようにそう云ってから、足音が階段を上って行った。ドアのあく音がして、一人で蒲団でも敷いているのか、三四分間も、ごとごとと荒い足音がしたが、やがて、ひっそりと、何も聞えなくなってしまった。

二

ボン、ボン、ボン……

眠くなりだして客の一人が、その音を指折り数えた。隣《となり》家の時計である。十二時を打ったらしい。

「まだ、十二時だよ」

小声で、ささやいた男がある。話しかけられた人は、腕時計をのぞきながら、うん、うんと、うなずいた。

風が出てきて、木の葉が撥ねかえるのか、時折り、ばさりと大きな音がする。

「?」

ぼそぼそと話しあっていた客達が、一斉に耳を傾けた。誰か、戸外《おもて》で声をかけたらしいのである。と、どた、どたと、足音の入り乱れる騒ぎが聞えて、

「見つけたぞっ、野郎」

手にとるような叫びである。

「待てい！」

ばたん、と、塀にぶつかる音がして、

「ち、違う、人違いだ」

別の声が、もつれるように叫ぶと、駈けだしたらしい。

「この野郎！」

前の声が、おっかぶせるように、わめくと、直ぐ足音が走りだした。

ぽきり、何か折れるような、割れるような響きを客達が、はっきり聞いた。

「何だろ？」

「泥棒らしいぜ」

客達は窓に伸びあがったが、直ぐ眼の前が植込みで、その向うの黒い板塀に視線を阻まれてしまった。

「？」

譲二は、物音が家の前らしいので、玄関の客の足駄をつっかけると、雨の中へ走りだしたが、視野は闇の中へ消えて、かぼそい街灯の露路には、人影はなかった。

戻ってくると、来客達は玄関に溢れるように立っていた。

「何です。見付かりましたか？」

「いいえ、影も形も――」

が、その疑惑は、二三分の後にとくことが出来た。

帽子も飛ばして、ぐしょぐしょに雨に濡れた顔をつきだして、

「碧水を見付けたぞ！」

と、長曾我部が泥まみれの身体のまま、駈けこむなり叫んだからである。

「さっきの騒ぎが、それなんです。捕まえ損なっちゃって、ね。僕、直ぐ警察へ、知らせてきますから」

早口にそれだけを告げると、客達の言葉を待たず、長曾我部は洋傘《かさ》もささないで、飛びだして行った。

碧水が、この附近を徘徊していた！　それは、客達に大きな刺戟と話題とを与えた。もう眠気などの問題ではない。譲二は、母の仇が討てたように嬉しくなった。そして、階段をとんとんと駈け上って、

「兄さん、兄さん」

と、呼んでみたが、返事はなかった。ドアのハンドル

に手をかけると、鍵をかけてあるので、びくりともしなかった。

「兄さん、あの碧水を捕まえたのだそうですよ、長曾我部さんが来て」

「後で話せばいいよ、譲二君。兄さんは、寝せておきなさい」

下から、同僚の助教授が声をかけた。

「ええ、眠っているらしいです、ぐっすり」

譲二は降りてきた。

長曾我部が、交番へ届けて帰ってきての話は、こうである。――お通夜に出るため、新聞社を早退《はやびけ》した長曾我部が、雄一郎の露地まで入ってくると、塀のあたりをうろついている人影がある。そっと見ていると、塀の節穴から、中をのぞいているらしい。

「可怪しな奴だな」

長曾我部が近づいてゆくと、その人影は、ぎょっとしたように、振向いた。だぶだぶの洋服を着た男である。その顔を、街灯がぼんやり照した。長曾我部は後に電灯を背負った形なのである。

「碧水だな！」

と、長曾我部は直観した。そして「見つけたぞッ、野郎」と、ぱっと組みついて行ったが、碧水はするりと抜けたので、長曾我部は勢い余って塀にぶつかったほどであった。「待て！」と追って行くと碧水は「人違いだ」と叫びながら走りだした。露路で一二度、取り組み合ったまま、泥まみれになって争ったが、碧水はとうとう逃げのびてしまったというのである。

「組打ちの記念ですよ」

と、長曾我部は、レンコートの上から、釘にひっかけられて切られた、上着を指さした。左肩からぱくりと白く口をあけている。

「どうして、また、人殺しをした家を、わざわざ、のぞきにきたのでしょうな?」

客達は、雄一郎の浴衣に着かえてきた長曾我部を中心に、話がはずんだ。

「それはね、新聞記事の差止め命令が出ているからです。殺人事件については、書いてもいいが、犯人については書くな、捜査の手懸りを乱すような記事はいかん、というんです」

「ははア、それで分った。道理で、犯人らしい名前は一行もないと思ったね」

「そうですよ。大抵の事件は、直ぐ差止めですよ。そんなことを知らない碧水の奴、自分のことは新聞に一言も出ないので、これは安心と思ったのでしょうな」

「そういう心理状態は――」

と、ひきとったのは、大学で心理学史を受持っている若い講師だった。

「犯罪者に共通していますね。大胆な奴になると、人を殺しておいて、その様子を調べに後から出かけたりする。それから、高飛びをする前に、妻子や生れ故郷を何気なく訪ねたりすることもあるのですからな。碧水は、オレンヂ荘の殺人事件の容疑者の一人だし、そんなことは、やりかねない男かも知れん。それに、娘がここの家に置いてきぼりだそうじゃないですか――」

と、しん子の姿を探したが、しん子は、女中のお清が寝かしつけた後だった。

長曾我部は、モーニングや、紋付の弔問客の中で、最も無遠慮な存在だった。借り衣《ぎ》の浴衣では、ずんぐり太った長曾我部の前がはだけて見えた。そればかりか、焼香をすますと、柱にもたれながらあぐらをかいて坐ってしまった。太い毛脛がのぞいている。

「何ですか?」

一人が、のぞきこんで聞いた。長曾我部は、手帖と鉛筆をとりだしたり、小さな紙切れを拡げたりして、にらめっこをしている。

「商売、商売。今に特種になりますよ。新聞記者は浅ましいと軽蔑したって構いやしませんがね、あはははは」

と、長曾我部は紙切れを、ひらひらさせながら、笑った。

「先刻の乱闘で、意外な収穫をしたものでね。いや、いずれ左近君には有利に展開する材料ですよ」

蟻が這ったような紙切である。――もし、読者諸氏がそれを見たなら、恐らく、ああと云ったであろう。カフスボタンに秘められた暗号。第一号の定価表がそれだったからである。長曾我部が、意気軒昂たるのも無理はない。一度は思いきって、あきらめていたカフスボタンが、碧水の逃げるのを追いかけて、袖を握ったときに、ひきちぎられて手に残ったものらしい。長曾我部の膝の前には、ぽくりと口をあけた黒い木片が転がっている。長曾我部は、何故碧水が、そのカフスボタンを持っていたかの謎を、ようやく解くことが出来た。――「深夜のオートバイ顚覆事件で、確かに碧水は屍体をいじくって叱られたことがある。自分がカフスボタンの一つを拾ったのは、あの屍体からだった。すると、もう一つのカフスボタンも必ず、屍体の近くにあったはずだ。碧水が、あの時盗んだに違いがない。殊に、あ奴《いつ》は、とんでもない蒐集狂ときていやがる。畜生、何故もっと早く、ここに気がつかなかったんだ！」

長曾我部は、快心な笑をもらした。

和服に着かえた雄一郎が、二階から降りてきたのは、時計が一時半を指す頃だった。

「先刻の騒ぎ、知らなかったのですか、兄さんは」

譲二が、機嫌悪そうに、一つには弔問客の手前もあって、たずねた。

「騒ぎ？　何だい、それは」

「あんなに呼んだのになア」

「ああ、あの時かい。思いだしたよ。何でも夢幻《ゆめまぼろし》に、呼ばれたような気がした。何しろ、ぐっすり寝こんだものだから」

雄一郎の瞳は赤く充血していた。

「大変だったのですよ、長曾我部さんが大奮闘をして――」

と、譲二は手短かに物語った。長曾我部は手をふって、

「いやア。警察へ知らせてあるから、今度は直ぐ捕まるだろう。――おや、どうしたんだね、左近君顔が濡れているね、髪の毛も」

「頭が痛いのでね、窓をあけて、雨にうたれていたのさ」

「そうか。俺は、また泣いていたのかと思った」

雄一郎が、小さく、ああと、欠伸をしたのを、一人が見て、

「眠ったといっても、よくは眠れまいな。無理もない。可哀想に」

と、つぶやいた。

三

四谷駅前の交番である。

清水巡査は、喉の奥からこみあげてくる、生欠伸を嚙み殺しながら、ぼんやり、舗道をたたく雨脚を見ていた。

と、ひたひたと靴音をたてながら、走ってきた男が、交番の近くまでくると、ぴたりと走るのを止めて、のそのそ歩きだした。

「ふん――」

清水巡査は鼻先で笑った。その歩きぶりは、どう見ても酔っぱらいである。男は、交番を盗み見るようにして通りぬけると、また、ちらと振返った。それは、鼠があたりをうかがう、あの動作に似ていた。清水巡査は、可笑さが、こみあげて、くっくっと笑ったが、急に厳粛な顔にかえると、

「おい」

と、手を振って立ち上った。酔っ払いにしては、傘も帽子も持たないのはうなずけるが、何か腑に落ちないもののあるのを感じたからである。

と、男は急に走りだした。一散に駆けだしてしまった。(何かあるな!)清水巡査は、躊躇せずに、雨のなかへ飛びだした。男は転ぶように走っている。いや、事実、転んではまた起きあがって走っているのだ。清水巡査は、それがただならぬ男だと感じた。すばらしい捕物の予感に胸をおどらせながら佩剣を握っている左手からは、雫がぼとぼと垂れはじめた。帽子から、肩から、ズボンから、雨が漏るように滲みこんで、ズボンも、背も、直ぐに泥ではねかえされてしまっていた。

碧水である。碧水は、懸命に走りつづけた。息が切れて、足の感覚がないほど、捕われる恐怖から命のつづく限り、駆け通したのである。碧水は四谷駅前の広場を左へ、薄暗い松並木に沿ったコンクリートの路を真一文字につっ走った。

清水巡査が、交番を駆けだして、数分たってからである。ヂリヂリ、ヂリヂリと、電話が鳴りだしたのは。主のない電話は、烈しく鳴りひびきながら、一旦、静かになったが、間もなく、また猛烈になり出した。

碧水は、コンクリートの道路を、やがて右へ折れた。そこから、細い露路が、くねくねと続いた。しかし、それが一本路であることを知っていた清水巡査は、二三十メートル先方を丸く飛んでゆく黒い影に、やや安堵に似た気安さを感じて、スピードを速めたが、やがて、

「しまった!」

と、立ちどまった。路は、いつかやや広い曲り角に出て、そこからは、三叉路になっているのである。が、右の二叉《また》は、袋小路であり、左の一本だけが表道路に通じていることに気のついた清水巡査は、身を翻えして、左へ走りぬけた。そこを、横に大きな道路が貫いて走っている。左へ折れれば、市ケ谷へ出る路である。男は、この路から巧みに逃げてしまったらしい。

「しまった!」

清水巡査は、さも大罪人を逃したような気持ちで、舌打ちした。雨をすかして見ても、それらしい姿は見えなかった。三叉路へ引きかえすと、そのあたりは、いずれも丈の高い、一丈《じょう》ほどもある高い塀がめぐらされていた。電柱が一本立っていたが、そこを登って邸内へ忍びこんだ形跡は、見当らなかった。懐中電灯を照しながら、袋小路を探しまわったが、雨で靴跡が残っているはずもなし、軽業師でもない限り、その塀を乗りこす事は出来そうもなかった。潜り戸をたたいたが、かたりとも動かないのである。

清水巡査は、表へ廻って、門標を懐中電灯で照して見た。——谷口広造。弁護士である。

次の標札は——島田正鑑。文学博士である。

その隣りは——覚張信也。実業家である。

もう一軒は——上田敬一。同じく実業家である。

三叉路に面して四軒の門標を調べてから、清水巡査は帰って行った。酔っぱらいを見失った位の軽い気持ちを、強《し》いてよそおいながら……。

が、交番で何回目かの電話が鳴りだしたとき、清水巡査は硬直した姿勢で、思わず受話器を取り落すほどだった。

しかも、主の心を知らない受話器は、金属的な音をたてて響いている。清水巡査は、それを、遠い頭の奥で、ぽかんと聞いていたのだった。

「……左近家ヲ逃亡シタル被疑者深木ハ、ダブダブノヤヤ黒キ洋服ヲ着シ……帽子ナシ……傘ナシ……泥ニマミレテ……右足ヲクジキタルモノノ如ク……泥酔者ノゴトキ歩行ヲナシ……カネテ手配中ノ……」

清水巡査が、応援の刑事と協力して、再び三叉路の四軒をたたき起して、調査した時は、あれからかなりの時間が流れていた。

清水巡査の予感は適中した。碧水は、見付からなかったが、意外な大事件が発見されたのである。——覚張信也が、何者かに殺されていた!

覚張信也殺害事件

一

実業家覚張信也は、心臓を射られて即死していた。覚張信也が殆んど抵抗した後のなかったらしいことは、手を伸ばせば直ぐに触れられる花瓶や人形などがそのままになっていたことで証明された。犯人は、信也が殆んど抵抗できぬ瞬間をねらったらしく、最初侵入した窓――窓下の土や砂利が、ひどく乱れていたし、部屋や窓は泥靴の蹂躙に任されていた――から脱《のが》れ、裏口の潜り戸から逃亡している。清水巡査が押して開かなかった潜り戸が、開かれていたからである。

信也は右の掌に、かすかな傷を負ったまま、ねじれた姿勢で豪奢な応接間に死んでいた。血潮は絨氈を染め、寝床から起きてきたばかりの寝衣《ねまき》の裾を乱して、信也はマントルピースを頭に、籐椅子と窓との間に倒れていた。

そこから二三尺の距離に、信也が自慢していた支那の白い古陶器が、朝顔の花をふみくだいたように割れていた。定窯《ていよう》の浅い壺で、時価何万円とするものであった。いつもは、その上に、奇怪な容貌をした人形がのせられてあるのだが、それが紛失していたことは、あとで分った。血潮の染みた屍体の下は、爪を尖らせた竜が、赤く火を噴いて、今にも信也につかみかかろうとしている模様の絨氈であったことは、誠に奇怪な偶然の一致であった。偶然と云えば、信也が、高貴な什器のなかに、粗末な寝巻の単衣で、こときれていたのも、皮肉な偶然であった。

被害者が一流の実業家であるだけに、所轄の麴町署長、司法主任、刑事等は、時を移さず現場に馳せつけた。警視庁にも、直ぐに手配がゆきとどいた。

覚張家には三人の女性と、書生一人が住んでいた。彼等は別々に取調べを受けた。

女中の秀子――

「お前は、あの夜どうしていたかね」

「御飯が済んで片附けものをし、皆さんのお風呂の火加減を見てあげて、私が最後に入ってから部屋で眠りました。お風呂をいただく前に、裏門の潜り戸を閉めてまいりました。それから、お風呂をもらいました」

「戸締りは、お前の受持ちか」

「ハイ、裏木戸とお勝手は、私が見廻ります。表門は書生さんの斎藤さんが閉め、玄関や応接間などは、お常さんが見ることになっています。斎藤さんは、郷里《くに》へ帰りましたので、斎藤さんの分は、お常さんが受持っています」

「いつ郷里へ帰ったのか」

「一昨日でした。兵隊検査があるとかで、一週間ほど休暇を貰ったのだそうです。郷里は富山県であります」

「お前は裏木戸を確かに締めたのか」

「ハイ」

「間違いはないね」

「さようでございます」

「ところが、裏木戸は開いていた。お前は、これをどう思うか」

「そんなはずはありません。錠を下し、がたがたゆぶってみたほどでありますから」

「どんな錠か」

「竜頭《りゅうず》型をした、挿しこんで、ねじるのでございます」

「合鍵がなくとも、内側から誰でもあけられるのだね」

「さようであります」

「食事は何時頃であったか」

「七時から七時半頃までかかりました。台所へ膳部を下げて、私とお常さんと食べ終えましたら、台所の時計が八時を打ちました。これは、十五分ほど進んでおります」

「それから洗い物をしたり、風呂を見ていたのか」

「さようでございます」

「寝たのは何時か」

「十一時頃だと思います」

「何か変ったことはなかったか」

「別に変ったことはありませんでした」

「門は何時に、お常が閉めたか」

「十時半――いや、寝る少し前でありました。お常さんが門を閉めに行こうとしますと、お客さんが来ましたのです。それで、私が寝る仕度をしていますと、お客さんが帰ったのでお常さんが門と玄関の戸締りをして戻ってきました。それから二人で話をしながら眠ってしまいました」

「何というお客か」

「李さんとか云いました。お常さんが、お茶を入れながら、宵っぱりの旦那に、宵っぱりの李さん、リーずくしだ、とこぼしていたようです」

「覚張氏は夜遅く起きているのか」

「ハイ、もとはそうでありましたが、お嬢さんが亡くなってからは、たいへんお元気がないようでした。それで、お寝みになるのも、十時頃のようになったのです」

「その客は、よく来たか」

「ちょいちょいお見えのようでした。もっとも、私は勝手の方ですから、よく存知ません」

「覚張氏が死んでいるのを、どうして知ったか」

「お常さんが起しに来たので、びっくりしてついて行ったのです」

「お常は、どうして知っていたと思うか」

「存じません。私は、よく眠っていましたから」

「覚張氏は、どんな人か」

「いい人だと思いました。時々冗談も仰言いました」

「どんな冗談か」

「お前は奇麗だ、というようなことです」

「どんな気持ちがしたか」

「何とも思いませんでした。気さくな方だと思いました」

「女中に来て、何年位になるか」

「僅か三月足らずで、家のことは、まだよく分りません」

女中お常――

「お前は、どうして主人の殺されているのを知ったか」

「玄関で呼鈴が、リンリン鳴りますので、目をさましました。玄関をあけて、誰方ですかと聞きますと、門の外で警察の者だというので、門をあけに出ますと、お巡りさんがいました。誰か夜遅く帰った者はないかとのお話でありました。その時、応接間のガラス戸が、半分ほど開いていますので、確かに閉めたはずなのにと思って、お巡りさんを玄関まで連れてきて、電灯をつけてみますと、あの騒ぎでございました」

「夜遅く訪ねてきた客は誰か」

「李さんという貿易商であります。よく見える人でございます」

「いつも遅いのか」

「大抵夜のようでありました」

「何時ごろまでいたのか」

「二十分位、話しておられてから、帰りました。十一時頃でございましょう。それから、門と玄関の戸締りをして、応接間を見廻って寝ました」

「その時、覚張氏は応接間にいたか」

「いいえ。居りませんでした。二階に上ったのだと思います。玄関を締めてから、応接間へ参りますと、電灯が消えていました。窓もしまっていました。御主人様がやって下さったのだと思います。私は安心しましたが、念のために、窓を調べてから、女中部屋に戻りました」

「確かに窓の鍵はかかっていたか」

「ハイ、間違いございません」

「窓に壊れたところはなかったか」

「ありませんでした」

「主人は二階に寝るのか」

「ハイ、奥様と一緒の部屋であります」

「夫人は逝《な》くなったはずではないか」

「いいえ、それは前の奥様で、最近若い方がいらっしゃいました」

「なんという人か」

「村木幸子という人です。ダンサアのような派手な人なので、私もお秀さんも、あまり好きでありません」

「いつ頃来たのか」

「半月ほどになりましょうか。お嬢様が家出をされるちょっと前からであります。それまでも、よく泊って行ったこともあるようであります」

「幸子は何の商売をしていた女か」

「よく存じません。ダンサアかと思います」

「覚張氏はダンスをやったか」

「そんなことは、存じません」

「芸者などと関係はなかったか」

「芸者かは存じませんが、女との交渉はちょいちょいあったようであります。しかし、お金で片附けるのか、後をひくのは無かったようであります」

「幸子も、そういう女ではないのか」

「多分そうだろうと思います」

「お前らに、どんな態度をとっていたか」

「始めは、柔順《おとな》しそうな、無口な女だと思っていましたが、段々けん高く、威張り散らすようになりました」

「それは、いつごろか」

「お嬢さまが亡くなってからであります」

「どんな風に変ったか」

「幸子さんと私共が呼んでいましたのを、幸子ではいけない、奥様といえと、叱られたことがあります」

「日常の生活《くら》し方は、どんな模様か」

「よく外出されたようであります。御主人が朝出かけて、夜遅くでないと帰られませんので、その間は死んだお嬢様のように、気ままに遊んでいました」

「死んだ令嬢は、どんな娘だったか」

「苦絵さまは、モダンガールであります」

「男と恋愛関係がなかったか」

「存じません」

「幸子には男が訪ねてきたことがなかったか」

「なかったようであります」

「幸子と覚張信也氏とは、どんな間柄であったか」

「御主人は、たいへん幸子さんを可愛がっていられたようであります。幸子さんが、娘のように甘えているのを見たことがあります。その時は、後で幸子さんに、たいへん叱られました」

「幸子に覚張氏の死んだことを知らせたのは、お前だね」

「さようでございます」

「その時幸子は、どうしていたか」

「二階の寝室で、よく眠っていたようであります。夜分は、私共は二階へ上らぬことになっていますが、事が事なので二階へ駈けあがって、奥さま、奥さまと呼びましたが、返事がありませんでした。それで、どんどんとドアをたたきますと、ドアがすうっと開きました」

「ひとりで、あいたのか？」

「そうであります。鍵が下りていると思いましたのに、かかっていなかったのであります。幸子さんは、眠そうな眼をして起きてきましたので、私は御主人が死んでいると告げました」

「幸子はどうしたか」

「私の云うことが信じられないようでした。狐にだまされた時のような顔をしていました。それで私が、手をぐんぐんひっぱって、階段を下りてゆきかけますと、そんなことが嘘仰言い、と、手をふりほどいて、ぴしゃりと私の頬を打ちました。でも私は、早く早くと云って、構わず連れてゆきますと、階下に立っているお巡りさんを見て、ぎょっとして立止りました。開け放された応接間をのぞきこむと、うわあっと叫び、一度は逃げだそうとしたようでありましたが、御主人の屍体に駈けよって、泣きくずれてしまいました」

「幸子に先きへ知らさずに、何故女中の秀子を呼び起したか」

「怖ろしかったからであります。お秀さんを起して、一人で自分に勇気をつけました」

「巡査がいたではないか」

「でも、二階にまたあんなことがあると、大変だと思ったからであります」

「書生はどうしたか」

「郷里へ帰りました。兵隊検査がありますので」

「徴兵検査は何日か」

「今日あるはずであります」

「女中のお秀はどんな子か」

「無邪気な良い娘であります」

「恋愛関係の男はなかったか」

「ないように思います」

「誰が覚張氏を殺したと思うか」

「分りません」

「心当りがないか」

「別にございません」

二

女給の幸子——

「覚張家で何をしているのか」

「お手伝いをしております」

「女中か」

「いいえ。家政婦のようなものであります」

「派出所から来たのか」

「いいえ。ある人の紹介でまいりました」

「それは誰か」

「李さんという方の奥さんのお世話であります」

「いつからか」

「二週間ほど前であります」

「令嬢のなくなる以前だね」

「さようでございます」

「お葬式の時はどうしたか」

「遠慮してお勝手の仕事をしました」

「何を遠慮したのか」

「親戚や偉い人が沢山来たからであります」

「気が退《ひ》けることはないではないか、家政婦なら覚張氏の身の廻りの世話をするのが当然ではないか」

「ハイ」

「主人と情交があったのだね」

「ハイ。すみません」

「いつから知合ったのか」

「私が女給をしていた頃であります。二三ケ月前であります」

「妾《めかけ》に世話をされたのだね」

「ハイ」

「世話をした李という人は？」

「貿易商で、一二度店へ来たことがあります」

「その奥さんというのは、同じ商売人か」

「ハイ、李さんの妾で、酒場キャピタルのマダムをしているお雪さんであります。銀座にございます」

「どんな条件で妾に来たのか」

「別に条件ということはありません。私は女給商売から足を洗いたかったのでありますから」

「金銭上の約束はなかったのか」

「ありません」

「それでは、小遣にも困るではないか」

「お金はある程度まで自由に使っていいという話をつけてありました。それと、同居する条件をつけたのであります」

「どの位の程度か」

「小遣に不自由しない位。覚張さんの奥さんらしい服装《みなり》を整えるだけは、いいという約束でありました」

「夫婦約束をしたのか」

「ハイ」

「覚張氏は、奥さんとして迎えるつもりであったのか」

「そうでございます。いずれ喪があけたら、正式に発表しようと申していました」

「それは、お前が云いだしたことか」

「さようでございます。日蔭者で一生を暮すのは、いやでございますから」

「覚張氏は承知したのか」

「どうやら、承知したようであります」

「覚張氏は前に女と関係がなかったか」

「関係はあったことと思います。しかし、それも前の奥さんがなくなっているのだし、仕方がないことと思っていました」

「はっきりしたことは知らないのか」

「最近まで知りませんでした」

「最近とは、いつのことか」

「二三日前のことであります。知らない男から電話で、今のうちに覚張さんと手を切った方がよい、とおどかされました。その男は、三四人の女の名前をあげて、みんな不幸な目にあっている、君も、今にそんなことになるぞ、というのです。私はぞっとしました」

「どんな男の声か、聞き覚えはないか」

「聞き覚えが、あるような気も致しますが、誰とも分りませんでした。何か、ゆっくりした、つくり声のようでありました。カフェーへ来たことのあるお客かも知れません」

「女の名前は誰と誰か」

「忘れましたが、その中に、水崎銀子という名もありました。これだけは、覚えています」

「水崎銀子を知っているのか」

「いいえ、新聞で読んだだけであります」

「電話のあったあとで、どうしたか」

「誰かの悪戯だと思いましたが、悪戯にしては、あまり念の入ったことなので、覚張さんにたずねてみました」

「覚張氏は、どう返事をしたか」

「笑うだけで、とりあいませんでした」

「捨てられる時があると思ったか」

「思わないわけではありませんでした。それで、入籍を頼んだのであります」

「覚張氏は承知したのだね」

「ハイ、一度は拒絶しましたが、二度目には承知してくれました」

「それは、いつか」

「殺された日の夜であります」

「お前は覚張信也を愛していたか」

「ハイ」

「財産が欲しくなかったのか」

「いいえ」

「では、どうして妾になど、なったのか」

「実業家の夫人になりたかったからです」

「何故か」

「真面目に暮したかったからです。それに、自動車位は持ちたいし、着物位は欲しいと思いましたから」

「やはり、財産が目的《めあて》じゃないか」

「いいえ、とんでもない。そんな大それた考えは、少しもありません」

「殺された日は、どうしていたか」

「十時頃に覚張さんを玄関に送りだし、十二時前に銀座へ出ました。アトラスで食事をして、三越の本店へ廻り、買物をしてから、帰宅いたしました。四時頃であります。しばらくすると、珍しく覚張さんが早く帰ってきました。頭が痛いと云っていました。それから、今お客が来るから、とも云っていました。お客が来たのは五時頃でありました。六時半頃、その人が帰ったので、間もなく夕食をとり、お風呂に入って、雑談をしてから、寝ようとしていますと、李さんが来ました。十五六分で帰ったので、覚張さんが二階に上ってきました。ぐっすり寝こみましたところを、お常に起されたのでございます」

「李という人が来たとき、お前は覚張氏の傍にいなかったのか」

「ちょっと挨拶しただけで、二階の居間へあがっていました。覚張さんと内密な話があるからと、注意されたからであります」

「覚張氏が二階へ上ってきたとき、何か云っていなかったか」

「心配そうな顔をしていました。困ったなア、とつぶやいていましたから、何がですか、と聞きましたが答えませんでした」

「それから、二人で寝たのだね」

「さようであります」

「入籍の話を持出したのは、その時だね」

「さようで、ございます」

「覚張氏が困ったといったのに、何か心あたりはないか」

「商売のことだと思います」

「どうして分るか」

「李さんが、来るのは、商売の話に限《きま》っていましたようですから」

「女中に起されたとき、どう感じたか」

「てっきり嘘だと思いました。女中が寝とぼけているのだと思って、頬をなぐったように記憶しています。下へ降りて巡査を見つけ、応接間へ入ると、初めて殺されたのが本当だと思いました」

「殺されたと、どうして分ったか」

「胸がまっ赤でありましたから」

「死んでいると思ったか」

「ハイ」

「何故死んだと考えたのか」

「一目見てそう思いました。外に理由はありません」

「屍体を見て逃げだそうとしたね」

「いいえ」

「刑事も、女中も、そう証言している」

「逃げようとは思いませんでしたが、怖ろしかったのです。私が殺したと思われては嫌だからです」

「何故、そんなことを考えたのか」

「前に屍体を見たことがありますので」

「誰の屍体か」

「オートバイで死んだ屍体です」

「どこで見たか」

「警察です」

「お前の身内の者だね」

「ハイ」

「誰か」

「同棲したことのある辰野健吉であります。オートバイにはねとばされて死にました。その時のことを思いだしたのです」

「覚張氏が死んでいると分って、どんな気持ちがしたか」

「何もかも、まっ暗になったと思いました」

「内縁の妻に、遺産相続権があると思うか、ないと思うか」

「それは存じません。そんなことは、考えたことはありません」

「戸締は誰がしたか」

「お常だと思います」

「お常は、どんな女か」

「気丈な、てきぱきした女であります」

「仕事はだらしのない女か」

「いいえ、しっかりしております」

「秀子はどうか」

「無邪気な少女であります」

「二階に寝たとき、部屋はどうしたか」

「私が、ドアに鍵を下しました」

「お常が呼び起しに来たとき、どうなっていたか」

「ドアは、開かれていたようであります」

「気がつかなかったのか」

「よく存じませんでした。あまり、びっくりしたものですから」

「ドアはどちら側へ開くのか」

「廊下が狭いので、部屋の中へ開くようになっております」

「眠ってから、何か物音がしなかったか」

「ぐっすり眠っていましたので、聞えませんでした。それに、外は雨で、風もひどいようでありましたから」

「覚張氏は、ずうっと、側に寝ていたのか」

「ハイ。一度、便所に立ったような気もいたします。その時、多分ドアを開け放しておいたのかも存じません」

「便所はどこにあるのか」

「二階にもありますが、故障中なので、二三日階下《した》で用を達していました」

「階下のどこにあるのか」

「応接室《おうせつま》と廊下を隔てて斜めに向いあっております。少し離れていますが」

「覚張氏が、便所へ行ったとき、何か聞えなかったか」

「別に――」

「よく考えて……」

「そうです、こんなことがありました。パンパンパンと、自動車のエンヂンの音がしたようにも思います。大分、長く続いていたようにも思いますが、それが何時頃のことか、はっきりと分りません」

「覚張家には、自動車があるのか」

「いいえ、いつも、ハイヤーを使っておりました」

「近所に自動車のガレーヂがあるのか」

「いいえ」

「隣り近所で、自動車のある家は？」

「筋向いの上田敬一さんのお邸に、自動車があります」

「覚張氏は、親戚と交際していたか」

「あまりないように思います」

「平常《ふだん》、来客は多かったか」

「いいえ、大抵は、クラブの方で用を足していたようであります。それから、バア・キャピタルの階上が、サロンになっていますので、そこへ出かけたようであります」

「李という人は、そこにいるのか」

「いいえ、李さんは南京商行の事務所が別にあります。キャピタルには、食事などに出かけるのだと思います」

「五時に来た客というのは、誰か」

「よく存じませんが、左近とかと、お常が申していました。お常が名刺をとりついだのです」

「よく来る人か」

「いいえ、初めてのようでありました」

「どんな人か」

「私は存じません」

「誰が接待したのか」

「お常であります」

「覚張氏が対談中、どうしていたか」

「お勝手で料理の指図をし、少し手伝ってから二階に上って、雑誌を読んでいました」

「覚張氏は誰が殺したか、心当りがないか」

「ございません」

三

再び女中秀子――

「五時頃、来客があったか」

「ハイ、御座いました」

「どんな人か」

「私は存じません。お勝手で夕食の支度をしていましたから」

「幸子は手伝ったか」

「ハイ、いろいろ註文をつけて、文句を云いますので、後でお常さんと、それなら自分で作ったらよいと悪口を云ったほどでございました。一通り私共を叱ってから二階へ行きました。お客が帰ってから、夕食の知らせに行くまで、降りて来ませんでした」

「その間、お前は勝手にずうっといたのか」

「一度便所へ行っただけであります」

「便所は応接室の近くだね」

「ハイ」

「応接室の話が聞えなかったか」

「大声で、何か云いあっていたようでしたが、別に気にとめませんでした」

「何故だね」

「廊下をうろうろしていると、奥さんが叱るからであります。それに、煮物が心配でしたから、用を達して、すぐ帰りました」

「お客に、何か接待をしたか」

「お茶とお菓子、後から、果物を持ってゆきました」

「誰が運んだのか」

「お常さんです。果物は奥さまが、自分で持ってゆきました」

再び女中お常――

「五時頃に来客があったね」

「ハイ」

「お前が案内したのだね」

「ハイ、呼鈴が鳴りましたので、玄関をあけますと、痩せた男の方が立っていました。私が名刺を受けとって、応接間に休んでいられた主人に持ってゆきました」

「何という人か」

「左近、なんとか云いました。そうです、雄一郎です。――奥さまが、後で教えたのです。あれが、有名な左近選手の兄さんで、雄一郎というのだと」

「名刺をとりついだとき、覚張氏は一人であったか」

「いいえ、奥さんも御一緒でした」

「応接室へ通したのも、お前だね」

「ハイ、さようでございます」

「その時も奥さんがいたのか」

「いいえ、いないようでありました」

「左近という人は、どんな人か」

「痩せた眼鏡をかけた方です。モーニングを着ていました」

「お前が茶を運んだのだね」

「ハイ」

「その時、応接間の二人は、何を話していたか」

「黙って腰を掛けていました」

「お菓子を持って行ったときは？」

「左近という人が、たいへん興奮していたようでありますす。詫びよとは申しません、そういう意味のことを云っていたようであります。すると、主人は、知らないことは、知らないのですから、と答えたようでした。もっとも、私が部屋へ入ってゆくと、二人は話をやめましたが」

「廊下で聞えるのだね」

「大きな声で話しているのは、聞えることと思います」

「果物を出したね」

「ハイ。これは奥さんが云いつけたのです。果物屋へ電話をかけようとしますと、電話では遅くなるから、御苦労だが、雨の中を一走り行ってきてくれと、お金をくれました。勝手口から出かけようとしますと、風呂敷を忘れたのに気づいて女中部屋へ行こうとしますと、奥さんが応接室の前にじっと立っているのを見ました。女中部屋へ行くと、奥さんに見つけられますし、きっと叱言《こごと》を食うと思って、汚いけれど、お秀さんの風呂敷を借りて買いに行きました。果物は奥さんが持ってゆきました。それっきり、応接間へ私は行きませんでした」

「奥さんは、左近という人と知合いなのかね」

「存じません」

「眠っているとき、何か物音を聞かなかったか」

「はっきり覚えがありません」

「自動車がパンクしたような音が聞えなかったか」

「そう云えば、聞いたような気もします。パンパンパンという音を――」


再び女給幸子――

「お前は左近という客に会ったはずだね」

「ハイ」

「バアへ来たことのある顔なじみなのか」

「いいえ」

「果物を買いにやらせたり、自分で運んだりしたね」

「ええ」

「何故か」

「その位のことは、覚張さんのお客をもてなすのが当然だと思いましたから」

「それは女中に任せてもいいはずだ。わざわざ運んだのはどういう理由《わけ》か」

「お客の様子を見たかったからであります」

「話を聞きたかったのだろう？　君は廊下で盗み聞きしていたね」

「いいえ、そんな品の悪い――」

「証拠がある。どんな話をしていたか」

「女の話をしているらしいので、それで、注意をひかれたのでございます」

「話の内容は？」

「別れた女とか、関係している女とか、そういうことでありました。二人の会話は、時々細くなったり、太くなったりしますので、よく聞きとれませんでした」

「誰が関係していた女か」

「覚張さんとも、とれましたし、左近さんのこととも思われました。どちらか、はっきりは呑みこめませんでした。立って聞いていますと、死んだ女という、左近さんの声が耳にはいりました。それは何か、くどくどと、頼みこむような調子でありました。すると、覚張さんは、何か拒絶したらしいのです。左近さんは、屍体に鞭打つというのではないのですと、カッとなったようでしたが、直ぐ静かな会話に戻りました。その時、お常が買物から帰ってきたらしいので、お勝手へ行きました」

「その果物を持って、応接間へ行ったのだね」

「さようで、ございます。その時、左近さんは、なるほど、亡くなられたお嬢さんには気の毒なことをしました、御迷惑をおかけしたことをお詫びします、と、云っていました。覚張さんは、うんうんと、うなずいていました。左近さんが、そう云ったので、顔をよく見ますと、バアへ、死んだお嬢さんと一緒に来たことのある人なのです」

「電話をかけてよこしたのは、左近ではないのか」

「いいえ、声が違います」

「左近は、その時の女給だと気がついたのか」

「いいえ、知らないようでした。私はあの時断髪で洋装して、厚化粧をしていましたし、左近さんは酔っていたようですから」

「二人の態度はどうだったね」

「覚張さんは、困惑した表情をしていました。左近さんは、弱々しそうに、がっかりした様子でありました」

「喧嘩でもしたような模様はなかったか」

「そんな気配はありませんでした」

「それからの話は聞かなかったのか」

「ええ。覚張さんが、廊下のドアを、あけておくように云いましたので、立聞きするわけにゆかなかったのです。雨で、窓を閉めきってありましたので、部屋がむんむんするほど、暑かったのですから。それから私は二階へ上りました。後は、先刻お話しした通りでございます」


上田敬一氏の自動車運転手——

「あの夜はどうしていたか」

「主人が高輪《たかなわ》の御友人のお邸へ、碁を打ちに行かれましたので、自動車で送り、お帰りまで、ずうっと待っていました」

「麹町の家へ帰ったのは何時頃か」

「十二時過ぎでありました」

「高輪から、ずうっと真直ぐに来たのか」

「そうです。途中、自動車が故障しましたので、ちょっと時間がかかりました」

「故障はどうしたか」

「直ぐに直ったのですが、お邸の玄関へ着いてから、ガレーヂへ廻るときにまた故障が起りました。車が雨に弱いのです」

「ガレーヂはどこにあるのか」

「裏門の近くにあります。表門を出て、バックしながら行きますと、ストップしてしまいました。雨がボンネットから入って、配電盤に洩電《ろうでん》して自動車が動かなくなったのです」

「どんな状態だったか」

「パンパンパンと、あの騒々しい音をたてていました。五六分も、いじっていたでしょうか、よく拭いてから、クラッチを切ると漸く動いて、やっとガレーヂに入れたようなわけです」


左近雄一郎――

「君は覚張家を訪ねたね」

「訪問しました」

「信也氏とは親しいのかね」

「いいえ、初対面であります。名前は以前から存じていましたが」

「いつ、会ったのか」

「母が死んだ翌日の午後であります」

「帝大で解剖をしていた頃ではないか」

「そうです。途中から脱《ぬ》けて参りました」

「それほどの重大事件が起ったのかね」

「いいえ、要件は簡単なのですが、覚張氏に会わないと、死んだ母に済まないように思いついて、とがめられたのです。それで電話で会社に打合せ、自宅へ廻ったのです」

「どんな要件かね」

「お通夜に来てもらいたかったのです。いや、告別式でもいいから、参列していただくように、頼みに行ったのです」

「僅かそれだけの用なら、電話で間に合うはずじゃないかね」

「それには、こういう理由《わけ》があります。覚張氏は私共の隠れた後援者でありました。私の学資も、弟の学資も、また私が自活出来るまでの家庭上の経費も、覚張氏が出していて下さったのです。しかし、それはある匿名の奨学資金の形で、W大学の新島先生の手許から渡されていましたので、最近まで、出資者が覚張氏であるとは知らなかったのです。しかし、今まで長い間、一度もお礼に行かなかったのに、突然礼にあがるのも、気おくれがしていたところへ、母の思いがけぬ事件です。むごたらしい屍体を見ているうちに、これはどうしても覚張氏に会って、お礼を云い、亡き母に代って、今までの詫びを云わねばならないと思いつめました。それには、新島先生もお通夜には顔をお見せになることだし、関係の深い覚張氏が列席されたら、母もどんなに喜ぶだろうと思ったからでした。御承知のように、覚張氏の御令姉が、新島先生の夫人であります。もし、お通夜が望めないなら、せめて告別式にお出かけがねがいたいと頼んだのです」

「覚張氏は承知したのかね」

「いいえ、残念なことに、その夜か翌日早く旅行をするので、列席できないとのことでありました」

「覚張氏が援助せねばならない理由があったのか」

「義務的な理由はないはずです。新島先生にお伺いすると、私の父と、覚張氏とは、同じ貿易商で、互いに競争相手の地位にあって、勿論規模は小さかったのですが、ともかく、いい勝負をしていたのが、私の父が震災で死ぬし、母も怪我をして白痴になったような仕末を同情して、ある金額の奨学資金を先生に託されたのだそうです。謂わば、謙信が信玄に塩を送った故事以上に、有難い話であると、私共は感謝しています。その上、匿名で寄附されていたのは、いかにも大実業家らしい大きな心だと、感じ入っているのです。それなのに、また、こんな不慮な死をとげられたことは、全く同情に堪えません」

「覚張氏と話をしたのは、それだけか」

「そうです」

「もっと、あるはずだろう？」

「亡くなられた令嬢の苫絵さんのことでしょうか」

「それは？」

「苫絵さんとは、交際していました。ええ、覚張氏が、そういう方だとは、全然知らずにです。あのホテルの火事で、偶然、泊りあわせたことを、覚張氏は疑問に思っていたことでしょうし、私としても長い間の恩を仇で返したように思われては嫌なので、苫絵さんとの関係を弁解したのです」

「肉体的な交渉があったのか」

「いいえ、そんなことはありません。二人とも潔白でした」

「令嬢をどう思っていたのか」

「私は愛を感じていました」

「覚張氏は、諒解したのか」

「まだ、私を疑っているらしく思われましたが、帰る時には、どうやら笑顔を見せました。こんなことで、告別式にもお出かけになられないかと思うと、残念でした」

「覚張氏と別れてからの道順は?」

「直ぐ家へ帰りました。弔問客が来ているのです。それに、家も近くですから、歩いて帰りました」

「歩いたのだね」

「そうです。歩きながら、興奮して混乱した頭を冷静にしたいと思ったからです」

「その夜は?」

「ずうっと、家にいました」


三度《た》び女給幸子——

「覚張氏は、旅行に出る機会が多かったか」

「支那方面へ一年に二度位は出かけるそうですが、私が参りましてからは、外泊されたことは一度もありませんでした」

「近く旅行に行く話をしていなかったか」

「いいえ、聞いておりません」


当局は、覚張信也殺人犯人を、外部からの侵入者だと推定した。それは、李と名乗る人物——彼の取調べの結果は、読者諸氏に直接関係がないので省略する——が来談中、犯人は秘かに邸内に忍びこみ、様子をうかがっていたらしい。そして深更、応接間を物色中、物音を聞きつけて降りてきた信也を突如押えつけ、ピストルで射殺して、応接間の窓をあけて庭へ下り、裏木戸の潜り戸をあけて逃走したのである。ピストルの音を、家人が聞きつけなかったのは、風をまじえた雨と、隣家で自動車の故障のエンジンの音とに、打ち消されたからである。犯人は、信也の居間から、現金八百余円と、宝石類、預金帳等を盗み出し、書類の戸棚や、テーブルをひっかき廻していることが、発見されたが、それとともに、応接間のマントルピースに飾られてあった奇怪な容貌をした支那人形が一個、紛失していることが、女中のお常によって判明したのである。

犯人が裏木戸から逃亡したことは、清水巡査の証明で分る。碧水を追ってきたとき、その裏木戸は開かなかったが、後再び訪れたときには、鍵がかかっていなかった。つまり、犯人は兇行後、悠々と裏木戸をあけることが出来たのである。何故なら、それは普通のさしこみ錠であったから。だが、追われてきた碧水は、どこへ、どう逃げたのか？

碧水は杳として消息を絶ったのである。

バア・キャピタル

一

銀座裏。銀座西六丁目――。

ジャズとアルコールと、媚と笑と、女と性慾が、哀しい愛情の擬装を描く街――。

そこを、手帖をくりひろげながら、一軒一軒、表札をのぞいて歩く男がある。集金屋にしては、時間が遅すぎるし、郵便配達夫でもないことは、服装で一目で分る。恋人をたずねるには、ぶざまな恰好だし、バアへ入りそこねている初心《うぶ》な男にしては、態度が図々しすぎる。酒場をあさるのでもないらしい。

「銀座西六丁目三十三と、たしかに、この一劃に違いないんだがなア。畜生、たった二十軒足らずの家を虱《しらみ》つぶしに歩いても、見つからないとは、俺の記者生活も危いもんだな。――いや、それとも、解釈が間違ったのかも知れんぞ」

街灯の下に立ちどまったのは、ずんぐり太った男――長曾我部である。何を探すのか、さっきから、うろついているのだ。

「ハイチャイ、あばよ」

「また、いらしてね！」

「もっと、サービスをよくしろ」

女の媚のある声と、男の酔った声が、入りまじって、二三人連れの酔客が、地下室のバアから出てきた。

「あの連中なら、バアには、くわしいだろうな――」

と、長曾我部は、思いきって、酔客に近づいて声をかけた。

「もしもし――」

「うわアっ、驚いた、おどかすなよ」

立小便をしかけた一人が、びっくりしてふりむいたので、

「この辺に、酒場で都門《ともん》というのがありませんか。都の門と書くんですが」

「都の門？　はてね――」

と、五六間《けん》さきを、ふらふら歩いている友人を呼びとめて
「都の門とかいう、バア知ってるかア」

「知らんなア」

相手は近づいてきたが、長曾我部の顔を認めると、

「いよう、大将。いっぱい、ゆこうや」

「今夜は商売でね。その、都門というのを知らないですか」

相手は、どこかのおでんやででも、長曾我部と会ったことのある男らしく、

「うわははは、長曾我部さんが知らないとは驚いたな、それは、ね」

「知ってますか、君」

「いや、知らないのさ。知ってたら、御案内たのみますよ、だ」

「弱ったな、僕、探してるんだが」

「探してくれたまえよ、明日の東日が、楽しみだぜ。銀座西に、猟奇的な酒場、都門あらわる、なんて、素敵だぜ」

「それを探しているのだがね、都の門というカフェか、バアか、酒場か――」

一人が、のぞきこんで、

「なに？　都の門？　都、都、と」

「都の西北ウ、ワセダアの森にイだ、おい、行こうよ、失敬」

と、長曾我部に握手して、

「東京は、日本のキャピタルで……何とかギッチョンチョンで、パイのパイ……」

妙な節まわしで、歌いながら、よろけて行ってしまった。

長曾我部は、その後姿を見送って、

「東京は日本のキャピタルで……」

と、小さく口まねをして、歩きだしたが、すぐ、嬉しそうに、ぽんと胸をたたいて、わははと、大きく笑った。

「なんのこっちゃい、だ。都の門、都門、日本語に訳せば首府、国都だ。支那語の都門《ツーメン》、英語で曰くキャピタルと来やがる。うわははは。キャピタルなら、三度も表をうろついたぜ。長曾我部、しっかりしろ！」

バア・キャピタルと、ネオンで赤く彩られた、コンクリートの小じんまりとした三階建ての家である。長曾我部は、勢よく、そのドアを押した。

「いらっしゃいませ」

女給が、とびついてきた。薄暗い照明のなかに突っ立って、長曾我部は、すばやく内部を観察したが、隅っこのボックスに陣どった。

「いやに、隠れちまうのね」

「しんみり、ゆっくりとね、君」

と、ボッブの女給を抱きしめた。しかし、女給は、いやとも云わずに、長曾我部に任せきっているのだ。

――こいつは、相当の家らしいぞ。

長曾我部は、内心からこみあげる笑いをこらえながら、ビールのコップを乾した。

長曾我部が、わざと隅の席を選んだのには、勿論理由がある。ボックスの壁裏は、通路になっているらしく、時々靴音が聞えてくる。そして、ボックスの横を抜けて、コトコトと、足音が上ったり、下りたりしている。うるさいのは、便所へ行くのが長曾我部の前を通ることだったが、これとても、始めからの作戦計画なのである。便所の通路に、階段がのぞいていることを知った長曾我部が、そこに何かをかぎつけようというのである。

長曾我部は巧みに酔ったふりをして、女給に酒を強いながら、バア・キャピタルについての知識を吸収しようと努めた。その結果、キャピタルは支那人の李の経営であること、マダムは李の妾であること、二階はホールになっていること、三階は事務室と、李たちの寝室になっていること、便所わきの階段が二階三階に通じていることを等をかぎつけたのである。

長曾我部は便所へ立った。勿論、それまでにも一二度行って、様子を見てきていたのだが、二階のホールは閉めきったのか、階段には大きな扉が下りていたのであった。――今度の長曾我部は、更に大きな冒険を目ざしていたのである。

彼は階段をたてきってあるドアを押してみた。しかし、それはビクともしなかった。幸いあたりに人影はない。と、右手の壁が三尺四方ほど、妙に手あかで汚れているのに気がついた長曾我部が、ぐいと押してみると、これは、すうっと開いた。

「しめた！」

そこから薄暗く口をあけている狭い廊下に身体を入れて、壁のドアを元通りに押しかえすと、長曾我部は利耳をたてた。ジャズと女たちの笑い声がする。

「この廊下が俺のボックスの裏にあったんだな。それで、靴音がした理由《わけ》がわかった」

蓆《むしろ》のような粗い麻の敷布の上を、長曾我部は足音をしのんで歩いて行った。間もなく狭い階段である。階段は二度、曲って、どうやら井戸のような深い地下室らしい。そのつきあたりは、何の飾りもない、粗末なドアで、酒樽や、四角な木箱が通路をあけて、左右につみかさねられてある。

「倉庫じゃないか、つまらない」

それは、何の変哲もない酒蔵のようであった。しかし念のために、長曾我部はドアに手をかけたが、錠が下りていた。

と、支那語らしい早口の言葉がドアの向うにひびいて、ガチャリと鍵がなった。あわてて長曾我部は荷物の間へ首をひっこめた。

出てきたのは、長い支那服を着た男だった。息をこらしていると、男は後向きの姿を見せて、荷物から何かを探しているらしい。鎌首をもたげて長曾我部は、半ば開かれたドアの向うに、はっきりと見た――階段が続いているのだ。狭い急な階段が上を向いているのだ。

瞬間、長曾我部は、ドキンと胸を躍らせた。男はまだ、荷物を見ている。まさに千載一遇の好機である。長曾我部は、脱兎のようにそこを抜けると、男が来たらしい狭い階段をとびあがって行った。そして階段を一曲りすると、半ばあけられた部屋がある。薄暗い部屋であるが、その一隅にぽっちりとした赤いものを見付けると、長曾我部には、それが云わば予備室のようなもので、もう一つ向うに明るい部屋のあることがわかった。赤く見えたのは、鍵穴からもれる灯であった。

下から足音が聞えてきた。さっきの男らしい。長曾我部は、片隅に、じっと小さくちぢまった。箱を抱えた男は、ドアに鍵を下し、暗い部屋を大股に横切り、赤い灯のもれるドアを、ガチャガチャ云わせながら開くと、その中へ消えて行った。ガチャリと、ドアが閉った。

が、その瞬間、長曾我部は異様な光景を見つけたのである。次の部屋こそは、こってりとした支那趣味の、赤や黄色や金色の調度のなかに、ほの暗く煙がたちこめ、死人のようにぐったりと倒れている人間があるではないか。

長曾我部は、そろりそろりと、鍵穴に近づいて行った。

「あっ！」

危うく声を呑んでしまった。そこに、奇怪な幻影の織りだされているのを見たからである。――阿片吸飲室だ。死んだような一人、二人、三人、五人。男だけではない、全裸に近い美女さえ、あやしい夢をもとめているではないか。

「銀座裏に、阿片窟がある！」

誰かが近づいてくる音がする。長曾我部は、あわてて退《の》いたが、何につまずいたのか、がちゃんと大きく音が割れた。

「甚麽《なんだ》！」

確かに、そう叫んだらしかった。荒々しく足音がしたと思うと、逃げ場を失った長曾我部が、パッと電灯の照明《あかり》に浮びだされた。

「你誰《だれだ》？」

相手の男は、じりじりと近づいてきた。急を聞いて、二三人出てくるらしい。

「糞！」

猛然と長曾我部はタックルして行ったが、さっと身をひるがえした男の長い袍子《うわぎ》のひらめくのを見ただけで、がんと、頭ににぶい衝撃を受けたまま、気を失ってしまった。


それから、何時間か後のことである。

冷え冷えとした暁の空気のなかに、長曾我部は、ぽっちり眼をあいた。というと可愛らしいが、ずきんずきんと身体中の節々が痛むのに堪えかねて、仕方なしに、眼をあけたというのが事実なのである。

「あああ」

と、長曾我部は手をのばして、欠伸をしようとした。が、手は肩のつけねから、どこかへ飛んでしまったように、動こうとしない。感覚がないのである。

「うわア」

長曾我部は我にもなく声をあげたところだった。両腕は背中で荒縄に結えられているのである。夜の記憶がよみがえってきた。殴られて倒れた後、荷物のように扱われてきているらしい。

動くと痛いので、長曾我部はじっと仰向いたまま寝ていた。コンクリートの部屋である。頭の上がぼんやり明るい。荒い格子のような模様がある。そこから明りがさしてくるのだ。耳をすますと、自動車の通る音がする。格子模様をちらりと、暗い影が過ぎて行った。

「今のは、人が歩いたのだな。……すると、あれは地下室の明りとりのグラスだ。……自動車の音だな。……では、ここはどこだ？」

そこは、確かに銀座のバア・キャピタルの地下室であろう。

長曾我部は、足をぐっと伸ばしてみた。

「おや」

何か、こつんとつきあたったようである。首をもたげると、一人の男が、寝そべっている。

「ははア、俺の同類らしいぜ」

長曾我部は、いも虫のように這いながら、その男に近づいて行った。そして、首でゆり起しながら、

「おい、しっかりしろ」

と、耳に口をあてて繰返した。男は、はっとしたように眼をあけて、どんよりした記憶を呼びかえすように、みはったが、それを、薄明《うすあかり》のなかに、じっと見ていた長曾我部は、いかにも驚いたように、

「新ちゃん……新一君じゃないか、君は。おい、新島君じゃないか」

と、叫んだ。新島新一と呼ばれた男、それはトンガリ長屋のルンペン新太だった。

新太は、きょとんとしていたが、相手に気付いたのか、

「あっ、長曾我部君！」

嬉しそうに近づこうとしたが、両手両足の自由が利かないのである。

「新島君、君は死んだものと思っていたのだ。実に意外だな、こんなところで出合うとは思わなかったよ」

数年ぶりで会った友人に、長曾我部は、身の危険を忘れてしまうほどだった。

「しっ！」

足音がした。二人は死んだように、おし黙って横たわった。見廻りの支那人は、ドアをあけて確めると、安心して直ぐに帰って行った。

「僕は、何とも申訳がない。顔むけがならないのだ……」

新太は、ぽろぽろと涙を流した。

「今は、一刻も早く逃げだすことだ」

と、長曾我部は、何事かをささやいた。

夜があけて、その日の夕刊は、国際的な密輸出入団、阿片窟、支那のある悪性の秘密結社と手を握り、北支の独立運動にまで、迫害の手を伸ばそうとしていた売国奴的な貿易商の一斉検挙を、記事の一部は差止のままながら、大きく報告していた。その中には、李哲元こと伯宋悟、政治家多羅尾政善、実業家故覚張信也等の名もあげられていたことは、市民には全く意外なニュースであっ

た。バア・キャピタルの秘密の地下室、サロン等は、彼等の不正な知嚢《ちのう》の取引場の一部だったのである。

二

それとともに、左近雄一郎の母殺し、覚張信也殺害の容疑者、深木碧水が前後して逮捕されたという報告は、迷宮入りを伝えられた捜査本部を、俄然色めきたたせた。碧水が杳として姿を消してから五日目、深川のトンガリ長屋の家で、どこを、どう忍んで帰ってきたのか、目刺しのようにやせた碧水が、それでも酒だけは、へべれけに酔っぱらって、前後も知らずに寝こんでいたところを、張り込みに来た刑事に発見されたのである。

鋭い訊問にかかわらず、しかし、碧水の答えは意外の点が多かった。

左近さんの家を何故逃げだしたのかと、仰言るのですか？　それは、怖ろしかったからでさア。あんな、むごたらしい姿を発見したのは生れて、始めてですからね。それに、あの日は、私が警察から帰された日なんですからね。あそこの家へ泊った夜の人殺しなら、きっと俺に嫌疑がかかる。また、警察へ連れてゆかれて、調べられるのは、たまらない。ぞっとしましたね、考えるだけでも、それで前後の考えもなく、とびだしたのですよ。へえ。

どうして、あの現場を発見したというんですかい？　それは、こうなんです。夜半に、ひょっと眼をさましますとね、誰か、うなっているようなのです。病人かなア、と考えましたが、何となく気持ちが悪い。そのうち、小便をしたくなったんで起きたんですがね、寝とぼけていたとみえて、襖ががたぴし音をたててあかねえんです。なアにね、蒲団の隅っこが、つかえていたのでさア。それを、片っ隅へ押しのけて、ガラリと開けて廊下へ出ると、驚いた。旦那、今思い出しても、どきっとしますよ。

えっ。何に驚いたかって、そりゃ驚いたですよ。眼のまえを、まっ黒なものが、すっとんで行ったんです。私は思わず「うわアっ」と叫んで、尻餅をつきやした。まっ黒なものてえのは、人間だったんですよ。そ奴がね、向うへとんで行ったのはいいが、そこが突き当りの便所だと知ると、こっちへ戻ってくるのでさア。ギラギラ光る短刀を持っていやしてね。私は、てっきり殺されると思って、もう、死んだつもりでしたよ。

短刀が、どうして分ったか、と仰言るのですか？　それはね、小便に起きたとき、ほら襖があかなかったでしょう、変だと思って電灯をつけたのでさア、だから、そ奴の姿がはっきり見えたというわけです。

その男ですか？　逃げ場所がないと知ると、また引き返してゆきやした。そして、座敷に入るんです。私は、そのとき、相手は強盗に来やがったくせに、俺の姿に驚いて、まごまごしやがったな、と思うと、ちょっくら元気が出まして、追っかけたのです。ところがどうです、座敷へふみこむなり、うすら明りにさえ、はっきり殺されているではありませんか。私は、うわアっと、今度こそ、どぎもを抜かれちまったんですよ。その間に男は窓から逃げやした。

どうして逃げたか、というのですね。それは、こうです。二階に寝ていた左近さんが、どうやら起きだしたらしいんです。ゴトゴト音が聞える。もしも、私が現場にいたら、それこそ、どんな間違いが起るとも考えましてね、こっそり寝床へもどって電気を消し、蒲団をかぶって、ブルブルふるえていました。そのうちに、左近さんが、人殺しを見つけたらしい、女中さんを起している、この次は俺の番だと思うと、生きた気持はありません。ふらふらと窓をあけると、とびだしたんでございます。殺した覚えがないのに、逃げだす必要がない？　それは、ごもっともです。無理もない話ですがね、その時の私の気持ちも考えてみて下さいよ。私の頭は、ひっくりかえっていたんでしょうよ。きっと。馬鹿な頭です。この石頭めは。

逃げてから、どうしたかというのですか。怖いものですからね、近くのお宮の縁の下に夜をあかしましたよ。明るくなってから、一度トンガリ長屋へ帰ったら、長屋の連中は新聞を見て、昨夜の人殺し騒ぎを話していたのです。私も、ああ悪かった、飛びだすんじゃなかった、と後悔しましてね、洋服に着かえて改めてお詫びに行こうとしたんです。へっへっへ、こんなぼろ洋服ですがね。長屋を出ようとすると、やってきたのが、どうやら刑事くさいのです。裏口からのぞいていると、長屋の連中をつかまえて、私のことを聞いているらしいんです。私はそっと逃げだして、考えましたね。うっかり行けば、きっと捕まるだろうと思うと、足が四谷の方へ向かないんですよ。その日は、ふらふら歩きまわりました。馬鹿みたいになって。すると、翌日です。飯屋で夕刊を読むと、その晩がお通夜だと出ているでしょう。私のことは一言も書いてないのだから、じゃ疑は晴れたのかなアと、お詫びに行く気になったんです。雨が降っていましたよ。近くまで行くと、偉そうな人が沢山来ているらしいので、気がひけましてね、どうしようかと迷って、結局戻ったのです。ところが途中でまた考え直したというのは、娘のしん子を左近さんが火事の時に助けてくれたのです、謂わば恩人の方に悔みの一言位、云わないのは、人間ではない、とね。それに、しん子もまだ御厄介になっていることだ、一目見たいし、帰りには連れて来よう、とね。でも家の前まで行くと、やっぱり入り難《にく》いのです。それで塀の節穴から、中をのぞいていると、刑事さんが、組みついてきたのです。私を人殺しの犯人だと思っているのでしょう、人違いだ、と云っても聞きません。私は捕まっては嫌だから、逃げたんです。

えっ、あれは刑事じゃなかったのですかい？　へえ、新聞記者の長曾我部さんでしたって、それは驚いた。長曾我部さんなら、あわてないで、話すんだったっけ。

人殺しの犯人の様子ですか？　黒っぽい洋服を着ていましたよ。どんな人相って、さアて、はっきり見えなかったですがね、がっちりした男でしたよ。そうそう、見たことがあるように思いますよ。どこでと云われても困りますが——目黒だ、目黒の警察署でした。いやな野郎でしたよ、威張りくさりやがって。名前ですか、存じませんなア。えっ、写真を見せて下さる？　そうですなア、写真を見れば、わかるかも知れません。

あそこを逃げだしてからですか？　一散に走りましたよ。すると四谷駅交番です。お巡りさんが追いかけてきましたからね、こいつはたまらんと、盲滅法どこをどう走ったのか知りませんが、とうとう袋小路に追いつめられたんでさア。弱ったなと思うと、横っちょの潜り戸が、一二寸あいていましたからね、しめたと中へ入って、鍵をかけてしまったんです。ええ、潜り戸は確かにあいていましたよ。そこを、お巡りさんが表を調べているらしいので、見つかっては大変だと、勝手口へ廻って、湯殿へ忍びこんだんですよ。そこで濡れた洋服をしぼりましたよ。後で、音のしないように水を流しましてね。靴ですか？　あれは追っかけられるときに、紐が切れて、溝《どぶ》ん中へすっ飛びましたよ。それから、あそこの家に隠れていましたよ。天井裏へ這いあがりましてね。お巡りさんが、はりこんでいるので逃げられないんですよ。

ああ、写真が来ましたか。これでもない、これも違う。

この写真かな？　ええ、これに似ていましたね、あの人殺しの野郎は。そうだ、眼から下半分は覆面していましたがね、こいつに違いありませんや。目黒署で会ったこともあるのです。何という名前の野郎です、旦那。えっ、覚張、信也？　実業家じゃありませんか。名前だけは知っていますぜ。しかしこの有名な人が人殺しをするなんて、妙ですなア。ちょっと待って下さいよ。写真をよく見て、と。……ふん、ふん、間違いありませんや、ちらと一眼見ただけだけれど、私はこれでも画描きの端っくれですからね、肖像画だって書きますよ、人相は正確に覚えていますよ、旦那。

えっ？　覚張信也も殺された？　へえ？　悪いことは出来ませんな、旦那、人を殺して自分も殺されてらア、世話はねえ。えっ？　私が殺したろうって？　と、とんでもねえ。私は、そんな人間とは違いますよ。じゃア、旦那は私が隠れた家が、覚張の屋敷で、私が殺したと仰言るのですね。私が忍びこんだときは、もう死んでいましたぜ、覚張ていう人は。嘘は申しませんよ。正真正銘の話です。湯殿で洋服をしぼっていますとね、どこかで、がさがさという音がするのです。初めは鼠かと思いましたがね、ミシリミシリという足音です。人間がいるんですよ。こっちが、他人様の家へ来ていることも忘れて、そっと行ってみますと、泥棒が机やら手文庫をがさがさしているんです。やがて、何か本みたいなものを掴むと、出てゆきました。私も後をつけますと、今度は洋間へ入りましてね、何か手を合せているようでした。後で分ったんですが、ナムアミダブツと、合掌していたんですよ、その泥棒が。それから明いてた窓から、庭へ飛びでて、逃げてゆきました。私は「泥棒」と叫ぼうとしましたら、考えてみると、こっちだって泥棒の部類でしょう。窓の薄明りですかすと、その部屋に誰やらが寝ているんです。よく見ると、血を噴いて死んでいるらしい、びっくりしましたなア、あの時も。逃げた泥棒ていのが、感心でさア、拝んで行ったのですね、その屍体を。

泥棒は金を盗まなかったかと、仰言るのですか？　私が見ていたときは、盗みませんでしたよ。私が、盗った？　とんでもない、私はそんな悪人じゃありませんや。と、申しましても実は一つ、人形を失敬しましたがね。暖炉の上に、実にいい色をした、面白い支那人形があったんでさア。それを見ると、むらむらと私の癖が起りましてね、ええ、変った物さえ見れや、欲しくなる、集めたくなるのが、生れつきの性分でしてね、へ、へ、申訳ありません。それを失敬しましたよ。ええ、その時、変ったことがなかったか、って？　そうそう、それが乗っかっていた皿を落して割りましたよ。ハッとしたら、いい塩梅《あんばい》に下が絨氈でしょう、音はしませんでしたよ。え？　二万円もする壺ですって？　あれが？　旦那、かつぐんじゃないでしょうね。へえ、支那にも珍しい品ですか。そうと知ったら、貰うんでした。――えへへ、それから二階へ上って、天井裏へかくれたのですよ。

何故、窓から逃げなかったかと、仰言るのですか。その屍体の一件で、逃げる元気どころか、ぼんやり腰をぬかしていますとね、ヂンヂン、ヂンヂン、ベルが鳴るんです。はっと思ううちに、女中さんが起きてきました。玄関をあけて、門のところで話しているのが、ちょうど窓から見えるんです。すると、女中さんがお巡りさんを連れて戻ってきました。これは、てっきり俺のことだな、まごまごしていると、この屍体もあることだし、また捕まると思ったんです。窓から飛びだせば、すぐ見付かるし湯殿へ戻るには女中部屋があるらしいし、進退谷《きわ》まって、二階へあがったのです。ええ、人形を抱えましてね。そうこうしているうちに、警察署の旦那方は来る、夜があける、逃げられやしませんや。四日間、天井裏で鼠の番をしましてね、お葬式の済んだ夜、やっと、こっそり抜けだしてきた、という寸法ですよ。お腹は空いたのを通りこして、背中の皮とくっつく、眼はまわる、それで、もう慾も得もありませんや、せめて、ゆっくり眠りたい、お酒が呑みたいと思いましてね、それから、家の道楽をして集めた品物を一眼見たいと、ようやく家へたどりついて、残った冷酒を茶碗でひっかけると、それっきり眠っちまいました。

忍びこんだ夜、自動車のエンヂンの音を聞かなかったか、というのですか。聞きませんでしたよ。

えっ？　逃げた男は、どんな男か、と仰言るのですか。さア、存じません。知りません。その泥的《どろてき》のことは。

えっ？　私の肖像画を描くカンで分らぬかと、いうのですか？　私は、へぼ絵描きですからね。

えっ？　私が、二人とも殺したって？　そ、そんな、ことが。

えっ？　私が無罪となるには、証拠が足りない？　逃げた泥棒さえ分れば、私は罪にならないと、いうのですね？

ええ、申しましょう。逃げた男と、いうのは、左近さんです、左近雄一郎さんでした。……私は、はっきりと見たのです……ああ、私の娘の命の恩人……あの人が、人殺し、人殺しなどと、大それたことを……そんなことがあるものか！

三

「あのウ、刑事さんがいらしたのですが」

女中のお清が、おどおどして、譲二に告げた。

座敷に冷たく坐って、譲二は刑事の鷲のような眼と向きあった。

「雄一郎さんは、いないのですか」

「はア、昨日午後、出かけたきりで、まだ戻りません」

「行き先きは？　分りませんか」

「多分、新島先生の御宅ではないかと存じますが、はっきりしたことは分りません」

「外泊することは、ありましたか」

「いいえ、殆んどありません。今度が、始めといっていいかも知れません」

「ふうむ」

と、刑事は黙っていたが、

「お母さんの亡くなられた夜、つまり、お母さんが殺された夜のことを、あなたは知っていますか」

「いいえ。翌朝、通知でびっくりして、合宿から、とんできたのです」

「あなたは、それから、どうしました」

「兄や先生達、親戚の者の手伝いをして、ずうっと、ここにおります」

「外出したことがありますか」

「帝大へ解剖が済んだときに、受取りにゆきました。その外は、告別式の時に。あとは、郵便を出しに行く位で、遠出したことはありませんでした」

「帝大へは一人で行きましたか」

「兄と行きました。学校の助教授の方と、親戚から一人と、都合四人でありました」

「帰りも一緒だったのですね」

「いいえ、兄は中途で、一人で先に帰りました。帝大で、だいぶ待たされていたとき、兄は急用を思いだしたといって、先に帰ってしまったのです」

「どこへ行ったのですか」

「区役所へ行ったのだと、後で話をしていました」

「その時、兄さんは、どんな様子でした？」

「興奮して、いらいらしていたようであります」

「いつ頃帰りましたか」

「七時頃だと思います。暮れて、お通夜の人が来ていました」

「その夜は、兄さんはどうしていましたか」

「ずうと、弔客の相手をしていました」

「変ったことは、ありませんでしたか。途中で席を外すというような――」

「ありませんでした――いや、変ったことではありませんが、頭が痛いと云って、しばらく眠ったことがあります。二階の書斎へあがって、少し眠ったようでした」

「ふむ。――それは、何時ごろでしたか」

「十二時前、多分十一時四十分か五十分位の間だったと思います」

「起きてきたのは？」

「ハイ、一時半頃だったと思います」

「すると、兄さんは約二時間近く、二階の部屋で一人で寝ていたことになりますね。その間、変ったことは？」

「碧水という絵描きが、様子を見にきて、長曾我部さんに追いかけられたことがありました」

「兄さんは、それを知っていましたか」

「よく眠っていたので、知らないと云っていました」

「兄さんの様子は？」

「変ったことはありませんでしたが、髪の毛がぬれていたようでしたので、どうしたのだと聞くと、頭が痛いので、窓から雨に打たれていたと言ってたようであります」

刑事は、しばらく考えていたが、

「寝た部屋は二階でしたね、見せていただけませんか」

譲二の後から二階へあがった刑事は、本棚や机などを調べていたが、押入を指さすと、

「これは、なんですか」

と、聞いた。

「来客用の蒲団類が入っています」

「調べたいのですが――」

「どうぞ」

刑事は蒲団を一枚一枚とり出してみたが、底の厚い油紙をめくると、

「妙なものがありますな」

それは、水に浸されたような、黒いセルの背広が、しわくちゃになって包まれてあったのである。

「これは、足さんの物でしょうな」

「そうらしいです」

「拝借して行きます。悪いようには、取計らいません」

刑事は窓や、ドアの配置などを調べていたが、

「雨が吹きこむことがありますか」

と、聞いた。

「風の強い日には吹きこみます。普通の時でも、窓下の玄関の屋根から、しぶきがはねかえりますので、大抵は戸をしめてしまいます」

窓の下には、二尺ほど離れて、玄関の家根が、への字形についている。窓の上には、三尺ほどの廂がある。

「どうです、この窓から首をだして、雨に打たれることが出来ましょうかね」

「さア――」

それは譲二には疑問だった。兄は雨に頭をひやしたと云ってはいたが、そう念を押されると、譲二は返答に窮した。事実、それは、不可能に近いことらしい。

「もう一つ、帝大へ行ったときの、兄さんの服装は？」

「モーニングを着ていましたよ」

刑事が帰ったあと、譲二は、ぼんやりと、気のぬけたように玄関に坐っていた。何ともいえぬ不吉な予感が支配したのである。

――兄の雄一郎は疑われている。刑事の質問と、あの濡れた洋服とは、何を物語るものであろうか。それは、兄が覚張信也殺害の嫌疑者であると、証明するものではないか。殺人の行われた時間は、雄一郎が固く錠を下して二階の書斎にいたときではないか。しかも、兄の存在を明確に保証する者は一人もいないのである。譲二とても、兄を呼びながら、空しく帰ってきたはずである。その兄の行方も、今は不明である。してみると、雄一郎は、自らアリバイを計画して、覚張信也を殺害したのであったろうか？

「ああ――」

譲二は、絶望的に、頭をかきむしった。

怖ろしき白日夢

一

翌朝、譲二は意外な手紙を受けとった。それは、兄の雄一郎からであった。

封を切って急がしく読みだした譲二の顔色が、はっと変った。

「遺書だ！」

親愛なる弟よ。

僕はいま、汽車のなかで、これを認めている。列車は森林を抜け、原野を走り、渓谷に沿い、山麓を縫って、その激しい動揺は、僕のペンをも甚だしく乱雑にさせている。さぞ読み難《にく》いことだろう。判読に無理な文字もあるかも知れない。しかし、それは僕の頭脳が混乱しているから、僕がとりとめもない妄想に襲われているためかららとも、思うかも知れない。何故なら、僕は自殺をするために、この汽車に乗っているのだ。お前が、この手紙を読む頃は、僕はもうこの世にない時なのだ。あるいは、僕が未だ生きているにしても、捜査の手がここまで来る間には、肉体はなくなっているはずだ。この僕を君は気が狂ったと思うかも知れない。しかし、僕の頭は冷静に、論理的には僕の学究生活のうちで最も鋭く澄みきっていると、僕は考えている。僕は敬虔なる自殺者の心情を持って、この旅を選んだのだ。どこへ？　僕の心の故郷へ。僕の十五年余にわたる研究の母胎へ。たかつき部落へ。大自然の懐へ。僕と君との、たった一人の母を殺した、その罪の償いのために！

車窓に展開する大自然の美しさ。それは、僕のペンを時々とだえさせさえする。君は、心から自然の美に打たれたことがあるか。天然の力のまえに、頭を下げたことが、今まであるか。勝気のお前には、恐らくあるまい。ダイアモンドに立って、母校の名誉を荷《にな》ってボールを握り、バットを振るお前には、人間の意思と感情を冷たい理性で統一して、そこに、完全なスポーツの心理を築きあげる君には、恐らくこういう経験はないと僕は信ずる。いや、僕とても、そうだったのだ——少くとも十数日前までは。風景を愛し、それに溺れることは、いかにも老人じみた趣味である。青年には、誠に縁の薄いことかも知れない。ところが、僕の信念を根こそぎ覆えしたものがある。それは、僕の担当経済史で、古文書から発見したたかつき部落を、机上の参考書と理論の空疎な想像や論理から離れて、現実の社会として目のまえに見たときに始まる。ゾンバルトやビュッヒアー、マルクス、ウィルブラントなどの理論で、謂わばロヂックと法則から、観念と抽象の世界に生きていた僕が、現実に見た世界は、何と美しい人情と道徳と、強いられざる法律と世界観の社会であったことであろう。僕は本の虫だった。それが、ちゃんと肉がつき、血の通っている実態を認識することが出来たのである。僕が担当していた講座の、古代社会史の中心題目である古代共産経済の部落が、現代の日本に、まだ生きのびて存在していたのだった。たかつき部落が、それである。たかつきは、高い月のことだった。部落へ越える路で、部落の丘で、僕はまたとない美しい月を仰いだ。彼等は詩人だった。そして、部落をたかつきと名づけたのである。古文書と、参考書と、辞書と、研究の知識と、それに想像と、情熱とで、僕は遂に、この典型的な部落を探しあてることに成功した。これを発見したときの僕の喜び——そこに住む人々の、何という質朴、純真、誠意、柔順、健康、幸福、野性、あらゆる理想的な人間性の讃美が、彼等に捧げられることであろう。彼らは、太古そのままの生活絵巻をくりひろげていた。氏族経済時代——君も学校で、新島先生やその他の先生から教わって知っているであろう、あの王朝華やかな頃の生活だ。それが、実際に行われているのだ。生活方法も、農耕方法も、狩猟方法も、また文明も文化も、昔ながらの伝統を守りながら、既に相等高度の段階に達しているのだ。幼稚ながら、印刷の手段も彼等は知っている。電気に類似した発電方法も、彼等は実験しつつある。紙も、織物も、鋳鉄も、建築も、製陶も、その他生活に必要なもののすべてを、彼等は彼等の知識に応じて、進歩したものを有っている。ただ二つの例外を除いて——その一つは、交通機関である。彼等は足で歩いている、と云っては可怪いが、四壁を山で囲まれたこの一大部落は、電車も汽車も、まだ必要ないのだ。もう一つは、彼等の文字である。言葉は、万葉集に散見する、あの大和言葉で、文学に素養のない僕にも、どうやら理解できるし、手振りや身まねで、通信することも出来た。しかし、その文字だけは、全く僕の理解の外にあった。それは、印度の梵字《ぼんじ》ではない。僕の乏しい知識を以てして、それが神代文字、つまり日本が支那から輸入した漢字や、それをくずした仮名などの遥か以前に、日本に存在していたと伝えられる神代文字なのであるらしいことに、漸く気がつくことが出来たのである。

愛する弟よ。

お前は僕が夢を見ていると思うだろう。事実、僕は夢ではないかと、幾度も考えたのだ。お前は僕が大学で修めた学問と知識とが、何も役立たないと、怪しむかも知れない。事実、僕は過去の研究の全成果を賭けて、彼等と精神的な争闘をくりかえしてみたのだ。僕は大学での助教授という地位と、僕の担当講座の名誉のために、いや、僕の心には、日本の経済史のためという大きな背水の陣まで築いて、彼等を批判し、観察しようとした。しかし、すべては無駄だった。僕は敗れてしまったのだ。

何故か？　その部落には、二千年に近い歴史が、秘められている。彼等は、その輝かしい伝統の中に彼等自らの歴史と文化と記録とを作りあげ、父祖伝来のなかに生きているのだ。それにむかって、その歴史の何千分の一にも足りない研究の時間と、乏しい知識とを有するにすぎない僕が、どうして完全に理解のメスを打ちこむことが出来るであろうか。彼等は、それを口誦《こうしょう》により、あるいは神代文字の記録によって、今もなお保存している。この謎を解くことは、即ち、日本の経済史の生きた動きを、眼《ま》のあたりに見ることになるのだ。僕は、再びこの部落へ行く。僕の学者的な良心が、燃えたつのも無理はないと、君は思うだろう。

この部落は、僕のおぼろげな会話によって、太古の頃、大噴火山の爆発に際し、辛うじて奇蹟的に生き残ったのだと知れた。ポンペイの市街が、地下に生存しているようなものである。彼等も、正しく大和民族の一部である。王室の忠実なる臣下として、その地に居住中、あるいは旅行中かも知れないが、突発した自然の暴圧のために、外部と全く交渉を断たれて、今日まで生活してきたのだ。周囲は峨峨たる山脈に囲まれて、人力を以てしては、それを踏破することは出来ない。

弟よ。

君は、その山間地帯へ僕が、どうして足を踏み入れたと思うだろう。疑問はもっともである。僕とてもどうしてその部落まで辿りつくことが出来たか、今でも疑問として考えざるを得ない。それほど僕は奇蹟的な生活をそこで暮したのだ。

話は、こうである。たかつき部落を、ようやく地図の上で想像した僕は、古文書と正確な地図をたよりに、単身、山岳地帯への道なき道を辿ったのである。僕は、やがて雪渓の上に眠り、雪の高原に終日を歩いて送った。そして、簇生《そうせい》した疎林の原――それは落葉松《からまつ》の一種に違いない、原林の中の巨大な石柱の下に、横わっている意外なものを発見したのである。それは、倒れている少女だった。人跡のとだえた大雪原での出来事である。僕は怖ろしさのあまり、逃げだそうとさえしたほどだった。

倒れている少女は、眠っていた。病気のために、疲労の極、意識を失って昏倒していることは、僕には直ぐに分った。僕は用意の気付け薬を与え、ブランデイを含ませ、静かに介抱することにした。しばらくの後、彼女は眼を覚した。そして僕を嫌悪に満ちた眼を以て見つめるのであるが、僕は彼女を蘇生させてやったことを、誠意をこめて述べたのである。やがて、彼女はそれを諒解した。

しかし彼女は意外なことを主張するのだった。

「ここから、早く帰りなさい」

僕は、研究の目的で、たかつき部落を探しにきたことを打ちあけた。すると、彼女は、当惑らしい顔をしたが、

「あなたの気持の済むようになるまでは、仕方がないことでしょう」

と、僕の言葉を受け入れてくれた。何故なら、僕はその美しい少女を恋し、彼女も、僕を愛してくれているらしかったからである。

深淵のような雪原に、この夢見るような、恋の場面がつづいた。それは都会の現実を以てしては、全く理解に困難なことかも知れない。しかし僕たちは清浄な恋を語り合うことが出来た。

彼女は、東京からの帰路、今近道を通って、故郷の山へ帰るのだという。その深くについては、彼女は語ろうとしなかった。僕は、世俗的な事故に、わずらわされるのを恐れた。二人は、雪の高原を歩いた。雪は僕たちの暖い心臓にふれて、少しの寒気さえ感じなかった。

やがて、切りたった断崖を、僕たちは歩いていた。月のない夜が降りてきたが、空は雪あかりに明るかった。

そこに開かれる大自然の美しさ。僕は今まで、これほど崇高な風景に触れたことはない。しかも、僕は恋を得たのだ。

が、幸福は瞬間だった。僕が彼女を抱きよせて、初めての接吻を求めようとしたとき、僕は断崖に足をすべら

せてしまった。殊によると、辱しさのあまり、彼女が、手で僕を押したのかも知れない。いや、僕は、そうは決して信じたくはないのだ。僕は、凍てついた雪に、足を不幸にも踏みはずしたのだ。

猛烈な速力で、僕は顚落して行った。すべての記憶が、僕を離れて行った。それっきり、僕は気を失ってしまったのだ。

僕が眼をさましたとき、太陽はあかあかと照していた。僕は眼をみはった。僕は古い書籍や絵画の中でのみ見ていた、古代の建築物のなかに寝ていたのだ。いや、それよりも、もっと、僕を驚かせたのは、昨夜の少女が、憂わしげに、顔を曇らせて枕頭《ちんとう》に坐していたことで、僕の意識を知ると、ほっと安心の色を浮べた。僕は、どうして助かったのかと尋ねると、彼女は、それには答えず、

「ここが、あなたの探しているたかつきの部落です」

と、云うだけだった。僕の喜びは、どんなであったであろうか。しかも、彼女が傍にいるのだ。僕は、研究と恋との二つの収穫に、胸を躍らせた。

弟よ。

君は、その少女に疑問を持つに違いない。僕は昨日の洋装をすっかり脱ぎすてて、今は古代の服装にかえった彼女から、部落の風習を聞いた。それによると、彼女は部落を代表して、文化と知識を吸収するために、部落以外の天地に派遣されていたのであった。この部落では、三年目毎に、戌《いぬ》の日に初めて経血を見る少女を選び、それに曾て部落から、外遊したことのある老女を添えて、三年の月日を限って、彼女の知らぬ世界へ旅立たせる古式があるのだ。その少女は、勿論聡明であり、健康であり、美貌でなければならない。ただ、彼女は山へ帰るまで、あくまで清浄なる処女として生きねばならない。それは、部落の血統を汚さぬためである。それを犯した者には、帰山の資格が剝奪されてしまう。彼女は、三年の間に老婆を病気で失ってしまった。そして一人で三年の勉学を卒《お》えたのである。その帰途、僕に救われ、僕と恋に陥り、そして禁断の木の実を食べようとしたとき、部落の固い掟の前に、断乎として僕を斥けたのである。

彼女が三年間、どこに、どうして暮していたか。それは、口をつぐんで、彼女は語らなかった。しかし言葉の上から、彼女は東京のある知名な女学校に在学していたらしい。彼女が話さなかった理由は僕がそれを知る資格に欠けていたからである。何故なら、僕はたかつき部落の住民ではないからだ。

愛する弟よ。

僕は嘗て「盲目の国」という英文の小説を読んだことがある。ある探険家が山中を踏み迷い、盲人国へ落ちこんで、種々怪奇な事件に会うというのだが、それに似た生活が僕に初まった。僕は、部落には異端者であり、侵入者であった。しかし、彼女の紹介と、斡旋とで、彼等は僕から敵意だけはとり去ることが出来たらしい。

僕の研究心を満足させる材料は、到るところに転がっていた。見るもの、聞くもの、手に触れるもの、すべてがそうなのだ。三里平方に足りない、現代の文化と智識から、況んや国勢調査などから、全く脱れでたこの小天地に、千古の謎が秘められている。彼等は、僕の想像していたように、大家族制度だった。生活方法は、昔ながらの原始共産制をとっている。僕の研究の結果に、それらが脈々と血を通して、現実の姿を描いてくる。しかし、それだけではない、それらは、この生活のほんの一部分でしかない。僕は自分の研究のために、全く没頭しきる機会の来たのを感謝した。僕は、たかつき部落に永住することに定めたのである。

弟よ、さぞ驚いたことだろう。僕の決心は、この時から既にあったのだ。しかし僕は所詮凡俗の世界に育てられた人間であった。義理と、人情と、愛慾と、虚礼と、名誉と、要するに凡人の悲しい性格を備えていたのだ。僕は、現世にもう一度帰って、すべてを清算してくることを、彼女に物語った。彼女は、部落の主要人物に相談した。最初は拒絶されたが、熱心な僕の頼みは遂にかなって、僕はひとまず東京へ帰ることになった。——それには、しかし条件が与えられた。

その条件とは、たかつき部落の地理を他人に語らぬこと。もう一つは、次の満月の夜、少女と初めて会った石柱の所へ、僕が必ず戻るということであった。この約束に違背すれば、僕は永遠に命を断たれるかも知れないのである。——そして、この満月の夜とは、実に明夜なのである。僕は、恋しい少女と会える喜びに、胸がいっぱいである。

たかつき部落へ侵入したと同じように、僕はある特殊な方法で、意識を失ったまま運びだされた。あの険しい、雪に覆われた断崖を、どうして彼等が登ったか、僕には意識の外にある。また仮令、僕が知っているとしても、それを書き記す自由は僕にはない。ただ、彼等が実に巧妙な登攀具《とうはんぐ》を使用して附近の山岳を踏破していた事実を目撃したことだけを、知らせておこう。僕が意識から覚めたとき、僕は例の落葉松の林の中に、石柱にもたれて眠っていたときだった。

弟よ。

二

僕は、その部落へ行くのだ。僕は、この世からは自殺して、研究の世界に生きのびるのだ。不甲斐ない兄であったことを許してくれ。

僕が何故、この地帯へ逃げこむかは、勿論理由がある。一言につくせば、僕は現代の社会に生きる魅力を失ったのだ。この部落の人情と道徳の美しさ、法律と秩序の正しさは、前に述べた。それにひきかえ、僕は現世がいかに欺瞞の多い社会であるか、そこに、全く生きる興味を失ったのだ。勿論、僕自身とても、この例外からは免れることが出来ない人間であった。例えて云うなら、覚張苫絵――彼女は君に恋していた――から、君あてのカフスボタンを預かりながら、僕は黙ってそれを身に附けていた。これは、お前に全くすまないことだった。もっとも、そのカフスボタンは、後で誰人《だれ》かに盗まれてしまったが。

僕は、せめて、僕だけの汚濁した経歴を洗い清めたかった。そして、僕の孤独の性格に生ききりたかったのだ。僕は、そう決心をしていたのだ。それほど僕の周囲の人間は、汚い埃にまみれていた。

僕とても、初めから、そういう世界のあることは予想してはいなかったのだ。それが、思いがけぬ少女の出現で、僕の心のなかに巣食っていた世界が、ぽっかり突然に開いてきたのだ。それが、僕を逃亡の気持ちに、駆りたてるのだった。

僕をして、そういう感情に走らせたのは、お母さんである。母は、お前も知っている通り、持病のしゃくがあった。胃腸の障害である。母は時々、猛烈な痙攣になやまされるのだ。僕は偶然の機会から母が肉体を歪めて痙攣する時に限り、あの遠のいていた記憶を憶い出すことを知ったのである。痛むとき、母は囈言ながら、少女のような白痴の知識ではなく、僕らの母としての彼女にかえることが出来る。

母の囈言から、僕は、母が何故白痴になったか、その理由を聞きだそうとした。断片的ではあるが母は何者かに殴打され、それが原因で神経系統が狂ったこと、同時に母はその頃妊娠していたことを知り得たのである。震災で父が死に、行方不明になった母が、家に戻ってきたとき、彼女は生れもつかぬ不具者であった。これは、君も悲しい記憶として、その日を今もはっきり覚えていると思う。が病気勝ちで別荘や温泉を転々としていた母が、妊娠していたとは、僕の全く知らぬことだった。何故なら、父はその前既に洋行していたのだから。

愛する弟よ。

君は、いま不快な気持になったことであろう。それを初めて知った僕の驚きが、どれほど大きなものであったか、弟よ、察してくれ。僕はこの不吉な予感を信じたくないために、一つには、正確な——母の囈言を正確とはいいかねるかも知れないが、少くとも僕は正しいと断言するものだ——事情を知るために、ある夜計画的に母を偽り、催眠術の力を借りて、母を夢幻的な状態におとし入れることに成功した。

僕は、その前に、催眠術と、巫女《みこ》が死人と通話する神《かみ》憑《がか》りの会話法とを研究しておいた。僕は母の生母、つまり僕らのお祖母《ばあ》さんとして、母の遠い記憶をよみがえらせた。その結果、僕は母の秘密をほぼ完全に知ることが出来た。母は不義をして妊娠していたのである。父が洋行した後、悪魔のように母の心にしのびこんだ邪恋は、父の帰朝とともに、のっぴきならぬものになってしまった。母は相手の男、井上竹次郎を呼びだして、最後の交渉をしようとした。その時、既に二人の間を感づいたらしい父が、どなりこんできた時、父は相手の一打に会って殺されてしまった。母も、一撃を受けて、昏倒した。その日は、大正十二年の九月一日、未曾有の激震が東京を襲った日である。父も母も、震災の生んだ悲惨な犠牲者として取扱われ、一人として、相手の犯行を疑うものがなかったのだ。そして、時間が流れた。相手の井上竹次郎は、とんとんと出世して、財界の大立物の一人となってしまった、僕は苦心して、井上竹次郎なる人物を調べたところ、彼こそ曾て父の下にいた子買いの奉公人であり、当時は独立して貿易商を営み、ある家の養子として入籍し、名も変えてすましこんでいた男——覚張信也の前身であることを知ったのである。

覚張信也、彼こそ父を殺害し、母を不具者におとし入れたのだ。彼こそ、不倶戴天《ふぐたいてん》の仇なのだ。憎んでも憎んでも、憎みたりない男である。

その男から、僕達は学資をもらっていた。僕達は仇敵がペロリと赤い舌をだしているとき、彼のために感謝の涙をこぼしていたのだ。ああ、僕の学問も、君の純なるべき学生々活も、すべては汚らわしい埃にまみれきっている。相手が、血ぬられた刃《やいば》から、ふり落す僕たちの父と母の血を、僕らは口をあけて喜んで呑んでいたのだ。それればかりではない、僕らの生活費まで、彼は支出していたのだ。僕が自活するまで、新島先生からいただいた金は、新島先生の清浄なポケットマネーではなくて、殆んど全部、覚張の金だったのだ。いや、正しくは父の金だったかも知れない。父を殺す位の奴なら、父の洋行中に、あるいは策略をもって、父から書類をまきあげたり、卑怯な方法で父を困却させたであろうことは、想像に難くはない。しかもそれは事実である。僕は震災後のどさくさにまぎれて、覚張信也が、父の印書を偽造した、動かない証拠さえ握ったのだ。その証明には、震災前、少しは財産もあった我が家が、震災後間もなく、不幸と貧困のどん底に落ちこんだではないか。

僕は、この不幸な事実を信じまいと、いくら努力したか知れなかった。そのために休暇中の予定だったたかつき部落の探険に、母の告白の翌日、思いきって出発したのだ。僕は大自然の中で、ゆっくり考え、静かに反省したかった。ところが、はからずも、思いがけぬ結果を招いたことは、前に述べた通りだ。

弟よ。

長い手紙になった。僕は汽車を降りて、この寒村の粗末な宿屋で、この続きを書く。十四日の月が窓をあけると、ひえびえと山脈にかかっている。十五夜のように、まんまるい月だ。山脈は雪に覆われて、なんと崇高で荘厳な白さであろう。僕の頰には、自ら、微笑が浮ぶ。明日の夜、十五夜の月とともに、僕はあの山に招かれてゆくのだ。

ここまで書いたら、便箋がつきてしまった。宿屋の用箋は、この家の格式にしては、上等すぎる。聞けば、軽井沢のある大きなホテルの経営だそうで、夏は登山客で満員だという。登山客には、この材木を組立てたような粗末な建築で充分なのだろう。用箋の立派な理由は、ホテルの経営というので理解できた。しかし便箋には、宿屋の所やホテル名まで刷りこんである。僕は、その部分をきりすてることにする。君が、後を追って来ないようにするために。僕は死んだと、あきらめてもらいたいのだ。

さて、僕は出発する日の朝、速達で覚張信也の娘、苫絵を呼びだした。信也が、憎むべき仇敵とは勿論その時、僕は未だ知らなかった。帰京後、調べたことなのだから。僕は苫絵を恋していた。好色な父の血を受けた彼女が、浮気な娘であるとは、僕も知っていた。しかし淫奔な女であればあるほど、男には可愛いものである。僕は彼女に、旅行に出発することを告げ、僕の愛を打ちあけたのである。僕は研究と、恋愛とを、二つながらに得たかった。が、苫絵は、面白そうに、僕の求愛を拒絶して、

「妾の愛しているのは、あなたの弟さん、譲二さんですわ」

はっきり云うのだった。僕は、これをどんなに悲しく思ったことだろう。彼女は合宿の規則で自由に交際できぬ君へ近づく手段として、僕を利用したのだった。僕は恥じ、怒り、悲しみ、そして、彼女に分れると、淋しく夜行列車に身を任せたのであった。

愛する譲二よ。

二人の兄弟が、一人の女性を争う悲劇は、いかに悲しいことだろう、僕は、山で、すっかり洗い清めたかった。母の秘密も、忘れてしまいたかった。——事実、たかつき部落から帰ってくるとき、雪原を歩きながら、僕は明朗な気持ちだった。が、悲劇は決して、後を絶っていなかった。

車中、手にした汽車時間表を繰っていると、僕は偶然一つの広告を発見して、愕然と身をふるわせた。ホテル・オレンヂ荘。その三行か四行に足りぬ小さな広告文なのであるが。

「オレンヂ荘……それは父が殺され、母が白痴にされた、あの呪いの家ではないか」

母の幻の告白から、僕はＯＲＡＮＧＥというホテルのスペルを知っていたのである。英語を知らない母から、僕が苦心して聞きだしたことは、このアルファベットを、形容する言葉だった。母は、Ｏを丸い輪の字と云い、Ａをコンパスだと告げ、Ｅは鍵形のＦに似ていると比喩した。外人のエグナが経営した、ホテル兼レストランは、オレンヂ・ホテルというのである。僕は、偶然の機会から発見したオレンヂ荘を、帰京後、直ちにたずねて見ることにした。勿論、疲れた身体を休める目的もあったが、それよりも、その家が果して母の告げたホテルであるかを、確かめたかったのである。目黒駅で下車して、行人坂を折れて、小高い丘を登るとき、僕の心は、わなわなとふるえてきた。すべては、母の記憶の通りであったのだ。女中や、番頭の証言、それから後で、植木屋六兵衛にたずねたところによると、震災の時、全壊こそしなか

ったが、半崩壊したホテルの下敷となって、父への犯行は巧みに、かくされてしまったのだ。僕は、悲劇の家に一夜を明かそうとした。

だが、弟よ。

呪の糸は、まだ尽きなかったのだ。いや、その時から、いよいよ太く張りめぐらされたというのが正しいかも知れない。

君も知っている通り、その夜ホテルは火を発して全焼した。僕たちの両親の悲しい紀念は、跡かたもなく焼けてしまったのだ。この火事で、僕は苦絵の死を知り、一人の少女を救った。あのしん子だ。苦絵は殺されていた。僕の一週間にわたる旅行の日程が不明であり、しかも同じホテルに泊り合せた偶然を、警察では不審の眼を以て考え、僕を有力な嫌疑者の一人としたことも無理ではない。もし一週間前の、旅行に出発する前の僕だったら、僕は苦絵を絞殺したと偽わり、死後の恋を喜んで求めて行ったことであろう。しかし、僕の心はたかつき部落に走っていた。僕は生きて再び部落に戻らねばならない。新島先生はじめ諸先生の御助力で、幸い僕は不愉快な嫌疑から解放されることが出来た。

しん子の童心のなかには、僕は自分の妹に似た幻覚を知ることが出来た。それは、君に甚だしく類似し、同時に、死んだ苦絵の姿も備えていた。僕は、この偶然をいかに解釈しようかと、あせったのである。しかも、この疑問に答えてくれたのは、しん子の養父である画家碧水の出現であった、彼はしん子が、狂人の子であり、震災の折に狂人の産褥《さんじょく》を見まもったのは、自分であることを僕に告げた。狂人は間もなく行方をくらました。碧水は男手一つで、しん子を今日まで育てあげてきたのだという。

母は、白痴ながら、子供のように単純で、純真な性格と心理を備えていた。これは、君も知っている通りだ。その母が、しん子と仲よしになり、遊び友達になったのも、何ら疑いはない。二人とも、震災を境にして生れでた赤ん坊同志ではないか。この二人が、また、時として激しい喧嘩をし、いじめ合っていたことも、子供同志の習慣として止むを得なかったことであろう。しかし、それを見ている僕は、母が幼い少女を嫌悪しているとしか、思えなかったのだ。母は、心の底に、しん子を愛しながら、その愛情に並んで、影を濃くひいている憎しみの感情を制しきれず、愛憎二つの絆に我れと我が身を苦しめていたのに違いないのだ。僕はしん子が、母の不義の子、僕たちの妹ではないかと、疑惑を有ったのだ。それには、碧水の言葉が、僕を暗示し、僕の不吉な予感をいよいよ確実なものにしたからであった。

碧水は、母を一眼見るなり、彼が介抱して子を生ませた狂人の女であると、断言した。それを聞いたとき、僕の驚きは、どんなに大きかったであろうか。不安は、確かな現実となってあらわれたのだ。碧水は、彼が保護した女であるならば、右の内股に黒子があるはずだと云った。何故なら、産婆の手を借りずに、彼は自ら嬰児の新しい生命のために、一人で用を果したからである。

だが可哀想な弟よ。

その夜、母は何者かに惨殺されてしまった。僕が、それを発見したとき、咄嗟に思いだしたことは内股の黒子だった。しかし、故意か偶然か、そこは既に刀傷に任せられたあとであった。真実を知るべく、母は既にこの世にないのだ。

犯人は誰か。逃亡した碧水かも知れない。彼は産前の母について、その秘密を知る一人である。彼は半死半生の母を救いだした後で、所持品を奪い、母を狂人におち入らせ、産後、弊履《へいり》の如く母を路頭につき出したのかも知れない。彼は現に、苦絵殺人の嫌疑者の一人ではないか。母の正気に帰るのを恐れて、彼が母を殺害したとみても、この推理を誰も無理とは云わぬであろう。

犯人として、僕は覚張信也をも疑ぐったのだ。何故なら、母と関係のあった彼は、必ず内股の黒子を熟知していたに相違ないからだ。彼ならば、母を刺殺し、証拠の煙滅をはかることができるはずである。しかも、母の精神試験をした日、窓外で立ち聞きしていたのは、覚張であるらしいことを、女中の清の説明で知ることの出来た僕である。

しかし、そのいずれにしても、僕の気持は、最初の驚愕と恐怖と憤激とから、次第に冷たく澄みきって行った。僕は現世の醜い愛慾の絆から、母は今こそ、純潔な償罪の天国へ昇天したと信じている。僕は犯人の誰であるかを、敢て問おうとはしなかった。それは、官憲の正しい判決に待てば、よいのだから。いずれにしても、母は何らかの関係のある人物によって、その過去を清算したのであるから。

僕は母を殺したと、この手紙の冒頭に書いた。それは、例の計画的な実験によって、母は甚だしく疲労したからだ。激しい衰弱だった。母を殺したも同様だった。実際再び繰返せば、母は死んだであろう。しかし碧水の証言によって、もう一度、碧水と母との霊交を試みようと考えたほどである。が、母は既に死んでいる。僕の望みは永久に断たれたのだ。僕が母から得た言葉のすべては、現実と幻影とを織り交ぜた、不思議な霊魂の世界である。それは、虚ろな空虚の所産かも知れぬ。しかし、敢て僕は信ずる、それは真実である、と！

弟、譲二よ。

僕は、あくまで平静な、達観した人間であろうと、母の死に直面した時に努力した。しかし、僕は要するに弱い人間であった。凡俗の掟にしばられる小市民的な性格者であった。

帝大の冷たい解剖室で、医学の論理と、法律の鉄鎖が、悲しい十字架をひらめかすのを見たとき、白布に覆われた母のむごたらしい屍体をのぞいたとき、僕は限りのない哀愁につつまれてしまった。

僕は後の始末をお前に頼んで、そっと席を外した。そして、その足で覚張信也を訪ねたのである。

何故、覚張信也を訪問したか。僕には、彼を憎む気持は、ほとんどなかったのだ。僕はただ、誠心誠意、母の不慮の死を告げ、僕たちが学資や生活費を仮令新島先生の手からとはいえ、彼から貢いでもらったことを感謝し、せめて彼から告別式に列席してもらいたいと頼んだのであった。これは、信也殺害の嫌疑者として調べられた際に述べた通りである。だが、係官に秘していたことは外にあった。

それは、母が覚張信也と恋愛関係に陥っていたことを、僕がさらけだしたことだ。僕は母の手文庫を探して、覚張信也の前身たる井上竹次郎時代の彼の写真を、証拠として見せたのである。しかし、僕は敢て彼を詰《なじ》ろうとはしなかった。母はその死によって、既に罪を償っているからである。僕の欲するところは、彼が卒直にそれを認め、僕に懺悔の一言を述べてもらいたかったのだ。そうすれば、僕は白紙にかえって、一切を洗い清めることが出来ると信じたのである。僕は辞《ことば》を低くして、信也の誠意に訴えたのだ。

だが、弟よ、君は信也がいかなる態度をとったことと思う？

僕は実業家覚張信也の人格を信頼していた。しかし、それは全くの空疎な僕の錯覚であった。彼は、母の死に儀礼的な感情さえ動かそうとせず、学資の件については、

「そんなことも、あったかね」

と、そらとぼけていた。が、母との恋愛関係について

は、思いがけぬ僕の指摘に、さすがに動揺した色を見せたことを、僕は見逃さなかったが、彼は固く否認し、さては口を汚くして僕を嘲笑し、僕を恐喝者の如くに罵るのであった。すべてを堪えてきた僕も、思わずかっとした。父母の犯人を眼の前に置いて、むらむらと殺意さえ僕は覚えたほどである。最後に僕は、父の生前の知己の一人として、告別式に参列するか、せめて名刺でもほしいと訴えたのである。これで、母も少しは信也の心情に慰められるものであると考えたからである。

「君の父という人には、商売仇としての恨みこそあれ、恩顧は少しもない。あまつさえ、私は左近氏から、莫大な損害さえ受けているのだ。況んや、その夫人と交渉があっては、堪らない。もし、明日の告別式に出席する義務があるとしても、私は旅行に出るので、そんな暇はない――」

平然と、彼はそう嘯いたのだ。父の奉公人でありながら、彼は全く人非人か、悪魔か、獣である。僕には悲しいことに、確実な証拠がない。しかも彼は、苦絵の死後、日なお浅いにかかわらず、正体の知れない女を引き入れているのではないか。問答無益と、僕は立ちあがった。そして、雨の中を、混乱した頭をかかえて、歩いて自宅に帰ったのだ。その時、譲二よ、君は僕の態度を詰ったね。僕は、正直に打ちあける気持にならなかったのだ。僕はすべてを、あきらめようとしたのだ。

しかし、僕の気持に、もう一度、大きな変化が起った。それは、その夜の通夜のときである。仏壇の前に安置された母の遺骸に焼香していた時である。僕は母に対して、何とも申訳のない精神的な負債を感じたのである。僕はもう一度、信也に会って、彼の反省を促したかったのである。そして、告別式には、信也の懺悔を母に伝えたかったのである。

弟よ、あの夜のことを覚えているね。

僕は眠いからと、偽わって書斎にあがったが、僕は眠りたかったのではない。ドアに鍵を下し、階下の様子に充分の注意した後、僕はモーニングを古い汚い背広に着かえた。そして、二階の窓から、玄関の屋根に伝わり、秘かに家を脱出したのである。幸い、雨と風とで、僕の行動はお前も気付かなかったらしい。僕は、夕方歩いた路を逆に、真直に覚張信也の邸宅へ向った。表門は既にとざされていた。僕は呼鈴を押そうかと、迷ったが、念のために、屋敷のまわりを歩いてみた。すると、勝手の潜り戸が、僅かに空いているのを発見したのである。潜り戸に手をかけると、難なく開いたので、僕はそこから忍びこんだが、鍵をかけずに置いた。それは、万一の帰りの場合を想像したからである。

庭を歩いてゆくと、一室のガラス窓があいているのを発見した僕は、天の助けと、その窓下へ歩いて行った。僕は足跡に注意したが、砂利が敷いてあるのと、激しい雨とで、完全に証拠を残す心配はなかった。開かれた窓から室内へ忍びこむと、僕は驚きのあまり、あっと声をたてるところだった。人が倒れている。しかも、それが覚張信也だったのである。信也は、誰人《なにびと》かに殺されていた！

僕は天の配剤を、むしろ感謝した。仇敵は、不慮の災禍で死んでしまった。僕は隣室である信也の書斎と覚しきところをかきまわして、母の手蹟らしい手紙、信也のアルバム——そこには、母に与えたと同じ彼の写真や、母自身の写真さえ、貼られてあった——を盗みだした。僕は家宅侵入の罪と、窃盗の罪とを犯したが、僕は故人の悪業に対して、僕の罪の無罪であるを信ずる。手紙やアルバムは母の遺骸とともに、既に灰になっている。

信也の屍体に、僕は合掌した。そして窓を下って、潜り戸に辿りついたとき、潜り戸の鍵は固く下ろされていた。入るときは、あけてあったはずのものである。僕は不思議でならなかったが、あるいは同じような潜り戸が二ケ所あるのではないかと気がつくと、そっと鍵をあけて、表へ出た。そして先刻の道を家へ戻ったのである。

それからの僕は、君も知っている通りである。濡れた洋服は油紙に包んで押入に入れ、着換えると、何食わぬ顔をして階下へ下りて行ったのだ。碧水が追われたことも、初めて聞いたようなわけだ。

告別式も済み、納骨も終ると、僕はいよいよ、たかつき部落への出発にとりかかった。今度は食糧の用意も要らない。僕は明日——いや、今日の夜だ、もう午前の二時近くを時計が指している——憧れの部落へ辿りつくことが出来るのだから。僕は、新島先生に、それとなく別れを告げ、喜びにみちた孤独の心を抱いて、一人で汽車に乗ったのだ。

書きたいことは、未だ山のようにある。しかし、僕は、これで止めねばならない。明日の山の用意に充分の睡眠をとらねばならぬからだ。高原をわたる夜気は、初夏と思えぬほどに冷たい。僕のペンを持つ右手も、凍りついたようだ。

机の上には、母の分骨が、小さく白い骨箱に納められて、飾られてある。母とともに、僕は山へ行くのだ。

さらば愛する譲二よ、健康で暮してくれ。僕と再び生きて会う日はあるまい。兄は、学問の真実性のために、今この身を挺して戦うつもりだ。君の今後については、新島先生と長曾我部君に、よく相談してくれ。云い落したが、三千子さんは僕を恋していてくれたのだ。しかし、三千子さんはお前と結ばれるべき人なのだ。僕の孤独な性格は、彼女を幸福にしてやる自信がない。僕は彼女を愛そうと、いかに努力したか知れない。しかし、譲二、お前こそ彼女を幸福にし、新島学派の後継者として立つべき人間だ。そして、兄の不甲斐ない最後を償ってほしいのだ。しん子は、賢く導いてやってほしい。彼女は、きっといい子になるだろう。それから、もう一つ、僕が博士論文のつもりで書きためた原稿は出発の際さりげなく先生に届けておいた。学位請求が、今の僕に、何の魅力があろうか。しかし、先生の知遇に対し、僕の研究の全部を、先生にだけはお目にかけたいからだ。

では、譲二よ。

山の宿にて　　　　雄　一　郎

譲二君へ

長い長い手紙であった。譲二の眼は、涙でぼうと、かすんできた。

「おい譲二君、急用だ。すぐ、新島先生のところへ――」

声をかけて入ってきたのは、長曾我部だったが、譲二の姿を見ると、不審の眼をみひらいて、口をつぐんだ。

三

新島老博士邸の庭である。

涼しい木蔭に、テーブルと籐椅子を持ちだして、博士、夫人、三千子、譲二、長曾我部の五人は、冷たい紅茶をすすりながら、雄一郎の遺書と、博士あてに届けてあった論文を中心に、淋しく眉をくもらせていた。三千子に対する心のわだかまりなどは、こうした事件にぶつかると、全く馬鹿々々しいことのように、譲二には悔やまれてきた。

「惜しい学者を殺してしまった」

博士は嘆息した。

「ほんとに、そうですわねえ」

夫人も、三千子も眼をなきはらしている。

「いや、僕は、断然生きていると思いますよ。その何とか部落だって、決して分らぬわけはあるまいと思いますよ」

と、長曾我部だけは元気な調子で、

「ともかく譲二君、午後の汽車で直ぐ出発しよう。探せば、必ず見つかると思うよ」

「しかし、僕には、兄がどの山へ行ったのか、少しも見当がつかないのですよ」

「あははは、大丈夫だ、直ぐ分る」

「でも長曾我部さん、切手の消印は、すっかり消えているではありませんか」

と、三千子が不安そうに云った。

「なアに。雄一郎君は切手を貼ってから、髪の油をなすりつけたらしいね。それで、消印のインキは不鮮明になったが、御覧なさい――」

と、長曾我部は、パラパラと雄一郎の手紙を繰っていたが、その一枚を指さすと、

「宿屋の格式にしては、用箋が良すぎる、その理由は軽井沢の大きなホテルの経営だからと、ほら、ここに書いてあるでしょう」

「しかし、宿屋の名前は切りとってあるが」

「ええ、それがなくとも分るのですよ」

長曾我部は、便箋を一枚ずつ、すかしてみていたが、そのうちに、

「この一枚に、すかし文字が入っているのです。――ALPS《アルプス》と、ね。アルプスが、つまり本店のホテル名なのですよ。相当大きなホテルなどになると、紙屋へ別漉きの用紙をわざわざ注文して、名前を漉きこませるのです。アルプス・ホテルの支店が、それを使うのに不思議はありません」

「製紙会社のマークでないですかね」

と、譲二が疑問をさし挟んで、

「ホテル・アルプスなど、軽井沢に聞いたことがないなあ」

「マークかも知れない。いや、この二つの中の一つに違いないのです。それは、調べてみれは、直ぐに分ることですよ。しかし、ホテルの名前だとすれば、支店の所在地を問合せたら、万事オーケーでしょう。あるいは、左近君に追いつけるかも知れませんね」

「ふうむ――」

老博士は、急に活き活きとした顔になった。それを、

長曾我部は注意ぶかく観察しながら、

「先生は、奇蹟の存在を信じられますか」

博士は奇妙な質問者の顔を、じっと見ていたが、

「うん、私は奇蹟は存在すると思う、ね」

「偶然の神秘ということは?」

「近頃の儂は、そういうものを肯定していいような気持になった。以前は、歴史の法則性というような立場から、すべてに反対していたのだったが——」

「先生は奇蹟や偶然の一致に驚きますか」

「いいや、驚かんだろう。驚かないだけの修行は積んでいるつもりだから——だが、何だね、長曾我部君、妙なこと云いだして」

長曾我部は頭をふって、

「今にわかります。そのために、譲二君からも、来てもらっているのですから。——しかし、その前に先生から約束していただきたいことがあるのです。先生ばかりでありません、奥さんからも、お嬢さんも。——眼の前に、これから、どんな奇蹟が起ろうと、決して驚かない、騒ぎたてない、と。——」

家族たちは、不安の眉をひそめて、無言で顔を見合せていたが、やがて博士は、

「うん、約束をしよう。何があるのかも知れないが」

「人間が一人、ここへ来るのです。間もなくやってきます」

と、長曾我部は腕時計を見た。十二時十三四分前である。

沈黙のうちに、時間が流れた。微風が、食卓の上を撫でて、藤棚の葉が、さらさらと揺れた。

正午のサイレンが、なりひびいた。

「そこへ入っちゃ、いけないよ。庭へ抜けては、駄目だというのに、さ」

勝手元に、女中が誰かを叱っているらしい。一座は声のする方を見た。汚ない男が、よろよろと歩いてくる。萩の青い茂みをかきわけながら、ルンペンが食卓へ近づいてくるのだ。蒼ざめた顔、やせた頬、ぼろぼろの服。その光にまぶしそうな顔を見ていた博士は、思わず、

「うウム」

と、うなった。

「まア、兄さん!」

「新一じゃないか!」

母と娘は、同時に声をあげて、駈けだそうとしたが、長曾我部は静かに云った。

「奇蹟を信じて頂くはずでしたね。それから、決して騒ぎたてぬという約束も――」

男は、しかし何の感動も示さないように、ゆっくりと歩いてきて、藤棚の下の瀬戸物の榻子《こしかけ》に腰を下すと、落ちついた調子で、

「私が新一ですって？　とんだ人違いですよ。俺は深川のトンガリ長屋、新太というやくざでさア。新一さんは死にましたよ」

「兄さんが死んだんですの？」

「お前は、どうして、そ、そんなことを」

と、母が急《せ》きこむのを、

「わっしは、新一さんと同じく、アメリカにいたことがあるんでさア、それで、知ってるわけです。新一さんは、親や妹に、すまねえ、すまねえと、詫びながら死んでゆきやした」

「出たらめを云うな、こら」

博士は、思わず大喝したが、長曾我部は、その袖をひいて、

「先生は、偶然の一致を否定しようとは、されなかったはずでしたね。この新一君に偶々《たまたま》瓜二つの男の話を聞いてやって下さることが、先生なら、出来ると僕は信じます」

「ううむ」

と、博士は、うなった。

「そうですよ。新一君に似た私の話を、聞いて下さいよ。ええ、嘘と思おうと、本当と思おうと、あんた方の勝手ですがね。まア、お伽話――俺は一生かかって、遠い国のお伽話をこしらえていた作者でしたよ」

新太は、べらべら、語りだした。読者は、今日ほど彼が雄弁になったことが、嘗てないと信じてくれると思う。

「世の中には、俺のような、こんな身の上の男だってあるんでさア。俺は、ある学者の家に生れた。両親はいい人で、何不自由なく育てられ、大学まで入れてもらった――おっと、そう驚くことはねえ、何もあなた方のことを話しているわけではないからね。秀才とか、天才という、形式的な賞め言葉で、俺はどんなに自分を買い被ったか知れやしない。その俺が、何百人という候補者の中から選ばれて、ある銀行の入社試験に及第し、入社早々アメリカの支店詰めという破格の待遇を受けたとき、俺はどんなに喜んだか知れやしねえ。まったく有頂天だった」

と、新太は虚ろな眼を、感興もなさそうに、藤棚にむ

けた。

「はっはっ、新一君が俺だというのですかい？　とんでもない、俺はアメリカへ行って、始めて新一君に会ったのだからね。そのアメリカ行きは、俺の一生を誤まらせてしまった。それは、俺が自分の実力で、入社試験にパスしたのではないことを知った時に始まったのだ。銀行の頭取の一人は、俺の親爺と学友であった。その外にも、いろいろな関係があったのだろう。莫大な運動費を使った、お蔭でお情けの入社さ。親爺を俺は恨んだ。親爺は俺の立身出世を望んでいたのさ。立身出世――犬に食われてしまえ、だ。その銀行は俺には荷が勝ちすぎた。俺がもっと二流か三流所の会社へ入社さえすれば、今頃は平凡な会社員になって、子供もこしらえて、幸福なサラリーマンになりきっていたろうからね。こんな間違った社会観や教育法が、どれ位、青年を誤っているか、しれませんよ。あはははは」

博士の額には、ありありと苦悩の皺があらわれた。母は息をはずませて、新太の告白を一語も聞き落すまいと、耳をたてている。

「俺の親爺やお袋は、今どこにいるか、俺は知らねえ。俺は一時は親爺を恨んだ。しかし、いずれも俺の足りないせいだと、俺は一生懸命に勉強しだした。それが報いられたとは思わないが、僕の洋行だ。それが、いけなかったんだ。――俺は、見も知らぬ外国で、一人ぼっちになった。淋しかった。酒を覚えた。女の味を知った。金を費《つか》いだした。その結果が、銀行に顔むけにならねえ始末さ。はっはっは。俺が後悔したときは遅かった。俺はアメリカ・ルンペンだった。俺は幾度死のうとしたか、知れやしねえ、ほら、頸に刀傷さえあるだろう。自殺をし損《そこな》った跡さ。え？　新一君？　あれは俺が遊んでいる時、知りあったのさ。新一君はまじめな青年でしたよ、少くとも、銀行員として昼間勤めている間はね。その真面目な新一君は、とうとう自殺してしまった。神経衰弱で銀行を休んでいたときでしたよ。新一君は、親や妹、友人や先輩に済まねえ、と涙を流しながらね。俺も泣いた。その後は、俺が一人だけ残ったのさ」

新太は、何故か、息をつまらせて、

「ほんとに、お気の毒でしたなア。俺は一日も早く、あんた方にそれを知らせたかった。が、俺は手紙も出せねえ、やくざな男だった。俺は、日本へ帰ってから、ゆっくり報告しよう、友人の一人として悔みも云いたいと思ってたのさ。ところが、どっこい、無宿者の俺に金がありっこがねえ。俺は稼いだ、少し稼いでは、何か商売をやろうと、血眼《ちまなこ》になった。それが、みんなしくじりやがった。はっはっ、いい態《ざま》さ。その度に、どんづまりさ。それが、ひょんなことで、ある支那人と懇意になってね、そいつから、旅費を出してもらって日本へ帰ることが出来たのさ」

博士夫人は、ようやく安心らしい笑《えみ》をもらした。が、新太は冷たく、

「喜ぶのは、まだ早い。この旅費が祟ったのさ。俺は、日本へ帰りたさ、親の顔を見たい一念で、支那人の仕事を手伝うことを約束したのだ。どんな仕事が待ちかまえているとは知らずに、よ。——俺は支那人達の商売の内幕を知って驚いた。あいつらは、密貿易をやっているんだ。それどころか、売国奴的な金儲けさえやっている。始めは俺も、そんなこととは露知らなかった。何しろ、頭株には、代議士の多羅尾だの、覚張なんぞが、いるのだからね。多羅尾は、気の利いた日本主義を唱えて、多少は世間も問題にしていた奴だ。僕は多羅尾に教を受けて、せめて精神的な洗礼を受けてね、それで立派になりたいと思ったのさ。ところが、それが大違い。多羅尾の奴、とんだ食わせ者だ。理屈や主義は、あいつのカムフラージュさ、あれは非国民だ。それを知った俺の驚き。俺は早速にも、逃げだそうとした。しかし、相手は二重三重の監視の眼を光らせている。逃げだせば殺されるに定っている。そこへ持ってきて、のっぴきならねえ事件が起りやがった。例の水崎銀子殺害事件さ。水崎という支那帰りの女だがね。向うの秘密結社から特派されてきた。水崎は覚張の妾で、捨てられた恨みもありこっちの結社を打《ぶ》ち壊そうというのだ」

「水崎銀子、ああ、あの——」

譲二は、息をのんだ。彼が思いがけぬ殺人の嫌疑を受けたのも、彼女のためであった。

「そいつを、こっちで知ってしまった。殺してしまえ、というわけでね。李という大将が出かけてゆくことになり、付添いが、この俺と、同じ長屋の健吉というやくざだった。李は風呂へ入っている銀子を仕込杖で、やっつけてしまった。アパートの連中が、わいわい騒ぎだしたとき、あいつは悠々と玄関から銀子の部屋へ忍びこみ、丁度支那から来たという宝石類の小箱を盗みだしてしまった。何しろ、浴場《ふろば》の騒ぎで、管理人も受付も、飛んで行って、玄関はがら空きだったのだからね。計画は成功した。ところが、俺は大失敗をやってしまった。健吉は

表で見張りをしていたが、裏口で連絡とっていた俺が、アパートの女中に見つけられてしまったのさ。俺は、小さい時から吃りの癖があった。偉い人の前や、驚いたときは、心の中であせるばかりで、思うように発音が出来ない。アメリカで失敗したのも、結局、どもりが一つの原因だったのだ。着飾って、すましこんでいる夜会などで、日本人の俺が、吃りながら英語を話すなんて、みじめな格好だったぜ。いい笑い草さ。――見張りをしていると、アパートの女中が帰ってきた。胡散《うさん》くさい俺の姿を見て、何をしているというのだ。咄嗟に俺は『友達を待っているのだ』と云うつもりが吃ってしまった。友達とは誰かと聞かれて『誰でもないさ』と答えたつもりなのが、これも吃ってしまったのだ。俺が小さい時、母の云いつけで卵を買いに行ったとき、店頭《みせさき》に山と積まれている卵を指さしながら『卵だ、タマゴだ、タ、マ、ゴと云えばいいのだ』と心に考えながら、口からは『タ、タ、タ、タ……』としか、どうしても言えなかったことがあった。『これを下さい』と、指で卵を指して、逃げるように帰ってきたことがある。俺は、タ行の発音、タチツテトがどうしても、うまく云えないんでさア。もっとも、落ついている時や、今みたいに、縁もゆかりもない人と話すときや、目下や同輩と会っている時は、殆んど吃らないのだがね――」

新太は、不思議な事件を告白した。そして、コップに水を請求して、三千子がふるえながら差しだしたのを、ひったくるように受けとると、ポケットから白い散薬をとり出してぐっと呑んで、

「ああ、うまい。僕は支那人仲間で阿片を覚えたのでね、時々気付け薬をのまないと、頭が冴えないのさ。ええと、どこまで話したのだっけね。――そうそう、銀子事件までだった。あれがあってから俺は一層厳重な見張りをつけられてしまった。逃げだせば、必ずどこかで、殺られるに違いがない。俺も健吉も、恐ろしくなった。二人は互いに、はげましながら、呑んだくれて歩いていた。ところが健吉てのが、ある晩、オートバイで死んでしまった。いい具合にね。俺はこっそり、高飛びしようとねらっていた。云い落していたが、銀子が死ぬとき、リー、ハクと、奇妙な文字を書き残していたそうですな。あれは、犯人の名前をあげたつもりだったのだね。李は伯《はく》とも云うのだったから。日本語での話ですよ。勿論、伯はパイとあいつら仲間では読んでいるのだから。――所が、俺が長屋の奴がひっ越すので、目黒までくっ

ついて行った。その帰り途でさア、妙な女に会った。覚張苦絵ですよ、一人でね、可怪しいと思って木蔭にかくれて見ているると、苦絵をまた一人の男がつけている、李なんですよ、その男というのが。俺は、そいつのあとをつけた。李は苦絵の部屋の裏口から忍びこんで、苦絵を殺してしまった。あいつなら、人を殺す位、屁とも思わない男だ。俺は、裏口の鉄梯子に登ってちゃんと見ていたんでさア。嘘なんか云うものですか。殺してしまうと、奴さん、外へ出て、物置の油に火をつけて、ずらかってしまった。俺は、よっぽど、お巡りさんに云ってやろうと思ったが、銀子事件の前科もあるし、いずれ目にもの見せてやろうと考えたのですよ。あの夜、あアっ、何だか、胸が痛くなってきやがったな、痛っ。あの夜は、円タクを飛ばして、深川へ帰りましたよ。丁度市電で帰るだけの時間は、道草を食ったので、後で、うるさいと思ったから。――え！　李が何故苦絵を殺したのかって？　それはね、李の奴、年甲斐もなく苦絵にほれこんでしまったのですよ、云い寄ったが、はねられてしまった。それで、あの夜のこと、最後の手段に訴えて強迫したんですよ、云うことをきかなければ、お前の父、信也が密貿易者だと警察へ訴えると、おどかしたらしい。すると、ちゃっかりしたのは苦絵という女で、あべこべに、銀子殺しは、お前さんだろうと、しっぺ返しですよ。それで、あとをつけて、殺したという理由《わけ》でさア。え？　家出したことを、李が何故覚張に教えなかったか？　というのですか。なあに、李の奴、家出を知っていたって、覚張に云うものですか、女を自分の自由にしたいばっかりに。あっ、痛。警察の調べに俺が呼びだしを食ったときは驚いた。まさか、あれほど早いとは思ってなかったのだからね。俺は、吃りを分らせないように、落ちつき払ってゆっくりと、しゃべった。それで無事釈放ですよ……」

と、新太はもう一度水を請求して、うまそうに飲み乾すと、

「水はうまい。俺はいよいよ、あいつらと一緒にいては危いと思ったですよ。高飛びするには、軍用金が足りない。李に無心すれば、どやされるに定っている。それで、覚張の家へ行ってみた。ほら、あの雨の降る晩でさア。行ってみると、先客がある。それが、李なのですよ。娘を殺しておいて、しゃアしゃアと話しこんでるのですよ、あいつは。窓下で、聞いているとは知らず、覚張は左近さんのお母さんを殺したことを、誇らしげに自白しているんでさア。雄一郎さんが、訪ねてきたが、にべも

なく断わってしまったことさえ、いかにも悪党らしく笑いながら話しているのですよ。俺は、むかっと腹をたててしまった。どうせ、逃げてゆくなら、こいつから、金を奪ってやれと考えたね。長屋にいた女が、妾をしているので、早く手を切れと電話をかけたのは、俺でさア。弱い女が一人でも救われたら有難いからね。それで、李が帰って行った跡、屋敷に秘んで夜中に家へ入りこんで、金目のものを探していると、信也が降りて来たのですよ。あっ、苦しい。お腹が……痛い……むう。ピストルを持って、俺を殺そうとしやがる。俺も殺されてなるものかと、あいつが、応接間へじりじり入ってくるのを、いかにも降参したように、手をあげて、じっと、ふるえながら立っていてやったのでさア。すると、奴、いい気持ちで、俺がもう参ってしまったものと考え違いしたらしいね、ぐっと俺の手を握ろうとしたのですよ。そこを、逆にさっとピストルを奪おうとすると、いけねえ、パンパンとピストルが鳴りやがった。あいつが引き金に指をかけていたのを、何のことはない、俺が射ってやったようなものでさア。……苦しくなってきやがった。水、水をもう一杯。……え？　ピストルの音が何故人に聞えなかったかというんですかい。ええと、そうそう、表で自動車がパンパン音をたてていましたよ。そいつのせいでしょうよ。それから俺は大変なことをした、殺すつもりでなくて人殺しをした。弱ったと、青くなってね、窓から逃げましたよ。行きがけの駄賃に、お金をもらってね。裏口の潜り戸をこじあけて、表へ出た。無事でしたよ、この通り。……え？　何故遠くへ逃亡しなかったか、というのですかい？　勿論、支那へ逃げるつもりだったのですよ。それを李の奴に見つかってね、地下室へ投げこまれていた。そこを、この長曾我部さんに助けられたというわけですよ。後は長曾我部さんに聞いて下さい」

と、新太は長い話を終えて、立ち上った。その足は、よろよろと、中心がない。

「下らんことを、しゃべって、ごめんなさいよ。——と、まア、学校まで出た男が、何故親のいる家に顔出し出来ないか、新一さんの親御さん達も、御諒解ついたでしょうね。じゃ、さようなら」

新太は歩きかけたが、急に胸をしめつけるように押えると、

「く、くるしい……さっきの水で、く、薬を呑んだのは、ど、毒、だった、のです。かまわんで下さい、よ。死んだら、住所、ふ、不明の、ルンペンが、ゆ、行き、

た、お、れ、たと、とどけで、下さい。あははは」

力なく、喘ぐように云った。五六歩も行かぬうちに、しかし、新太は、どっと萩の茂みに、たおれてしまった。

「新一、新一」

と、母。

「に、兄さん！」

と、三千子、二人が駈けだすあとに、譲二も続いた。

しかし新島博士は、

「ううむ」

と、唇を嚙んで、胸の苦悶を押えつけているらしかった。

長曾我部は静かに立つと、新太——いや、新島新一を介抱している三人にむかって、合掌して頭を下げた。彼の眼は、涙で光っていた。

四

密貿易の主魁李哲元は、係官の峻厳な追求に会い、ぽつり、ぽつりと自白しつつあった。

水崎銀子を殺したのは、私ですよ。あの時の模様ですか？　銀子が北平《ペーピン》から内地へ来たのは、勿論物見遊山どころか、大それた野心があったんです。銀子の奴、面はきれいだし、言葉つきは優しいし、誰が見たって、虫も殺さぬ貴婦人《レディ》に見えましょう。ところが、外面菩薩、内心夜叉、とんでもない食わせ者でさア。いや、あいつらにとっちゃ、一流の姐御《あねご》、女スパイだったのですよ。X二十何号て、ところでしょうよ。え？　銀子の身許ですか？　あれは北海道あたりに生れて、東京で淫売をやっていたのを、覚張のいかもの食いにひっかかって可愛がられて、結局捨てられたってことです。何でも、そのすったもんだの因《もと》ていのが、左近という貿易商の女房と、覚張と妙な仲になったことだったそうですよ。覚張に捨てられると、同じ商売仲間の王法修《ワンファンシュウ》といいましてね、山東省曲阜《チュイフー》生れの男にくっついて、北平へ渡ったのです。曲阜って、御存知でしょうね、孔子様のお墓がある所です。至聖廟《しせいびょう》ですよ。この王が、大刀会《だいとうかい》の——ほら清朝の末頃に山東に起った秘密結社ですよ、ここの党員だったんです。北平へ行ってから、銀子はめきめき男っぷり、いや、女っぷりですか、名前を売ったんです。大刀会のごたごたで、白槍会《はくそうかい》てなものを別にこしらえて、満州事変以後は、猛烈に活動してたんです。ところが、例の北支五省独立運動が、おっぱじまると、時こそとばかり、南京の方へ手をのばして、要人と秘密な契約を結び、ぶち壊しを始めたのですよ。日本のためには、生かしておけぬ連中でさア。

えっ？　私も同類だろうって？　とんでもない。私はやましいことのない、ただの貿易商ですからね。えっ？調べがついている？　証拠があるってのですかい、旦那。あっ、いけねえ、青帮《チンパン》の人間ってことまで、分っているのですかねえ。没法子《メイファツー》。仕方がない、申しますよ。へえ。

仰言るように、私は青帮の者ですよ。白槍会の野郎共に、北平や天津《テンシン》で好きなことをされていちゃこちとら、たまりませんや。あの辺は今が稼ぎ時なのですからな、屈強な連中が、南支から続々と乗りこんで行った。当然、連中と火花が散るってことになります。こっちは、白槍会とは別派を押したてて、自治運動を妨害しようって、寸法なんです。え？　同じ中国人同志で、みっともないって？　えへへへ、すみません。だけど、旦那方の方でも案外なのがいますぜ——云ってみましょうか、さしさわりが出来ますかね？　へへへ、ほら多羅尾だの、覚張だの、まだいますよ。儂らは、連中から商品として武器や弾薬を仕入れてたんだから、思えば罪は軽い方でしょうねえ。

北津《ペイシン》を真中に、両派がいがみあってると、こちとらの者が、やられたんです、殺されたんです。今年の五月九日ですよ、国恥《こくち》記念日の日ですよ。済南《さいなん》事件や、日支二十一ケ条約調印日などをひっくるめて、支那には国の恥しめを受けたといって、立派な旗日があるんでさア。この日に、青帮が大部《だいぶ》殺されたのです。勿論、相手とも渡りあったが、これがきっかけで、相手は地許だけに巧妙にデマをとばすので、こっちは手も足も出なくなってしまった。それでも、あきたらないと見えて、水崎銀子が派遣されてきた訳ですよ。勿論、あいつ一人ではないでしょうよ。しかし親玉のあ女を殺《いっ》せ《ぱら》ば用が足りるんです。何故銀子が来たか、ってんですかい。それは、東京の青帮を探りにきたんです。上海から北平へ指令を送るに、直接出すときと、一旦外へ廻して、そこから北平へ知らせるのがあるわけです。重要なことは、大抵後の方法をとりますがね。その中間の取次の一人が、東京の私だったのですよ。なんです？　その発信人と受取人ですか？　知るものですか、分らんですよ、絶対に。指令を出す奴は誰か、こっちが全然知らない者から通信が来る。

それをまた暗号で北平へ送るのですよ。北平への送り先も、その都度、暗号で指定してきますよ。始終、変る訳です。なに？　その宛先を探ろうと仰言るのですね？　あははは、お止しなさい、無駄骨ですよ、青帮がそんなボヤボヤしてますかってんだ。旦那、みんな神様みたいにすばしこいですよ。うっかり秘密をばらせば、どこからか、ピストルがとんでくるんですよ。帮規《ほうき》が、ちゃんときまっているのですからね。私だって東京にいても、一体何人位、こっちへ来ているのか、見当がつきません。蜘蛛の巣ですよ。――早い話が旦那、この立派な警視庁の調べ室の外の廊下を、ウヨウヨ歩いているかも知れませんぜ、あはははは。

銀子から盗んだのは、例の小箱だけです。いよいよ銀子が日本へ来たと知ると、上陸した神戸から、ずうっと尾行させておいたのです。そこへ、小包が来た。ハテナと考えましたね。何があるか知らないが、ともかく示威運動をしてやれ、という考えだったのです。その箱を盗んで、おどかそうと思ったんです。それで、用心棒に、仲間がアメリカから拾ってきた新太というのと、その相棒の健吉てのを連れて行ったが、お茶の水会館へは、ちょっと入れない。夜になってからと、見張らせていると、銀子の奴、お風呂に行くらしい、階段を下りてきたんです。私は裏口へまわった。様子をうかがっているとも知らず、銀子は、鼻唄か何かで、いい気持なのです。しばらく植込みにかくれていると、水道を流す音が聞えてきた。よし、と、植込みから、そっと出て、ガラス窓からのぞくと、銀子はこちらへ背をむけて、水道の栓に口をつけて水を呑もうとしているところでした。湯気がぼうっとかすむ中に、白いはりきった肉体が見える。何ともいえない気持でしたよ。私が、木の流し戸へ手をかけると鍵がかかってないとみえて、ことりと一二分あいたので、しめた、と、そろりそろり、こじあけた。水道の音がするし、まさか空地から私が侵入しているとは知りませんから、銀子は気がつきません。ところが、何かにぶつかったとみえて、戸が、がたんと鳴った。銀子は、ちらと振向きましたが、湯気の中に私を発見すると、

「うわ！」

と、叫ぼうとしたらしいが、声がかすれて出ないのです。人間てものは、咄嗟を襲われると、誰でもそうらしいようですな。私もまた、ここで騒がれては一大事ですから、黙ってにらんだまま、戸をそろりそろり左手であけながら、

「騒ぐな！」

と、小さく一喝して浴場へ足を踏み入れようとしたのです。銀子の顔に、名状しがたい困った表情が浮びました。それも、そのはずです。タオルは、浴槽の縁にかけてあるので、銀子は立ったまま、一物も身につけず、恐怖にひらいた眼を、むけているのです。女が、　　を裸体のままで見られては、大抵仰天《ぎょうてん》するものらしいですな。すると、銀子は何か小さな叫びをあげて、今まで本能的に　　　　　　右手を伸ばして、タオルをとろうとしたのです。その瞬間、私は思わず、

「あっ」

と、叫びました。あんなに黒々と髪の毛が濃い女なのに、　　　　　　　　へへへへ。なのです。えへへへ。私もびっくりしましたが、銀子もあばずれに似合わず、参ったと見えて、タオルをとろうとしたらしいのです。もし、タオルでもとろうなら、その時は必ず意識がはっきりしてきますから、直ぐに騒ぎ出すに違いありません。私は、間発を入れず、ぐさっと乳のあたりをつきさしました。二度つきました。銀子は、うむ、とうつむいて倒れかかるのを、私は三度目の一刺を、　をねらって、えへへへ、　　　あたりを、やったのです。――え、兇器ですか？　長い槍刺子《チャンツーツー》、銃剣を入れた仕込み杖です。ステッキですから、長さは充分ですよ。

その時、空地の曲り角を見張っていた新太の奴が「来た！」というのです。私は水道をひねって水を強く出し、浴槽に流れこむようにして、戸をたてると、外へ出ました。新太が女中と話しているうちに、植込へかくれ、女中を通りすごしてから、表へまわり、騒ぎのどさくさにまぎれて、銀子の部屋へ忍びこんだのです。

盗んだのは、小箱だけでした。中には、指輪や、カフスボタンが入っていましたが、新太の話で、てっきり感付かれたと思って、とりあえず覚張の所へ運転手に預けさせたのです。カフスボタンが二組ありましたが、これは覚張の娘が持ち出しましたね、弱ったと思って調べると、一組は左近雄一郎が持っていたので、子分をやって、とりかえしました。もう一組は行方不明です。え？　分ったのですか、その行方が？　え、そのボタンから暗号が出たと仰言るのですか、へえ？　おや、定価表じゃありませんか、これが暗号ですかね？　え、伯宋悟を暗殺せよ、って、この私を？　ひどいことをしやがる。殺されるはずの私が、わざわざ出かけて行ったので、それで分った、銀子の奴、道理でびっくりしてたと思いました

よ。

　左近が持ってたのからは、そんな気の利いたのはありませんでしたよ。出たのには出たが、旦那、何だと思います？　お経なんですよ——衆生無辺誓願度《しゅじょうむへんせいがんど》　煩悩無尽《ぼんのうむじん》誓願断《せいがんだん》　法門無量誓願学《ほうもんむりょうせいがんがく》　仏道無上誓願成《ぶつどうむじょうせいがんじょう》、って、四弘《しぐ》誓願文《せいがもん》でさア。縁起でもない、くさらせやがるなと思ったら、案の定、旦那方の厄介になっちまいましたよ。もっとも、この誓願文だって、暗号かも知れませんね。旦那方、やって御覧なさいまし。きっと、白檜会の面白《おもしれ》え内容が知れましょうよ、あははは。

　覚張苫絵って娘は、立派な不良ですな。覚張の家へ行っても、滅多に会わないのが、ひょっこり、妾のお雪にやらせているバアへ、やってきたのですよ、女給にしてくれないかって。先方は、私とは知らずに来たのですよ。びっくりしてましたよ。お雪が丁度いないので、私が会ってみると、あの娘が好きになりましてね、親父がいやだといって家をとびだして、三日目位でしたろう。え？　何故、覚張に知らさなかったか、って？　そりゃ、勿体ないですよ、そのままで帰すのは、上玉《じょうだま》ですからね。親切ごかしで、物にしようとしたが、いうことを聞きません。あべこべに、おどかして、金をしぼられましたよ。えっ、苫絵を殺したのが、私ですって？　とんでもない、好きな女を、誰が殺したがるものですかい。なに、新太の口から、もれたって。没法子《メイファアツー》、没法子。はア、はア、ええ、その通り、殺してから、火をかけました。新太が行きすぎて見てたとは知りませんでしたよ。やっぱり、恋は盲目というのですかね。あははは。助平根性を起したばかりに、銀子や苫絵まで手にかけて、いや、この年になって初めて分りましたよ、つつしむべきは色にある、昔の人は、いいことを云いましたね、はっはっは。

五

高原の朝霧は深かった。

信越線牟礼《むれ》駅に、左近譲二と長曾我部が降りたとき、朝は未だ白みそめていたばかりで、風のように霧が流れていた。

「ここの宿屋ですよ」

と、長曾我部が指さした家を、譲二は睡眠不足の瞳で見上げた。薄暗い電灯の下に、「御旅館。アルプスホテル連鎖館、牟礼屋」と、ぼんやり看板が出ている。

長曾我部は、ドンドン重い大戸をたたきだした。やがて、寝ぼけた番頭が出てきた。二人は雄一郎が最後の夜をとった家に、夜が明けるまで休むことにした。

「あの人ですか？　何だか、狐つきみたいな、妙な男でしたよ」

何気ない問に、番頭は雄一郎のことを、こう批評した。

宿屋の近くで、食料品店を一々あたってみた二人は、案の通り、雄一郎は、殆んど食糧を仕入れていなかった。朝霧にぬれた山路を踏んで、リュックサックの二人は、雄一郎を求めて、山をたどって行った。土地の古老から、大体の道順を聞いていたからである。正確な路はないとはいえ、山嶺を目指して、自らなる小径は続いているものだ。勿論古老達は、たかつき部落など知るはずはなかったのであるが――。

夕方近くになって、二人は漸く、急勾配の小路が切れて、雪渓の一部に行きつくことが出来た。

「いよいよ、来ましたね、長曾我部さん」

譲二は胸を躍らせた。雪渓は、しばらくつづいた。

「いやな煙だな、なんだろう」

「おう、たまらない」

二人は、思わず鼻をハンケチで覆うた。そこは熔岩が所々頭をもたげて、黄白い、ラード色の煙が、どこからともなく、吹きでているのだ――硫黄だ！

「走ろう、走って、つきぬけよう」

熔岩の上を、二人は息せききって駈けだした。それまでの急坂でかなり疲れていた二人は、この逃亡で更に疲労の度を増した。息を吸うと、眼がくらくらする。頭が、遠く霞むような幻覚におそわれてくる。

落葉松の原林で、煙の襲撃から安全な地帯まで逃れて、ホッと一息ついた時には、二人とも、ヘトヘトに疲れきっていた。

太っている長曾我部は、落葉松に身をもたせかけて、フウフウうなっていたが、譲二はさすがに緊張して、そのあたりを歩きまわっていた。と、

「長曾我部さん、見つかったぞオ――」

譲二が叫んだ。長曾我部は、むくっと身体をもたげると、落葉松の根に足を奪われて、転びながら、声の方向へ走って行った。

「あっ、石柱だ――」

長曾我部の前には、太い石の柱が、夕闇のなかに冷たくそびえたっていた。雄一郎が予言した通り、彼は、ここから、たかつき部落の奇怪な使者に呼びむかえられた

とみえる。雄一郎の姿は、勿論見あたらなかった。ただ、石柱の廻りには、草や土を踏みにじった靴跡が、荒々しく残っているだけである。

「しまった、遅かった」

長曾我部は、歯ぎしりをした。譲二は、瞑目したきり、そこに立ちつくしてしまった。

二人は附近の草原へ、悲しい野宿《テント》を張ることにした。

今はなき雄一郎の失踪を記念するその土地に――。

高原の夜は、あかるく明けた。そこには、何事も秘密をもたぬ、華やかな一日の誕生があった。

「譲二君、妙なものが落ちていたよ」

附近をぶらぶらしていた長曾我部が、白い瀬戸ひきのコップを探してきた。譲二は、それを手にとっていたが、

「これは、兄が使っていた含嗽《がんそう》用のコップらしいなア――」

と、つぶやいた。

「左近君のか、おかしいなア。あそこに落ちていたのですよ」

長曾我部の指さした方角は、山に向う坂を示していた。

「左近君は、あの山を登ったのかも知れないね、それで途中で落したのだ」

「殊によると、兄はまだ生きているのかも知れません。――会えるかも知れません」

「そうだ、ともかく、行こう」

急激な山岳を、二人はまた登って行った。二人とも、重くるしい沈黙を守りながら。路は、尾根以外にはなかった。やがて二人はかすかな靴あとらしいものを発見した。そして、それが、雄一郎のものと確めるためには、更に重要なものが発見されたのである。

タオル、帽子。レンコート。上衣。リュックサック。……それらが、点々と道標のように、落ちていたのである。

――兄が、何のために？

譲二の疑問は深くなった。長曾我部とても同じことである。

尾根はやがて、絶壁の雪渓につづいた。雄一郎が辷り落ちたという、あの記憶の雪渓ではなかろうか。

「あそこに、黒いものが！」

遥かの雪渓に、横わっている黒い姿、二人は凍りついた雪を、転びながら走って行った。

「兄さんだ。しっかりして下さい、兄さん」

譲二は、とびつくと、直ぐにゆり動かした。左近雄一

郎の凍死した姿である。ジャケツ一枚で、小さな日記帳を握ったまま、雄一郎は永遠の微笑さえ、たたえている。
「悲劇は終った」
長曾我部は、暗く声をのんで泣いた。
凍りついた日記帳を、注意しながら一枚ずつめくると、それは雄一郎の悲しい記録なのであった。
六月二十九日
譲二ニ手紙ヲ投函ス。思イノコスコトナシ。牟礼屋ニ泊ル。
六月三十日
終日山ヲ登ル。前回ホド苦シカラズ。例ノ石柱ノ下ニ臥ス。十五夜ノ月大キク出ズ。約束ニヨリ睡眠剤ヲ呑ム。彼等ノ迎イヲ待ツノミ。アア、彼女ヨ。
七月一日
眼覚ム。愕然タリ。余ハ、石柱ノ下ニ居タレバナリ。迎イ来ラズ。終日、附近ヲ逍遥ス。夜ニ入リテモ、何人ノ訪《おとな》イモナシ。
七月二日
待チキレズ、山ヲ登ル。彼女ト登リシアノ道ナリ。夕方、断崖ニ出《い》ヅ。月、出《い》ヅ。ヤヤ欠ケシ月ナリ。月ノ出遅シ。アア、余ハ錯誤ヲ犯シタ。今日ハ十八日ノ月ニシテ、牟礼屋ニ泊リシ夜コソ十五夜ナリシカ。アア、約束ニ違《たが》エルカ！
七月三日
ナオモ奇蹟ヲ信ズ。心苦シ。食糧ハ既ニナシ。服モ、袋モ捨テテナシ。絶望。
彼女ヨ。月ヨ。
アア、金色ノ光。太陽ダ。死ダ。

手帳は、そこで切れている。手帳には、なお、二葉の写真——母と、覚張信也との——が、挟まれてあった。

「兄は、不幸にも日取を一日間違えたのです。可哀想に——」

譲二の悲痛な顔と、足許の屍体とを見くらべていた長曾我部は、やがて思いきったように、

「ねえ、譲二君。君は左近君の遺書——あれは、とうとう遺書になってしまったが——、あそこに書かれているたかつき部落とかを信じ得ると考えるかね」

「僕は信じます」

「僕は、そうは思わない。あれは、童話の世界だと考える」

「それは兄の、死んだ兄への侮辱です」

「いや、これは僕の推理なのだ、いいですか、僕達は昨日硫黄の岩っ原を通ったね。あの晩、譲二君は夢を見なかった?」

「見ましたよ」

「どんな?」

「僕は兄が助かって、ニコニコしながら、山から降りてくる夢を、一晩中、うつろうつらと見ていた」

「僕はまた、左近君が死んだ夢を見ていたんです。僕は、左近君が死んだとばかり考えていたのだから。――夢は、自分で経験したことや、思考していることを、見るものだ。と、これはある学者が云っていましたね。左近君の遺書というのは、これなのです」

「と、いうと?」

「君が兄さんの生存を願っているばかりに、夢にも兄さんと会っている。それです。つまり、雄一郎君は失恋して山へ来た。すっぱりと思い切ろうとあきらめたが、心の中では、常に恋しい女の顔が、ちらちらする。それを、夢に見たのでしょう。夢は理想化して、ものを見るのに都合がよいのです。それから、もう一つ、左近君が苦心して研究した部落史だが、それも女とくっつけて、夢に見たのです。だから、あの遺書には、左近君が、これまでに研究した事項以外には、何も新しく研究、実地踏査した事項が附加されていないはずです。自分で知らない世界のことを、夢で見ることは出来ないのだから――」

「そんな馬鹿な。兄が夢を見つづけるなんて、五日も、一週間も」

譲二は、あくまで兄の手紙を信じたかったのである。

「勿論、左近君が夢を見たのは、一晩か、せいぜい二晩位だと思う。用意のいい左近君のことだから、村役場とか、村の老人達に、たかつき部落らしい世界を聞きただし、目あてをつけてから、この山に登ったに違いないのです。これは、宿屋の番頭に頼んで、近くの村役場などに問合せ、そういう事実があったか、否かを、調査してもらってありますから、宿へ帰れば、分っているはずです。僕は想像する、前調べに二三日費した雄一郎君が、漸く山へ登った。すると、身体があまり強くない同君のことだし、例の硫黄岩まで辿りついた時は、ヘトヘトに疲れていたと思う。ようやく、そこを抜けて、石柱の所へ来たとき、人事不省になってしまった。昏々と眠りながら、左近君は、夢を見つづけたのです。その証拠に、手や指に凍傷のあとがありましたね。――理想的な少女を恋した夢を。学問の理想部落を発見した夢を。勿論、仮死の状態だったのです。——遺書を持っていますね。そうだ、ここに書いてある。眼が覚めると、再び元の石柱の下に眠っていた、とね。これが何よりの証拠ですよ。左近君は科学的な経済学者だが、精神は非常なロマンチストだった。この遺書は、一篇の散文詩じゃないですか」

譲二は怖ろしい現実に、身をふるわせるばかりであった。

「遺書の続きのことですがね、死人を恥しめるようで悪いが、雄一郎君は、もう一つ、重大な錯誤をやっていましたよ」

と、長曾我部は遺書をめくっていたが、その一枚を指さして、

「あなたのお母さんを実験して、お父さんが殺され、お母さんが暴力を受けたホテルが、オレンヂ荘だと書いてありますね。左近君は実に複雑な感情で、オレンヂ荘に泊った。そして、罪の子、しん子を得た。ところが、震災の時のホテルは、オレンヂ荘ではなかった。左近君は、完全に考え違いをしていたのです」

「違うのですって?」

「そうです。僕は一昨日、新島先生に別れてから、汽車に乗るまでの時間を利用して、調べてきたのです。その結果、目黒のオレンヂ荘は、クラブ式にはなっていたが、ホテルではなかった。半壊して人は怪我をしたけれど、死んだ者はなかった。何よりも重大なことは、その家はある独逸人の別荘で、震災後、別の独逸人の手にうつって、オレンヂ荘と名を変えたけれども、その頃はホテルじゃなかった。エグナとかいう人の経営するホテルではなかったことです」

「ああ」

「僕は遺書を見て考えた、横文字を読めないお母さんが、どうしてホテルのスペルを完全に読んだかということです。なるほど、雄一郎君はお母さんの暗示するままを、左から綴って、ORANGE のと判読したでしょう。しかし、僕はそこに疑問を持った。お母さんは日本文字のように、右から読んだのではないか、と。どうです、譲二君、ORANGE を逆に、並べかえて御覧なさい」

「E—G—N—A—R—O。EGNARO?」

「そうです、エグナロです。エグナロが正しいのです。それで、エグナという外人の経営したホテル兼レストランの意味がわかるでしょう。エグナロー、つまり、日本

の遊女屋の楼をもじって、エグナ楼のつもりだったのである。僕はエグナローを探した。そして、赤坂の山王下《さんのうした》にあったことを発見したのです。あそこは、目黒のオレンヂ荘と、よく似た地形だし、雄一郎君が、てっきりここだ、と、感違いしたのも無理はありません。今の、三楽という料理屋のあるあたりですから。——しかし、譲二君驚いてはいけません。エグナローは、九月一日の大地震には、破壊されなかった。あれは、二三年後に、とりはらわれたのです」

「えっ」

と、譲二は、痰が喉にひっからむように、

「それは?」

「あなたのお父さんは、雄一郎君が考えたように、ホテルの下敷きにはならなかったのです。あの時お父さんは、殺されはしなかったのです」

長曾我部の顔は、厳粛そのままだった。

「ホテルは、ひどく揺れたかも知れない。そして、一旦昏倒したかも知れないお父さんは、生きていた。——お父さんは、知人が所持品を調べて、行き倒れていた屍骸となって家へ運ばれてきたはずですね。もしエグナローで殺されたとすれば、ホテルから、運んだに違いないのです。お父さんは、間もなく息を吹きかえして、ふらふらと歩いてゆくうちに、今度こそ、余震でやられた倒壊家屋の下敷きになったのです。なるほど、覚張は、君達の両親を殺そうとはしたかも知れない、しかし彼は、未遂に終った——」

「僕には信じられない。信じたくはない」

譲二は悲痛に、顔をゆがめた。

「そうです、僕も信じたくはない。しかし、事実は事実です」

「その推理が間違っているとしたら?」

「万止むを得ません。正す方法がないのです。お母さんの告白は、どの程度まで真実なのか? 譲二君は、精神の思考と判断能力を遠く十何年も昔に忘れてきた人が、果して、正確な記憶をよみがえらせることが出来ると思いますか?」

「わからない、想像も出来ない」

「僕は精神学者でないから、深くは知りませんよ。しかし、デルブリックという人が唱えた空想性虚談症、それに、妊娠によって覚えた極度の恐怖と懊悩、月経時の疼痛に、発作的に起るヒステリーから移行してきた精神虚弱症や、その他雑多の諸要素が結びついて、既に精神病者に近かったお母さんが地震で急激な発作を起したのかも知れません」

「と、いうのは？」

「閉経後も、嘗て月経前後であった時日には、習慣的に疼痛の記憶をよび起す。お母さんは、下腹部から背、頭と、疼痛があったはずですね。その疼痛です。この時、漠とした精神に、潜んでいた空想性虚談症が、出たらめな発言をするかも知れない。お母さんの場合は、夫に発見される、覚張に脅迫されるという不安が、現実のように迫ってきて、虚談となって表現されたのです。地震の時、両親は脅迫されはしなかった！　もし、この想像が正しいなら」

「しかし、母の言葉は整然と秩序だっていた！」

「いや、ロマンチストの雄一郎君が、その断片的な夢言を、一つの筋に整理したとしたら？　あの人なら、決してあり得ないことではない」

「ああ」

「何もかも死んでいます。――御両親、雄一郎君、覚張。推理を正す道は絶たれたのです」

「兄は夢を見て、夢を信じた。そして自ら、夢を創ろうとした」

譲二は、つぶやいた。

「怖ろしい白日夢だ。――」

「そうです、あるいは永久に疑問符の解けない――」

「兄には夢を、幸福な夢を、見続けさせたかった。しかし、二度目にここへ登ったとき、何故以前の症状に戻らなかったのでしょう？」

「それはね、左近君が自覚していたからです。人間は、自分が欲する夢を、自由に見られるものじゃ、ないでしょう。この前の続きを夢見たら、左近君もどんなに幸福だったろうに。あの硫黄も二度目には要心して、うまく避けたに違いない。最初の時は知らなかったので、ふらふらにやられたが、それだからこそ、夢も見られたのでしょう」

「長曾我部さんは、どうして新一さんを連れてきたのです？」

「あれはね、後でゆっくり話しますが、僕が碧水からとったカフスボタンの暗号で、銀座のバア・キャピタルを探れというのがあったのですよ。そこへ忍びこんだら、阿片窟を発見して、逃げようとすると地下室に投げこまれた。新一君が、その地下室にやはりいたのです。聞くと、李などは日本を逃亡する計画らしい。二人で力を合せて縄を噛み切り、見廻りにきた支那人をのしちゃって逃げだし、警察へ訴えたら、警視庁でも薄々感づいていたらしく、直ぐ僕の言葉を信用して、一網打尽ですよ。新一君は、新島先生に会わす顔がないというのを無理にすすめて、ひっぱってきたのが、まさか自殺しようとは思わなかった。僕は自首をすすめたのでしたがね、――いずれにしても、カフスボタンは、近来の傑作でしたよ。はっはっは」

久しぶりに、新聞人長曾我部盛一にかえった笑いである。

譲二は兄の屍体にぬかずいた。固くなった手を胸に組みあわせてやると、パリパリと、凍えたシャツが音をたてて、白い雪華《ゆきばな》が小さく散った。

譲二は冥目した。

――悲劇は終焉した！

長曾我部は、立ったまま帽子を脱いだ。白蠟のような雄一郎の額に、崇高な美しさが輝いていた。額から、閉じられた眼へ、乱れた長髪が、ばらばらに白く凍りついて、それは聖なる死面《デスマスク》であった。

長曾我部は、浩然と胸をはって、

「紺碧の空――、仰ぐ日輪――」

と、母校の応援歌を口ずさんだ。

巨大な純白の寒冷紗《かんれいしゃ》を敷き広げた大雪渓に、三つの黒い姿は、ぽっちりと鋲のように小さく動かなかった。その上を、触れれば手が真蒼《まあお》く染められそうな、深く深く澄みきった青空であった。

九月が来た。新学期になった。

W大学野球部は、緑のポプラにかこまれた戸塚の球場で、秋へのスタートを切った。

譲二の投げた学生スポーツ浄化の問題は、意外に大きな波紋を描いて行った。大学でも、リーグの理事会でも、目睫《もくしょう》にせまったシーズンに、汗を流して会議をつづけていた。その気運を醸成したのは東都日日の記事が、勿論大きな原因であった。しかし、会議は中々進捗しなかった。それは野球の入場料によって、学校経営費の一部を捻出しようとしている者には、晴天の霹靂だったからである。

長曾我部は「暗礁に乗りあげた秋のリーグ、球場めぐり」という、連続のカコミ物のタネを拾いにずんぐり太った身体をびっしょり汗にぬらして、W大球場の門をくぐって行った。選手の数は、平常《ふだん》の半分もいなかった。

譲二は、その中には見あたらなかった。

長曾我部は、譲二達に同情と好意を寄せながらも、何となく失望と憤りに似たものを感じて、ベンチへ歩きだすと、

「長曾我部さアん――」

と、木造のスタンドの上から、下駄音をひびかせながら駈け下りてきたのは、応援団長の伴正五郎だった。伴は、暑い日中を、相変らず汚れた木綿の黒紋付を着ていた。

「喜んで下さい、左近君の仇をうちました」

と、伴はニコニコして、

「玉の井の一件が、濡れ衣と分ったのです。吉植利樹といってね。眼鏡をとると、あいつ左近君に似てるので、盛んに俺は左近譲二だと濫用したらしいです。覚張苫絵のホテルへ押しかけたり、新島先生のお嬢さんへ手紙を出したり、ひどい野郎です。女たらしだ、夏休みに、鎌倉で女をひっかけたのが、ばれて、一切旧悪露見です。そこで、我々が先刻鉄拳制裁を加えたですよ。左近君の、除名云々《うんぬん》は早速とり消しで、明日から、この球場へ立ちますよ。――ああ、愉快だ。拙者、大いに愉快だ、あっははは」

長曾我部は、この愛すべき単純な老童と握手しながら、

「やア、有難う。君なれば、こそだ。スポーツ浄化も、君達がいなければ、とても成功は難しい。是非、たのむ。君達あってこそ、わが大学運動部は、輝ける伝統と精神とを生かすことが出来るのだ。やってくれたまえ。東日、百万の読者は、悉く君達の味方だ」

伴の髯っ面の眼には、早くもうっすらと、感激の涙が光るのを、

――新聞記者の雲助が何を吐《ぬか》す……

と、話しているうちに、おかしさが胸の中へこみあげてくるのを、長曾我部は汗といっしょに、ハンケチで拭きとってしまった。

宝島通信

親愛なる日本のヂョッキークラブ諸君よ、久しい音信不通の後、本日漸く第一信を認める自由を得ることが出来た。諸君は健在なりや？　僕ら一行は、この宝島におけるサービスに辟易して、いささかグロッキーの状態ではあるが、ともかくまず健在である。御安心あれ。数日にわたる女性達の保護検束から、辛うじて釈放され、今あっけらかんとした酒場へ逃れ、味気ない珈琲《コーヒー》などをたしなみながら、遥かに故国のヂョッキークラブに祝意を奉ずる次第なのである。

ヂョッキークラブ？　ハテと、諸君は耳を傾けるに違いがない。宜《むべ》なり、僕らには立派すぎるほど完全な、名称があった。ヂャパニーズ・ラッキー・プロフェッショナル・ベースボール・クラブ！（日本幸運職業野球倶楽部）と、これだけ一息に読みあげるのは、中々困難なことなのである。僕らが各地に転戦連戦、戦えば勝ち、ホコを交えれば必ず相手をノシ、遂には戦わずして連戦連勝しながら、天晴れ日米両国に民間スポーツ使節として、カツやビフを食い散らしつつ、メリケン四十八州に我がクラブの名をとどろかしたとき、早口のサンフランシスコっ児や、コロラドのあんちゃん達も、さすがにこの日本の丸帯式の名称には弱ったらしい。――例えば、オハイオ州スプリングフィルド市におけるヂャパニーズ・ラッキー・プロフェッショナル・ベースボール・クラブと、オレゴン州ポートランド市のウエスト・ヴァヂニア・ベースボール・チームとの第一回戦はヂャパニーズ・ラッキー・プロフェッショナル・ベースボール・クラブの先攻に開始され、ヂャパニーズ・ラッキー・プロフェッショナル・ベースボール・クラブの第一打者は、このヂャパニーズ・ラッキー・……。ああ、これでは、たまらない。そこで頭のよいアメリカ人は、ヂャパニーズ・ラッキーをもじって、ヂョッキーと略してしまった。おお、初夏ともなれば、焦げ麦色も恋しいヂョッキーの味。そのヂョッキークラブになってしまったのである。

アメリカにおける戦績は、既に報告済みである。宝島スポーツ協会からの招待状にサインし、スケヂュール外ではあるが、大西洋に新設された極楽島へ遠征することも、先便に述べた通りである。問題はニューヨーク出帆後に始まった。

最初僕らに話を持ちかけてきた老人は、このスポーツ協会の理事でもあり、政府の大官でもあった。彼はマラルメと、マクラメとを混同する習慣があった。例えば、

「偉大なる文豪マクラメは、マラルメレースの飾りのついた卓布に腰を下して――」

などと、その度に僕は訂正したのだが、彼は直ぐに云いかえすのだった。

「なに、胡瓜が瓜を食う時代もあったでしょう。マクラ言葉の使い方を違えたところで――」

しかし、彼は宝島政府の役人として、甚だ法律的にうるさく、規則的な男であった。一銭一厘の金の計算から、一分一秒の相違までガミガミ船員を叱りつける老人であった。このマクラメ老人を、ぺしゃんこにする機会が、遂に来た。それは甲板で僕らがキャッチボールをしている晴天の朝であった。

「ボールを海上に投じ、水面に落下させざる方法ありや?」

と、僕はニヤニヤ笑いながら、マクラメ老人に質問した。

「そんなキリシタンバテレンな法って、あるもんですかい。馬鹿々々しい」

法律家らしく彼は海へ、ぺッと唾を吐いた。

「いや、いや、あります。ありますとも」

「とんでもない。あったら、船客全部に御馳走したげますよ」

「よろしい。では、一時間以内に実験します」

「では、成功したら明日、おごることにしよう」

マクラメ氏はキリシタンの十字をきった。僕は弓矢八幡に祈り、九字をきって、ボール右手に捧げて身構えた。と、その時、奇蹟は行われた。エイッと、僕の投じた一球は波静かな大西洋を飛んで、折しも浮びあがった五島鯨の吹き出す潮の噴水に、ポッカリとはまりこんだ。

「おう、おう、おう」

マクラメ氏は、あわてて叫んだが遅かった。ボールは鯨の潮にもてあそばれて、僕は後日の証拠に十六ミリを撮影したほどである。この結果、彼は船客残らずに――

九百九十九人に、明日を期して一大振舞をすることになった。乗客名簿は一千名であったが、彼は自らの席をどうしても設けようとしなかったのである。

さて、その日は一九三×年の六月二日であった。饗宴は三日の予定であった。二日の夜は晴れていたが、空気はひえびえと冷たく、空にはシャーベットに似た満月がかかり、流星しきりに飛び、何ごとか不吉な事件を予報しているかの如くであった。翌朝、陽は赤々と明けたが、果せるかな、前代未聞の珍事が突発した。

日附が何人かに盗まれてしまったのである。その日は正しく六月三日であるべきはずなのに、船のアンテナをゆるがす全世界のニュースは、すべて六月四日と放送されたし、船内の日暦は悉く四日にはぎとられてあった。一夜の中に、忽然として六月三日は行方不明になったのである。船客九百九十九人は、手をさしのばして叫んだ。

——「おうい、六月三日よ、御馳走よ、トンカツよ！」

すると船長は航海図をとり出して、

「ラヂオの時報でおなじみでしょう、只今の時刻は九時半、台湾満州では八時半という、あれですよ。太洋上の時差を、一日まどめてちぢめただけの話でさア」

そこで、僕らはマクラメ氏へ殺到すると、「日本の諺に、三日見ぬ間のサクラ哉って、あるです。これが、四月一日でなくて幸福だったでしょう」

船客大会が直ちに開かれたが、六月三日を取戻すには、今までの二倍の速力で逆航し、六月二日と四日との境界に、ピタリと静止する外はあるまい、ということになった。しかし、その速力では船のエンヂンが熱を持って危険である、とアジア洲の理学博士が説明すれば、アフリカの貿易商は、氷で冷せばよろしいと批評した。かく、ケンケンゴウゴウたる中に、船は一声高くうそぶいて、宝島の桟橋に到着した。

僕らはまず予想外の歓迎ぶりに一驚した。そして、この国の習慣たる一輪車に便乗を命ぜられ、冷汗をふきながら辛うじて球場へ到着したのであった。その時、島の女王は既にスタンドにあらわれ、塩せんべいにソーダ水をすすりながら、一戦いかにと首を長くしていた。試合に先立ち、僕ら選手一同は左の誓約書に署名した。

——正義人道の立場より、いやしくも卑怯なる振舞、盗人に類せる行為あるべからず、もし違反せるときは、直ちに検束され、女性の愛の厳しき刑罰を行うべし。何故なれば、宝島は男子極めて少き女人島なればなり。

やがて試合は開始され、回を進める毎に無敵軍たるヂヨッキーチームは旗色が悪くなってきた。六回を過ぎて、敵は既に三点、我は一点である。そして全く遺憾なことに、我が軍の中から、自ら好んで右の誓約書に反則しようという不心得者が現われはじめたのである。ネット裏に控えた、ターキーや草笛ヨシ子や天津ヲトメなんぞによく似た黒ん坊の女性に、誘惑されたのである。そして、その度に我がメンバーは、ホクホク笑いながら、喜んで検束されて行ったのである。

が、試合はいよいよ緊張し、我軍はいよいよ人員が減少したので、常にベンチウォーマーであるマネージャーの僕も遂に立ち上り、大活躍をすることになった。僕は安打で同点に漕ぎつけ、更に駿足を利して二塁三塁と瞬く間にスチールして、本塁へ殺到した時、

「チョイと、お待ち遊ばせ」

女の警官が飛んで来て、コテイのヂャスミン入りの赤いハンケチをヒラヒラ振った。

「僕らは勝った。何故、僕を捕えます?」

「あなたは、規則に反きました」

「えっ？ どこで、いつ、だれと?」

「あなたは投手であるのに、打者の打てないストライクを殊更投げその罪浅からず、更に一塁よりホームスチールを敢行したのは、盗人に類した行為と認めます」

「あれは、野球に心要なプレイですよ」

「いけません。相手のチームが悪いです。宝島の巡査と憲兵の聯合軍なのですから。その外に、あなたの、最もいけないことは、あなたの颯爽としたプレイは、女王様の人気をすっかり淩い、ノボせた女王様を意識不明に陥れ、彼女の愛を盗んだことです。本官は、女王様の所へ、あなたを連行します」

ああ、僕はキンゼンと手錠をはめてもらったのである。

五万円の接吻

1

社長というものは、もともと、ビール腹がふくれて、女が好きな人種であるらしい。社長商売にも、ピンからキリまであるが、小は小なりに、ソロバンはじくその道と、ご婦人とのあの道は、どのみち一脈通じて発展してゆくものらしい。

あるビール会社の社長さんは、日本人には不向きだというビールを売り出して、麦の糟でしこたま金を稼ぎ、そのまた糟っこけの胃腸病の薬でもうんと儲けたそうである。彼の立志伝記の裏には、女性征服記が忍ばされている。彼はかたじけなくも、悲願千人斬りというニックネームを頂戴している。

ある社長には、八人の恋人がある。もう一人いたら、野球の選手みたいなことになる。ある社長は、郊外にアパートを新築して、自ら管理人を志願した。その理由は、男子禁制の婦人ホームであったとか、それから、……いや、こういう桃色行状記は私の目的ではないのだ。

法律にも例外があるように、社長にも勿論例外はある。獣毛《じゅうもう》株式会社社長、蓼科《たでしな》剛造は、親譲りのやさ男である。身体はすらりと、顔は白くのっぺりと、声はやさしく、映画の二枚目にも望ましい、青年である。友人は、

「山科遊通――」

と、批評した。大石内蔵助が、山科から遊び通ったという洒落である。が、蓼科は、

「ふん、蓼食う虫も好き好きさ」

笑って応酬した。

学校を出て間もなく、父がぽっかり死んで、ずるずると会社の社長の椅子にありついて、まだ就職戦線をうろうろしている学友たちをあっといわせたが、彼は会社の名前をひどく気にする内気な男だった。

「獣毛株式の蓼科ですが――」

就任の翌日、彼は颯爽と友人に電話をかけたのである。

「なに、ジュウモウ？　ジュウモウって、なんだい、君」

「獣の毛、獣毛だよ」

「ぷっ、こいつは驚いた。君は、いつ、そんな仲間になったんだい？」

相手ははっきりとは云い得ずに、受話器を嘲笑がかけめぐってきた。蓼科は、呆然と立ちすくんだまま、それが彼をとりまく社会の冷笑であろうかと、資本金五万円、獣毛株式会社の社長の椅子に、限りない嫌悪を感じたのである。

「父は、やせても枯れても槍一筋の士族だった。それが、それが、非人におちぶれていたとは――」

彼は、べっとり汗をかいた。株主総会とは名ばかりの父への義理でしぶしぶ株を持たされている親戚が二三人寄りあつまって、番茶をすすりながら蓼科剛造を推薦したとき、彼は野心的な空想と、心の底から、たぎりおこる果てしない事業慾とに、身を興奮に包ませてじんわりと汗をかいていた。――その汗とは、だいぶ性質の異う今の汗である。

「坊ちゃま、何を考えごとでらっしゃる」

会計課長、神谷善七が、そっと寄ってきた。老眼鏡を紙縒《こより》で繕《つくろ》って、やにで汚れたそっ歯から、はぎの臭がぷんとする。

「若い坊ちゃまに、会社の仕事は、まだお慣れなさらん。ご心配はもっともだが、この善七がついている限りは、社運隆々ですぞ、ねえ、坊ちゃま」

「善七、坊ちゃまだけは、やめてくれよ」

「へ、へイ。承知しました、社長の坊ちゃま。いや、社長様」

「僕は、社の前途を考えてるところなのだ。坊ちゃまだなぞ、子供らしい呼び名は、やめてほしいな。僕はいつまでも、君にお守をしてもらった赤ん坊じゃないのだからね」

「そうでございますとも、坊ちゃま。あの頃はお小さくて、爺やに馬になれと仰言って、タテガミだといっては、髪の毛をひっぱりなされたもんでしたが――」

「髪の毛――？　ああ、そんな話はまっ平だ。ぞっとするよ」

青年社長は、じっと考えて、

「ね、爺さん、いや会計課長さん、僕はやめようと思うんだよ」

「なにをです」

「社長商売さ。僕には、つとまりそうもないよ。兎の毛、狸の毛、犬の毛、鼬《いたち》の毛、馬の尻の毛――ああ、いやだ」

「はははは、これは気の弱いことを。坊ちゃまが、社長さんを辞任したら、誰が後をひきうけます？　その辺のところを、よっくお考えになりませんと――」

「誰か引受けるよ。新聞広告で探すさ」

「それがねえ、坊ちゃま」

「見てくれよ、あそこの柵に並んだ見本瓶を。あれは、詐欺の標本みたいなものじゃないか。――あれが毛織物会社へ渡ると、白狐に化けたり、アストラカンのまがいものになったり。この会社は、インチキの取引本部じゃないか。僕の正義が許さないんだ」

「はははは、手きびしいことですな。昔から、きれいな所に金儲けは出来ないと申してますぜ。一枚百円もする毛皮が、二三十円で買えるとなれば、誰だって皮物とは考えやしませんよ。それをいかにも真物《ほんもの》らしい顔をして、見せびらかすのは、買った客の責任ですからね。奴等こそ、社会の眼をごまかしてる不徳漢、憎んでもあきたらぬ詐欺ですよ。――当会社は、嘘やインチキは決して致しません。猫の皮は猫の皮としか売ってやしませんからな」

「だからさ、それが僕には出来ないのだよ。狐の毛皮や、猪の肉――いやだね。非人つきあいはごめんだ。社長になる男がいないんなら、会社を解散してもいい」

老会計課長、神谷善七は、しばらく若主人を見つめていたが、

「と、あなたは仰言っても、世間では許してくれませんん」

涙ぐんで云うのである。いささか芝居くさい態度に、剛造はむっとして、

「世間で何といおうと、いいじゃないか。僕の持株は会社の絶対多数なんだし、僕の独裁事業と同じことなのだもの」

「それで、困るのですよ。会社の資本金が五万円。――それに、いいですか、会社の借金が六万円あるのですぞ。だから、もし、あなたが会社を解散なさるというなら、現ナマ六万両揃えぬことには、債権者が承知しません」

「嘘つけ。君は、会社の考課状を僕に見せたとき、何といった――現在はあまり利益があがっていませんが、近いうちには莫大な儲けがありますと」

「それが、世間の裏を知らぬ学校出の坊ちゃまを喜ばす手だったのですよ。借金が六万とあるといったら、若いあなたが働いてくれません。どこの会社の決算表にしろ、ほんとの台所を活字にして見せる馬鹿があるものですか」

「ああ、欺された。狐だって、こんな罪深い化し方はしないぞ」

青年社長は、髪の毛をかきむしった。親子二代にわたる大久保彦左衛門である会計課長は、厚い帳面をとりだして、

「さア、六万円都合してくれますか、社長」

「無理だよ。出来るもんか。質屋へ通う品だってありやしない。みんな、おでんや行きに化けちまった」

「では、社長に居坐ってくれますね」

「いやだよ」

「じゃ、どうしてくれます?　六万円か、社長の椅子か——」

「勝手にしろ」

こうして、蓼科剛造は、父の代から引きつがれたトリックに、すぽりとはまりこんだのである。人間は逆境に沈むと、不思議な力が湧いてくるものである。借金を山のように負わされた剛造は、そこから逃れる道がないと知ると、不敵にニヤリと笑うと、

「よし、俺も男だ。俺を笑った奴を、今に見返してやるんだ。ではどんな方法で復讐したら、よいのか?」

彼の心を、幾つかの偉人、政治家、富豪の姿が去来した。その一つに、ポンと胸をたたいて、

「善七——俺は大金持になるよ。間貫一《はざまかんいち》みたいな男になるんだ。金色の夜叉《やしゃ》になる」

急に、わだかまっていた暗雲がちぎれとんで、剛造の頭を金色の月が輝くのを感じた。

「貫一が熱海の海岸で叫んだね——今月今夜のこの月を忘れるな、と」

とめてもとまらぬ哄笑が、腹の底からこみあげてきた。老会計課長は、あっ気にとられて、口をあけたままだった。

剛造が聞いた。

「六万円の借金とは、随分思いきって、つくったものだね」

「ええ、塵も積れば山となるとか申しましてな。先代様が、坊ちゃま位のお若い時からの借金ですよ」

「やはり、事業上の運転資金だろうね」

「ええ、その、やはり」

「はっきり云ってくれよ」

「へ、商売の借金もありますが、大部分は――この台帳をごらんなさいまし」

「……なんだい、こりゃ？　待合恋之家《こいのや》、料理屋しのぶ、カフェぼんぼん、……僕が聞いてるのは、債権者の一覧表だよ。借金の内訳だよ」

「ええ、それが、つまり、それなんで」

「六万円は遊んで借りた金だというのかい。僕のオヤジが――？」

「そうなんで」

若社長は眼を丸くした。

「ねえ、坊ちゃま。旦那はお遊びが大好きでいらっしゃいました。老の身ながら、私も時折りお手伝い申し上げました」

「完全な背任横領だ、発見されたら、君は刑務所へぶちこまれるぜ」

「ええ、よく心得てございますが、御主人の命とあれば仕方もありません。しかし秘密を知ってるのは、私と坊ちゃまと、死んだ旦那の三人だけです。ですから一刻も早く、この負債を弁済して、晴天白日とならねば――」

「だから、僕を社長にして、働け働けというのだろう」

「御明察恐れ入りますな。旦那様も逝《な》くなられる前には、あの借金が返せぬとは残念だと、ひどく気にやんでおいででした」

「親爺がそんなに遊んだのかなア」

「ええ、それは、達人でいらっしゃりました。かげでは、五百人斬りとか申していましたそうで――。臨終の折、この爺一人だけを呼ばれて、坊ちゃまの将来について、くれぐれも頼むと遺言なされました」

善七は、その時を想い出すように、

「旦那が仰言ることには――儂《わし》がこうなったのも、あまり猫を殺しすぎた報だ、儂は人間の猫どもにとりつかれてしもうた。三味線さえ猫の皮から出来ているでないか。伜の剛造には、決して遊びを覚えさせてはいかん。女に鼻の毛を抜かれては、親子二代の恥じゃ。――と云って、キュッと末期《まつご》の水、いいえ、ウイスキーをあおられると、そのまま御他界でございました」

2

新社長蓼科剛造の、最初の仕事というのは、まず英文、和文タイプライターを備付けることであった。

タイピストの採用には、社長自らあたった。傍らには、神谷善七がかしこまって控えていた。詮衡《せんこう》の結果、一人の筋骨たくましい女性が入社した。彼女は、若井敏子と云った。これで、社員は合計五名に増加した。

五名の社員——神谷会計老人と、敏子と、給仕と、販売員と、外交員と、これだけの会社なのである。五名でも多すぎたかも知れない。獣毛株式会社は、銀座裏のうす汚い漬物屋の二階を改造した、ビルデングとは名ばかりの一室に事務所を置いている。四坪位な部屋ながら、そのビルデングでは第一の客だった。一室に、五つも六つも会社がごろごろしているビルなのに、ここだけは断然鼻が高いのである。

社長の椅子からは、ガラス窓越しに、大きな銀行の建物や、デパートや、丸の内の巨大なビルデングがそびえていた。蓼科は、その窓に、半永久的な幌型の日覆《ひよけ》をつけさせた。銀行も百貨店も、視野から完全に消えてしまった。

石炭のセの字も見たことがないのに、立派に石炭会社として食っている商売さえあるように、獣毛会社には、見すぼらしい見本瓶が申訳ほど並んでいるだけで、毛皮や獣毛は影も形もないのである。ここは、生産者と、製造業者との媒介機関、つまり他人の商取引のアタマをはねるブローカーなのである。

だから、たとえこの安ビルデングに獣毛会社を訪問したところでケダモノらしい匂いは少しもしない。ドアをあけて、ぷんと来るのは、新任のタイピストが鼻をたたく白粉《おしろい》と、ハンケチから発散する汗とり香水なのである。

それでも、今まで、小学校を今年卒《で》た給仕の少女の外には、女らしい匂いのなかった事務室は、俄然華やかな空気に包まれたのであった。同じビルのボロ会社の社員達が、目立って精励ぶりを発揮しだしたのは、白と黒とのツウピース、若井敏子のがっしりした肉体美を拝むためでもあり、襞のない袋のようなスカートから食《は》みでているアンヨをのぞくためでもあった。

社長の剛造が外出すると、獣毛会社の事務室は、まるでそれらの社員の私設サロンのように、老も若きもわんさと殺到して、汎濫《はんらん》した。――社長たらずとも、浅ましいのは男の常である。

「ねえ、トシ子さん。映画見にゆかないか」

これは、若い社員である。

「あそこのコーヒーはとてもうまいですよ。一度のんでごらんなさい。僕は毎日五時から六時まで、あそこにいますよ。五時は、こちらの退《ひ》け時でしょう?」

誘いの手をむけるのは、多少場なれた男であろう。

「ドライブでは箱根に限りますね。十国峠《じゅっこく》から、あの専用道路は、たまらんね」

と、自家用車を持っているように、金鎖をもてあそぶのは、保険の外交員であった。

敏子は、いい加減にあしらってはいるが、獣毛会社の社員にだけは、同僚として、あまり素っ気ない態度もとれなかった。が、それもうるさくなると、タイプライターを出たらめにたたいた。――タイプライターは、チンと鳴る。それが、

「男には用心、用心」

と、敏子には聞えた。

彼女の難攻不落を知った青年の一人は、こう云った。

「敏子さん、あんたの名は姓名学上、よろしくないですよ。改名した方がいい」

「あら、何故ですの」

「おばアさんになってから、困りますよ」

「どうして?」

「だって、ワカイトシコ――若い年子なんて、おばアさんに似合わない」

「まア」

彼女は、けらけら笑った、

「私に結婚を申込むつもりなのね。気の毒みたいね。いいわよ、私大井さんと結婚するの。そしたら、おばアさんになっても、ほら多い年子となるでしょう?」

事務所では、たわいのない女の笑いがあってこそ、能率もあがるものである。青年達は対象のない情熱と洪笑とを、その中へ発散させて、慰安を求めたがる。――青年社長、蓼科剛造も、勿論その一人である。

訪問先から戻ってくると、薄暗く狭い階段を昇りながら、彼は敏感に事務所の空気を嗅いだ。青年と処女とがかもしだす、特有な青春の体臭に、ほんのり汗ばむ皮膚をゆだねるのである。

扉のむこうに、敏子の華やいだ笑が爆発する。

「親父の遺言、親父の遺言、女は大敵」

呪文のように唱えながら、廊下にあふれる擬装恋愛のもやもやした空気を、片手ではらいのけつつ、

「俺の希望は、金色の夜叉、夜叉」

ドアをあけると、敏子はすましてキイをたたきつづけている。販売係は書類を整理し、会計課長は残高の乏しい銀行帳尻にソロバンをはじいている。

「それほど、忙しい仕事はないはずだ」

苦笑しながら、どっかり腰を下す社長の椅子近く、すんなり敏子の脚がのびている。ストッキングが、かすかにねじれている。

「事業だ。仕事だ。金儲けだ。ケダモノだ。カスリをとるのだ」

社長は眼をとじるが、瞼のむこうで、すらりと伸びた敏子の脚が生き生きと動いて、顔が華やかに笑いこぼれる。——社長はタイピストを恋したのだ。

父の遺言に反いて、剛造は恋をした。そして、その恋の故に、資本金五万円の株式会社の土台骨が、ぐらんぐらんと揺らめく運命を、知らず知らずに辿っていたのである。

（すべての物語は、男と女から始まり、すべての物語は、男と女の話で終る）——詩人サトウハチローは、いみじくも、こう云っている。

3

獣毛株式会社は、獣毛、獣皮の周旋、仲立を業とするのだが、蓼科の生れ故郷には、ほんの申訳ほどの養兎場《ようとじょう》があった。もとより試験飼育の程度を出ない小規模なものである。が、営業案内には「本社直営、動物大飼育場」と、堂々たる写真版がのせられていた。これが一つの看板であった。

ある日、この飼育場から、けたたましくベルがなりひびいて、長距離電話が剛造につながれた。

「ああ、坊ちゃまでいられますか」

飼育係長は、蓼科家の古い小作の一人だった。彼も社長を赤ん坊扱いにしている。

「僕は、蓼科だが——」

「ああ、やっぱり坊ちゃまだね。久しいことで、ござりますなア。会社はお忙しいのでしょうなア」

「君、用件は？」

「ああ、それでございますだ。兎が、この頃ちっとも

元気がありませんで、心配してるとこでがすよ」

「どうしたというのだい？」

「それがその、一口に申せば、ふさぎこんでいるのでして。ほら、新しい言葉で、メランコリーとか、あれでがすよ。じっと考えこんで、大好きな走り競争も、近頃はとんとやりません。そのうち、ころりころり、死ぬのが出てくるのでがすだ」

「君の飼い方が悪いんだ。気をつけ給え」

「いいえ、坊ちゃま、俺《わし》はこれでも先代様の代から飼い慣らしておりますからな、飼い方の下手なところは、これっぽちもありませぬだ」

飼育係は、むっとしたらしい。

「いや済まなかった。兎の病気の原因は、外部の影響かも知れんね。例えば近くに何か変った条件が起ったとか、天候の関係とか、飼料に腐敗物があったとか――」

「ちょ、ちょっと待って下さい。兎場のまわりをまず調べるのでがすね？」

「そうだよ、飼育場の周囲を始め、従来の飼育の条件に比べて、異常な要素を研究してみることだ。分り次第、報告してくれたまえ」

電話が切れると、傍で聞いていた神谷会計老人は、ニッと笑って、

「あいつ、老いぼれて、へまばっかりやっとる。――金ばかりかかって、一文も儲けにならない飼育場なら、閉鎖したらよいと思いますが」

「いや、それは、いかんと思うね。あそこから直接利益をあげなくとも、立派な宣伝材料にはなるのだから」

神谷は、閉止を熱心に主張した。しかし、人に反対されると、是が非でも主張を押し通してみたくなるのが、人情である。――ましてや、剛造は社長である。

「僕は断じて閉鎖しないことにするよ。もっと拡張する計画さえあるんだ」

その時、電話が再び鳴って、剛造のとりあげた受話器には、飼育長のきんきんした声がはずんでいた。

「ああ、坊ちゃまですね。原因が判りましただ。兎場の近くに、つい十日ほど前に、動物試験場が出来たのですがね、それからですよ兎が弱りだしたのは」

「動物試験場って何しとるのかね」

「スッポンのホルモンスープを作るのだそうでがす」

「スッポン？　じゃ試験場には亀を飼ってるというのかい」

「そうなんで。亀がいるわ、いるわ、黒山のようでが

すよ。この亀のせいです、兎が病気になって、メランコ病で、ぶらぶらしてるのは」

剛造の顔が、急にひきつって、

「おい、冗談はいい加減にし給え。兎と亀の競走だからとでも、君はしゃれたいんだろう。僕はお伽話は大嫌いだ」

ぷつりと、電話がきれた。神谷が笑いながら、

「思いきりよく、廃止しましょう」

「ふん――」

剛造は鼻で笑って、欧文の「優秀養兎カタログ」を開いて、

「飼育の条件も条件だが、必要なのは品種の問題さ。君、このアンゴラを買おうと思ってるんだよ」

後肢《うしろあし》のぴょんと長い、白兎、黒兎が、カタログ一面に汎濫していた。

「滅相もない。これは高貴珍品ですよ。会社《うち》の養育場では、育ちっこありません」

「善七、君は僕の方針に、いちいち反対しようというのだね。何故だい」

「儲けのない仕事は、おすすめできませんからな。会社はカスリをとるだけで充分です」

「くどい。――僕は社長だ」

とどのつまり、剛造は押しきって、神谷はふくれっつらで、どこかへ出かけてしまった。社長の機嫌を、いち早く神経質に感ずるのは、サラリーマンの常である。営業部員も外交係も、その場の空気を察して、いつの間にか姿を消していた。給仕の少女さえ、とばっちりを恐れて、みつ豆屋へ逃亡したのである。あとにはタイピスト若井嬢だけが、背中ににがりきった社長の吐息を感じて、ポツンと残されてしまった。

蓼科剛造は、むしゃくしゃした腹の虫を押えかねて、やけにバットを吸っていたが、やがてアンゴラ兎の註文書の英文草稿にとりかかった。

註文書

アンゴラ兎輸出組合御中
貴組合カタログ××号御発表の左記優良アンゴラ兎至急御送荷相成度候《あいなりたくそうろう》
一、純白種アンゴラ
一、黒色種アンゴラ
右雌雄各十匹ずつ……

ここまでペンを走らせていた時だった。ぷうん、ぷうん、とさっきから頭の上をうるさく飛んでいた蠅が、ひ

ょいと書きかけの便箋にとまったのである。

「畜生！」

ピシリと蝿がつぶされた。蝿は十の数字の上に、無惨にペシャリと死骸をさらした。剛造は、ふっと吹きとばして、その続きをかきつづけた。蝿は剛造の癇癪の犠牲となったが、剛造は次第に愉快になってきた。雌雄合計四十匹着荷すれば、それを見本に、註文もとれる。会社の宣伝材料も一つは殖えるというものだ。

「アンゴーラ、アンゴーラ、きみは美《うるわ》し、アンゴラーの君イ——」

でたらめな唄さえ、もれてきた。剛造は愉快だった。神谷老人が何といおうと、この政策は、きっとあたるのだ。

「若井さん、大至急たのみだ」

草稿を押しつけられた敏子は、社長の機嫌が急に変ったのを、いぶかしく思いながら、しかしいつ襲来するか知れない低気圧を警戒して、念入りにキイをたたきはじめた。

「アンゴラ、アンゴラ、アンゴーラ！」

いい気持で口ずさんではいるが、剛造の眼はじっと敏子のたくましい肉体に注がれていた。所謂美人タイプではないが、ひきしまった智的な顔は健康に輝いている。足だけ見れば太っているが、スポーツで鍛えた身体にふさわしい脚線美である。もれあがった乳房はブラウスの下で悩ましく息づいている。

「まったく、これは掘り出し物だった。アンゴラ兎以上に、優秀種だ」

彼は社長として採用試験の結果を、ひそかにほくそえんだ。——彼女は処女である。僕は父の遺言を守って、未だに独身、しかも童貞である。肉体美の彼女と、やせっこけた僕との結合、それは確かにアンゴラ兎以上の優秀品が生れるであろう。もし彼女に愛を打ちあけ、二人が抱擁する日が来たら……

剛造はパッと顔をあからめた。

「父の遺言、六万の借金、女は大敵」

じっと眼をとじると、窓から太陽がぽかぽかさしこんでくる。小春日和だ。身体じゅうを恋愛の血潮がかけめぐる。敏子はキイをたたきつづけているが、仕事に熱中しているすべての女性に共通な、邪念のない美しさが、彼女を更に尊く清らかな処女に見せた。

「いかん、いかん。僕は金色の夜叉だ」

敏子が、ひょいとふりむいて、

「あら、なにか仰言りまして?」

そのほころびた笑の美しさ。剛造は一切の制約から、思わずふらふらと立ち上った。

敏子は手紙を終りかけていた。数字を、今打ったばかりの時、

「……」

後から、ぐっと抱かれて、

「いや、いや、放して!」

その唇へ火のような接吻を、つづけさまに求められていたのである。敏子は身もだえした。ふりほどこうとした手が、グッとキイに触れて、ガチリとタイプライターが鳴った。

「僕は愛している」

社長が、そっと云って手と唇をはなしたとき、ドアがあいて、外交員がかえってきた。剛造はすっと離れた。敏子は知らぬ顔で、たたきつづけた。が、外交員は、

「何かあったな!」

と、鼻をピクピクさせたが、石部金吉の渾名《あだな》のある、酒と女の嫌いな社長に、そんなラブシーンがあろうとは想像もつかなかった。彼は、神谷老人の身代りに敏子がいじめられたのだろうと考えた。それで、

「敏ちゃん、あまり気にしない方がいいぜ」

と、小声でささやいた。敏子はクスンと泣き笑いしただけで、返事をしなかった。

打ち終えた手紙を読み返そうとしていると、剛造がすっと取りあげて、

「いいんだ」

憤ったような調子で云うと、そのまま目も通さずにサインして封筒に入れてしまった。そして、自分で宛名を書いてポケットに入れると、

「諸君も、今日は早退けにしたまえ」

剛造は愉快だった。父の言葉には反いたが、これは遊びではない。結婚の相手に選んだまでのことだ。それに、この手紙一本で、大きな取引がまとまるのだ!

4

アンゴラ兎輸出組合から、やがて返事が送られてきた。文面は、

「せっかくの御言葉ながら、何分多数の御註文につき、目下品揃に大童中《おおわらわ》、暫時お待ち下されたく」とあった。

「たった、四十匹の兎に、おかしいな」

剛造は直ぐ電報で催促しておいた。

その間にも、外交員の活躍で、ぽつぽつ注文をひきうけていたし、飼育の状態如何では、更に第二次の大量注文の出来る見込みもあった。兎の着荷が、一日千秋の思いで待ちこがれた。

待望のアンゴラ兎がいよいよ埠頭に到着する日が来た。その朝、剛造は珍しく一流新聞の経済部記者の訪問を受けたのである。

「アンゴラ兎の工業上の利用価値ということについて、御話しねがえませんか」

記者は手帳を開くと切りだした。生れて初めて新聞社の質問を受けた剛造は、すっかりあがってしまった。

「僕のは、試験の程度にすぎませんよ」

「とんでもない、アンゴラの兎は極上等品ですし、肉はうまいし。あれで防寒具やフィルトの材料にした上、肉は肉で儲けるのでしょうな」

「それが問題なのですよ。会社の飼育場で、うまく繁殖するか、どうか、研究するつもりなのです」

「これはご謙遜な。羊毛会社、毛織物商は勿論のこと、軍需工業方面では大騒ぎですよ。獣毛会社があぁ大量に仕入れて、ジャンジャン売りだされては、経済界に革命が来るかも知れないとね」

剛造は、きょとんとした。

「僕の買ったのは、たった四十匹ですよ」

「四十匹？　ご冗談でしょう。その上に、万の数字がつきやしませんか？」

「君はいったい何を云ってるのです」

「調査済なんですよ。あなたが二万四千匹のアンゴラ兎を註文したことは」

剛造には、何が何やら分らぬ話だった。（結局この記者も小遣が欲しいのだな）札を抜いて「足代にして下さい」と渡すと、記者はすぐ帰って行った。

「二万四千匹？　ははは、とんだ笑い草だ」

それでも、彼の計画が各方面から注目されていることは、何としても愉快な話だった。剛造は埠頭まで円タクをとばしたが――そこに、前代未聞の大事件が、彼を待ちかまえていたのを、初めて知った。

「獣毛会社の蓼科さんですね。さ、早くひきとっていただきたいのです」

船長は、にがりきった顔を客にむけて、ひきずるように剛造を船艙に連れて行った。

「これです、この兎です」

広い船艙は、兎の檻で山と積んであった。まるで兎の国ほどの壮観である。

「違う、違う。僕の注文は雌雄合計四十匹ですよ」

「とんでもない。宛名をごらんなさい。送り状を調べてもらいましょう」

なるほど、どの檻にも獣毛会社行きと書かれてある。送り状は、——ああ、二万四千匹とはっきり記されてあるではないか。

「途中で子供を生んだのがあって、現在三万匹に近いでしょうな。一日も早く、いや一時間も早く受取って下さい」

「困る、困る。注文外の品だよ。それに、三万匹の兎なんて、置き場もありやしない」

剛造は全く当惑してしまった。一体、何の間違いからであろう。——折から、不完全な檻をどっと飛びだした兎の一群が、新しい主人にじゃれついてきた。

「助けてくれ——い」

悲鳴をあげたとき、シュッと写真のフラッシュが輝いた。そしてその日の夕刊には、新軽工業に一大光明と題されて、兎にかこまれた剛造の泣き笑いの顔が大きく写されていたのである。

「ああ、俺はどうすればいいんだ」

剛造は髪をかきむしったが、智慧は浮ばなかった。出るのは、ぽうぽうとフケだけだった。資本金五万のボロ会社に三万匹の生きてる兎。とんでもない喜劇だ。

「坊ちゃま、どうなさるおつもりで？」

神谷老人の声には、叱責の響きさえ今はなかった。剛造は深い溜息で返事にかえた。

ひとまず名ばかりの飼育場に移されたが、そこで飼育係長である小作の老人がまっさきに悲鳴をあげた。毎日、長距離電話がひっきりなしにベルを鳴らした。

——今日は百六匹の兎が生れました。

——一日二銭の飼育代でも、三万匹では一日六百円ですぞ。五日で三千円、十日で六千円の人参代がかかりますよ。

——飼育場では狭すぎますわい。兎は家にあふれ、村の田畑を荒し、町まで押しかけとります。

——今日は青年団、消防署、警察、処女会員総出動で、兎の逮捕に向いました。陳情がいよいよ上京するそうです。

あらゆる条件の不利な中で、剛造は毅然と一つの返事を繰返した。

――うるさい。子供が生れて手狭になったら、飼育小屋を二階、三階、四階に改進するんだ。丸ビルを御覧。将来の建築は、上と下とに伸びるのだ。兎は片っ端からつぶしたまえ。肉は無代で呉れてやるんだ。

彼には、不当なる註文外の送荷に、限りない憤りを感じていたし、己を正義化して考えていたのである。が、この信念が根こそぎぺしゃんこになる時が遂に来た。それは、彼の必要以上な強硬な抗議に対して、アンゴラ兎輸出組合から、剛造の註文書を参考までに逆送してきたのである。――それには、
純白種、黒色種、雌雄各6000匹
と、鮮かにタイプされてあるではないか。これでは、合計二万四千匹となるわけだ。彼は確かに10と草稿を認めたはずであった。それが6000と変っているのだ。

「十が六千に――？　敏子の失策だ！」

その瞬間、剛造の頭を苦々しい追想が走った。手紙を打っている敏子に接吻したとき、驚いた彼女の手が無意識に0のキイをたたいたのだ？　責任は勿論彼にある。

「僕は手紙を読み返さずに、サインしてしまった。万事は終った。父の遺言に反いた天罰だったのだ。――しかし、何故1が6に化けたのであろうか？」

剛造は気忙しく手文庫をかきまわして、しわくちゃな草稿を発見することが出来たが、一眼でううとのけぞるほどだった。

黒インク1の数字には、つぶされた蠅の肢が丸くまきついて、誰が見ても6と読める形なのである。

「あの時、何故蠅の残骸を丁寧に払わなかったのだ。この馬鹿野郎！」

蒼白に変った神経の中で、剛造は獣毛会社の運命が決定されたのを、はっきり感じた。

5

剛造は銀行の帳尻を調べた。残高八百円。一日の飼料にも足りない金高だ。剛造はそれをそっくり引出させて、現金に換えた。いよいよ破産である。

「だから坊ちゃま、儂が反対した通りですわい。そもそもの事の起りは、うるさいタイプライターからですぞ。坊ちゃまが、これを買わなければ……」

涙ぐんだ神谷に、しかし剛造はわざといきりたって、

「善七、君は事毎に僕に反抗しようというのだね。よろしい。今日限り、君から退社してもらおう。僕は社長だ。文句はあるまい」

神谷は、蓼科家親子二代にわたる忠勤の報酬として、六百余円の退職手当を懐にして、悄然と漬物屋ビルデングの階段を下って行った。

残金は二百円――それを四分して祝儀袋に入れると、剛造は「臨時賞与」と表へ書いた。獣毛会社にはかつてない破格の待遇である。販売係、外交員、給仕、タイピストの四人は、思いがけぬボーナスに、いそいそ帰り仕度をはじめた。それを剛造は複雑な気持ちで眺めながら、

「敏子さん、明日は月末の支払日だが、僕は旅行に出るのでね。小切手は書いておくから、渡してもらおう。――それから、明後日《あさって》から二三日臨時休業だ。諸君も休暇をとり給え」

一人ぽつんと事務室に残されると、うす汚ない粗末な調度の一つ一つさえ、無量の悲しみで迫ってくる。しかし、それも徒《いたずら》な感傷にすぎない。――明日の支払は取引関係で一万円、父の待合遊興費の月賦償還が三千円。それに、アンゴラ兎輸出組合にも、送金為替を組まねばならないのだ。――それなのに銀行の帳尻は零に近い。明後日には小切手や手形はみじめな不渡となって、債権者が殺到してくるであろう。しかしその時は、僕は既に死んでいるのだ。

「ははは、ははは、アンゴーラ、アンゴーラか、ははは、ははは」

剛造は書き終えた小切手を前にして、腹いっぱい哄笑しようとした。笑い声は、むなしくはねかえって、涙がじっとり、滲みでてくる。

事務所を出て、その夜、剛造は初めてカフェに遊んでみた。酒もビールもカクテルも、少しも酔わなかった。

「こんなはずはない。父は、これで身を亡ぼしたはずだ。――おい君、酒は酔うものかい？」

女給は、不思議な顔をした。

「ははは、おかしいのか。おかしくって、酒なんか酔えるかい。ははは」

しかし、剛造は次第に酔ってきた。女の顔は、どれも敏子の顔に見えた。カフェから、カフェへ、バアからバアへ、敏子の顔が、だぶっては消え、消えては現われた。

「チップをあげよう。現ナマかい。小切手がいいかい。小切手なら、五十円だ。百円だ。五百円だって、かまわないよ」

剛造はふらふらするペンを走らせた。書くだけなら、鼻紙よりも安い仕事でないか。

剛造はいつか待合に酔いつぶれていた。若い芸者が、小切手帳をいじくっていた。

「君は、敏子だろう。え、違う、嘘つけ。敏子でない敏子の敏ちゃんだね。ははは、チップも、ボーナスも、お望み次第さ」

夢のなかで、彼は敏子をいかに愛しているかを、はっきりと知ることが出来た。

翌日、眼をさますと、正午《ひる》に近かった。頭がきりきりと痛んだ。

「しまった！」

女の手を払いのけて立ちあがったが、しかし何もかも終局に近づいている。道はただ一つ、破滅へ通じているだけだ。剛造は、ヘタヘタと坐りこんだ。

「あら、後悔してるんでしょう。奥さまがこわいんでしょう。タアさんたら。離さないわよ」

女が手をかけてくるのを、

「うるさいな！」

つっけんどんに払って、すぐ、

「はははは、親の遺言か、はははは」

往還を号外の鈴が駈けてきた。

「買ってきましょうか」

「くだらんことさ。放っておけよ」

部屋も蒲団も屏風も女も、空気も醜悪な罪にまみれていると、剛造には堪えられなかった。神谷と敏子の顔が、浮んできた。と、すぐ小切手がちらついた。

「酒だ。あつくして」

夜になるまで、剛造は一人で酒を飲んでいた。よほど大きな事件なのであろう。号外売りは、忙しく鈴をならしながら、何回も待合の空気をゆり動かした。しかしその一枚に、獣毛会社破産の記事がないとは、誰が断言出来ようか。剛造は耳をふさいだ。そして、盃に唇を押しつけた。

待合を出ると、たっぷり夜だった。

「さア、次は自殺の方法だ」

死ぬために劇薬を呑むのは、カルピスほどにも気軽だった。剛造は、ひょろひょろと、明るい大通へ出て行った。

「やア、失礼——」

と、つきあたった男へ声をかけると、相手は、五六歩過ぎた足をもどして、

「おや、これは珍しい。蓼科さんじゃありませんか」

「僕、蓼科ですが――」

ふりむいた剛造は、思わず顔色をかえて、

「あっ！」

思わず駈けだしてしまった。債権者の一人だった。

「もし、もし、蓼科さん――」

相手も追ってきたが、剛造は通りかかった円タクへ飛び乗ると、さっとスタートしていた。空車は折あしく現われなかった。債権者は足をばたばたさせて口惜しがった。

「確かに社長でしたな」

と、彼に声をかけたのは、神谷老人だった。傍には敏子も、ついていた。

「ええ、蓼科さんでしたよ。いい気嫌に酔っててらしたですよ」

「まア、お酒嫌いなはずなのに、わたし、心配ですわ」

敏子は眉をくもらせた。

「なアに、仕事が一段落ついて、まず一杯というところさ。先代の遺言だが、男は酒ぐらい呑まなくちゃ」

「そうですとも。しかしせっかくの機会を逃がして、残念ですなア」

と、債権者はいかにも無念らしい表情をした。

逃げた剛造は気が気ではなかった。――小切手の一件が、こんなに早く暴露したのであろうか。捕えられれば詐欺罪になる。破廉恥漢として鞭打たれる前に、一刻も早く死を選ぶことだ。

駅へ着くと発車のベルが鳴り響いていた。午後十一時十分。蓼科家の郷里への終列車のはずである。剛造は動き出した列車の三等席の隅に顔をかくして、車輪の響く毎に、死の時間が短かく刻まれてゆくのを、眼をとじて聞いていた。

郷里の駅へ降りた時は、まだ深い闇だった。剛造は裏道伝いに、兎の飼育場へ急いだ。形ばかりの柵を越えると、闇にもほの白い兎の群がさっと動いた。尿にまみれた臭気がぷんと鼻をついた。

剛造は飼育場のまん中に坐った。兎がぞろぞろと寄ってきた。

「アンゴラ兎よ、さようなら」

剛造は睡眠剤をのみこんだ。

「明朝《あす》は兎の糞に埋もれて死んでることだろう。ははは、獣毛会社の社長らしい自殺でないか」

急に疲労が出て、がっくりとした。兎がぴょんと飛びついた。あとから、あとから、兎が群れてきた。その体温と体臭のむっとする中で、剛造は静かに死への呼吸をつづけた。遠くで人声がしたようにも思われた。が、それも、かすかに消えて行った。

それから——何時間経ったであろう。剛造は遠い記憶から徐《おもむろ》に呼びもどされていた。

「蓼科さん、社長さん、わたしです、敏子です」

最初の声だった。

「坊ちゃま、ああ、眼がさめなすった」

神谷につづいて、敏子が泣きながら、

「まア、よかった。嬉しいわ。わたし、どうしようかと思ってたのに——」

剛造は、はっとした。——死ななかったのだ。あの、山のような負債！

「坊ちゃま、お喜び下さい。兎が売れましたぞ。すばらしい値段で！」

「えっ？」

「号外で御承知でしょうが、××国境に戦争が突発したのですわい。××国から防寒具、食料品に会社の兎の御買上げですわい」

「じゃ、あの号外が——」

剛造はとびあがった。

「昨日から敏子さんと二人で、坊ちゃまを探しに大騒ぎでしたのじゃ。待合で見かけた債権者も、私共が捜査をお願いした方ですわい。もしやと思って、終列車でここへ来てみると——」

「じゃ、僕の乗った汽車は——？」

「臨時列車ですわ。あれから直ぐ終列車があったのですわい」

「ああ、ああ——」

「買上の条件が、一匹三円。それを儂は五円でなくちゃ、いかんと交渉中ですわい。会社の兎は優良種ですからな」

「ああ、ああ。一匹五円、三万匹で十五万円、四万匹で二十万円——」

「社長さま、私、ごめんなさいね。間違えてタイプライター打ったりして」

敏子の声は泣いていた。剛造は、いきなり彼女を抱きよせると、

「悪魔！　ひどい男たらしめ！　君のおかげで五万円の会社が吹きとぶところだった。さア、罰金——」

火のように熱い唇がふれあった。

「あの時の接吻一つが五万円。敏子、もう、許さないぞ、離さないよ」

両手で白兎を抱えた神谷会計課長が、声高く叫んだ。

「もう一つ、五万円。もう一つ――ほら、十万円、十五万円、二十万円……」

福助縁起

一

土用に近い山の草いきれだった。

袋山《ふくろやま》の源蔵屋敷で、若旦那源二の二度目の嫁が、また、とり殺されたという噂が、狭い村にパッとひろがった。

「風呂場で首をくくっていたというぜ」

往還の木蔭に、百姓達は鍬や鎌を投げだして、話は嫁の死因にそそがれていた。

「腰巻一つで、梁からしごきを垂らして、それがこんな具合にの――」

なた豆煙管《キセル》をくわえていた一人が手真似で、だらりとしてみせると、

「それでお前わざわざのぞきに行った組でねえのか」

相手はあわてて、

「んにゃ、とんでもねえ。それは、太市のことだべ。――なア、太市」

太市と呼ばれた青年は、

「……」

はげしく、かぶりを振って、

「俺ア、あの日は留守番を頼まれただけのことなんだぜ。お屋敷の若い衆が、法事で村へ帰ったで、俺が二三日代りに泊ることになっていたのさ。――その晩に、あの騒がおっぱじまって、思い出しても、ぞっとするあ。のぞきに行ったの、なんのって、助平たらしい、俺ア怒るぞ」

「ははは」

百姓達は、太市のまじめな抗議に笑って、

「太市、あの嫁御はお前を好いていたというぞ」

「ふん。いやらしい」

「いやア、俺がこの眼で見たぞ。嫁御の眼付はお前に気があったな。太市は男っぷりがよすぎらア」

「馬鹿いうな仮にも旦那の嫁ではないか。冗談もすぎるわ」

「そう、むきになるなってことよ。いいじゃないか、女子に噂をたてられるのは、まん更ではなかろうが。俺たちときた日にゃ、餓鬼共がぎゃあぎゃあ騒ぎやがるし、嬶《かかあ》は嬶で、わめくのが仕事と心得ていやがる」

「まア太市みたいな、独り者に花を持たせてやるさ」

と、由どんという、屋敷出入りの小作人の一人がひきとって、

「源蔵屋敷もこうケチがついては、可哀想でねえか。なんだって首つりなどと、嫁御も嫁御だ」

「若旦那が浮気おっぱじめたからさ」

「んん、そうじゃねえよ。若旦那は惚れぬいていたのさ。それに、親御衆がこの嫁ならと折紙つけた女だけに、恨まれて、死ぬほどのことはなかろうにさ。まるで、わけのわからん話だよ」

「妊娠していたって、いうぞ」

「だからよ、なおのことだい。若旦那の種なら、大事な身体でねえか。そらあ、一番目の嫁は親御衆には嫌われて、いじめられ通しだったというから、川へはまって死ぬのも無理はなかろうけど、こんどは合点がゆかん」

頭の上で油蟬がじじじじとなきはじめた。

「亡霊がとっついているのさ」

ぽつんと、由どんが言った。

「化物屋敷か、あそこが?」

「さア、それはなんとも云えんが――聞いたか、お花坊の一件を?」

「知らん」

「重助んとこの娘っこさ。お花が先頃まで奉公にあがってただろう。給料もいいのに、まっ青な顔して、ひょっこり戻ってきて、もう奉公はいやだとぬかした」

「ふふふ、手をつけたのだべえ。大旦那はやもめだからな」

「すぐ、それだ。茶化すなってことよ。こちとら、まじめな話なんだぞ。――大旦那のいいつけで、夜中に土蔵へ茶道具をとりに行ったとよ」

「なんだい、その茶道具てのは」

「ほら、死んだ先代様からの自慢の品さ。古い九谷焼で、まっ赤な牡丹を描いた揃の道具――それを持って来いというのだ。東京からお客人があって、是非拝見したいというのだそうな。お花は蠟燭をたよりに、土蔵をあけて、暗い階段をのぼってゆくと――」

「出たか?」

「せくな。二階の階段を上りきると、武者人形やお雛

様の箱と並んで、鎧櫃《よろいびつ》がある。その上に、ひょこんと福助が坐っている。――そうだな、太市」

聞かれた太市は、いやな顔をしたが、仕方がないように「うん」と返事をした。

「福助を一眼見ると、お花は思わず、ギヤッと叫んで、尻餅をついてしまったそうな」

「どうしたというんだよ」

「どうも、こうもありゃあしないよ。あの晩は風が強くてな、蠟燭の灯が今にも消えるように、ゆらゆらと燃えてる。その灯で福助の顔を見ると、ぐわっと眼を開いて、ニタリと笑った。確かに笑った。今にも飛びついてくるかと、物凄い形相だったというぞ」

「なんだ、気のせいだよ。枯尾花の諺通りで、怖い怖いと思うお花坊の迷いだろ」

「そう思うだろうな、誰だって。まさか、瀬戸物の福助が笑うもんかい。――その夜からお花はおこりのように熱が出て、もう奉公はいやだと云いだした。手にあまった大旦那が、それなら証拠を見せてくれというて、いやがるお花坊を土蔵へつれて行った。福助は、つんつるした顔で、ちょこなんと坐っている。たたいても、さすっても、笑うどころか、眼はほっそりあけたままなんだ」

「やっぱり、そうじゃないか」

「それでもお花坊は、神経病みのように、きょろきょろして、結局暇をもらったというわけさ」

太市という青年は、何かほっとしたらしい表情をした。

太市は水呑み百姓の伜《せがれ》で、小学校を出ると、検査までという約束で、大貫《おおぬき》源蔵の屋敷へ年期奉公に住みこんで、去年の春暇が出たのであった。福助には、彼も縁起語りをそれとなく聞かされていたし、全く無関心の飾り物でもなかった。

「福助は、袋山の屋敷にとっちゃ、疫病神かも知れんのウ」

と、由どんが云いだした。

「大旦那の御新造が死ぬときは、福助が怖い、怖いとわめきつづけていたというからな。先代様が京都見物の土産に買うて来なすった頃は、福の神だというて、大事にされとったが、この頃は土蔵で埃をかぶっているのじゃもの。えらい違いだな。だから見ろ、この頃の袋山は、しょっちゅう金に困ってピイピイ云っとる。福助の祟りだみんな――」

「嫁御が二人も死んだのは、その祟りだというのか、由どん。一人は川で、一人は風呂場で――」

「だからさ、福助には先代様が、くれぐれも云い残した遺言があったそうな。それを今の大旦那が……」

「しっ、大旦那が来たぞ」

街道を、白く埃をあげながら袋山の地主、大貫源蔵が自転車を走らせてくるのが見えた。

「お暑う――」

百姓達は一斉に頬かむりをとって挨拶した。

「ああ、精が出るのウ」

と、源蔵はそのまま行きすぎたがすぐペダルをとめると、片足を下したまま、ふりかえって、

「太市――太市はいるね」

「へえ」

「お前、ちょっくら家に若い衆代りに来てもらえんかな。なアに、長いことはない、一月か二月位なもんだ。家の若い奴が、急に病気だといいおって、帰ってしもうたのじゃ。今の若い奴は、身体が出来とらん。――どうだな、太市、これから直ぐ来てくれんか」

「はア――」

太市には、父の代からの義理もあって、嫌とはいえぬ関係があった。

「それから、もう一人。家に片附けものがあるのだが、誰か手伝いに来てもらえないかな」

「へえ」

「たいしたことはない。太市にもう一人もいれば、用事は足りるだろう。由どん、お前来ておくれでないか」

「え、そりゃ……。旦那、いったい何の御用事なんですえ？」

「風呂場を模様がえしようと思っての」

「あの、風呂場？」

由どんと太市は、思わず顔を見合せた。首つりのあって間もない所だ。

「じゃ、頼んだぞ――」

源蔵は夏羽織を風にふくらませながら、去って行った。

「やれ、やれ」

由どんは煙管をしまいこんで、頬かぶりをした。

「気をつけな、由どん。ついでに、福助の面《つら》を、よっく拝んできたらいいぞ」

いい、なたまめの男がからかったが、由どんはまじめな顔をくずさなかった。太市は、黙っていた。

二

赤ちゃけた村道が坂になって、国道へ分れるY字形を左に折れてゆくと、部落を見下す位置から路は急に険しくなり、その一本路の行きづまりに、大貫源蔵の屋敷があった。樅《もみ》と欅《けやき》と孟宗《もうそう》竹と、こんもりと繁った構《かまえ》は、抜路のない小山で、その形から袋山と呼ばれていた。

当主の源蔵は、六十に近い、やせ型の男だが、どこに精力がひそんでいるかと思うほど、女道楽が好きだった。親譲りの田地と山で、近郷でも指折りの資産家の一人であったが、女狂いとハイカラ好みで、次第に財産を減していた。採算のひき合わぬ事業に投資したり、株に手を出したり、その穴埋めに田地の処分が必要になった頃には、農民運動がこの部落にも波及してきて、うっかり強圧手段に出ようものなら、いつでも小作争議が起りかねない気配が見えたのである。

「たかが、小作の野郎共が」

と、源蔵は歯ぎしりしたが、その後にかくされてある農民組合の力には、近郷の地主はたいてい致命的な打撃をうけている折ではあったし、源蔵とて、みすみす争議の渦中にまきこまれたくはなかった。自作農奨励のかけ声につれて、源蔵の小作人は、ぽつぽつ田地を譲ってもらった。が、源蔵の手に入る金は、長い間の年賦金の一部ずつで、それもともすれば滞りがちなのが多かった。少し意気ごんで催促すると、腰の強い小作は、彼等に同情して小作米不納で対抗してきた。何かと、農民組合ばりの凄文句をほのめかした。

「畜生、子供さえ満足に生きていたら」

源蔵はその度に口惜しがった。それほど彼は子運に恵まれていないのである。

長男も次女も、若く死んだし、他家へ縁づいた長女は病気がちだった。次男の源二だけが、三十近い今日まで生きのこっているだけで、五番目は生れると直ぐに、六番目は小学校にいるときに溺れて、それぞれ短い生命を終えたのである。

源蔵は、自転車に乗って、よく遠くの町まで出かけて行った。何かと用をかこつけているのだが、料理屋通いが目的であった。どこかに妾を囲っているという噂も真実らしかった。

酔って帰る夫に、妻は狂気のように、むしゃぶりついた。袋山の屋敷には、夫婦喧嘩が絶えなかった。源二は、それを子供心に、度々見せつけられたのである。

「ふん、文句があるなら、子供を立派に育ててみろ。満足に子供も作れぬお前に、つべこべ云われる覚えはないのだからな」

父は、きまって、この切札を持ちだした。母は、これにはいつも黙ってしまった。

こうした環境の中にも、源二は小学校を終え、中学も卒業することが出来た。

「せめて、源二だけは！」

これが、親心であった。両親の望みは、彼一人に向けられたのである。源二は父母の盲目的な愛のおかげで、目にあまる無軌道ぶりを発揮しても、見のがしてもらえた。彼は、中学生のうちに、煙草を覚え、酒の味も知った。父の金を持ちだしたカフェ遊びが学校に知れて、あやうく退校処分さえ受けようとしたことさえあった。

中学を卒業する頃から、めっきり傾きかけた家産をやりくりして彼は東京へ修学のために送られた。医者になれ、という両親の言葉にしたがって、ある医専を受けたが、二度とも入学試験に失敗して、二年ほどぶらぶらした後、漸く私立の歯科専門学校に、補欠として辛うじて入学することが出来た。

源二の智能は冴えた方ではなかったが、父に似て、色情だけは人並以上に発達していた。研究費、参考書代、医療器代、実験費と、度々無心の手紙が父に送られた。源蔵は、それを才覚するのに、かなりの無理をせねばならなかった。

「源二は、来年は卒業になる。町に立派な医院を開業させますわい」

父は、会う人毎に、源二の自慢をした。

その源二が、ある日、トランク一つの身軽さで、ひょうんと戻ってきた。文部省の私立学校への手入れが始まって、彼の不正入学も表沙汰となり、結局退学せねばならなかったのである。

源蔵は、その当座、すっかり機嫌が悪かった。しかし、それも、

「蛙の子は、蛙。お前は大貫家の跡とりだもの、なアに、医者になることはないぞ。地主で沢山だよ」

と、変って行った。源二の嫁がきめられたのも、その頃であった。

相手は隣村の女で、盆踊りの夜、源二と知り合った。東京へ女中奉公に出て、父無し児を姙み、流産した身体

で戻ってきたという女は、田舎ではちょっとふめる顔だった。それに、東京弁が、源二をうれしくさせた。

噂はすぐにひろがった。

「源二が好きなら、仕方があるまい。二人とも、東京者だ。一緒にさせてやるがいい」

と、父は源二に甘かった。が、母は、

「あんな、あばずれを。奉公もつとまらん東京者を、嫁に貰ってたまりますか」

と、東京者という言葉に、ひどい侮蔑をこめて、反対した。

「東京者、東京者とお前は云うが、何がお前にわかるもんか。東京に一度住んでみい、田舎はつくづく嫌になる。源二がせっかく家に居っているのも、あの女子のおかげだぞ。東京者同志は話が合うのじゃ」

「あんな水呑み百姓の娘を。大貫の家に、傷がつくというものですよ、あなた。先代様が怒ります。床の間の福助だって!」

「ぐずぐず云うな。馬鹿」

源蔵は妻を罵って、なぐった。妻は泣きながら「福助、福助」とわめきつづけた。

床の間に飾られた福助は、静かな微笑を青白くたたえて、夫婦の争を冷やかに見ていた。子供ほど大きな瀬戸物で、長い年月に黒びかりするほど汚れていたが、はげあがった広い額に不思議な光沢《つや》があって、両手を揃えた膝には白扇が半ば欠けていた。先代からの伝わり物で、大貫家の守り神とも、縁起ものとも言われ、不浄、不吉などの知らせは、福助が伝えてくれるということだった。母は迷信深く、これを信じた。福助は奥の座敷のうす暗い床の間にぴたりと端座して、ぼうぼうの麻の裃《かみしも》をつけていた。衣服は変えるな、という云い伝えからであった。

ともかく、源二の結婚はまとまって、祝言の夜は、袋山の屋敷に赤々と灯がともって、夜どおし喜びの宴がつづけられた。

三々九度の盃が済み、これから祝宴という時だった。源二の母は、花嫁をさっと呼んで、無言のまま、奥の座敷へつれて行った。

「ここへ坐るが、いい」

母は三分蕊《しん》のランプに灯を入れた。まだ電燈がない部屋で、かぼそい光の下に、親子は坐った。畳が冷たく触れてきた。

「……」

母は黙って床の間を指さした。ランプの灯かげに、嫁はうす黒くわだかまる怪物を見て、ぎょっとした。福助だった。

「これを、よっくご覧」

「まア、大きな、それに、立派な、いい置物ですわね」

「お世辞は、なんとでも。ただの福助ではないのだよ。よく覚えておおき」

「……」

「この家に、不吉なことがあれば、福助さまがきっと知らせてくれるのだよ。先代が逝《な》くなった時は、大きな眼をきょろりとあけた。末の子が川で溺れたときは、二寸も場所がずり動いて、この着物がびっしょり濡れていたものさ。――お前が、正しい性根の女なら、福助は何ともないが、もしも……」

「……」

「ほほほ、この座敷はお前達夫婦の寝室《ねま》だよ。さんざん乳くりあった仲だろうが、ほほほ、寝物語は福助が聞いてくれるだろうさ。断わっておくが、お前、ちょっとでも福助の場所を動かしてはいけないよ」

そう云った母の顔は、暗いランプのかげに、この世の者ではないように凄惨だった。

嫁は父にはどうやら気に入られたが、母と奉公人には嫌われた。母は嫁を苦にした。そして病気になった。熱がひどい夜など、

「福助、福助が、おお怖や。みんな嫁のせいじゃ。殺しに来るぞ」

譫言《うわごと》を云いつづけて、汗をびっしょりかいた。源二は辟易した。それより、ひどい打撃をうけたのは、徹夜で看護している源二の妻だった。彼女は母の呪を聞くたびに、総身《そうみ》がぞっとあわだった。

母の病気がよくなりかけると、今度は嫁が足腰のたたない業病《ごうびょう》にとりつかれた。呼ばれた医者と源二は、医者だけの原語で語りあったので、病状や原因を家人は知らなかったが、源二の遊学中に受けた不名誉な病気を伝染されたためとは、うすうす感づいていた。

母は一度も寝室をのぞかなかったが、枕と並んで床の間があった。眼をあげると、福助の視線がじっと彼女をみつめていた。

ある夜、たまりかねて、彼女は福助の場所をかえてくれと、夫に頼んだ。折あしく源二は村の集会があると云って、帰ってきたら片附けようと出かけて行った。一人残された妻の枕元には、細々とランプがともされて、す

きもる風に、時折り消えかけては、パッと明るくなった。そんな時、福助は一層無気味な光をあびて、奇怪な容貌を示した。

「仕方がない、わたしが運ぶことにしよう」

彼女はせめて隣室まででも、福助を連れてゆきたかった。弱った身体に力をこめて、手をかけると、福助は中々重かった。一寸、二寸……半ば床の間から引きずり下したとき、彼女は何気なく福助の顔を見た。パッとランプが風にあおられたとき、

「ぎえっ——」

確かに福助の眼が、くるりと動いた。白い眼がじろりと笑ったのである。彼女は、ふらふらと立ちあがった。

裏の谷川で、彼女の溺死体が発見されたのは、その翌朝だった。悔みに来た村人へ、

「福助のたたりでしょうよ」

と、母はけろりとしていた。

二度目の嫁は、親達の眼鏡にかなった、小地主の娘が選ばれた。母は、ほくほくしていた。源二はあまり気にいらなかったが、遊びにゆくには小使銭も乏しかったし、結局その女とも関係して、祝言の時には、さほどの感興も湧かなかった。

母は喜んでいた。しかし、それから一月もたつと、ぽっくり死んでしまった。父の源蔵が妙にそわそわして、源二達の寝室の気配を気にするようになったのもその頃からである。源二は父を疑うようなことはなかったが、ある夜、田地の売却の相談がまとまって、買主の家で御馳走になり遅く帰ってくると、奥の間でひそひそという会話を聞いたのである。

「福助は、この通りの不思議な力があるのだからね。いいかい、儂《わし》のいうことが分っただろうね」

なだめるようなおどかすような父の声だった。泣いているのは、妻だった。

「前の嫁は、福助にそむいたばっかりに、殺されたようなものだ」

「殺されたのですって?」

「気にすることはないよ。本人の気の持ちよう一つさ」

がらりと戸をあけると、父と妻は福助の前に坐っていた。源二を見ても、あわてた態度も、取乱した様子も、示さなかった。源二は淫らな空想を恥じて赤くなった。

寝室での、その夜の妻は、今までになく興奮していた。

源二は満足した。その妻から、

「お父様から、福助の話を聞かされて、わたし怖くな

ってよ。ねえ、どこか目のつかない所へやりましょうよ」

と、云いだされたのであった。翌朝、下男の太市に手伝わせて、福助は土蔵の鎧櫃の上に運ばれた。

初め、土臭い田舎娘の妻が、いつか女らしくなって、売笑婦にも似た性的なしぐさを示しはじめた頃、彼女は妊娠していた。

妊娠と知ると、源二は人ごとならず喜んだが、妻は日増しに憂鬱になっていった。何を聞いても、いたわっても、彼女はろくに返事もせずに、ヒステリーらしい症状が露骨に目だってきた。その挙句浴場で縊死をとげたのである。

「福助が、とり殺したのだろう」

口さがのない小作たちが、公然と大貫家の噂をはじめたが、源蔵は聞いても聞かぬふりをしていた。

「持参金の目算が外れて、大旦那の機嫌が悪かったというぜ」

ある者は、こう批評した。それほど、家計も苦しかったのである。

三

一月か二月という約束で頼まれた太市は、代りの若い衆が大貫家へ来ないので、そのままずるずると奉公を強いられていた。

夏から秋へ、忙しい季節が過ぎて、雪に近い冬の炉辺には、また源二の嫁の話が、ちらほら話題にのぼっていた。相手は、二三里離れた町の、若い芸者だという噂であった。

「あの女なら、顔は知ってる。丸ぽちゃで、ほら、消防の寄合にお酌に出たことのある」

「ふふふ、若旦那が好きそうな――」

「こいつ。あれは、お前、大旦那だって一度や二度は覚えがあるはずだぜ。御新造さんがなくなってからは、ちょいちょい、町へ通ったというからな」

「それなら、俺も見たぞ。自転車通いで、乙なもんさ」

「すると、親子二人で、はりあって、若旦那に軍配があがったというわけだな」

「まさか、大旦那も年が年だし、そんな気はあるまいよ」

　桃の花が咲く頃、その女、琴竜は身請けされて、源二の三人目の嫁として迎えられた。婚礼の仕度は、更に貧しくなって、世間をはばかってか、形ばかりの式があげられた。

　源二は、惚れぬいた女だけに、その妻がひどく気に入った。琴竜は、そういう稼業の女には似合わず、質素で内気な性質らしく、単調な農家の生活にも不平一つこぼさず、女中とまめまめしく働いた。彼女は、泥水商売から、すっかり足を洗ってくれた源二に、なみなみならぬ感謝を捧げているらしかった。

　源二は、借金した身請け代の一部の返済と、自分の小遣稼ぎのために、町の歯科医に技工として通勤していた。収入は僅かであったが、朝は妻のつめてくれる弁当箱を自転車に結いて、坂を下りながら、門まで見送ってくれる彼女に手をふって別れを惜しんだ。仕事をなるべく早くきりあげて、妻の顔を見たい心が、夕陽とともにはずむのだった。

　日曜は、歯科医は午后が休みであった。源二は妻をつれて、裏山を散歩したり、隣り町に稀《たま》にかかってくる浪花節を聞きにゆくのが楽しみになった。源二は時々、妻の手を握ったり、村道でいきなり接吻したりした。こんなところに、汚されない過去の青春の血が、僅かに残って慰めてくれるように思った。源二は、しみじみと更生の道を歩こうと考えていた。しかし、妻は、

「あら、はずかしいわ。村の人が、見てますわよ」

と、処女のように、身をくねらせた。

　ある散歩の帰りに、裏山の谷川に沿って歩いてゆくと、

「まア、怖くないのかしらねえ」

　太市が馬を洗っているのだった。水田からの戻りと見えて、尾もたてがみも泥まみれな馬は、流れにおとなしく立って、太市のするがままにまかせていた。

「太市――さアん。あばれないの」

　妻の声が妙に甘えているように、源二には思われた。

　太市は、遠くから、ああと挨拶した。

「お前は、馬を見たことがないのか」

「ええ、馬の行水は初めてよ」

「あきれた奴だな」

　太市は、どうどうと云いながら、洗い終ると、ひらりと裸か馬にとび乗った。ざわざわと水が白く騒いで、栗毛の駒はあざやかに川を渡りはじめた。

「奥さま、乗せてあげようかね」

「ええ、でも、怖いわよう」

妻の眼は、うっとりと見ほれていた。太市は、褌《ふんどし》一つで、たてがみを握った腕に、筋肉がふくれあがって見えた。源二は、急に性慾と理由のない嫉妬を感じて、矢庭に妻を抱きしめた。

やがて、重くるしい梅雨がつづく頃になった。その夜は、歯科医に一週一度の宿直の日であった。夜は患者が少いのだが、珍しく控室には四五人の客が待たされて、ガラス戸越しの診察室で源二は会話を聞くともなしに耳にはさんでいた。話題は最近町から姿を消した芸者のことらしかった。

「おさまっているのでしょうかな。あいつと来たら、相当なものだったからねえ」

「ははは、他人の女房になった女を、あなたともある人が、未練がましいね」

「君とは違いますさア。君は、望みをとげて、心残りはないのでしょうからね、ふふふ」

「これは、これは。でもまア、男の味を知りぬいた商売人は、どのみち堅気の女房になれるもんですかい」

「いや、いや――」

と、別の声がして、

「琴竜は例外ですぜ。いい女房で、珍しいという話だが」

「一時の気まぐれですよ。貧乏地主の小忰に満足できやしませんよ。みててごらんなさいな、今に情夫を作って、逃亡《ずら》かるのが落ちでしょうな」

その時、一人が「しっ」と止めたらしかった。小声で、

「ここにいるんですよ、レコが」

というのが聞えた。相手達は「へえ」と驚いて、何かひそひそ話しあっていたが、やがて、

「あはあは、あの男が？　やっぱり金だねえ」

源二は、カッとした。含嗽《がんそう》用のコップを思わず取落すと、ガラリと控室の戸をあけた。すさまじい相貌に、患者はギョッとした。

足音も荒く夢中で外へ飛びだすと、自転車にとび乗った。雨は町をはずれると次第に激しくなり、電池の乏しくなった警燈が、ぼんやり泥濘を小さく照した。源二は幾度か転り落ち、泥にまみれ、ずぶ濡れになって自転車を走らせた。眼がかすんで、息がぜいぜい切れた。

父の源蔵は村の集会で留守である。家にいる男といえば、太市の外にない。馬を洗う太市に見とれた妻の眼が、淫らがましく源二の頭にちらついた。

「うぬ、太市が！　恩を忘れくさって」

闇の中で源二は歯ぎしりした。彼と比べて、がっちりひきしまった太市の肉体に、まきつかれる白い腕の幻想に、ぎりぎりと歯をならした。

「畜生！　噂が真実なら……」

坂へかかると、自転車を捨てて、一散にかけ登った。風がひどくなって、樅の森が、ゆさゆさと黒く大きく揺れている。潜り戸をあけて裏口へ廻ると、源二は、はっと立ちどまった。土蔵の大戸が開かれて、かすかに光がもれているのだ。闇の中で源二は息をこらした。

「いいわよ、いいわよ、太市つぁん」

甘ったるい声は、妻だった。そっとのぞくと、寝巻のしどけない姿で、提灯の光に照されているのは、まぎれもない妻である。提灯は太市が、かかえていた。源二は何もかも一切が分った気がして、階段をかけ登ろうとすると、突然、

「うわっ！」

恐怖の妻の声がつんざいて、どたどたと階段を悲鳴と転がり落ちてきた。ぱっと源二はとびついて、

「売女《ばいた》！　淫売、恥を知れ」

殴られながら、女はそれが夫と知ると、

「あなた、見たのよ、見たのよ、福助を」

「嘘つけ、お前は、蔵、蔵の中で。うぬ！」

「福助が、笑ったの。眼をむいたの」

「畜生、もうだまされないぞ」

源二の罵声を聞きつけて、太市が、

「若旦那、何をなさるのだ」

ぐっと源二の二の腕をつかんできた。源二は女をつきとばすと、

「野郎、白っぱくれやがって！」

がんと組んで行った。

「若旦那、そりゃ……。若旦那……」

思いがけぬ襲撃に、太市は絶叫して、その手をふりほどこうとした。が、やせた源二のどこから出る力なのであろう、だだっと押されて喉をつかまれて、もがいた。太市は泥まみれになって、はねっかえしたが、源二の不法な攻撃はゆるまなかった。

つきとばされた妻は、打ちどころが悪いのか、そのまま、気を失ってしまった。組みあった二人も、何か固いものに殴られたと見えて、気が遠くなって行った。

土蔵の隣りは、すぐ藁小舎がつづいていた。太市が土蔵の入口に置いた提灯が、列風にあおられて、小舎に火

がついたのであろう、消防夫がかけつけた時は、小舎はすっかり燃えて、扉をひらかれた土蔵の中は火の海となって、手のつけられようがなかった。主家《おもや》を辛うじて半焼に食いとめて、袋山の火事は漸く終った。

息を吹きかえした三人は、警察で調べられたが、琴竜はその夜の行動を次のように述べた。

「寝ようと思って勝手へ挨拶にゆくと、太市どんや下女から、福助の縁起話を聞かされて、ぞっとしたのです。しかし、そんな馬鹿なことがあるかと意地をはった挙句、太市どんがそれではと云って、土蔵へ案内してくれたのでした。二階へ上って福助を調べたけど、怪しいことはなし、帰ろうとして福助を手で押してみると、眼玉をぎょっと動かしてにらみました。ええ、確かに、ニタリと笑いました。思わずはっと足を踏みはずして、転がり落ちたところを、主人に会ったのです」

太市も、女中も、これを証言した。そして、源二の不貞の疑もはれたのである。

焼跡に、新しい材木が積まれて、普請が始まろうとしていた時、源蔵が警察へ拘引されたニュースは、狭い村を更に沸騰させた。

その警察署では、

「源蔵が放火したのですよ。保険金欲しさにね。村の集会をそっと抜けて帰ってくると、折よく源二と太市がとり組んでいた、二人の頭を殴って昏倒させ、例の提灯で納屋に火をつけたのですな。——福助の一件ですか？　あれは子供だましの仕掛ですよ。ほら人形で寝かすと白眼をむくのがありますね。つまり、ああいう風にこしらえてあったのです。ただ人形と違う点は、足の裏に風穴があいていて、福助を動かした時、風が入ると、眼玉がギョロッとひっくり返るのですよ。これを買った先代の男は理由《わけ》を知らずに、神秘がって考えた。それが迷信となって、伝わったのですね。ただ、源蔵だけは秘密を知っていた。源蔵の妻は迷信を信じて嫁をいじめたが、源蔵はこれを楯にとって第二の嫁を犯したらしいですね。口外せぬよう、福助に誓わせたらしい。もっとも、この点はまだ白状しないから、断言は出来ませんがね。——源蔵を拘引したヒントですか？　土蔵の品はそっくり焼けているのに、福助だけが、ぶち壊されてあるんです。そのかけらに混って発見されたというのが、なんと、源蔵の煙管のガン首だったのですよ」県の警察部から派遣された刑事は、若い警部補に、こう説明していた。

作家志願

一

今から十年ほど前のことである。

当時、インテリの綜合雑誌として鎬《しのぎ》をけずっていた「新世紀」と「世界評論」が、期せずして懸賞創作募集の計画を発表して、文壇にセンセーションをまき起したことがある。しかも、その募集条件というのが、両誌とも〆切が十二月末日、枚数は百枚前後、採用は一篇だけ、賞金は一千円というその頃には珍しい金額まで一致していた上、「真《しん》に現代の新文学たるべき作品」という注意書きさえ共通という内容であった。

ある消息通の語るところによると、最初この計画をたてたのは「新世紀」であった。「世界評論」もこれをかぎつけ、条件も「新世紀」よりずっとよく、一挙に読者の好評を博そうとした。懸賞金は「新世紀」の五百円の倍額が予定された。こうなると、「新世紀」は多年の反感も手伝って、千五百円、二千円とせり上って、この計画が誌上に発表されぬうちから、両誌は風をはらんで対立し、火花を散して戦った。しかし、無名作家の紹介に、それほど大きな犠牲を払うことは、冷静に考えればかなり馬鹿々々しい話であり、かつ冒険でもある。こういう機運を察して、調停役を買って出たのが、文壇に一流の地位を占めている大島渓村という老作家であった。その結果、両雑誌社の首脳部が、ひそかに会見を行い、無益な競争を避けるために握手がかわされて、冒頭で述べた条件で、ひとまずけりがついたのである。

二大雑誌の創作募集は、同人雑誌にくすぶっている新人や、無名の作家志願者に、異常なショックを与えたであろうことは想像に難くはない。当時は懸賞募集の少かった時代ではあるし、新聞の長編小説に入選して、一躍流行作家に列した先輩が何かと引合いにだされる時だったので、この計画はまことに天来の福音として聞えたのである。知識階級の文化雑誌といえば「新世紀」と「世界評論」の二つに限られ、作家としての名が活字となって発表されるだけでも、大きな名誉な事件だったのである。この権威ある二大雑誌が、門戸を解放して彼等を迎えようというのである。莫大な賞金と作家としての地位が、同時にかち得られるのである。

なお、蛇足のようではあるが、両雑誌についてちょっと紹介しておく必要がある。

「世界評論」は、その頃、日本に盛に輸入されつつあったマルクス主義の紹介を売物にして、先進の「新世紀」の牙城に着々と迫っていた。ある月では「世界評論」の売行がよく、やがて「新世紀」の発行部数を凌ぐであろうと噂されさえした。巻頭を飾る生硬な翻訳調の地代論や賃銀論などの論文が、若い人々に喜ばれて、政策的な理論闘争が華やかな行事のように繰返されたりした。

一方の「新世紀」は、文壇の成長とともに発展したといってよいほどの歴史がある。「世界評論」が眼ざましい躍進を示すまでは、たしかに「新世紀」の創作が文壇を押えていた。雑誌の色彩はリベラリズムを基調に、当時の思想界とテンポをあわせた急進的要素をとり入れ、巧みにインテリの好みを迎えたのである。「世界評論」がノーネクタイで流行のラッパズボンのマルクスボーイであるなら、「新世紀」はネクタイもきちんと、ズボンの折目を気にするモダンボーイである。一方は粗野で荒けずりであるが、一方は洗練された、多少きざっぽいほどの手ざわりがする。事実「世界評論」は度々発売禁止に会い、その翌月は却って売行が増すという状態なのに、「新世紀」には禁止処分が少く、読者層も確実に拡がって行ったのは、巧妙な編輯法によること勿論であるが、特に最近欧米新文学、殊にイギリス、フランスの小説の紹介を、良心的にはじめたのが原因の一つになっていた。文学を語る者は、一度は「新世紀」の海外文学欄を読まねばならぬ風潮さえ生れて、若い作家達は「新世紀」を純文学の殿堂とさえ尊敬していたのである。

勿論、営業上の秘密は、雑誌の売物とする思想や傾向の外にある。大島渓村の斡旋によって表面的に妥協はついたが、無暴な競争を避けたために消極的な利益をあげたのは、勿論防禦側に立つ「新世紀」であった。渓村の努力で、ともかく一千円の金が浮いたのである。

「新世紀」はこれを感謝した。それは創作の審査員が数名あげられた中に、彼が審査員長に推されたのでも分る。事実、彼はそれだけの地位と貫録があった。この審査の方法だけは両雑誌の協定外で、「世界評論」は編輯部選と発表された。

応募原稿が、ぽつぽつ集まりかけた頃である。大島渓村は招かれて支那へ渡ることになった。

「御滞在が、そんなに長びくのでは、全く困りますね。原稿がどしどし送られてきてるのですから――」

「新世紀」の編輯長、佐々木良三は、明らかに困惑の表情を浮べて、渡支の挨拶がてら、社を訪れた渓村に泣きついた。

「せっかくだが、国民政府の招待なのでね、僕も断わりきれないいんだ」

「先生が、最後の選をして下さらなきゃ、まとまりがつきません。あれは予想以上の反響を呼んでるので、発表を遅らすわけにはゆかないし――」

「いや、それまでには戻ってくるよ」

「無理ですよ、先生。予定通り四月号に発表するには、遅くも二月中には決定しなければ具合が悪いんです。三月上旬には、校了になりますからね。――二月までには、御帰朝になれないでしょう?」

「発表を延期するんだな」

「そいつは、絶対駄目です。『世界評論』にこの上出しぬかれては、僕の面目がまるつぶれです。先生、何とか考えて下さい」

老猾《ろうかい》で知られた佐々木も、この時だけは泣きだしそうに見えた。

「ねえ、佐々木君、僕に名案があるんだが、どうだろう?」

「支那行きは中止ですか?」

「馬鹿云っちゃ、いかん。国賓待遇じゃないか。ねえ、こうするんだ、外の審査員をパスした作品を、支那にいる僕に特急に届けて僕が読んだことにする。諸君が一等にしたい作品には、僕の名前であたりさわりのない批評を作っちまうんだ。それで、いいじゃないか」

「冒険ですなア」

「構うもんか。責任は持つよ。それに、原稿を支那まで飛行機で送ったとか、特急車に積んだとでもすれば、いい宣伝材料になるからね」

渓村は、ヂャアナリズムの機嫌をとるためには、こんなことも、やりかねない男であった。佐々木も、それは知っていたが、そこまでインチキはしたくなかった。

「ははは、案外小心だな。女には凄腕の君にも似合わん。いいじゃないか。――それから注意しとくが、採用する作品は、なるべく外国臭《バタくさ》いのがいいと思うね」

「今から、お約束できませんよ」

「頭が悪いね。『世界評論』はプロレタリア小説を採るに定《きま》っているよ。もっとも現在のレベルじゃ仕方がないが、雑誌の看板からでも、プロ小説にならざるを得ないだろう。そこをねらって、反対の傾向のものを選ばなくちゃ、損をするぜ」

「しかし、先生にゆかれると、フランス文学のわかる人は他に少いし――」

「いや、いるよ、いるよ。この編輯部の高野新一君ね、あれは学生時代からよく知ってるが、外国文学はなかなか勉強してる。あれに、僕の代選をやらせ給え。大体、間違いはなかろう。――白状するがね、佐々木君」

と、渓村は卑屈に笑って、

「僕の名前で、ちょいちょい翻訳や文章を書かせてるんだ。ふふふふ、ここでは編輯部員の内職は厳禁のはずだったがね……」

「高野君を、呼んでみましょうか」

「そうだな。ああ、それから君」

渓村は審査料と原稿料の前払いを請求した。

「特派記者」として支那から通信を送ることになっていたのである。

二

高野新一は、学校出の若い記者だった。

校友会雑誌や文芸雑誌に投書したり、友人と詩の同人雑誌のいたずらをしたのが病みつきとなって、いつか法科の学生としては異端者である文学に没頭する機会が多くなって、創作の筆もとるし、翻訳もした。講師の一人から翻訳の下請けをして、若干《いくばく》の学費を稼いだこともある。その一つが偶然、大島渓村の名で発表されたのを見て、おやおやと驚いたことがあった。学校を卒業後、新世紀社の入社試験に合格して編輯部員となってからも、大島との関係はつづいて、それがやがて「新世紀」が大島に何かと無理や我儘をたのめる理由の一つにもなっていた。

大島から応募作品の代選を依頼されて、高野は甚だ得意であった。よかれ、あしかれ、最後の決定はある程度まで彼の自由になるのだ。それだけに、責任は重いのだが、それにたえられるだけの批評眼が、ひそかに養われてあったことを、大島はさすがに見ぬいていたのであろう。高野の場合、それがただ「批評家」として形をとっていないだけのことである。それに高野は「新世紀」で主として外国文学を受持っていた。

募集作品は、一千篇に近かった。編輯部員と寄稿家の一部が予め選を行い、二次三次の篩《ふるい》にかけられて最後まで残されたのは、何れも既に文壇的レベルに達している七篇の作品であった。事実、その中のどれを入選作と発表しても、問題になることは明らかだった。殊に「新世紀」当選と銘うてば、どんな平凡な作品でも二倍三倍に、光彩を放って見えるものである。

審査員に七篇の作品が順次にまわされて、採点が行われた。その結果が編輯部にもたらされたのは、三月の声を聞いた日だった。あとは、大島渓村の決定があればよいのである。

編輯会議が慎重に開かれ、文学には素養のない社長も、さすがに緊張した顔をならべた。この席上で人々の注目を最もひいたのは、佐々木編輯長と新参の高野新一との論戦だった。

「くどいようだが、採点数の一番多い作品を、僕は採りたいね。君が賞める『白い葡萄《ぶどう》』は、点数からいっても、三位じゃないか」

佐々木は興奮して高野に食ってかかった。常にはおとなしい高野が、編輯長とわたり合うのは初めてと云っていいのだが、佐々木の態度は、まるで喧嘩腰だった。

「編輯長の云われるのは、大勢順応論ですよ。審査員が高点をいれたとしても、採点などは実に微妙な心理作用を伴うものですからね。最高点、必ずしも傑作じゃないと思うな」

「じゃ、何のために、審査員を設けたと思うんだ、君は。審査員を侮辱しようというのかい」

「いや、審査員には充分敬意を払います。しかし、佐々木さん、あなたの御意見によると、点数の多い順から三等までは入選圏にあることになりますね。四番目からは、ぐっと点数が落ちますから。僕は当選作は、三篇の中から選びたいというのです」

「だから、僕は最高点のものを採ろうといってるじゃないか」

「待って下さい、最高点、最高点というけど、平均して九十二点でしょう。あとの二つだって、九十一点と九十点なんだから、その開きは極く小さいんです。五人の審査員による二三点の差などは、気にかけることはないと思うのです。仮にですね、この『白い葡萄』に大島さんが百点を与えたとしてご覧なさい。結果は逆になるんです」

佐々木は何か云いかけて、黙った。それは高野の云う通りである。しかも、大島の代選は任されてあるのだし、一二点の僅少な差は実はどうにでもなることなのだ。『白い葡萄』というのは、高野が絶対の自信をもって推奨している作品である。

「一席も二席も、筆は達者だし、なるほどよく書いていますよ。しかしですね、これらは謂わば今までの文壇小説の域を一歩も出ていない、型にはまった創作とも云えやしませんか。それじゃ、つまらない。『新世紀』の創作募集の意義は、もっと溌剌とした、新鮮味のある作品にあったと考えますね」

「そうだ。何か新機軸を出さなくちゃ。高野君の云うのはもっともだよ」

と、社長が算盤《そろばん》ずくで口を出した。それでもこの場合、高野は社長の味方に心強くなって、

「ところが『白い葡萄』は、フランス文学直系といってよいほど、すばらしい味がある。こういう作品が、日本に現われたことさえ、不思議な位です。この作者が今まで何故かくれていたのか。少くとも十年早く、いや五年でも三年でもいい、文壇に紹介されていたら、今ごろプロレタリア文学の芸術性と政治性の矛盾なんて問題が、珍しがられる愚は避けられたでしょうよ。――論より証拠、外の二篇には採点にムラがあって、K氏の審査は満点近いのに、T氏の採点は八十点などと、作品の価値を疑う態度が見えるのに、『白い葡萄』だけは、平均して九十点位ずつ入ってるじゃありませんか。これは、作品が立派であることを、審査員が――」

「君」

と、急に佐々木が口を入れて、

「理由はわかるよ。君は審査員を一々訪問して、『白い葡萄』の提灯《ちょうちん》持ちをしたそうじゃないか。採点は、その義理だよ。あたらず、さわらず点を入れたと、ある人が云っていた。Sさんなど、フランス文学のフの字も、知らないんだが、それなのに、やっぱり九十点も入れている」

満座の視線が、一斉に高野へ注がれた。佐々木は、ニヤリと笑うと、

「高野君、投書家に親切すぎる話じゃないか。ええ、君。大島さんもいない折だし……」

作者と高野とが、暗に黙契があるのではないか、といわぬばかりの皮肉である。しかし、高野は、それには意もかけぬらしい態度で、

「そうです、大島さんがお留守だし、僕は充分責任を感じたからこそです。審査員を訪問して、最近のフランス文学の動きや傾向を話したのは事実です。実を云うと『白い葡萄』は、第一次予選では落ちました。第二次予選でも無理だったのです。それを、僕は独断のようですが、第三次予選にまわしました。この作品を認めたからです。しかし、応募作品の全部に眼を通したのは、恐らく僕だけではないのでしょうか――」

それほど、高野は仕事に熱心だった。それは編輯部員の誰でも認める所なのである。良心的な彼が、日頃の無口に似合わず、堂々とまくしたてたのには、なみなみならぬ自信がほの見えて、会議席を圧倒したのも無理はない。――そして、この言動が後日に至って、はからずも彼をのっぴきならぬ破目におとし入れ、失脚の原因を作ったのであった。

「その『白い葡萄』とかを見せ給え」

分厚い原稿を手にした社長は、一二枚パラパラとめくっただけで、

「これは、たまらん。一体、何を書いてるのか、さっぱり分らんじゃないか。おっそろしく字も下手だし」

と、ぽんと投げだした。全く『白い葡萄』は辛うじて判読出来る程度の、右肩下りの汚い文字で埋められてあった。まるで初めてペンを持ったか、乱雑な左書きかと思うほどで、文章も会話らしい会話はなく、一つの句読点もない長い地の文が、三枚も四枚も、多い時は十二三枚も続いていた。そんな「小説」なんて、これまでかってなかったことだ。

明らかに、社長は不機嫌になった。傑作という小説だけに、食いついたらスラスラと読める名文だと思ったら、これはとんでもないという顔だった。編輯長は、その空気を察すると、

「高野君、君は作者を特別に知ってるのだろう?」

「いいえ、どんな人か会ったことも、聞いたこともない名です。扉純一《とびらじゅんいち》なんて、ペンネームに相違ないのですが、原稿といっしょにこんな手紙を貰ったのです。これです」

同じような書体で書かれた、皺くちゃな手紙を取出すと、高野は声をたてて読みだした。それには、――私は幼い時父母につれられてフランスに渡ったが、間もなく

両親に死別し、私の放浪生活が始まった。しかし困窮の中にも文学への愛着は断たれず、乏しい時間と金を割いて文学書をあさるうち、フランス語で書いた短い作品と詩が、ある新聞に発表され、それが機縁となってアンドレ・ヂイド氏や、ジャン・コクトオ氏にも会うことが出来た。私に最も偉大な影響を与えたマルセル・プルースト氏に、ヂイドに紹介されて面会を許された時の喜びは、どんなに大きかったことだろう。プルーストは執筆中の傑作『失いし時を求めて』の手を休めて、この倭少《わいしょう》なる極東の黄人《こうじん》と握手してくれた。その温もりが今もなお掌に感じられる。私はこの知遇に答えて文学精進を運ぶ固い決心をしたが、間もなくプルースト氏は逝《な》くなった。その上、数年ならずして、私が働いている農園にストライキが起り、首謀者と見做《みな》された私は不法なる監禁を受け、遂に本国日本へ送還されたのである。が、両親も知己もない私は、その日からルンペンになり下る外はなかった。不自由な日本語、ぼろぼろの服、それがフランス帰りと誰が信じてくれよう。私は至る処で狂人扱いにされた。「新世紀」で創作募集があると知り、海外文学担当者が貴下であると聞いて、私の半生を報告して、せめてもの私の慰めとしたい。ぜひ、原稿は一度だけでいい、読んでいただきたい。不規則な生活の結果、私は肺を冒されて、もう長くはないと思う。下手な日本語で書かれた最初にして、恐らく最後かも知れぬ作品に添えて一言申上げる次第である。『白い葡萄』は、働いていた農園に材料をとった。扉純一より。――

この手紙は、テニオハの誤りだらけであるが、居並ぶ人々を充分感動させる力がこもっていた。所謂悪文の名文というのであろう。ヂイドや、プルーストの名が出ると、さっと緊張の色が漂った。若い高野が興奮して、『白い葡萄』を異常な熱意で読んだであろうことも、想像が出来る。

社長の顔が、次第にほころびてきた。

「それで、農園のストライキでも扱っているのかね」

「いいえ。一つの心理記録なのです」

「というと、どんなストーリーだろう」

「ストーリーはありません。全然ないと云ってもいいでしょう」

「え？　そんな小説って、あるかい。意味ないじゃないか」

社長は急に軽蔑の色を露骨に示した。

「今までの小説は、ストーリーがなければいかん、プロットが大切だと云われましたが、それをひっくり返す運動がフランスに起っているのです。ストーリーやプロットは、通俗小説や大衆文学だけに必要だというんです。それほどフランスやイギリスの文学は進んでいます。『白い葡萄』もその一例です」

と、高野は専門の知識を語りだした。彼はロマン・ローランの『ジャン・クリストフ』を結論のない小説だと説明し、ジイドの『贋金造り』を自己の凝視から始まる無数の可能な人物を創造する例にとり、ベルグソンの哲学や、ラルボーの『内的独白』の例をあげ、プルーストやヂェームズ・ヂョイスの『ユリシーズ』などを引いて、現代文学の動向を説明して聞かせた。日本にも何れはこういう時代が来るであろうし、「新世紀」が日本に生れたフランス文学の匂いの高い『白い葡萄』を採用することは、営業政策上から見ても、必ず成功するであろうと結んだのである。

高野の知識も説明も、雑誌記者としての範囲を出ない、大まかなものではあったが、自信に満ちた態度で語られた結論は、ぐっと社長のとどめをさした。

「わかった。儂《わし》には文学は苦手だ。よろしくやってくれ給え」

社長は、そういう太っ腹の男だった。人任せで、自己の趣味にとらわれないおかげで、今日を築いた商売人である。

あとは、一席を決定するだけである。それは編輯部員の投票で行われた。高野をそねむ者と編輯長への遠慮からか、意外な接戦の後『白い葡萄』は遂に一票の差で辛うじて入選と決った。

次は、支那にいる大島渓村の推薦文を貰うことだ。それは高野が書けばいい。

三

会議の後の疲労と興奮とが、まだ煙草の煙とたてこめている編輯室の卓上電話が、うず高い原稿や書籍の間に鳴りだした。

「え？　決った？　誰だい、なに、磯村？　ふん、そうかい。——有難う」

電話をきった編輯長の佐々木が、

「『世界評論』のも決定したとさ。Yの奴が知らせてくれた」

「誰です?」

「磯村哲也だとさ」

ぷいと、不愉快げに、吐きだすように云った。

その夜、編輯部員の当選作審査慰労の小宴がはられ、散会してから腹心の部員と呑み歩いた佐々木が、郊外の家へ帰ったのは二時近く、呂律《ろれつ》のまわらぬほど酔っていた。

「ふん、亭主の帰りも待たずに、寝てやがる。京子、起きろ、やい、女流作家……」

妻は、罵られても、慣れているとみえて、格別憤った気配もなく夫を迎えると、

「だって、遅いんですもの。わたし、一人ぼっちで、心細いわ」

「甘ったれやがって、こん畜生。当選作が、きまったとよ」

「まア、誰なの」

「ははは、聞きたいか、聞きたいのか」

「じらさないでよ」

「嬉しいのか、あはははは」

「なによ、笑って。楽しみだわ。わたし、損したわね、応募しないで。誰よ、あなたの発案した懸賞に入選したって方」

「磯村だよ、磯村哲也だとさ。お前の昔の亭主野郎さ。恋人さ」

京子は、さっと青ざめた。

「ふふふ、嬉しいだろうが。一千円、一千円儲けやがった。昔の女房、おめでとう、だ」

「いや、いや、いや」

急に京子は泣きだした。その肩をふらふらと佐々木はつきとばして、

「あははは、ごまかしてやがる。だまされるもんか。磯村の野郎が、流行作家か。一条京子が、その奥さんか。俺の女房になって、後悔してるだろうが——」

「よしてよ、そんな話」

「怒ったね、怒った真似をしてみたね。女房のお古をくれた磯村に、やがては原稿を貰いにゆく。なんて、だらしのないこった。それも、商売仇の『世界評論』から、打って出た奴に。畜生、評論も評論だ。あいつとの仲も知ってやがるくせに」

「なんですって?」

「評論に当選したのだよ。うちのは、どこかの馬の骨野郎だよ。高野の奴、フランス文学がどうのこうのと社

長を煙にまきやがった。プルーストだか、アンドレか、テンプラになっちまえやがれ」

「……」

京子は、夫のむしゃくしゃが、よく分った。憐れみの色をうかべると、

「寝ましょうよ、遅いのですもの」

上衣を脱がせかけた手は、ふるえていた。はげしい感動が、すぎてゆく。

「馬鹿野郎、淫売婦！」

半裸体になった佐々木は、京子の伊達巻にいきなり手をかけてふりほどきながら、

「白状しろ。だまされないぞ」

押し倒して、どんとのしかかってきた。熟柿《じゅくし》くさい息がハアハア切れて、眼がギラギラ光っていた。

「その顔で、その眼で、唇一つで、俺はお前に誘惑されたんだ。畜生、俺を抱いて寝たその腕で、磯村の野郎を抱きしめて、肉体《からだ》を好きなように任せてたんだ」

「……」

「お前は内心喜んでいるんだろうな。惚れぬいた磯村は、明日から売れっ子だ。俺はな、芽の出ぬしがない編輯者、ふん、あんな奴の原稿、意地にも買うものか」

「よして。磯村のことは、これっぽっちも考えてないわよ」

「嘘つけ。俺の留守中、誰と何をしてるか、わかるもんか」

「いやな人ねえ。磯村みたいな、根性のひねくれたの大嫌い。獣だわ。ハイドみたいな二重人格者じゃないの」

「おっしゃいましたかね、だ。いいよ、いいよ、いつでも出てゆけ。磯村に抱かれたら、佐々木が返礼したといっておけ。ところで、のしがないな。のし、のし……」

「……」

「高野のせいだ。五百円棒にふったんだ。あいつが変な出しゃばりをしたおかげで、みろ、みすみす五百円の大損害だ」

「……」

「京子、俺はな、投書家と密約があったのだぞ。俺の推薦した小説は、最高点だったのだぞ。審査員にも勿論頼んだ。みんな、いい点を入れてくれた。俺の機嫌をとり損なったら、もう原稿買ってもらえんからな。あれが入選すれば、賞金は山分けの約束だった。俺の口一つで

五百円。それが、どうだ、どたん場になって、あの騒ぎだ」

　野獣のような夫の愛撫に、京子は眼をとじて、こらえていた。

　一条京子は作家志願の目的で、上京して女子大に入学した。若い女性だけの同人雑誌で一つ二つ短篇を書いて、ちょっと評判のよかった頃、磯村哲也と知合った。磯村のボヘミアンな態度が、感傷的な彼女の心を強くとらえた。磯村はすぐ彼女を手に入れた。そういうことには天才的な磯村の罠に、わけもなくひっかかったのである。三流雑誌ではあるが、雑文を時折り買ってもらったり、小さな雑誌に創作を発表してることが、彼女の憧れを更に大きくした。二人は、ずるずると同棲した。一緒に暮してみると、彼女の夢は足許から次第にくずれてきた。話に聞かされたほど、磯村の原稿は売れないし、稀《たま》に金が入れば二日でも三日でも家をあけて帰って来なかった。

「これも、作家には必要なのだわ」

　京子は自分に云いきかせたが、結局家計は郷里からの送金だけであるのに、磯村の関係が知れて、はげしい叱責を受けた後、結婚を主張し通した京子は勘当同様の宣告を受けてしまった。金は一銭も来なくなった。その時、磯村は、

「馬鹿。なんだって嘘をつかないんだ。俺と別れると一言云えばいいのじゃないか。金の蔓を自分から切るなんて、阿呆」

と、罵った。彼は、地方でも財産家の京子の金が目的だったのである。京子は全く立つ瀬がなかった。その頃、女にだらしのない磯村の過去や、性格を、あれこれと友人から聞かされて、買い被っていた後悔と、前途になやんでいるとき、京子の前に、重大な事件が起ってきた。それは「新世紀」へ磯村の代理で、ある雑文の原稿料の前借を頼みに行ったことである。金額は十円ほどのものだった。

　受付に用件を通ずると、にべもなく断わられた。しかし覚悟して行った京子は、無理に佐々木に会わせてもらった。

「承知しました。私のポケットマネーから立替えておきましょう」

　磯村とは全然タイプの違う佐々木は、服もネクタイもカラーも、きちんとしていた。台湾の大学を出たという磯村は、佐々木に比べると体《てい》のいいルンペンだった。京

子は恥じて赫くなった。しかし、佐々木は磯村の才能をしきりにほめた。事実、いよいよ切迫つまると、磯村は得意の達筆で何かをまとめ、いくらかの金にかえてくる腕は持っていたのである。

「あなたは近頃、少しも書きませんね。惜しいですよ。原稿を持ってらっしゃれば、責任を以てお世話しますよ」

京子は佐々木を信頼した。この言葉で、彼女は久しく創作から遠のいていた情熱をとり戻した。徹夜に近い仕事がつづいた。酔っぱらって帰る磯村は、それを冷笑して見ていた。京子は磯村と別れたくなった。

まとまった原稿を持って、佐々木に会う機会が二三度つづいた。そしてある日、暴力で佐々木に貞操を奪われたのである。

（あの夜の佐々木も、こんな風だった）

が、当選したという磯村には、もう何の未練もない。作家になれるかも知れないという不純な気持で、佐々木と秘密な交渉を強いられた後、京子が一切を磯村に告白したとき、予想したように彼は口を極めて罵った上、蹴ったり、殴ったりした。そして、ぷいと出たまま、帰って来なかった。しかし、その折檻《せっかん》を受けている彼女に、惨忍な言葉を浴びせる磯村の声は、妙に晴れ晴れしく、朗かな響きを与えた。彼はそれを楽しんでいるようであった。あるいは、その日の来るのを心ひそかに待っていた磯村ではなかったろうか？

彼女は、結局佐々木と同棲した。

（が、この夫も磯村のように、わたしの肉体だけを愛しているのではないか）

急に、熱いものが、彼女の頬に落ちてきた。眼をあけると、佐々木は泣いている。泣きながら、左手がのびて、彼女の肉体をまさぐっているのだ。

彼女は眼をとじた。こういう時、磯村はよく左手で彼女をもてあそんでいた。不愉快な記憶であった。

「ああ、ううう、ううう」

むせびだした彼女を、夫の左手がぎゅっと抱いてきた。

四

「新世紀」に原稿締切の日が近づいてきた。当選作の『白い葡萄』には規定の作者略歴と写真とが添付されていなかったので、高野は特に速達でそれを注意してやった。二三日経つと、宛名不明の付箋がついて、その手紙は戻ってきた。原稿の住所と照合すると、間違ってはいないのである。高野の手紙を持って、少年の使が出かけたが、その番地には扉純一はいないと、探しあぐねて帰ってきた。三度目に、高野が自ら出かけてみることにした。

　その番地――小石川初音町のごみごみした裏町は、番地がとびとびで、家をたずねるには実に不便な所だった。なるほど、扉なんて珍しい標札は、どこにも見あたらなかった。

「転居したのかな?」

　ふと、肺を病んでいるという作者の、青白く咳にむせている、みすぼらしい男の姿がちらついた。彼は自らルンペンだと言っている。失業者が一軒家を借りてるはずはない。これは間借だ。それに文学青年というものは、よく肩書きを抜いて、得意になってみたがるものである。

　高野は苦笑した。探しついでに、貸間のある家を聞いてみよう。彼はしらみつぶしに、一軒々々たずねてまわった。この時の、ものにつかれたような執拗な努力は、自分でもわけが分らないほどだった。

　袋小路の行詰りの汚い駄菓子屋で、十何回目かの質問を繰返した時、高野の努力は、遂にむくいられたのである。

「ああ、家にいたことがあったよ。左手のない男のことだろう?」

　その家の主《あるじ》、眼のぎょろぎょろした老婆は、思いがけぬことを云った。耳が痛いほど、大きな声である。聾《つんぼ》なのである。高野は、彼女と話すには、全く骨が折れた。

「お前さん、あの男と、何か知合いとでもいうのかい」

　老婆は、乱暴な言葉遣いをした。

「あれには、まだ貸が残ってるだ」

「へええ、何のお金です?」

「部屋代だよ。一両二分、とうとう踏み倒しやがった。肺病やみに部屋を貸しては、あとで借手がないからの、追いだしてやったさ」

「いつまで、お宅にいたんです?」

「去年の暮だよ。まる一月もいたろうか、前金五円の部屋賃を、五十銭だ、一両だと吐《ぬ》かして、ちびちび出し渋るもんで、大晦日に出てもらった。蒲団でも抵当《かた》にとるべえとも思ったけど、可哀想だから止めといた。荷物と云えば、薄い蒲団二枚と、はげちょろのトランク一つきりさ。小説がいっぱい入ってると、俺に見せくさって、今に金になるからと泣いて詫びを入れてたが、あんな片輪野郎に小説が書けてたまるかね。頭といえば百日かつらそっくり、左手がないもんで、袖がだらりと垂れて、見られたざまかい。あれでお前、フランス帰りの西洋乞食だとさ。ふふふふ、とんだ笑わせもんさ。ありゃ朝鮮人か支那人だろう、肝心の話が通じないんだもの」

老婆は、聞くに堪えない悪罵をあびせはじめた。高野は黙って五十銭銀貨を三枚彼女に握らせた。

「お前さん、下さるのかね。すまないね。部屋を借りようというのなら、あいにくふさがっているので――」

「いいえ、そうじゃないですよ」

「そうかね、それならいいが、まア一度部屋を見ておくかね、あいたら知らせるで」

と、暗くて急な階段を二階へのぼりだした。高野は苦笑しながら、これも一興だとついてあがった。

「この部屋だよ」

「へえ、これだけですか?」

高野は思わず聞きかえした。三畳とも四畳ともつかぬ妙な形の部屋で、隣家の物干台や街裏の見える腰の高い窓が一つあるっきり、昼でもうす暗くじめじめして、座敷牢という陰惨な空気である。今の借主は恐らく労働者か土工なのであろう、泥のついた法被《はっぴ》と脂じみたシャツが壁にだらりとかかって、三尺ほどの押入からは、よれよれの兵児帯《へこおび》がはみでていた。――それにしても、この老婆は一月五円の間代と、申訳ばかりの駄菓子の店とで、どうして生活してるのであろう。

「あの野郎は、ほんとに気狂《きちが》いだった。夜中ぶっ通しで、ゴソゴソ書きものしてるかと思ったら、翌朝ひょいと見えなくなったり、どこをうろついてるのか、二三日留守して雨にずぶぬれて帰ってきやがったり。――それでいて、お前さん、女が好きなんだよ。あれに女が出来るから不思議だよ」

高野はあきれて見かえした。老婆は淫らがましくニタリと笑うと、

「淫売かカフェーのあばずれだべえ、二三度ひっぱりこみやがって、いちゃついてやがるのさ。あきれた野郎さ。それがお前さん、妙なんだよ。一晩中、ぶったり蹴ったり殴ったり、一度は喧嘩かと思ってたまりかねて覗いてみたら、ふふふふ。あんな可愛がりかたって、あるもんかね、だから気狂いだと云うんだ。ふふふふ。翌日《あした》はひどい咳で一日へたばってるくせに」

変態的な生活を送るのには、実に相応《ふさわ》しい、この部屋

は暗い土蔵のように思われた。老婆から得られた資料は、これだけだった。転居先は勿論不明だし、一度だって手紙が来たことはなかったという。本名も彼女は忘れていた。

片腕で影の生活をする変態性慾者、扉純一が純粋なフランス文学を語るというのだ。奇怪な印象に『白い葡萄』はいよいよ神秘化して見えてきた。

目的の写真は得られなかったが、略歴は原稿に添えられた手紙の大要で間に合せることにした。「新世紀」は校了になった。

あと数日で全国一斉に発売される。懸賞創作は日本の若い文学者を、ぐんと刺戟することであろう。

「新聞広告は、うんと気ばらなくちゃ！」

この主張の急先鋒は佐々木だった。

「うちは『白い葡萄』に全社運を賭けても、いいと思うね。それほど傑作なんだから」

と、編輯会議の折とは、掌をかえすような鮮かな転向ぶりだった。この結果、例月の六段広告が八段、十段に拡大され、掲載新聞紙も臨時に十数社が追加されることになった。「白い葡萄、扉純一」の名が、木版いっぱいに白抜きされ、最大級の賛辞が惜しげもなくふんだんに使われた。映画スターが宣伝部の計画一つで忽ち生れるように、新作家「扉純一」は広告原稿と活字と木版と、莫大な経費の中で、すらすらと誕生したのである。

「新世紀」の発売日が来た。朝刊の広告面は『白い葡萄』の文字を大きくクローズアップした。

『白い葡萄』は到る処で好評だった。編輯部で期待した以上に問題になった。文学青年達は徹宵《てっしょう》この作品について議論をかわした。

『白い葡萄』の評判は、街にあふれ、喫茶店に氾濫した。雑誌は飛ぶように売れた。すぐ品切の書店が続出した。本社では再版にとりかかったと伝えられた。

『白い葡萄』は今まで見たことも食べたこともない西洋料理を、突然つきだされたようなものであった。読者は、その食事作法を知らずに面喰ったが、一度フォークをつきたてると、経験したことのない味が、滾々《こんこん》とわき出てきた。

二三日後の新聞文芸欄には、早くも月評家達によって『白い葡萄』がとりあげられた。「新世紀」系のある批評家は「この作には白いフランスの風が流れている、透明な太陽がある。ここに書かれた人間心理の複雑さ、深刻さは古今のいかなる作品をも凌ぐであろう。作者は従来の小説の約束を一切無視して、始めも終りもない、通俗的なストーリーを悉く排斥した、全く新しい文学を創造した。これこそ文学の革命でなくて、なんであろうか。ここに記述されたものは、赤裸々なる人間の秘密、我れと我が心の姿に驚く虚偽の暴露、自分の分裂である」とさえ激賞した。

「君、たしかに成功だ。感謝するよ」

と、編輯長の佐々木は、高野の手を握って感激して云った。「世界評論」の当選作、磯村哲也の小説は『白い葡萄』のためにしばらくは影をひそめた形であった。

「新世紀」の発表をどんなに待焦れていたことかと、扉純一から感謝に満ちた手紙が、例の見すぼらしい文字に綴られて編輯部にとどいたのは、発売後四五日をすぎてからであった。扉純一は大島渓村に見出されたことを、死を以て感謝に代えてもいいと、書いてあった。拙《つたな》い文字ではあるが、若い作家の興奮が一字一句にはっきりと汲みとられた。

手紙には一葉の古ぼけた写真が添えられ、写真嫌いの私は生れてから一枚も自ら進んで撮ったことはない、フランスにいるとき、ただ一度だけ友人が不意にカメラを向けたことがあったのを思いだしたので、これで許していただきたい、もし発表せずに済むなら私の願う所であると書き添えられてあった。手垢や脂でにじんだ写真は、四五人並んで撮影したのを、一部分きりとったもののように思われた。

手紙によると、扉純一はかなりの重態のようであった。文面の裏には、一刻も早く治療代が欲しい口吻があった。——差出地は、彼が療養のため、滞在しているという、遠い東北の聞きなれぬ小さな温泉からで、そこの局留めになっている。扉純一は本名であるとのことだった。

編輯部では合議の上、すぐ送金為替が組まれることになった。六七日経って、受取ったという返事が来た。

五

「世界評論」の当選作、磯村哲也の『炭坑』は、扉純一とはまるで正反対のプロレタリア小説であった。炭坑夫の粗々しく原始的な感情のなかに、組織的な労働組合運動が侵入してゆき、偶々《たまたま》突発した炭坑の爆発と犠牲者の手当を契機として、ストライキに発展するところは、ありきたりのプロレタリア小説に見られるものであったが、磯村の作品を特長づけたのは、現実描写の迫真力にあふれている点と、人間やストライキがそれまでのプロ小説のように機械的に書かれていないことであった。殊に指導者の一人が炭坑主の娘と恋愛におちいり、主義と人間愛とに悩み、一介の炭坑夫から身を起した彼女の父が娘の愛にひかされ、資本家的な心の武装から徐々に解放されて、労働者を人間的に理解しかけていたとき、豪雨のあとの山崩れで奇禍をとげる結末は、やや通俗小説くさいが——これがまた後年の彼の作家生活を決定したのであるが——その頃徒らに政治的なスローガンを絶叫していたプロ作品に比べて、目先きの変った余韻のこもった佳作であった。

『炭坑』は、しかし、『白い葡萄』のために、その光彩をうばわれた形であった。『白い葡萄』は、正当な価値を認められる前に、まず珍らしがられ、ちやほやされすぎた。その興奮が冷めると、文壇特有なデマが乱れとんで「新世紀」には思いがけなくも、致命的な打撃をあたえる結果になったのである。

好評なものには、誰でもケチはつけてみたくなる。相手の気持かまわず、ずばりと云いのける単刀直入の批評には、胸がすっとするものである。『白い葡萄』攻撃の火の手は、まず新聞の匿名批評からまきおこった。プロレタリア評論家、「世界評論」の御用批評家達が、これに活潑につづいた。彼等はひた押しに扉純一をたたきつぶすように見えた。その批評は一様に『白い葡萄』が世紀末的な自己崩壊であること、観念の遊戯であること、現実からの逃避であることなどを挙げ、『炭坑』のたくましい意慾と、組織的なイデオロギーとを賞めたたえた。

勿論、これらの批評は、立場や世界観の相違で、どんなにも自由に語られるものであって、謂わば川向いの堤防でくり返す水掛論の一種である。ところが、間もなく一人の海外文学の消息通で、その頃帰朝したばかりの翻訳家が、扉純一の創作態度と良心とを、頭から否定した爆弾的な暴露文章を発表して、この作品の価値を根こそぎひっくり返してしまった。

それによると、『白い葡萄』はプルーストやヂョイスの手法の巧みな模倣だというのである。それはまずよいとしても、恐らくこの文章の悉くは、フランス新文学の翻訳のつぎはぎだらけではないかと云って、フランスやイギリスの雑誌や新聞から、二三の作品を抜いて『白い葡萄』と対照したのである。その雑誌も作者名も、日本には聞なれないものばかりであったが、原稿との対照は奇妙に一致していた。彼は更に、これは私の知れる範囲内での極く小さな知識だけであるから、多年フランスに在住したという作者なら、日本に輸入されない雑誌や新聞を巧みに取捨して、まとまりをつける位は容易な仕事ではあるまいか、と結論した。

引照した作品は『白い葡萄』の四分の一位の分量であったが、それはいかにも全作品の剽窃《ひょうせつ》を証明するに十分な根拠と見られた。批評界は俄然紛糾した。「新世紀」は一切黙殺する主義で進んだが、それもやがてデマとは云いきれぬ証拠があがってきた。それは「世界評論」編輯部気付で磯村哲也に送られた、例の拙劣な文字で綴った扉純一の手紙で、文面は皮肉にも剽窃を暗に認める結果であったのである。

——僕の作品に、ケチをつけさせているのは君だろう。僕のが評判がいいから、君はねたんでいるんだ。誰の小説にヒントを得ようと、どの雑誌からタネをとろうと、君には関係のないことだ。大きにお世話だ。チョッカイ出すのはやめてくれ。お前の『炭坑』が誰からネタを買ったのか、俺はチャンと知っている。いつでもすっぱぬいてやるぞ——

こんな意味が、病勢の進んでいるためであろう、前よりも一層乱雑な文字でなぐり書きされてあった。脅迫じみた手紙が、更に二三通つづいて磯村に送られ、一方「新世紀」には掌を返したような真実らしい態度で、デマを信じてくれるな、私は生命を賭し創作した作品である、という正反対の懇願の書面がとどいたが、その何れにも発信地は明記していなかった。扉純一は、冷笑と軽蔑の渦の中に置かれた。しかし、その卑怯な態度について磯村は、

「扉君の小説の一部に、たまたま外国作家の文章に似た所があったとて、あんなに攻撃するのは可哀想ですよ。深く尊敬したり、愛読している作品は潜在意識となって、思いがけぬ時に、ひょいと顔を出すものですからね」

と、同時に文壇へデビューした友人へ心からの同情を寄せ、

「例えば、フランスの偉大なる批評家エリオットによると……」

と、聞きかじりの批評の一節を話した。

磯村がフランス文学に素養のないことは、この一言にも知られ、「フランスの偉大なる批評家」という渾名《あだな》がつけられたほど、後年まで彼のゴシップとしてつきまとった。テー・エス・エリオットはアメリカ生れのイギリ

ス人である。

『白い葡萄』は忽ち、好評の頂上から、どん底へつき落されたように見えた。編輯者と選者に、非難の声が渦をまいて押しよせた。審査員長の大島渓村が鼎《かなえ》の軽重を問われる立場に押しつめられてきた。

その大島は翌月の「世界評論」に突如「白い葡萄について」という感想を寄せ、あの作品は一度も眼に触れたことがない、滞支中「新世紀」の編輯部が勝手に入選作と決定し、批評文も独断で書いたものである、私には一切責任はないし、大いに迷惑を感じていると、怒気満々たる筆致で裏面を暴露して、却って『炭坑』の作者を極力推薦し、同時に彼の紹介による第二作が堂々と発表されてあった。

これが「新世紀」を怒らせたのは無理もない。「新世紀」を更に激怒させたことは、大島が公約を裏切って「世界評論」の最高顧問となり、社賓として待遇を受けると発表されたことであった。次号から支那を主題とした長篇を執筆すると予告さえ出ていた。

佐々木も、殊に高野は、全く立場に窮してしまった。それを更に悪化させたのは、新聞や出版社の内幕をすっぱぬく内報の記事であった。大小十幾つかの出版内報は、日毎に「新世紀」編輯部の無能をならべ、編輯員と『白い葡萄』の作者間には予め賄賂の密約があったと、真実らしく報道を始めた。高野が非難の中心人物であった。そうなると、選者を説いて歩いたという行動や、編輯会議の模様がなるほどとうなずけてくるのである。佐々木派の部員は、内報の記事を信じた。内報は、扉純一とは高野の匿名で、彼が書いた小説ではないか、と臆測さえしだした——その証拠に、扉純一なる男は、誰一人会ったことも、見たこともないではないか！　現にその住所さえ口を左右に託して発表しようとしないではないか！

高野は歯ぎしりして口惜しがった。

「僕は会ってきます。草の根を分けたって、扉純一を探してきます」

それまでに、手紙や電報で何回も釈明をもとめた扉からは、遂に居所も明かさず、最近は音信さえなかった。高野は、最初懸賞金を送った温泉へ直行した。その温泉は、それほど大きな町でないにもかかわらず、左手のないという影の男、扉純一の消息は全く不明で、しらみつぶしに探った宿帳には、特徴のある右肩下りの文字は遂に発見されず、最後に、局止めで送った銀行為替の受取証に、たった一つの証拠らしいものをつきとめただけだった。——その筆跡は、意外にもやさしい女文字なのである。

高野は行員の好意で、受取証を写真に撮ることを忘れなかった。そこに記された扉純一の宿泊所、T旅館は全くの偽称で、扉も女文字の主も立寄った形跡さえなかったのである。もう、何の弁解の余地があろう、「新世紀」の懸賞金一千円は、扉純一と名乗る男のために、明らかに詐取されたのではないか。扉が転々と行先を変えたのは、その犯行をくらます手段ではないか。

高野は土地の警察へ事情を話し、扉と同行の女の捜査を頼んで、空しくひきかえしてきた。手には、一枚の受取証の複写が握られているだけ、最後の望みは彼女をつきとめることだ。それも、なんと雲を摑むより漠然とした希望ではないか。

その四五日のうちに、高野は十年も老けこんだように、やせ衰えてしまった。しかも、帰京の彼を待ち受けていたのは「馘首《かくしゅ》」の宣告であった。

「まア、急ぐことあない。ゆっくり、扉純一とかを探し給え」

と、社長は全身を憎悪にみなぎらせて高野をにらみつけた。

「手当はあげないよ。君は『新世紀』に泥をぬったんだ。今月は返品が七割でとまれば、めっけものだろう。たいした審査員長もあったものだよ」

もとより高野の覚悟していたことである。一切の弁明は用をなさないのだ。高野は黙って机の整理をはじめた。ふと、その時眼にとまったのは、扉から送られてきた手紙と、古ぼけた未発表の写真であった。びりっと割きかけて、その手をやめた高野は、袋にしまいこんだ。その中には『白い葡萄』の原稿の第一枚が、記念に入れられてあった。高野は、この時の気持を虫が知らせたと後日述べているが、その袋は古雑誌とともに埃を浴びたまま数年の間保存され、はからずも『白い葡萄』の作者、いや剽窃者を発見する唯一の手がかりとなったのである。

「いよいよ、お別れかい？」

佐々木が皮肉な笑を浮べて近づいてきた。

「君のおかげで、僕は校正部へ左遷さ、厚く御礼申上げたいものだね」

社長にどうとり入ったのか、彼の首はまだつながっていたと見える。高野がむかむかする気持をぐっと押えて立ちあがると、

「君、高野君、磯村に会ったらいいぜ。今夜は『炭坑』

の出版記念会だとさ。ぜひ行きたまえ。君こそ『新世紀』から送るに、ふさわしい代表者だからな――」

高野は黙って編輯室のドアを排《お》した。廊下へ出ると、

「馬鹿野郎！　高野の大馬鹿！」

佐々木の怒号するのが聞えた。

外はまぶしい五月の光であった。高野は、新世紀社の石の階段をゆっくり踏みながら、しみじみとつぶやいた。

「僕は最善をつくしたはずだ。あの作品が盗作であろうとは、考えつかなかったことだ。しかも、デマは一度誠しやかに伝えられると、動きのとれぬ真実に見えてくる。すると、僕が今まで考えていた正義の観念は、まちがっていたのかな。――正義とは、結局与えられた条件の中でしか通用されないものなのか？」

六

その夜は、磯村哲也の未発表作品を加えた創作集『炭坑』が、世界評論社から発行された記念の夜であった。

磯村は文壇知名の作家や、ヂャーナリストを招待して、稀に見る盛宴を張った。堂にあふれるほどの盛況で、来会者は二百名近く、料理代だけでも六百円を超えたという噂であった。ある人は磯村のヂャーナリズムへの媚を憐笑したが、その金離れのいい太っ腹には誰もが舌をまいた。

磯村哲也は、ぐりぐり頭の、見るからに精悍な男であった。身体はこじんまりとしているが、まるで精力の固まりみたいな感じであった。それは、『炭坑』以来、矢つぎ早に三四篇の創作を各雑誌に発表したことでも証明されたのである。

磯村と並んで、妙齢の女性が席を占めていたことは、来客の眼を驚かせるに十分であった。彼女は絶えず微笑をつづけ、美しい顔を更に魅惑的にひきたてた。その女が磯村の何にあたるかは、およそ想像はついたが、彼女の正体をはっきりと知らせたのは、それから三四日後、磯村に配達された一通の手紙であった。差出人は扉純一であった。

――磯村、お前の記念会が今夜だということを、新聞で知った。俺はこっそり東京へ戻って、お前を殺そうとさえ考えた。お前は俺の前途を滅茶苦茶にした上、最愛の妻まで奪った男だ。俺が喀血にむせている時、妻は俺を足蹴にしてお前へ走った。悪魔め。お前のテーブルの

横には、妻の祥子《さちこ》が虫も殺さぬ顔で坐るだろう。俺はもう助からない。お前達を呪いながら死んでやる。いつまでも、たたってやる。

これが、扉純一の最後の手紙であった。数日経って、現場のK滝壺近くに発見されたという汗くさい脂じみた古マントは、扉が下宿していた駄菓子屋の老婆によって、彼のものと証明された。屍体は滝壺深く呑まれたためであろう、遂に発見されなかったが、扉純一は永久に姿を失ったのである。

磯村は『ライバルの死』という創作を書いて扉純一の死をいたく悲しんだ。磯村は期せずして文壇に同時に紹介された未知の友人に心からなる哀悼を捧げ、『白い葡萄』が決して盗作ではなく、偶々一部の暗合にすぎないのではないかと述べ、ただそれを証明するには自分には語学が乏しい、これからは専心海外文学を学んで、日本に新しい領域を開いた友の実験を押し拡げてみようと発表した。それは信玄に塩を送った謙信の心構えに似て、かつ好意に満ちた文章であった。

妻の祥子については『ある女』という作品で、変態性欲者の作家にさいなまれていた女が、怖ろしさのあまり死を決して放浪先から逃げだし、金と技能のない女が生きる唯一の道、貞操の市場に身をまかせていたのを救い、同情が結ばれて恋愛となる経過を述べていた。ここに書かれた変態性欲者、扉純一の肺を冒されながら妄想に悩まされ、妻を虐げる描写は、読者の眼を思わずそむけさせるほど、凄惨を極めた。それは、駄菓子屋の老婆が高野に語った情景を、生き生きと再現してあったのである。

この二つの作品は、磯村の出世作『炭坑』のプロレタリア的要素とは、およそ縁の遠いものであった。鋭い批評家は、この矛盾を指摘したが、大部分の月評は好評であった。

妻の祥子は死の愛撫から逃れた手記を、ある婦人雑誌に発表した。彼女もまた作家志願の一人であった。この手記が縁となって、通俗小説を執筆するようになり、恐らく磯村の補筆や指導が巧みなためであったろう、彼女にも人気が出て、やがて二三の雑誌に連載物をはじめるようになった。

磯村と祥子の間に、ごたごたが生れたのも、この頃からである。磯村は、

「夫婦とも同じ商売ではね」

と、こぼしていたが、家庭では祥子が暴君を極めていた。原因は磯村に新しい婦人が出来たことからであった。

世界評論社から、文学全集が刊行されて、宣伝公演会が各地に開かれることとなり、磯村も講師の一人に選ばれていた。受持の関西方面へ出発する四五日前から、妻の祥子はヒステリー気味が高まっていた上、時々胃痙攣《けいれん》を伴っていた。

磯村が出発する夜、祥子は病床についていた。その手をやさしく握りながら、

「講演が終り次第、すぐ帰って来るよ。その間に、痛みが急に激しくなるようだったら、この赤い丸薬を呑んでごらん。ほら、三つ入れておくよ。白いのが消化剤、赤いのが痛みどめ。わざわざ病院から貰ってきてやった。三つとも一度にぐっと呑まぬと利かないそうだよ。ちょっと舌ざわりが変だそうだが、すぐ痛みは治ると医者が云っていた。いいかね、分ったね。それでも具合が悪かったら、女中を呼んで、医者を迎えたらいい」

と、熱っぽい額に接吻して別れた。

講演会での演題は「純文学と通俗文学」で、磯村はいかにも新進作家らしい情熱をみなぎらせて、通俗文学の愚劣さをこきおろし、あまつさえ当時漸く認識されかけた探偵小説についても、これは単なる機智と偶然と、トリックを生命とする文学以前の記録であると、みえを切った。

磯村はいかにも純文学の使徒であるかに見えた。若い聴衆は激しい拍手を送った。青年は一方的な独断には、異常な興奮をもってとびこみ、盲目的に信用するものである。

満員の講演会が一日延ばされ、次の予定地へ発とうとした夜、一通の電報が磯村をあわただしく東京へよびもどした。祥子が死んだのである。

祥子は変死を遂げていた。屍体はある劇薬の反応を示していた。磯村は死体にすがりつきながら、人目もかまわずぼろぼろ泣きくずれて、その死を責めた。彼の証言によって、妻には自殺をとげる理由があったことが分った。それは妻が彼に新しい愛人が出来たと誤解し、常に風波が絶えなかったというのである。女中もそれを証言した。が、祥子が劇薬をどこで入手したか、経路は依然として不明であった。

この打撃からか、磯村は『怖るべき誤解』で、妻が情人と誤った女性との交渉を書き、それは作家として必要な体験を得るためにすぎなかったのに、精神的にも肉体的にも清教徒である彼が、思いがけぬ悲劇を招いたことを、慟哭して訴えた。この作品を発表して後、彼はしば

らく創作の筆を絶った。外国語の勉強が、この間にはじめられたのである。

「フランス語のイロハからですよ。学校時代にさぼった報いですよ」

と、彼は弁明した。大学の経済科にいたという磯村は、コクトオとヴァレリーを混同するほど、フランス文学には知識がなかった。

磯村の向学心は、文壇でのゴシップの一つになった。

七

数年が流れた。

磯村哲也は依然として純文学の使徒の一人であった。彼は豪奢な生活費の大部分を、あれほど軽蔑していた通俗文学に仰いでいた。この矛盾は彼の出世作『炭坑』のストーリーや、大向のうけを察する場あたりの題材を選んだ初期の作品において、既に萌芽を示していたことである。彼は、この矛盾をかくすために「文学の大衆化」を主張した。磯村は先輩の大島渓村の名より広く知られ、その収入は月五千円を下るまいと噂されたが、文壇の人気は不思議と彼を誹謗しなかった。それには、時代に敏感な彼が、ある資本家をくどいて娯楽的な大衆雑誌を発行させると共に、純文学を標榜する文芸雑誌を刊行させ、自らそれを支配独占していることを挙げねばなるまい。純文学だけでは食えぬ作家が、すべて彼の門をたたいた。磯村を怒らせることは原稿の閉出しを求めることになる。事実、彼の通俗文壇進出のおかげで、数名の作家が文壇から惨めに姿を消している。その裏面には磯村の事業家としての悪辣な手が動いたといわれ、ある女流作家との間には愛慾の醜悪なゴシップさえとんだ。

実利的な金儲けの外に、彼はまた純文学の興隆にも力を注いだ。磯村哲也責任監修の名の下にプルーストの浩《こう》瀚《かん》な大作、八巻十六冊の『失いし時を求めて』が順次翻訳出版されつつあったのである。それは完璧の翻訳と喧伝された。彼の声がかりで、幾人もの作家がデビューし、気の利いた装幀の創作集が文学ファンを次々に喜ばせた。

しかし磯村の声望には、まだ自らなる貫禄が欠けていた。それは経歴にパッとした箔のないことから来ることであろう。が、それも果される時が来た。世界の文学者大会がパリで開かれることになり、日本からは文壇懇話会に推されて磯村が出席することになったのである。

パリ行は新しい宣伝材料になった。文壇雀は「あいつ、またネタを仕入れてくるぞ」と蔭口をたたいた。三四年前、アメリカへ渡った彼が、古本屋をあさり歩いて、手垢で汚れたボロボロの大衆小説を大量に仕入れ、それが通俗小説の材料になっているらしいことは、どことなく洩れて、今では衆知のほど有名であった。が、どの小説が、どの翻案なのか、誰もつきとめたことがなく、磯村はそれらの噂を笑って黙殺した。彼はそういう不思議な創作法には、常にぼろを出さなかったのである。

　盛大な送別の宴が開かれた。日本の代表は日本式にという磯村の好みから、会場は広い日本座敷が選ばれた。知名の顔が殆ど揃い、その中にはかつての「新世紀」記者、高野新一もまじっていた。

　高野は「新世紀」退社後、大抵の編輯記者あがりが歩く道の通り、しがない雑文稼ぎの生活を余儀なくされていた。新聞社や雑誌社の空気は、いつとはなしに、堅気の生活には縁の遠い人間をこしらえるものとみえる。高野は、このタイプの文士の常である「今にみろ、大作を書くぞ、力作を発表するぞ」と、野心だけは口癖の一つとなって、若くして老いた作家志願の一人であった。

　席が乱れて、無礼講の乱痴気騒ぎがはじまりかけた時であった。高野は思いがけぬ出来事に、思わず眼をみはった。

　それは、磯村の隣にあぐらをかいたFという作家が、食後の果物を食いかけて、

「ナイフがないぞ」

と叫んだ時である。

「オーライ。――ストライク！」

と、すぐに答えて、遠い席から立ちあがった酔っぱらいが、手にした刃物を、投げてよこした。ナイフは、さっと飛んだ。

「あっ！」

　瞬間、はっと高野は青ざめて、ほっとした。右手で杯をうけていた磯村が、ヒョイと左手で受けとめたのである。でなければ、ナイフはFの眼か、横に坐っていた芸者の顔へ、グサッとつきささったに相違ない。

「うわっ！」

　一座は思わぬ曲芸に、嘆声をあげて総立ちになった。幸なことに、刃をつぶしてあるナイフと見えて、磯村は怪我をしなかった。

「諸君、諸君。いよう、東西――」

　懇話会の理事の一人が、ふらふらと立つと、

「これより磯村君の珍芸を御披露なつかまつる。彼は天勝《てんかつ》の孫弟子であある。彼は右手で原稿を書き、左手で――」

「おい、よせよ」

磯村は明らかに狼狽の色を見せた。

「左手で彼は猥画の筆も執るのである。諸君、試みに彼に筆を持たせたまえ。巨大なる諸君の一物は、継ぎ目なし、休み目なしの一筆書きとなって、その傑作たるや、まさに生ける如く、その瞬間に……」

「よせ、みっともない」

たまりかねた磯村が、彼の口を押えた。

「先生、ねえ、左手でサインしてよ」

と、芸者が寄ってきた。結局、磯村は何枚かのいたずら書きを強制されてしまった。高野はのぞきこんでいたが、酒の勢もあって、

「磯村さん、記念に僕にも下さいよ」

「もう、勘弁してほしいな」

「いや、僕のはちょっと毛色がちがうんだ。あんた、細字《さいじ》は書けますすか」

「苦手だね、そいつは」

「いいじゃないですか。読みますよ、ちょっと長いですがね――凡ての神秘の扉がそうであるように、詩の世界もまた『さとる』ということなしには、その深みに突き入ることは……」

「駄目だよ、そんなの、書けやしないよ」

磯村は筆を投げだした。

「そう怒るもんじゃないですよ。これや、純文学の神様、プルーストの言葉ですぜ、磯村さん。エッセイの一句なんだ、知ってるでしょう」

「ああ――」

「じゃ、あとを続けた、続けた。僕が暗記してる大好きな言葉なんだからね。――その深みに突き入ることは出来ないのだ。いや、単純に『さとる』ということ以上に、意識内部における分裂と統一との争闘をさえ必要とするのだ。――終り」

「いやな奴」

酔って乱れた文字が、大判の色紙にべたべたと躍った。おどけた手で、高野はそれを拝《お》しいただく真似をしてから、

「僕、見送りには行けないかも知れませんよ。近く、実話のネタを探しに、ちょいと田舎へ行くもんで」

「うん、大いに稼げよ。田舎って、どこだい」

「N県のH村ですよ。あそこの村の女の子でさ、中将の養子にありついた一件ですがね。相も変らず、立身成功感激美談ですよ」

「H村？」

磯村は、ちょっと顔をしかめて、

「行ってもつまらないぞ、あんなところは。旅費をかけるより、僕がネタを提供してあげようか。いいのがあるんだ」

「へえ、磯村先生ともあろう人が、実話やるんですかね」

「うん、ある雑誌からね、あれを小説に仕組んでくれろと頼まれたんだ。新聞記者が調べたという、大分くわしいネタを、揃えてくれたのさ。僕は出発で忙しいし、断ろうと思ってたところだから、ネタをそっくりあげてもいいよ」

「でも、悪いですよ」

高野は、内心しめたと思ったが、一応は辞退した。その時、ふと思いだして、

「ああ、H村といえば、磯村さんの郷里じゃありませんか」

磯村は、思いなしか、サッと険しい表情をした。

翌朝、高野の下宿へ、磯村の使だという少年が、新聞の切抜や写真や、原稿などをまとめて持ってきた。高野は磯村の好意を不思議に思ったが、旅費も時間も節約出来るので嬉しくなった。少年には丁寧な礼状を渡して帰した。

その夜から、貰った材料で原稿を書きかけたが、うまく筆が運べない。どうしても実感が生れてこないのだ。H村の地形からしても、想像がつかないのである。せっかく旅費は都合してあるのだし、これだけ材料が揃っていれば、半日位で用は足りるであろう。ついでに近くの温泉へ足をのばして、随筆の材料を作って来てもいいのだ。磯村の洋行に刺戟されたためか、高野は急に旅に出たくなった。

翌日の夜行で、高野は中央線をH村への旅に出た。山間の小駅から、二里近くも谷川をさかのぼった村は、全く平和な世界であった。景色は美しかったし、空の色は青く澄みきっていた。やはり来てよかったと、高野は考えた。

帰りの汽車にはまだ時間があったし、予定より早く用が片付いたので、村の美談のために何かと骨を折って紹介してくれた小学校へ、高野は再び足を運んだ。放課後

なので、寺小屋式の小さな校舎ではあったが、さすがにがらんと淋しかった。

老校長は自ら茶を入れて高野をもてなしてくれた。質朴な老人であった。

「あんたも文士なら、磯村哲也を御存じでしょうな」

「磯村ですって？」

恐らく文学などは毛嫌いするはずの校長が、親しみ深く磯村の名を呼んだのである。

「そう、磯村哲也ですわい。フランスへ行くそうだが、出世したものですなア。儂は嬉しくてたまりませんのじゃ」

「へえ、先生、先生は磯村を知ってらっしゃるのですか」

「知らないで、どうします。あれは、村の宝ですぞ。この学校の卒業生ですわ。それも、儂の教え子じゃもの、はははは」

老校長は感にたえぬという風情で、

「先生より、弟子が偉うなりおった」

高野は送別会で貰った色紙を、記念に置いてゆこうと思った。旅費の足らぬ時、売りとばす用意に、文士の色紙の五六枚は、いつもトランクに入っているのだ。老校長の好意に対しても、それ位の礼はしなければならない。それに、左書きではどうせ満足には売れないのだ。

高野は色紙をひきぬいた。

「これが磯村の書いた字かね。えろう、拙いな、読めんな」

老眼鏡を探す校長へ、

「左書きなのですよ。酒の上の座興で」

「左書き――？　あの子は、まだ左書きを止めんのかねえ」

「まだ？　――と、仰言ると？」

「あんた知らないのかね。磯村は生れつき、器用な子で、右も左もよく利いた。儂は右手を使え、左手は不具《かたわ》だと教えたが、左で書かせても、うまいもんじゃった。中学校へ行く頃は、不具といわれるのが、いやだと見えて、右手ばかりになっとったが……」

聞いているうちに、急に高野は果知れぬ不安な雲に襲われてきた。何年かの間、忘れようと務めていた不愉快な、わけの分らぬ憂鬱な塊が、むくむくと頭をもたげてきたのである。

「おや、どうかしましたかな」

「いえ、何でもないんです。――先生、磯村さんの写真はお持ちじゃありませんか」

「小学校の卒業記念のがあるが、かすれて見えんじゃろ。そうそう、思いだしましたわい、検査の年のがあったっけ」

書類棚を探していた校長は、やがてキャビネ型の写真を持ち帰ると、

「兵隊検査の時にね、村へ戻って来た教え子と、記念にとったのじゃ」

校長を中心に七人の青年が並んでいた。若い磯村の笑っている顔が校長の隣りにあった。六人の青年は和服を着ていたが、左端の一人だけは洋服だった。その顔は、どこかで見た記憶はあるが、高野には思い出せなかった。

「この洋服は、誰でしょう。一人だけ珍しいじゃありませんか」

「それはね、田宮というて、東京で保険の外交をやっていたハイカラだったよ」

「今、どこにいますか?」

「可哀想にね、死んでしまった。検査の翌年にね。悴《せがれ》をたよって東京へ出た両親も、それからは消息聞かんが、どうしているやら」

老校長は当時を追想して涙ぐんだ。


「先生、この写真を貸していただけませんか」

「とんでもない」

「一日か二日でいいのです」

「いけません。いけません。前にも写真を貸してあげた人があったが、それっきり戻ってきません。駄目です」

高野は執拗に頼んだが、校長は頑として聞き入れなかった。

八

次の汽車に乗遅れて、夜行までの数時間がこの上もなくもどかしかった。翌朝帰京した高野が、おののく手で押入れをかきわけ、埃の中から漸く探しだしたのは、新世紀社を解雇された時、ひそかに持ちだしたあの袋であった。

袋も中味も、既に黄色く変色していた。彼はまず扉純一の写真を見た。怖ろしい予想は適中した。――それは、病死したという田宮であった。フランスで撮したという彼の説明は、全くの偽りである。

高野の息は、思わずつまった。左書きの色紙と、扉純一の原稿とは、ペンと筆との違いこそあれ、同じ筆跡ではないか。胸が激しい動悸をうちはじめた。気ぜわしく色紙の文章を読み下した高野は、

「あっ!」

と、立ちあがった。座興で思いついたマルセル・プルーストの文章には、偶然にも、扉・純・一の三字があった。しかも、それは扉純一の原稿や手紙の署名と同じ書体である。度々繰返される文字は、自ら一定の形をそなえるものである。

「扉純一とは、磯村哲也であった」

もはや、何等疑うところはない。磯村は、左手で原稿を書き、憎むべき扉純一になりすましたのだ。彼のために、高野はぬぐうことの出来ぬ恥辱をうけたのだ。

くらくらと、高野の眼がくらんだ。時計は八時四十分。磯村は九時の急行で発つはずだ。時間はある。

「東京駅、東京だ、東京駅!」

わめきながら円タクへとび乗った高野は、下駄ばきだったことに初めて気づいた。上衣と思って摑んできたのはルパシカだった。ただ手には色紙と原稿と写真がしっかり握られていた。

「これだけで十分だ。今日こそ、磯村に泥をはかせるのだ」

疾走する自動車の中で、高野はだだだだと足ぶみした。

——あの当時の扉純一の奇怪な行動が、一々理解できるのだ。ぐりぐり頭の磯村は扉になりすましてかつらをつけ、わざと耳の遠い老婆の貸間を選び、左腕をかくし、女をつれこんでは変態的な性慾の芝居を演じた。女は祥子に違いない。東京の磯村と打合せながら、祥子は転々と温泉地を廻り、磯村の手紙を投函したのだ。磯村は己にあてて脅迫状を書き、自殺さえ装ったのだ。その祥子は死亡している。しかし、それが磯村の殺人と断定できぬはずはない。祥子は暴君であった。秘密を握っているからだ。磯村は彼女の暴露を怖れていたのだ。

が、何故、磯村は一人二役を演じたのであろうか。懸賞金目あてのためであろうか。それには、いずれは盗作と分る『白い葡萄』を何故作ったのだろうか。どんな匿名でも、作者の正体は必ず知れるものである。磯村がそれほど愚劣な計画をたてるはずはない。しかし翻案のつぎはぎは彼の得意だ。純文学と通俗文学の二股かける彼なら、まるっきり性格の違うプロ小説と、にせフランス小説をこしらえるのは何でもないことだ。才気と速筆と

精力は彼の財産だ。最初、何かの事情で懸賞金だけをねらったのに、あまり意外な反響を生んだ苦しまぎれに、遂に狂言自殺まで企て、作者への追求を断ったのではないか。——あるいは扉純一を完全な影の男に仕立て、この仮面の敵を打ち倒すことによって、彼の名声を博そうとしたのではないか。が、仮にも純文学を名乗る彼が？ いや、磯村が確かに惨忍な二重人格者であることは幾つも例がある。彼こそ「世界評論」へ賄賂を使って、当選したのではないのか？

が、当時磯村は「偉大なるフランスの批評家エリオット」と失言して、識者の顰蹙《ひんしゅく》を買っている。その彼が尖端的な文学を自由に訳し得たはずがない。——が、それがカムフラーヂの一種としたら？ フランス語を習い始めて僅数年、多忙な彼がどうして難解なプルーストを容易に理解出来得よう。やはり、既に立派な語学の力があったのだ。それに彼は台湾で経済学を学んだというだけで、大学時代の生活を殆ど語ったことがない。紹介もされてはいない。故郷のH村訪問さえ、彼は恐れていたのではないか。

では、その動機は？ ——この時、自動車は東京駅に着いた。あと数分、高野は転ぶように駈けて、人混みをホームへかきわけた。

「磯村君、ばんざアーい」

歓送の声が、あふれて、ねじれる。人垣をつきのけながら、高野は漸く仇敵、磯村哲也、いや扉純一と初めて面とたちむかったのだ。

「き、きさま、よ、よくも——」

喉につかえて、声が出ないのだ。高野は、わなわなと唇をふるわした。

「こ、これを見ろ。悪魔。扉純一の仮面を、はぎに来たのだぞ。やい——」

磯村は、それが自分に向けられた罵声だと気がつくと、

「どうしたんだ。高野君、馬鹿に興奮しているね」

「うう、ぬ、このかたりめ。扉純一になりすましやがって——」

「扉？」

さっと磯村の顔が激しくゆがんだのも一瞬の間だった。

「ははは、何を云うのだ、君は」

「左の手で、原稿を書いて、俺はだまされたんだ、よくも、お前は——」

「おちつき給え、君も扉純一みたいな気狂いになっちまうよ」

「なっても構うもんか。証拠の原稿はこれだ。見ろ、ここにある。磯村、お前は女房まで殺しやがって――」

ぎょっと身を引いた磯村へ、高野はどんとぶつかって行った。が、その足がさっと払われて前のめりに倒れると、

「ち、畜生。やりやがったな」

わめきながら、立上ろうとする手へ、シュっと鼻血がとんだ。

「なに？――何だ、貴様は？」

大島渓村が、人混みをかきわけて飛んででた。

「気狂いですよ、こいつは」

まっ蒼な磯村がうめいた。

「嘘だ、嘘だ。狂人《きちがい》じゃないぞ、俺は。磯村が人殺をやったんだ。眼の前にいるんだ」

が、大島に腰を蹴られて、よろけた下駄の緒がプスっと断《き》れた。その手と足を、荒れ狂う高野は忽ち警備の駅員にひきずられてしまった。

「離せ、離せったら。磯村の人殺！」

が、その声は鳴りひびくベルと、怒濤のような万歳の声にもみ消されてしまった。汽車は嵐の雰囲気の中を徐々に動きだした。高野は身もだえした。色紙と原稿が、ぱっと飛んで落ちた。その上を、ぞろぞろと靴の浪が踏みにじって動いた。

「ああ、ううう、ううう」

階段を泥と血にまみれてひきずり下されながら、高野は、ふとその下り口に近く一人の婦人を見つけて、はっとした。

「一条京子だ！」

――磯村は、この一条京子を佐々木に奪われたのだ。惨忍な彼は「新世紀」と佐々木への復讐を遂げようとしたのだ。大島の意見と渡支中の代選の最高権威が、僕に任されたことをひそかに聞いて、若い僕の気に入る作品をでっちあげた。罠にかかったのは、この僕だった！

急に高野の記憶へ、あの新世紀社を馘首された時の、最後の階段を踏んだ水々しい五月の陽光がはっきり浮んできた。

――俺は恐らく狂人扱いにされることだろう。正義はいつ酬いられるというのだ。

「ばんざア――い」

また激しい歓声がまき起った。佐々木と別れて、今は三流新聞の婦人記者になっている京子は、昔の恋人に職業的に旗を振つづけていた。その前を磯村の顔がゆっく

りと流れて行った。彼女も、あわれな作家志願の一人であった。

聖骸布

1

……年内にはひとまず帰国したき希望には有之候《これありそうら》え共、何分相当手広き経営と相成《あいなり》居《お》り、殊に相手が支那人にて候えば、内地引揚と公表すれば必ず足許につけこみ整理も容易ならずやと存居候《ぞんじおりそうろう》。居抜きのまま日本人に譲渡するは、最も無難なる方法にて、目下知人にも相談中にて候。もしこの方が決定すれば、帰国の日も案外早きかと存候。……

宜昌《ぎしょう》に近い牛口鎮《ニウコウチン》の父から、久しぶりの手紙が着いたのは七月の初めであった。涼子は、しかし懐しさを感ずるよりも、一種の敵意を以て手紙を読んだ。

父が一攫千金《いっかくせんきん》の夢を抱いて、飄然と天津《テンシン》へ渡り、やがて牛口鎮で雑貨商を開いたという便りを貰ってから、もう六年にもなる。その間、思いだしたように一年二三回の簡単な走り書のハガキ以外には、七十を越した祖母の帰国をすすめる手紙に対してさえ、一言の弁解がましい態度を示したこともない。それがどうした風のふきまわしか、細々と店の模様を書いた上、急に帰国の意思をもらしてきたのである。

退役軍人である父が、ひそかに数年分の恩給を条件に高利の金をこしらえたことは、出発後に知れた。そのために、祖母と弟を抱え、生活の基礎を失った一家の責任を殆んど転嫁されてきた涼子は、まるで旅行から帰るような父の態度に、むしろ憤りを覚えたのである。

しかし祖母は別だった。

「やれやれ、やっと帰る気になったかの。やっぱり家がいいんじゃろ。あの清人《きよんど》が腰を折ったのだから——これもイエス様のお力だわ」

子供のように顔をほころばせるその眼から、たわいなく涙が流れた。

「帰って来おったら、ぶつくさ云うだろか、涼子、家が狭うて見すぼらしいと」

喜ぶそばから、こんな心配をした。

「云うもんですか。云える筋じゃないはずだわ」

「でも麻布の家を売ったのは、私だから」

「だって、お祖母さんの名儀だったのでしょう。それをお祖母さんが処分しただけですもの。会社がしくじった時でも、お祖母さんは家にだけは指一本ふれさせなかったじゃありませんか」

日頃の愚痴を忘れた祖母に、涼子は腹立たしい気になる。

「一回だって仕送りしてくれたわけでなし、こっちの困ること分りきったことですもの」

「何年になるかの」

「六年ですわ。お母さんの死んだ翌年ですもの。わたしが四年生の秋でしたわ」

「そうか、そんなになるかの」

「庭に柿が赤かったでしょう」

「家を買戻すと云うやも知れん。古くとも住みなれた家はいいものだ」

「お父さんの勝手ですわ」

「手紙では、えらい裕福になったように書いとるが――」

若い者の気持を、祖母には察するだけの余裕はないのだった。老眼鏡をかけると、また手紙をとりあげる。

「もう六年になるかのう。あっちでは、こっそり嫁を貰ったかも知れん。なアにここへ連れて帰るなら、それもかまやしないけど――」

涼子が反抗的な気持になると、いつでも祖母は、親を捨てた息子をかばおうとするのであった。手紙を置くと、

「聖書をとっておくれ。清人《きよんど》のを」

祖母は年に似合わず、キリスト教を信じている。生家が秋田で、日本へ明治の布教が秋田から始まった関係でもあろうが、祖母は洗礼を受けていた。息子が支那へ渡ってからは、特に信仰に身をいれて、神の啓示にわびしさをまぎらわそうとしているのが、涼子にはたまらなくいじらしく、日曜毎の教会を孝養の一つとして手をひいてやった。近頃は凝り固まったという風さえ見えて、若い涼子は祖母にひきずられている形であった。

聖書を取りに小部屋へ行くと、弟の国雄は代数の教科書を開いていた。

「明日の試験?」

「うん、国語は自信があるんだけど」

「お父さんが帰ってくるんだって」

「聞いた。お祖母さん喜んでるね。教会へ行かなくち

ゃいけないって、散々説教聞かされちゃったよ。お祖母さんたら、何でも神様のおかげだからなア」

ノートに鉛筆を動かしたまま、顔をあげようともしない弟を、涼子はいぶかし気に見下しながら、

「国雄さん、嬉しくないの？」

「何が――？」

「お父さんの帰ってらっしゃること」

「……」

「どんな気持？」

涼子は自分の心を試しているのかと、聖書を持つ手がふるえた。

「分らないさ。そんなこと。お父さんの顔を見ないうちは」

涼子は、紺絣《こんがすり》の弟に教えられていると思った。これが正直な気持なのだ。小学四年生の時に家を出た父に対して、弟だけが冷静になれるのかも知れない。

祖母の部屋へ引返すと、祖母は、

「はい御苦労さま。イエス様のお引合《ひきあわせ》ですよ」

と、端坐して巻紙に筆を走らせている手を休めて云った。

「クリスマスには間に会うように、早速返事を書こうと思ってね。涼子さんも、一筆書き添えては、どう？」

2

蘆溝橋《ろこうきょう》の事件は、それから数日後であった。涼子はラヂオの臨時ニュースや、活潑な活動を開始した新聞の号外に、不安を包んで接した。案外小規模な地方的事件で解決しそうにみえたのが、日を経るにつれて、意外に拡大の形勢をはらんできた。涼子の不安は、間もなく現実の実を結んであらわれた。

漢口《かんこう》に避難していた奥地の邦人が、遂に引揚を伝えられた十日後には、その漢口も空軍に爆撃された。「南京《ナンキン》終発列車」で、外交団が最後の生還を新聞紙上に賑わし、やがて日高参事官夫妻の歓喜にみちた写真が、大きく発表されたり、命からがらの避難民の記事がぽつぽつ新聞に現われ、それも次第に影をひそめた。引揚げるべき者は、それぞれ内地に落ちついたのである。

だが、涼子の父、伊東清人からは、あの手紙以来、ぷつりと消息は絶たれてしまった。ラヂオに、新聞に、一家はそれらしい報道に注意を怠らなかったが、生きてい

るのか、死んだのか？　手がかりは杳《よう》として得られなかった。

九月が十月となり、上海《シャンハイ》陥落の祝賀行列が、この新開地の家にもざわめきを伝えてくるようになった。当局への調査願も、予期したことであったが、消息不明ともたらされて、すべての光明が失われた。

「生きているのですよ。あのお父さんに限って、死んでいるものですか。軍人じゃありませんか」

涼子は祖母を慰めた。祖母は期待が大きかっただけに、子の消息が絶えると、健康を害して、いつとはなく床につきがちだった。

「ほんに、生きているだろうか」

「生きていますとも。軍人じゃありませんか、お父様は。どこかで、事業の計画でもしているのでしょうよ。きっと北支だわ。北支に廻っているのですわ」

「でも郵便位、来そうなものだが」

「勿論、来ますわよ。だけど、戦争中は、とても日数がかかるんですってね。二月も三月も経ってからですよ。私ね、今に、只今って元気な声が聞えそうでならないのよ」

一時凌ぎの言葉と知りながら、そう繰返しているうちにいつとはなく、父が生きていると信ぜられてくる。

「クリスマスまでにはねえ――」

祖母もそう信じこんでいる。

クリスマスの晩餐は、涼子の発意で、遅くまで箸をとらなかった。白い食卓には、祖母と涼子と弟と、そして今にも足音の聞えるかも知れぬ父のために、四人分の料理が用意せられた。皿を覆うた夕刊には、陣中で正月を迎える南京入城の兵士達の、喜色にあふれる餅つきの写真が出ていた。それはしかし、ロマンチックな夢であった。誰人の訪れもなく、時計は十二時を告げた。

　　もろびとこぞりて
　　　むかえまつれ
　　ひさしくまちにし　主はきませり
　　　主はきませり　主はきませり

忍びやかな歌声が、むせぶようにこの家を洩れはじめた。

三人は各々の暗い影をひいて箸をとった。しかし祖母は、二口三口動かしただけで、

「ああ、おいしい……」

こらえかねた涙をせきだした。

3

四月になった。

女学校を出ると伝手《つて》を求めて勤めた会社で、涼子は四回目の春を迎え、空しく婚期のすぎかける青春にパフをたたいた。復活祭《イースター》があと五六日という日の夜、祖母の食事も終え、映画をねだる弟を送りだして、一人で遅い食事をしていた。この二三日、祖母の衰えはめっきり目立ち、こんな健康がつづけば派出婦を頼まねばと思う。

「御免——伊東清人さんは、こちらで?」

聞きなれぬ男の声がした。立ってゆくと、狭い三和土《たたき》にいた男が黙って名刺をさしだしたが、——牛口鎮永安馬路《エーアンモールー》・野沢実と一眼見て涼子は胸をおどらせた。

「何か、あの、父のことでも——?」

「そうです。是非お伝えしなくちゃならぬことがありましてな」

涼子は急いで食卓を片附けると、男を茶の間へ通した。一間離れて祖母が寝ていた。

「野沢と申します。商売上いつもお世話になっているのでしてね——」

対坐するこの男は、老人か若いのか、ちょっと見当のつかぬタイプの顔に、涼子は薄気味悪い思いがした。洋服も薄汚れている。それにじろじろ無遠慮に部屋を眺めわたす。

「お父様から信《たよ》りがありますかね」

「昨年の七月に、帰国したいと云ってよこしたきりでございますの」

「ああ、そうでございましょうなア」

野沢は、考えこんだが、

「立派なお店でござんしたよ。馬路の二層楼《ニーゼンルー》の西洋房子《シーヤンボンツー》——二階建ての西洋館、伊東公司《イートンコンス》と云えば、知らぬ人はありませんや。何しろ牛口鎮じゃデパート格ですからね。公司へ行きさえすりゃ、何でも間に合う、白糖《バドン》も氷糖《ビンドン》も塩《イー》もあれば、高粱《コーリャン》も小麦《ショーマ》も揃っている、それに洋貨店《ヤンフーテー》も兼業だから、便利この上なしで、お店はいつも買売興旺《マーマーシンワン》——あ、ごめんなさい、つい支那語が出て。お店は繁昌《はんじょう》でしたよ」

上海訛りを挟むのが、涼子には父の商館の匂を感じさせた。野沢はこんな調子で牛口鎮の説明を始めた。訪問の目的がどこにあるのか、涼子は男の心を測りかねて聞いていたが――五六分もそんな相手をしているうちに、奥支那から運びだしてきた陰影に、すっかりとりかこまれるのを感じた。遂に涼子の方から質《き》いた。

「事変で引揚げてらしたのでしょうね、あなたは。それに父も？」

「ええ、それが全く命からがらでしてね。もう着のみ着のままで」

涼子の眼が男の膝に落ちる。

「漢口まで下ってらしたのですか？」

「不幸に、私共は逃げ遅れて、そんな暇がなかったのですよ。もう滅茶々々です、私共の店は――」

「じゃ、父のも？」

「まっ先にやられたのが、お嬢さん、伊東公司だったのです」

「……？」

「可哀想に伊東さんは、いや誰だって逃げる暇はなかったでしょうよ。昨日まで、伊東先生《イートンシーサン》とか老爺《ラオエー》とか、ちやほやしてた連中が、突然馬賊みたいに押しかけてきたのですからね」

涼子は蒼ざめた。

「捕虜になったのでしょうか」

「――お気の毒でした。逝《な》くなったのです」

「えっ？　やっぱり――？」

「丁度、その場にい合せた私だけが、どうやら助かって、伊東さんだけがああした最期《さいご》をとげられたのは、何と申上げてよいか、お悔みの言葉に苦しむ次第です」

野沢の眼に光るものを見た、涼子は祖母の悲しみが案じられた。

「しかし、御立派な最期でしたよ。軍人としても、クリスチャンとしても。引揚の歴史を血で綴られたのですからね」

と、前提して、野沢が語りだしたのは――。

七月十九日、蔣介石《しょうかいせき》の抗日声明書が、牛口鎮の町をも排日の「悲憤慷慨」にまきこんだ。二三日前、大多数の邦人は引揚げたが、日頃親日的好感で迎えられていた伊東や野沢やその他二三の人々は、未だ牛口鎮にふみとどまっていた。それがいけなかったのである。

二十日の夕暮近く、武装した巡捕《シュンプー》と憲兵《シエンピン》が先頭に、群集が伊東公司になだれこんできた。その時伊東は店の一隅で荷物を整理していた。巡捕の一人がつかつかと近づき、伊東を足蹴にした。

「做甚個《ツオーサーコ》！」（何をする？）

身構えた伊東へ、

「到監牢来《トウケーローレイ》！」（監獄だ！）

殺到した群集が、商品の棚にわっと飛びついた。公然の掠奪が開始されたのである。一瞬、伊東は事態の何であるかを理解した。想像していた最後のものが来た。

「こらっ！」

手近の硯台《ニーデー》（硯）を、手槍《ショーチャン》（拳銃）を構えた兵卒に投げるよりも、銃口は火を噴くのが早かった。伊東は眼鏡《グーチン》を霧のように吹きとばされ、昏倒した。巡捕が我れがちに伊東へのしかかって行った。

伊東公司の騒動を聞いて、駈けつけた二三人の邦人は、その場で検束せられて行った。二層楼の伊東公司は、まるで地震のような叫喚のなかに、ものの二三十分もかからず、きれいに掠奪せられてしまったのである。逸早く逃亡した使用人達の一部さえ、欲深くも引返して掠奪隊に加わり、むしろ先導の役目さえ引受けた。その眼は地下室にも延びた。

野沢実は、地下室の階段から伊東の最後を見とどけていたのである。野沢は引揚の打合せに、公司を訪れ、地下室へ下りた直後に、この暴徒が襲ってきたのだった。略奪が地下室へも下ることを知ると、彼はあわてて暗い空箱の山の中に潜りこんだ。足音とわめき声が近づき、耳許で缶頭《クードー》（缶詰）入りの板箱がはじけるように開かれてゆくのを、世もあらぬ思いで聞いたが、暴徒の手は空箱までは及ばなかった。

やがて永安馬路を勝誇って引上げる喚声が遠のいて行った。不安の夜が来た。野沢はそろそろと這いだし、階段を手探りで登って行ったが、大通りへ出るのは危険と知ると、再び地下室へ下りかけたが、ふと伊東の死骸に気がついた。彼は大胆にも死体を運び下ろし、略奪隊がとり忘れた麻布を探しだすと、死体を包んで空箱の中に安置した。上衣《モーカー》、ズボンは勿論、皮鞋《ビーアー》（靴）、汗褲《ウークー》（ズボン下）までもはぎとられて、ま裸かであった。死体を運ぶときは、まだ心臓の鼓動は聞かれたが、夜明けには、冷たくなった。野沢は伊東の強固な意思力を、そこにも見た。何故なら、死体は両肢を切断され、左右の手は砕かれ、その上――。

「ああ、あなたは！」

突然、涼子が口をついて叫んだ。

「父のその姿を見せたいと仰言るのですか。それを告げるために、わざわざ、この家へ来たのですか」

激しい非難が涼子の声をふるわせた。しかし野沢は、冷えた茶をぐっと喉にならしてのむと、落ちついて答えた。

「あなたを悲しませたことを、お詫びしなくちゃなりません。伊東さんは牛口鎮の人柱となられた。その霊に対して、私はあなた方御一家の方にお会いしなくては、気がすまなかったのですよ。たった一品、記念《かたみ》をおとどけするためにもね」

「記念と仰有ると？」

「それこそ、クリスチャンのお母様の血をつがれた伊東清人さんの、信仰がこうも固いものかと驚かされる品ですよ。死んだ伊東さんの霊が、まざまざと生きておられるのです」

野沢は凍傷に荒れた右手で、傍に置いた小さな風呂敷を解いた。白い桐箱が現われ、蓋をひらくと薄汚れた麻布が出てきた。

「遺骸をお包みした布です」

「ああ——」

涼子は眼を覆うた。死臭さえ感じたからである。

「これが記念の品かと、さぞ御不審かも知れませんが、遺骸の傍で四晩、掠め残りの餅乾《ピンクー》を探しては嚙《かじ》って辛抱した挙句警察から解放された連中に助けだされたのです。即日退去という命令で、命からがら牛口鎮を引揚げねばならぬ。伊東さんには気にかかるが、葬式なんて時間はないし、そんなことをしたら、またどんなひどい目にあうか知れやしません。それで私はこの麻布を半分裂き、肌身離さず持ってきたのですよ。宜昌で拘留、漸く解放されたと思ったら、今度は武昌《ぶしょう》の鉄路警察ではスパイの嫌疑で捕まって、ここでは所持品全部をとられましてね、その上二ケ月の監牢《ケーロー》入り、解放されたら今度は広東《カントン》で四ケ月、クーデターや日本の爆撃には、ちぢむ思いがしました。今年の二月にやっと香港《ホンコン》へ逃げたんですがしかし、どこでも腹巻きだと申訳したために、この布だけはこの通り無事で——」

突然、野沢は言葉をかえると、

「お嬢さん、この布に白い線が見えやしませんかね？」

「私、さっきから、何かの模様かと……」

「お父さんのお顔です」

「えっ？」

「奇蹟が現われたのですよ。地下室に安置していた間に——キリストがゴルゴタの丘に葬られ、そして甦えったようにね」

言葉の全部が理解できず、驚いて野沢を見る涼子へ、

「イタリーのトリノにある聖骸布をご存じですかね？」と、刺すように云った。

4

イエスが自らの磔刑《たくけい》を受けるために、重い十字架を負わされて、イスラエルの凹凸《おうとつ》の激しい狭い道を、髑髏《ゴルゴタ》の丘へ進んで行ったのは、鋪石《ガバタ》の広場に設けられた審判席で、

「十字架につけよ。十字架につけよ」

「その血は、我らと我らの子孫《こども》との上にかかれかし」

ピラトの最後の救けの試みに対して、こう叫びたてる群集から「カイザルの他われらに王なし」とて、ユダヤ人の王、ナザレのイエスの刑が確定した直後であった。

こうして、逾越《すぎこし》の準備日《そなえび》の第六時、受難の列は丘へ続いた。——髑髏《されこうべ》という処に到りて、イエスを十字架につけ、また悪人の一人をその右、一人をその左に十字架につく。斯《かく》てイエス云いたまう「父よ、彼らを赦し給え、そのなす所を知らざればなり」（ルカ伝二十三章）。ピラト罪標《すてふだ》を書きて十字架の上に掲ぐ「ユダヤ人の王、ナザレのイエス」と記したり。妥《おだやか》にユダヤ人の祭司長らピラトに言う「ユダヤ人の王と記さず、我はユダヤ人の王なりと自称せりと記せ」ピラト答う「わが記したることは記したるままに」。兵卒どもイエスを十字架につけし後、その衣《きぬ》をとりて四つに分け、おのおのその一つを得たり（ヨハネ伝十九章）。

当時の刑の習慣として、死罪人は十字架に釘づけられたまま立てられ、激しい苦痛のうちに死を待つ定めであった。従って野犬や禿鷹や野鳥などは、好んでその周囲《まわり》を彷徨した。イエスもこの運命をたどるはずであったが、大安息日には十字架上に屍体を置くことは許されなかった。イエスは十字架より下されて墓へ運ばれることになる。

イエスの死去は「折しも神殿の幕《とばり》、上より下まで二つに裂け、地震《ちふる》い、磐破《いわやぶ》れ、墓開け、眠りたる聖人の骸《かばね》多く起上りしが……」とマタイ伝は証している。イエスの最後の痕跡を消すことを願ったファリサイ人は、兵卒を十字架に送り、死体を取除けと命じた。兵卒はまず二人の強盗の足を折り、次に「イエスに来りしに、はや死に給うを見て、その脛を折らず。しかるに一人の兵卒、鎗《やり》にてその脅《わき》をつきたれば、直ちに血と水と流れ出《い》ず」

（ヨハネ伝十九章）。

この屍体はアリマタヤのヨセフに渡された。ヨセフは清い亜麻布に包み、新しい墓に横たえ、入口には大きな石を横たえた。しかし、ファリサイ人は石に封印を施し、屍体の持ち出されることを防ぎ、同時にイエスが三日以内に復活するとの予言をも封印しようとしたのである。

その予言は、しかし見事に実現されてしまった。奇蹟は行われたのである。最初の発見者は、マグダレナのマリアであった。知らせによって駈けつけたヨハネとペテロは「墓に入りて布の置きたるを視、また首《こうべ》を包みし手拭は布とともに在らず、他のところに巻きてあるを見」たのである。（ヨハネ伝二十章）。ヨセフが捲いたままの膨みを見せて、亜麻布は横わっているが、その主《ぬし》は既にいないのだ。頭布《ずきん》は少し離れたところに、互いに差込み合されたままのうねりを示している。

――この亜麻布が、現在イタリー、トリノのチャペルに宝蔵される聖骸布だと伝えられているのだ。長さ四米《メートル》七〇糎《センチ》、巾一米余というから、イエスの全身を覆うには十分な寸法であり、そしてイエスの聖骸が歴然と陰画として印象せられ、その陰画こそ、古来いかなる美術家を以てしても到底企て得ない尊厳荘重無比な、キリストの等身大の姿を浮べだしているのである。

幾度か科学者の眼にさらされた聖骸布は、聖書を冒瀆することなしに、それが数千年に近い斜紋織《しゃもんおり》の麻であり、蘆会《ろかい》の濃汁に浸された麻布の織りだす陰画こそ、ゴルゴタ受難の聖像そのままに、右心耳《うしんじ》を貫いた鎗の跡や頭の傷さえ示してる。その上血液さえ附着している。

鎗の傷口から流れでた「血と水と」のヨハネ伝は、人間イエスの死を記録したといえる。ソルボンヌ大学の実験室では聖骸布の陰画を、人体面から放散する蒸気の作用からと説明した。竹内時男博士の解説によると、その種の蒸気は、肉体的苦痛や熱によって生ずる汗に含まれた尿素分が、醱酵して湿気を含むアムモニア蒸気となるのだという。これが蘆会に浸された古代布に乾板の役目をさせたのである。

聖骸布の奇蹟が、こう科学的に説明されてくると――牛口鎮帰りの野沢実の差出した薄汚れた麻布にも、その奇蹟が起り得ないとは云い得ないのだ。両手両肢を切断され、死の一線をただよっていた伊東清人の死体は、暗い蒸籠《せいろう》のような地下室に、奥支の暑熱に放置されていたのである。

5

「これが、父の陰画ですのね！」

涼子は、教会で聞いた聖骸布の記憶が、野沢の説明で更に新しく強く甦った。

「伊東さんは、この布を、通りぬけて昇天されました。いいや、この陰画から忽然とこの世に復活されて、奇蹟を示されるかも知れませんね。私は固くそう信じたいのですよ。イエス様のようにね」

この時、襖の外に嗚咽が急に聞え、激しく襖に倒れかかる音がした。

「お祖母さま！」

掻巻《かいまき》のまま奥の病室から這いだしてきていた祖母だった。

「まア、お寝《やす》みにならなくちゃ、お祖母さま」

涼子に助け起されながら、祖母は頑強に頭《かぶり》を振った。

「わしはもう治った、治った。ほんにイエス様のようにね」

「いけませんわ、お祖母さまったら。お身体にさわりますわよ」

「いいえ、涼子。わしはお客様に会わねばならん。清人をこれほどかばうて下さる方が、遠く来て下すったというに」

「お母さまでらっしゃいますか。私、野沢と申しまして、生前いろいろ――」

野沢がいざりよって手をとった。

「はい、いいえ、もうみんなお話を聞きましたわい。ほんに清人のこととなると、寝ていてもよう聞えます」

「お祖母さま！」

だが、祖母は案外腰もしっかりと、涼子にもたれてではあるが、歩いたのである。麻布を手にすると、祖母はもう涙にくれた。

叱るように、客人のもてなしを命じられて、気にかかりながら、涼子が近所の店まで出た間に、祖母と野沢との間に一つの取引が済んでいた。野沢は牛口鎮での伊東公司の立場を物語った上、

「実は伊東さんに、これだけの御用立てをしておいたのですが。いや、今となっては、別に金がほしいの、あなたに御迷惑をかけるのと、そんな気持は毛頭ないのですよ。誤解なさらないで下さい」

一通は約束手形、一通は借用証書で、金額は相当の額に上った。

祖母は黙ったまま立上ると、手文庫からハトロンの袋を持ってきて、手形と証書と引換に、野沢へ渡したのである。

もし、神を知らず、そして神を怖れぬ中学生の国雄が居合せたら、確かに祖母の行為を激しい非難を以て責めたに違いない。涼子とても、それが誰にも知らせず祖母が秘かに貯えてあった債券だとは、野沢が帰った後で告げられた。債券は七百円に近く、清人の借金は三千円を出ていた。

「ほんにイエス様のようにねえ。わしも清人が帰って、こんなに丈夫になったよ」

確かにその日から祖母は健康をとり返したようである。涼子は野沢に割切れぬものを残し、祖母の秘密の財産については、あの夜の十四五分間の外出を悔んだが、責める気にもなれなかった。七百円で健康を買ったと涼子は慰める。

復活祭《イースター》の朝、勤めの出がけに涼子は思いがけぬ刑事の訪問を受けた。教会で顔を知っているクリスチャンの、奥村という大学出の私服だったので、一種の心易さはあったが、

「野沢という男が来ましたね？」

「あの人、どうかしましたの？」

はっと気づいて、涼子は奥村を玄関から連れだした。祖母には聞かせたくなかったのだ。

「署に留置してるのですがね、あなたのところにも立廻った形跡があるものだから」

「父の記念の品をとどけてくれましたの」

「金は？　金をせびられたでしょう？」

「ええ――」涼子は野沢の一件を報告した。

「その債券は多分とり戻せますがね――」

と奥村刑事は云って、

「やはり牛口鎮帰りだと云って、野沢は中田という家を訪ねたのですよ。中田という人も牛口鎮で店を開いていたのですが、事変の半年ほど前に奥さんと子供を内地へ帰してあったんです、この管内ですがね。そこへ二三日前に野沢が訪ねて、『あなたの御主人は支那人に殺された』と告げたのです」

「あら、家のと同じですわ。家じゃ殺されたのは父一人だと云ってましたのに」

「そこからお定《きま》りの奥支逃亡話をやって、実はこんな

証文があるんだがと、持出したというのです。中田家は相当の財産家だから、それ位の金は惜しいと思わなかったが、野沢にふと不審を抱いた。野沢のカフスボタンに見覚えがあったのですよ。奥さんが御主人に買ってあげた品とそっくりなのです。それから武昌で所持品を没収されたというのに、証文だけ持ってるのがおかしい。そこで言葉を濁してひとまず野沢を帰して、署へ相談に見えたのが発覚の始まりでしたよ」

「中田さんにも、聖骸布――?」

「それがね、あなたの所で成功したので、またやってみたらしいが、却って疑惑を招いた原因なんですよ。中田さんは熱心なクリスチャンだったが奥さんは、旦那におつき合い程度――ははは、丁度僕みたいにね。だから、あなたのお祖母さんのようには、うまくゆかなかった。え、野沢ですか、奥さんと入違いに牛口鎮へ来た男だから、そこまでは知らなかったんですね。調べると、奴とんでもないことをしてきたのですよ。人殺しです。日本人をね」

「えっ――」

涼子は顔色をかえた。

「お父さんじゃないですよ。中田さんをです。引揚のどさくさにまぎれて、財産をまきあげて、内地へ高飛びしてきたんです。実印があれば、証文は作れます。伊東さんは支那人に殺されたと云ってるし、屍体の番をしたことも事実らしいですがね、これは引揚避難民に照会を発していますから――」

そして刑事は意味あり気な言葉を添えた。

「イタリーの聖骸布――あれは二千年からの陰画だと科学は証明しても、果してイエスか否か、これは科学の外にあると思いますね。野沢の麻布、あれは何かトリックがあるでしょうよ。今調べてますがね。ところで涼子さん、イエスが刑を受ける時、群衆が『汝神殿を毀《こぼ》ち三日の中に建て直す者よ、十字架より下りて自らを救え』と叫び、隣りの十字架に磔《か》けられた強盗の一人は『汝もしユダヤ人の王ならば己を救え』と云っていますね。ところが、イエスは己のために祈らず、他人のために赦を乞うた。すると、もう一人の強盗は仲間を責めて『汝なお神を畏《おそ》れざるか、我等の酬は当然なれど、この人は何の悪をもなしたることなし』と、イエスの味方をした。この告白には既にキリストに対する証明が含まれていたわけですよ。――さて以下は、僕の推理です。仮に、野沢を神を畏れぬ強盗とし、中田をキリストの神秘を悟った強盗としたら……クリスチャンでも犯罪者がないわけじゃありませんよ。それには中田の素行も探ってみたんです。伊東さんに武器を持たせず、二人に武器を持たせたとしたら――」

涼子は刑事の言葉を味わう理解力と余裕を欠いていた。涼子は刑事に別れた。そこから停留場への近道を、涼子はいつか教会へ足をむけていた。青い蔦がからみ、尖塔に朝の光がゆれている。彼女は父の聖骸布をそこに見たと感じた。武器を持たぬ父の姿が、そこにあると感じ、同時に刑事の言葉が針のように残酷に胸に来た。――野沢が父を殺した?

「……」

急な眩暈《めまい》から、涼子はその場にしゃがみこんだ。祖母に話すべきであろうか、このまま欺きいるべきであろうか。父は子として今は恨むべき父ではないのだ。だが祖母は、刑事の推理が事実として証明された場合にも、なお「わが記せるは記せるままに」と、イエスの罪標《すてふだ》をたてたピラトの心を持ってくれるであろうか。

評論・随筆篇

虫太郎と高太郎

（木々高太郎『人生の阿呆』の解決編に言及
していています。未読の方はご注意ください）

「新青年」の五月号から、小栗虫太郎氏の長篇「二十世紀鉄仮面」が載った。鉄仮面という言葉が、あのなつかしい涙香の記憶の郷愁を誘うように、この小説もまた、虫太郎氏らしい、もやもやした、広漠たる印象と推理とを、憎らしいほど面白く組みたててゆくことであろうが、この最初の一編を読んで、最近ずっと発表されていた考証的の、または宗教味を帯びた同氏の前奏曲が、いよいよ実を結ぶであろうことを感じた。難しいと考えられていた虫太郎文体が、じっと変ってきているのは、この作家が「大衆性」への把握を、物語っているものであろう。

大衆性といえば、また虫太郎といえば、すぐに対照されるのは、木々高太郎氏である。氏の「人生の阿呆」は、五月号で完結したが、最初想像せられたマルキストの青年への疑惑が、老婆の出現によって、意外な解決を遂げた。老婆がロシア語を習い、暗号を解く手懸りとするのも面白いが、読後、主要人物がすっきりと浮び上ってくるのは楽しい。探偵小説の二年生と自ら名乗って、甲賀三郎氏の探偵小説の芸術性への疑惑に対抗して、本格的なればなるほど、探偵小説の芸術性はあると旗をあげた高太郎氏の理論的発展を期待している。この論戦についてては何れ書いてみようと思うが、一言にすれば甲賀氏は作家的なる良心と経験からの謙譲であると私は考える。

苦労あのテこのテ

創作の苦労うちあけ話を書けということなのだが、正直のところ、僕は創作にはあまり苦労しないで、肩が凝らぬうちに、さっさとまとめてしまう方なので、苦労らしい苦労はしていない。それに、探偵小説では昨今の新参者であるし、作品はといえば「白日夢」の長編と、あとは短篇若干という有様なのだから、苦労らしい苦労を重ねるほど、経験もないわけである。いわば探偵小説ファンから、探偵小説作者へ仲間入りが出来かけている程度の僕なのであるが、しかし僕としても小は小なりに、やはり苦労のあのテこのテ、はある。

「白日夢」は、初めから変格ものを志していたし、作品もそれ以上を出ない。僕とても探偵小説の真の味は、水ももらさぬ作戦計画をととのえた本格物にあるとは知っているし、そういう作品も「探偵小説」の名にかけても一度は作りたいと思っているが、僕にはどうにも向かぬらしい。僕は、これは作家の精神と肉体から生れる体質的な差異ではないかと考えている。作家は、どんなにサカダチしても、自分の持っていないものを、たやすく変貌して書けるものではないと思う。ある作家の十年前と十年後の作品を比較して、その中に含まれている作家の体質的なあるものは決して驚くべきほど変化してはいまい。変幻極まりない小栗虫太郎氏の作品にしろ、その博物館的知識の集成は、結局この作者の自分のものとなっているものの自由な表現だからこそ成功するので、あれを一々図書館で参考書をひろげていたら、たいへんなことである。夢野久作氏の小説にしても、そういうことがいえる。――しかし、作者が、こういう鉄の鎖から抜けきれないとしたら、随分不幸な話であろうが。

僕は文章の推敲ということに、あまり苦労しない。推敲に推敲を重ねるのは勿論大いに必要で、結構なことには違いないが、小説の面白さは、必ずしも名文たるを必要としない。現代の名文として、放送の時は思わず泣かされた「兵に告ぐ」は大久保少佐がサラリと書き流した、読み返す暇さえなかったというではないか。――と、こんなことを考えている僕は、なんという虫のよい野郎だと、時に僕自身を叱っている。

文章の推敲はあまりしないが、ストーリーを考え、それからそれと空想するのは、まことに楽しい。大体のストーリーを頭のなかにまとめておいて、あとは筆の勢にまかせて、発展させてゆくのが僕の流儀なので、これは実に小説を楽しく書かせてくれる。メモにコピーをとって、一石一石ゆるがせにしないというような方法は、どうも苦手である。僕は生れつきから、変格ものに縁があるのだと思っている。僕には簇劉一郎というペンネームがもう一つあって、詩や新短歌に関係しているが、長い間にいつか詩歌的な抒情性が僕をヴェールのように包んでしまった結果かも知れない。それでいて、僕の本来の仕事というのが、壹銭壹厘壹毛をもゆるがせにしない簿記会計なので、いよいよ以て妙な男である。固くるしいバランスシートや損益計算書などの数字の行列――数字は道徳なりという言葉があるが、簿記の数字は一波忽ち万波をゆるがす神秘性を与えられている。まさに本格小説以上である――から、無限の空想部落へ僕をはしらせるのかも知れない。

このまえ海野十三氏の「深夜の市長」の出版記念会があって、海野氏の知己だという友人にひっぱられて、探偵小説家の集まりに初めて僕は出席してみた。ここで僕は、江戸川、甲賀、大下、木々、水谷、角田、橋本、大阪、渡辺、延原、辰野等の諸先生、諸先輩のお顔を何れも初めて拝見し、ラヂオで聞いたことのある肉声を聞くの光栄に浴した。サイダーにビールをうすめて呑みながら、この和気藹々たる会場夜景に僕は目をみはっていた。――これが、あの「完全なる犯罪」を考案して読者をハラハラさせる、極悪無道（？）なる探偵作家の集まりであろうか、と。内気なる僕は、こんなことにも気苦労してみたくなるのである。

この原稿を書いていると、大阪の蒼井雄氏から手紙がきた。文字から受ける感じでは、きっと端麗な紳士だろうと思う。いつか会う日を楽しみにしている。僕は、きちんとした装身をしている人が、恐ろしい本格物を書く人だと、独断を下している。

「白日夢」を中心にした創作苦労話を書けということだったが、外の雑誌に書いたこともあるので気がすすまないし自己宣伝となるのもいやだし、こんなところに筆が辷ってしまった。ただ書き添えたいことは、この小説は僕の体力とガンバリでまとめたようなものである。執筆に熱中したおかげで、半年余の胃腸病を征服することが出来たが、今までなかったムシ歯が一本生れて、目方が五百匁減ってしまった。僕は創作にもっと苦労するとともに、身体を作らねばならない。作家は結局体力が決定するものだと思う。

探偵小説の作り方

1　探偵小説の三要素

探偵小説を極く簡単に定義すると、謎と推理と解決の三つを條件として成立つ小説である、ということが出来る。この三つの條件が、他の小説から探偵小説を区別させ、特殊な文学的風貌を帯びさせて来るものであって、一つの定型的文学とも云うことが出来るのである。

探偵小説は理知の文学である。代数の方程式に似ているし、正確な建築工事の設計図にも喩えることが出来る。813 × 555 = 451,215 という算術の計算で、この中の数字が一つ不明であっても、我々は直ぐその数字を見付け出すことが出来る。三つの数字の間には有機的な連絡があるからである。探偵小説も謎と推理と解決との間に、最初から計画せられたつながりがあって、矛盾を来すものであってはならない。これが探偵小説本来の姿と約束なのである。勿論個々の作品には、この公式通り書かれぬものもあるが、以下しばらく探偵小説の本則ともいうべき点を述べてみよう。

2　謎の提出

探偵小説は謎の提出から書き初められる。事件から見れば結果の部分から書かれてゆくのである。例えば意外な場所で意外な人物が殺害されているが、殺人の方法も犯人も一切不明であるというが如きは、その一例である。しかしこの発端は決して作者の出鱈目や気分本位で書かれてはならぬもので、必ず綿密な用意の下に計画された原因、動機の結果だけを先ず表現するのである。作者はこの謎の提出については、充分な責任を負わなくてはならない。

では探偵小説の謎とは、どんなものであるか、これは意外さ、怪奇性、秘密性などを含むものであれば、何でも構わないものであるが、こういう内容の窮極は殺人の犯罪である。探偵小説の謎は殺人事件——殺人方法、殺人の動機、犯人または被害者の不明等、要するにその一つでも謎になり得るし、全部を組み合せたものでも謎になる。この中でも犯人が誰であるかは、読者の興味を最もそそる所で、これに殆んど不可能に近い殺人方法をとり入れ、巧みな殺人の動機を加えれば、謎の提出は勿論、探偵小説の構成としては先ず満点である。

この場合の殺人は計画的なものでなければならない。流しの強盗が忍び込んだ家で家人に発見されたために、殺人を犯したというような偶然的なものであってはならないのである。要するに狭義の探偵小説とは計画殺人事件の結果から説き初め、犯人と殺人方法を解決してゆく小説ということになる。

3　推理と解決

次はこの謎を中心に推理解剖を進めてゆく。多くの探偵小説では、ここで探偵が登場して現場の調査や関係者の訊問、屍体の解剖、指紋の顕出等となって、作者の意図する通りに事件を導き、嫌疑者の中から真犯人を探し出し、殺人方法や殺人の動機を探りあてて、最後に解決へと導いてゆく。これが探偵小説の常道的な行き方である。

誰が何時、何処で、誰を、いかなる方法で、何故に殺害したか？――この全貌が小説の結末に至って初めて読者に判明するように組立てることが、探偵小説の課題である。この組立てが完全であればある程、本格的な探偵小説ということが出来る。だから作者は、作品の隅々にまで寸分の隙もなく眼をくばり、その構成に矛盾のないよう注意して、最後に至って読者をアッと云わせるように仕向けねばならない。従って作品の途中で、事件の真相が読者に知れては、その作品は全く無味乾燥なものになってしまう。探偵小説は作者と読者との智慧比べ、競争である。

4　フェーア・プレーの問題

事件の真相を最後まで読者に判らせないでおくことは、実に難かしい仕事である。例えば犯人不明の場合など、読者はカンであててしまうし、殺人方法のトリックなども、眼の肥えた読者はすぐに見破ってしまう。一度読者に真相を知られると、作中の紙上名探偵が額に汗してコツコツ働いているのがいかにも馬鹿々々しくなって、読むに堪えない。

読者は裏へ裏へと推理をめぐらしてゆく。例えばここにＡＢＣ三人の嫌疑者のうち、ＡＢともアリバイに不備の点があったり嫌疑が濃厚であるのに、Ｃだけは人物も温厚で殺人など犯しそうもない小説があるとする。すると読者はすぐにＣが真犯人だと感づいてしまう。作者としてはＣを最後まで嫌疑外に置いて結末で真犯人だと断定したいのであるが、これでは何にもならない。そこでＡＢＣの何れをも殺人位やりかねぬ人物にするか、または反対に極く正直な人物に仮装させておくか、その他色々な方法を考える必要がある。これなど、ほんの一例である。

しかしこの場合作者の用意は、どこまでも合理的でなければならない。犯人が背の高い男であるとか、または左利きの女である場合に、現場の説明や事件の推理解剖中に一言も触れずにおいて、最後に至って初めて種あかしをするのではいけない。読者の記憶に残るように、ちゃんと手懸りを与えておかねばならない。例えばまた、事件の発生が降雨と密接な関係があるのに、小説の冒頭に一寸触れるだけで、その後は少しも述べようとはせず、解決の場合にそれを持ち出すようではいけないのである。こういう方法をとると、なるほど意外となって、真相を最後まで伏せておけるかも知れないが、卑怯な態度である。第一読者がこれでは満足しない。探偵小説にフェーア・プレーの問題が叫ばれる所以である。建築の鉄筋に鋲を打ち込むように、読者に提供すべき謎の材料は残らず示しておいてこそ、作者と読者との一騎打ちが始まるというものである。この意味で木々高太郎氏の長編「人生の阿呆」（版画荘刊）は、すべての謎が良心的に提出せられ、作者がその解決を読者に挑戦している。探偵小説愛好家の一度は読むべき作品である。

5　トリックのアリバイ

フェーア・プレーが創作上の感度の問題とすれば、次に技術上の問題としてはトリックとアリバイがある。トリックは一頃あたかも探偵小説の生命であるかの如く考えられたかの感があった。しかし現在では事情が変ってきているようである。勿論新奇独創、前人未踏のトリックを考案し、それに完全な殺人方法を結合させれば、理想的な探偵小説が出来上ることは云うまでもない、密室の殺人――つまり外部から犯人の侵入が全く不可能な部屋で、何等犯罪の痕跡も残さず殺人が行われるという事件など、トリックの最も役立つ例であろう。ただしトリックを扱う場合、ともするとその興味に走りすぎて全体の組立に無理を来し、フェーア・プレーに欠けるということのないよう注意すべきである。

アリバイ、即ち犯行の現場不在証明も探偵小説の大きな魅力である。犯人が偽アリバイを作り、探偵がそれを打破る苦心はクロフツの傑作「樽」を貫く中心テーマで、まさに本格探偵小説の白眉とされている。なお探偵小説に現われる探偵は、明察神の如き名探偵が多いが、この「樽」では如何なる些細な手懸りをもコツコツ探ってゆく現実的な探偵であるのも、この作品を堅実にさせている所以である。

6　変格小説と芸術性

以上所謂本格探偵小説といわれるものの概念を記してみた。しかし「新青年」はじめその他の雑誌や刊行書に見られる作品は、必ずしもこの公式通りに書かれてあるとは限らない。が、これはむしろ当然のことであって、同じ建築方法によっても出来上る家屋が違うのと等しい。もし傑作といわれる作品を仔細に吟味してみるなら、必ず謎、推理と展開、結末の三つの条件が備わっていて、それに様々な肉附けと衣裳とが施されていることを知るであろう。

ところで一方には変格探偵小説と呼ばれるものがある。この区別は勿論習慣的なものであるが、傾向から云うと夢野久作氏や江戸川乱歩氏の一部のものなどが、これである。事件の推理解剖などに主点を置かずに、他の要素例えばグロテスクな人物の行動などを興味の中心としてゆくもので、ミステリー小説といわれる黒岩涙香氏の多くの翻訳物や、犯罪小説、冒険小説の類なども、広く探偵小説に包括されている。これらを探偵小説と云うべきか否かは、かねて議論のある所であるが、本格的探偵小説の原則の変化、応用ともいう点で探偵小説の一部とすべきものと私は考えている。

探偵小説が厳密に三つの条件を守ってゆけば、登場する人物は常に仮面をかぶせられ、他の小説のように性格をあらわすことが出来なくなる。殊に犯人などはロボットの如き存在となってしまう。もし探偵小説がクロスワードパヅルの如き謎解き小説で終るべきものであったとしたら、文学的意味は甚だつまらないものになってくる。最近木々高太郎氏や野上徹夫氏等によって唱導される芸術的探偵小説は、探偵小説の文学化、性格化の問題として、ここに胚胎するものである。

7　探偵小説の参考書

探偵小説の理論的な指導書としては、私は先ず甲賀三郎氏の「探偵小説論」（末広書房近刊）をあげたいと思う。全体的な問題にわたって詳細に説明されてある良書である。なお短文ではあるが大下宇陀児氏の「探偵小説の構成と技術」（「日本現代文章講座」中。ただし「探偵春秋」本年二月号に再録されている）もよい参考となる。

現代日本の探偵小説を知るには江戸川乱歩氏選の「日本探偵小説傑作集」（春秋社発行）がある。これは日本探偵小説史でもあり、作家と作品目録表でもあり、殊に江戸川氏の書かれた「日本の探偵小説」という長論文は、探偵小説ファンの必読すべきものと信ずる。なお雑誌「シュピオ」（古今荘発行）の今年五月号は、木々高太郎氏の直木賞記念で同氏選になる諸作家の作品論文を特輯しているが、良心的な選択であり、これも見遁し得ないものの一つである。

この外、海外作家の紹介研究家として定評ある井上良夫氏の作家研究（雑誌「探偵春秋」に連載）や、野上徹夫氏、中島親氏等等の批評なども有益である。探偵小説の雑誌としては、「新青年」の外に「探偵倶楽部」（旧「ぷろふいる」を改題）「探偵春秋」「シュピオ」等があり、何れも探偵小説専門雑誌として新分野、新作家の開拓に努めている。

最後に「新青年」の新春増刊（本年二月発行）に「海外長篇探偵小説十傑」について諸家の回答があるので、その概要を転載してみる。「黄色の部屋の秘密」（ガストン・ルルウ作）「トレント最後の事件」（イー・シー・ベントレー作）「赤毛のレドメーン家」（イードン・フィルポッツ作）「グリーン家殺人事件」（ヴァン・ダイン作）「樽」（フリーマン・ウィルス・クロフツ作）「813」（モーリス・ルブラン作）「バスカービルの犬」（コナン・ドイル作）「僧正殺人事件」（ヴァン・ダイン作）「アクロイド殺し」（アガサ・クリスティ作）「モンパルナスの一夜」（ジョルジュ・シメノン作）「月長石」（ウィリアム・ウィルキー・コリンズ作）等、海外作家研究書としてはH・D・トムソンの「探偵作家論」（春秋社発行）があるから、併読すれば益する所が多いと思う。

アンケート

諸家の感想

一、創作、翻訳の傑作各三篇
二、最も傑出せる作への御感想
三、本年への御希望？

一、木々高太郎氏の「人生の阿呆」、海野十三氏の「深夜の市長」、久生十蘭氏の「金狼」など。翻訳はあまり読まないのでお答えする資格はないかも知れませんが、ヴァン・ダインの「紫館殺人事件」は、分かり易い翻訳なので印象づけられました。

二、「人生の阿呆」は、さまざまな意味で、考えさせられる作品であるとともに、また味わうべく、楽しむべき小説でした。殊に単行本の版画荘版で、この感を深くしました。「金狼」には最近の「新青年」を読む楽しみの大部分が懸けられてありました。妖気とも香気ともいえる、あの味が大きな魅力でした。

三、来年には探偵文学評論の活動を期待します。研究的余裕の多い探偵文壇には可能ですし、ヂャーナリズムに食われた通俗小説と違って、探偵文壇には必要な課題だと思います。これとは別に、匿名批評の功罪が論じられましたが、「毒気」のないサ鉄批評は読者が喜ばないし、また「指導性」の抜けた匿名評ほど、世に寒々しいものはないと思います。来年には胡鉄梅氏以上の権威ある批評家の出現を望むものです。

（『探偵春秋』第二巻第一号　一九三七年一月）

ハガキ通信

> 貴下が最初に感銘を受けた小説は？
> そして何歳頃のことですか？

「枯木」と「里見八犬伝」

「枯木」は確か本間久という人の自叙伝風の小説で厚さ一寸もある本でした。私と同郷（越後）らしく、附近の町が舞台になっているのも面白く、最後に落魄した主人公が日比谷の松本楼で毎晩コーヒーをすするという情景を、今でも覚えています。先年松本楼へコーヒーをのみにゆき、二十年来の宿望を果しその頃を追想しましたが、あまりおいしくなかった。

「八犬伝」は国民新聞に出た講談に味をしめ、幸田露伴さんの忠孝礼智信……の八冊本をこつこつ読みました。

何れも小学五六年の頃だったでしょう。

（『文学建設』第一巻第九号　一九三九年九月）

解題

横井司

1

現在、日本におけるミステリの公募新人賞は、書き下ろし長編が主流となっているが、第二次世界大戦前は、古くは雑誌『新趣味』や『新青年』が主宰していた時代から短編の公募が中心で、黎明期の頃は四百字詰原稿用紙二十枚程度という短さだった。長編ミステリを公募する賞は皆無といってもいい中で、数少ない例外が、春秋社が主宰した「長篇探偵小説懸賞募集」である。江戸川乱歩の『探偵小説四十年』（六一）によれば、一九三五（昭和一〇）年末に新聞広告が打たれ、「広く新作家の出現を促した」のだという（引用は『江戸川乱歩全集』第28巻、光文社文庫、二〇〇六から）。中島河太郎の『日本推理小説史』第三巻（東京創元社、九六）には、その募集要項と主旨が紹介されているが、それによれば〆切は翌年の一月十五日、規定枚数は四百字詰原稿用紙四〇〇～八〇〇枚で、選考委員は江戸川乱歩、甲賀三郎、大下宇陀児、森下雨村の四人だった。〆切までの期間が短かったにもかかわらず、何十編かの作品が集まり、編集部の下選考を経た十数編が選考委員に回され、その中から一等入選作として選ばれたのが、現在もなお戦前本格長編の収穫として名高い蒼井雄の『船富家の惨劇』である。そして多々羅四郎の『臨海荘事件』とともに第二等に選ばれたのが、北町一郎の『白日夢』であった。

蒼井雄の『船富家の惨劇』は、戦後になってたびたびリバイバルされている。多々羅四郎の『臨海荘事件』は、雑誌『幻影城』の一九七七年七〜八月号に、ほぼ四十年ぶりに再録された。ところが北町一郎の『白日夢』は、一九三六年に初版が刊行されて後、一度も復刊されたことがなく、まさに幻の長編となっていた。それが、刊行から八十年近く経って、ようやくここに再刊されることになったわけである。

2

北町一郎は本名を会田毅《あいだたけし》といい、一九〇七（明治四〇）年三月七日、新潟県に生まれた。七人兄弟の末っ子だったという。最初に感銘を受けた小説は、本間久の『枯木』（一九一〇）と幸田露伴校註の『南総里見八犬伝』（一〇〜一二）で、それが小学五、六年生の時だったという（「ハガキ通信」『文学建設』三九・九）。ミステリに関していえば、「学生のときポーの短篇集が英語のテキストに使われ」て、深く感銘を受けたと、アンケートで答えているから（『推理小説への招待』南北社、六〇・四）、おそらくはそれがこのジャンルに接した最初だろう。それからミステリを読み漁ったということもなく、むしろ詩歌や文芸評論の方に進むことになるのだが、そのきっかけは分からない。新潟商業学校から、福島高等商業学校（現・福島大学）に進み、その後、東京商科大学（現・一橋大学）に入学。福島高等商業在学中と思われる一九二八（昭和三）年、本名で詩集『手をもがれてゐる塑像』を上梓（発行者の北方詩人会の住所は「福島県安積郡豊田村」、作者の連絡先は「福島市外森合西養山・博隷華方気付」となっている）。その後、商科大に進んでからは、同校の本科会文芸部が発行していた同人誌『一橋《いっきょう》文芸』に、本名で評論や翻訳を寄稿。編集にも関わった。当時の『一橋文芸』には、瀬沼茂樹や伊藤整など、新興文学に関わる書き手が参集しており、北町がそうした新時代の世界文学の動向を直接肌で感じていたということは知っておいてよい。後に書かれる「作家志願」（三八）などは、そうした同時代の文学思潮に接した産物であると思われるからである。

『一橋文芸』に寄稿していた頃は、同時に、プロレタリア短歌運動の展開していた聖樹社の同人として新短歌の作歌にも関わっていたと思われる。『プロレタリア短歌集1929』（二九）や、『プロレタリア歌論集』（三〇）に、短歌や歌論を寄稿した他、聖樹社の歌集

『抛物線《ラ・パラボール》』（三〇）の編集にも加わっている。三〇年には本名で『転形期の詩論』、『新短歌の理論』などの評論を上梓。一九三二年には『詩と方法』という同人誌を創刊している（中野嘉一「回想・会田毅〈簇劉一郎〉――ユーモア小説作家　北町一郎と新短歌」『芸術と自由』九〇・一二）。この同人誌参加中に簇劉一郎《そうりゅういちろう》という筆名を使うようになっており、同年、簇名義で『新短歌論』をまとめている。この同じ年に商科大を卒業し、婦女界社に入社するが、その後も本名で、『社会教育パンフレット』第177輯として『テクノクラシー解説』（三三）を上梓するなどしたが、確認できた限りではそれを最後に、いわゆる純文学に関する活動からは身を引いたようだ。

それまで詩歌運動に参加してきた北町が、小説に手を染めるようになったのは、『サンデー毎日』が主宰していた大衆文芸の公募に「賞与日前後《ボーナス》」が入選してからのことである。このとき北町一郎という筆名を初めて使ったが、これは、本名の会田毅にせよ別名の簇劉一郎にせよ「どうも名前がかたいので」「友人N君が童話を書く時に使つていたのを、ハンコといつしよに貰いうけた」ものだそうで（「作者後記」『現代ユーモア文学全集／北町一郎集』、駿河台書房、五三・一二）、「友人N君」とは中村鎮《しずむ》であることが、中村の遺稿集『麵麭と葡萄』（七一）に寄せられた北町のあとがきから分かる（建築家の中村鎮《ちん》と同姓同名だが別人である。念のため）。ついで公刊されたのが、春秋社の懸賞に投じた『白日夢』（三六）で、これによって探偵作家としてのデビューを果たすわけだが、「賞与日前後」と『白日夢』の間にも様々な懸賞に投稿していたことが、「『サンデー毎日』懸賞小説出身作家達が大衆文学を語る座談会」（『懸賞界』三九・七／二〇～八／二〇）における発言で分かる。

「賞与日前後」について、「所謂大衆小説らしい小説を書いたのは、あれが始めて」と言う北町は、「詩と短歌の方は大分長くやつてゐますけれども、小説が書けるなんかと思つてもゐなかつたし、盲蛇におぢずといふやうな調子で、それも一晩で大部分書上げて、締切ぎり〳〵に書上げたのが当選したといふやうに、嘘みたいな話なんです」と回想している。そのあとで、春秋社の募集にふれて「これは苦しかつたね。六百枚近かつたから……。僕が懸賞を書いたのは、一月三十日の晩に書いた『サンデー』を皮切りに、一年間いろいろ書いたですね。最後に止めを刺したのが春秋社の書下し探偵小説だったです」と述べている。同席した村雨退二郎が「懸賞で一万円稼ぐ」というエピソードを話すと、やはり同席した鹿島孝二が「懸賞魔といふ渾名あつた」と暴露して、そのあと次のようなやりとりが交わされている（「海音寺」は時代作家の海音寺潮五郎である）。

海音寺　あれは本当だつたの？

北町　悲壮なる念願を懐いて、壮途半ばにして破れたのです。（笑声）一年間でやめたですよ。それに就ては翻然と悔悟する処があつたから。

鹿島　割に合はないと思つて？

北町　いや、一年間に書いたものは全部入選したのです。八回位あつたかね。僕が懸賞をやめたのは、金高そのものよりも書く作品が結局穴を狙ふ結果になるので非常に危険なことだと感じたからです。懸賞は作家を毒するんぢやないかな。

このときラジオの放送文芸にも応募して入選作が放送されたということもあったようだが、その他にどういう懸賞に応募したのかは不明である。また懸賞金のほとんどは「国の方の借金の為めに殆んど使つちまつたね」とも発言している。

一九三六年四月に『白日夢』が春秋社から刊行される。婦女界社に入社して「初めは営業部員であつたが、後に編集部にまわつた」そうで（前掲『現代ユーモア文学全集』「著者後記」）、春秋社の懸賞に授賞した頃はすでに編集部員だったと思われる。『白日夢』刊行前の同年一月号から「新版東京案内記」という読物記事を連載しているからだ。確認できた限りでは、これが『婦女界』への最初の署名記事となる。「その頃の婦女界社員には、社外の出版物に執筆することは好ましくないという内規があつたので、当然きついおとがめがあるだろうと覚悟していたら、社長の都河龍さんの好意で、かえつて社内の雑誌『婦女界』『婦人と修養』あとで『第一読物』に軽い連載物やシリーズ物を発表する機会を与えられた」と後に回想している（前掲『現代ユーモア文学全集』「著者後記」）。この言葉通り、『白日夢』刊行後、『婦女界』で「処女行進曲」というユーモア小説の連載を開始していることが確認できるが、それと並行して『サンデー毎日』や『探偵文学』、『ぷろふいる』へ寄稿しており、また『少女画報』の同年九月号から「鉄十字架の秘密」の連載を開始している。それだけでなく、同時に『ペンフロント』という「小説挿絵漫画研究」の同人誌（引用は第四号の表紙から）にも参加してユーモア小説を連載したりしているのだから、その健筆には驚かされる。

『ペンフロント』が何号まで続いたのか不詳だが、一九三九年からは、「新しい大衆文学」の方向を目指したグループによる同人誌『文学建設』の刊行が始まり、そちらにもエッセイや評論、大衆小説誌の書評などを執筆している。『文学建設』の同人には当初、乾信一郎、岡戸武平、奥村五十嵐《いがらし》（納言《なごん》恭平）、海音寺潮五郎、鹿島孝二、笹本寅、高橋鉄、玉川一郎、土屋光司、中沢坙夫《みちお》、光石介太郎、南沢十七、村雨退二郎、山田克郎、蘭郁二郎らが名を連ねており、時代歴史小説、ユーモア小説、探偵小説、SF小説など、多分野にわたる作家・翻訳家たちが参加していた。若狭邦男『探偵作家尋訪――八切止夫・土屋光司』（日本古書通信、二〇一〇）に掲載されている「土屋光司日記」には北町の名も見られ、当時の新進探偵作家がたびたび勉強会を開いていた経緯をうかがうことができ、興味が尽きない。

これらの同人活動や出版社勤務の傍ら、前掲の婦女界社の諸雑誌の他、『新青年』、『講談雑誌』、『ユーモアクラブ』などを中心に、探偵小説ないしスパイ小説やユーモア小説を発表。探偵小説の分野では、私立探偵の樽見樽平や新聞記者・立川大二郎といったキャラクターを創造し、健筆をふるった。一九三九年には「啓子と狷介《けんすけ》」を『婦女界』に一年にわたって連載。同作品は加筆の上、翌年刊行された。「白日夢の時よりはるかに、この本がうれしく、自分のものという気がした」という（前掲『現代ユーモア文学全集』「著者後記」）。この作品は第十一回（一九四〇年上期）の直木賞の候補になっており、そちらでは授賞を逸したものの、同じ年に、同作品とその他の作品により、第一回ユーモア文学賞（一九三六年七月に創設されたユーモア作家倶楽部が主宰）を受賞している。

翌四一年には『婦女界』の編集顧問に就任。同じ年に徴用を受け、十一月にマレー、スマトラ方面へと向かい、四三年まで陸軍報道班員としての任務に服した。この時、同時に徴用を受けたメンバーの中には、『文学建設』の同人として交際のあった海音寺潮五郎や、小栗虫太郎、井伏鱒二などがおり、井伏が徴用について書いた回想記『荻窪風土記』（八二）、『徴用中のこと』（九六）には北町の名前をみることができる。シンガポールではマレー語新聞の編集責任者に任命された北町は、「シンガポール陥落前、ジャバ、スマトラの民話の蒐集に心がけて」おり、「クルーアンの宿舎にゐたとき、スマトラには日本の『桃太郎、鬼ケ島征伐』によく似た民話があるさうだと云つた」そうで、現地の少女歌劇団のために「桃太郎」の台本を執筆し、使用されたことを伝えている（『徴用中のこと』。引用は中公文庫、二〇〇五から）。こうした徴用中の体験は、様々な従軍記として発表され、現地小説として結実することとなる。

一九三八年に帰国して後、婦女界社が「企業整備で解散することになり」、「一年近くかかつて清算事務を担当した」（前掲『現代ユーモア文学全集』「著者後記」）のち、千葉県へ転居して、そこで終戦を迎える。

終戦後は「文部省の嘱託となつて東京にうつり、混乱変貌してゆく東京生活を虎の門を中心に味わつた」が、「役人になりすます気は初めからないので、二年そこそこでやめさせてもらつた」という（前掲『現代ユーモア文学全集』「作者後記」）。その後、「学校保険関係の地味な出版をしている京都の東山書房の編集顧問を依頼された」（同右）。『毎日新聞（京都版）』連載の「ＫＹＯＴＯ・書林探訪」第23回では東山書房が取り上げられているが、そこでは「文部省にも人脈のあった」北町が「これからは学校での健康教育が大切」と考えて同社を設立したと書かれている（二〇一三年一〇月六日付に掲載）。北町によれば「私が寄稿していた京都の東山書房へ頼みこんで、新しい雑誌を発行してもらった」（「あとがき」『いろは失礼帳』東山書房、六九・一二）のが、同社から発刊された雑誌『季刊健康教室』（四八年九月創刊）であった。同誌は「提案者としての責任上、はじめの二〜三号をサンプル提供のような形で編集をするけれど、あとは適任者へリレーするつもりだった」（同右）が、結局その後三十五年の長きにわたって編集長を務め、学校保険・健康教育の普及に努めたという（『花咲北町』第一号［二〇〇二・一］に再録された自筆経歴の注記による）。また『まちへゆくバス』（四八）、『おもちゃのくに』（四九）などの絵本が北町名義で刊行されており、探偵小説関連では、戦前雑誌に発表したままだった長編『鉄十字架の秘密』（四七）を上梓、ユーモア探偵小説集『サンキュウ氏と眼鏡』（同）をまとめていることが、見逃せない。また一九五二年に結成されたユーモア作家クラブの会誌『ユーモア手帳』も同社から発行された。

『宝石』や『ロック』といった探偵雑誌の他、『キング』や『講談倶楽部』などの中間小説誌に健筆をふるい、一九五三年には、私立探偵・樽見樽平を復活させ、『ユーモア探偵局』（五四）、『探偵大いに笑う』（五五）の二冊をまとめている。また、江戸川乱歩が編集に乗り出した『宝石』に、「消えた花嫁」（五八）以下の北野公安委員シリーズを寄せ、五九年に単行本としてまとめている。このシリーズを上梓した後は、六二年の「一一〇番野郎」を最後に、ミステリ作品の発表は確認されていない。一九七九年には日本児童文学協会によって第二十一回の児童文学功労者として表彰されている。一九八五年、長年努めた東山書房を退職したが、そのまま創作の筆を執ることなく、一九九〇（平成二）年九月四日、永眠。享年八十三。

3

江戸川乱歩は後年、春秋社の長篇探偵小説募集を回想して、当初、北町一郎の『白日夢』を第一席に推していた甲賀三郎、大下宇陀児を説得して、蒼井雄の『船富家の惨劇』を第一席にした経緯を述べた後、次のように書いている。

本が出て見ると、私の予想通り、探偵読者には、蒼井君の作の方が好評であった。（略）しかし、一般には殆んど認められなかった。（略）これに反して二席の北町一郎君は、その後探偵小説に非ざる作品によって、たしか「サンデー毎日」に当選し、同誌出身作家として乗り出して来た。そして、戦前には流行作家の一人となっていたのである。（略）結局、一般的な作家としては、第二席の北町君が成功し、第一席の蒼井君が負けたのだが、この成行きを見て、一応は私の鑑賞眼が負けたような気がしたものである。しかし、私は当時も今も変りなく、蒼井君の「船富家の惨劇」程度の作であれば、小説として多少劣っていても、探偵小説としてはやはり採るべきだと思っている。そうしないと探偵小説が普通の小説になってしまう。私たちは探偵小説に普通の小説を求めているのではない。

（引用は『江戸川乱歩全集28／探偵小説四十年（上）』光文社文庫、二〇〇六から）

この乱歩の回想が災いして、『白日夢』は探偵小説味の薄弱な、小説としてうまいだけの作品という認識が、戦後のミステリ読者に共有されてしまった感は否めない。もっと端的にいえば、『白日夢』は本格探偵小説ではないと思われてしまい、それが作品の再評価を阻んできたように思われてならない。もちろん、北町一郎がユーモア作家として大成し、探偵小説的作品の印象がその蔭に隠れてしまったということも、ミステリ・ファンから北町の名前を忘れさせる一因となったことだろう。

　北町一郎自身は、いわゆる本格探偵小説を探偵小説本来の魅力を備えたものと、認識していた。これは読者としての認識だといってよい。それを自らの資質には合わないものと思った上で、探偵小説の可能性を追求してきた。ここに二巻本として刊行される『北町一郎探偵小説選』が、そうした作家活動の軌跡を見直すよすがとなれば幸いである。

　第一巻には、北町一郎の名を探偵小説史に刻む雄編『白日夢』を中心に、『新青年』に新進作家として登場するまでの探偵小説作品を集成した。乱歩のいわゆる「探偵読者」の間で毀誉褒貶相半ばした作風の、現在ではむしろ新鮮ともいえる魅力を味わっていただきたい。

　以下、本書に収録した各編について解題を付しておく。作品によっては内容に踏み込んでいる場合があるので、未読の方はご注意されたい。

4

〈創作篇〉

『白日夢』は、一九三六年四月二〇日に春秋社から刊行された。

　春秋社主催の長編探偵小説の懸賞募集に投じて、第二席に選ばれた作品。

『白日夢』の初刊本には『探偵春秋』と題したパンフレットが挿入され、甲賀三郎「好箇のミステリー小説」、大下宇陀児「『白日夢』の感想」というエッセイが掲載されていたとそうだが、未見。あるいは北町自身による受賞の言葉といった文章が掲載されていたかも知れない。乱歩のいわゆる「探偵読者」には『船富家の惨劇』の方が受け容れられたようで、その典型的な読後感としては以下のものがあげられる。

　春秋社の長篇の北町一郎氏の「白日夢」は、才筆だけでは良い探偵小説が書けないと云ふことを立証したい《ママ》見本だ。かうなると「船富家の惨劇」の方が断然、光つて来る。（蜂剣太郎「斜視線」『ぷろふいる』三六・

七）

とはいえ、必ずしも否定論ばかりではなく、好意評もまた見られたのである。中でも次に掲げる中島親《したし》の評は、バランスのとれたものであった。

最近、私は春秋社の「船富家の惨劇」と「白日夢」の二つの長篇を読んで、近来稀なる感銘に打たれたことを告白する。これは御世辞ではない。偽りのない正直な感じだ。そして、もつとハッキリ言ふならば、此の二つの長篇は現在の日本探偵文壇の水準を抜いてこそゐれ、決してそれ以下のものではないとさへ思はれる程だ。

（略）

北町一郎の「白日夢」は事件発展の形式と云ひ、その才筆と云ひ、正に大下宇陀児を髣髴たらしめる器用さだ。……早慶戦のウイニング・ボールの紛失に始つて相次いで起る殺人事件にからまつて恋愛あり、暗号あり、冒険あり、詩あり、ミステリーあり……と、波瀾万丈の面白さに筆者など夜を徹して読み耽つたことを告白する。論理的な精巧さは望めないとしても、大衆小説的な興味は満点だ。あらゆる人物描写の巧妙さ、感覚の新鮮さ、経験の豊富さ、これが此の作者の大きな武器であらう。たゞ、余りに事件が多彩多様であるために興味の中心点が散漫になるのは惜しいが、最近でのロング・ヒットたることは聊かの異存もない。

（「創作月評」『探偵文学』三六・七）

否定論としては、以下に引く無署名の文章のように、よほど腹に据えかねたのか、作品評ではなく人物攻撃のようなものも見られた。

春秋社懸賞当選の×××てのはありや何んだい。アンナ奴を当選さした選者も選者、又出版する奴もする奴だ。見ろ、一寸も売れないつて云ふぢやないか。会計士に小説が書けてたまるかい。口惜しかつたら書いて見ろ！（「クロス・アイ」『探偵春秋』三六・一〇）

「クロス・アイ」欄は、読者の投稿から選んだ文章で記事を構成されている。現在のネット上の匿名コメントに近い性格のものだといえよう。その点を考慮して読む必要はあるとしても、右のような感想を持った読者がいたこと自体は覚えておいて良かろう。これに対して翌月の同誌の連載コラム欄に次のような評が寄せられた。

本誌前号のクロス・アイ欄に北町一郎の「白日夢」の悪口が載つてゐる。いや、作品の悪口なら文句はないが、「会計士なんかに探偵小説が書けるものか」などゝいふ聞き捨てならぬ一句がある。批評もいい、悪口も結構だが、こんな筋道のたゝぬゲスな雑言を吐く奴があるか。いづれは若い奴等の悪タレとは思ふが気をつけろ。況して「白日夢」は懸賞当選作品として相当の作でもあり、その書いた意図は、探偵小説にはこんな書き方もあるのだぞと、本格派に対して真向から挑戦したらしい稚気横溢なところもあつて、愛すべき点もある。北町一郎なるもの、しよげるには及ばぬ。これを機会に奮然起つて見返してやれ。(遠路志内「マン・ホール」『探偵春秋』三六・一二)

「宝島通信」は、『探偵文学』一九三六年九月号(二巻九号)に、「新鋭新人集」の一編として掲載された。単行本に収められるのは今回が初めてである。

女護が島に流れ着いた野球チームの面々が遭遇する出来事を描いたナンセンス編で、戦後になって書かれるユーモア艶笑譚的な筆致を垣間見せている。

「五万円の接吻」は、『ぷろふいる』一九三六年一一月号(四巻一一号)に掲載された。単行本に収められるのは今回が初めてである。

ユーモア作家・北町一郎の本領発揮ともいえそうな一編だが、江戸川乱歩のいわゆる「探偵読者」には受け容れられなかったようだ。たとえば『ぷろふいる』の月評では以下のように手厳しく評されている。

ユーモア的探偵小説と編輯部で註文したのにユーモア小説を書いてきたさうな。ユーモア小説でも、こんな作品は他で採りにくいだらうし北町氏の作中でも賞められぬもの。(白牙「展望塔」『ぷろふいる』三六・一二)

また『探偵春秋』の月評でも次のように評されていた。

軽妙に書かれてあるが、破産しさうなボロ会社が、偶然な戦争の勃発で、一躍成金になると云ふ、新進らしからぬありふれたテーマを主題にしたもので、食ひ

たらぬうらみがある。（N・B・C「ヨー・ヨー」『探偵春秋』三六・一二）

これらに対して、『探偵文学』の月評子は、褒めてはいないけれども貶しっぱなしというわけでもない、バランスがとれた評だといえよう。

なんだかレヴユーの寸劇にでもありさうな安価な明朗篇、と云ふよりもナンセンス篇だ。叩いた蠅の脚がくつついて1と6にするといふのもお古く馬鹿〳〵しい。終りのハツピーエンドは尚更馬鹿々々しい。たゞ、此の人は筆がいゝので兎に角、スラ〳〵と読ましてくれるので助かる。題材次第では必ず素晴らしいものを書く人だと期待してゐる。（妖奇館主人「晴雨計」『探偵文学』三六・一二）

ナンセンスだという読みは、中島親も『探偵春秋』三七年二月号の月評欄で下している。後の「作家志願」の解題で引いておいたので、そちらを参照されたい。

「福助縁起」は、『探偵文学』一九三六年一二月号（二巻一二号）に掲載された。単行本に収められるのは今回が初めてである。

大下宇陀児や夢野久作が書きそうな、地方を舞台にした作品を思わせる一編。

本作品が掲載された際「編輯後記」において伊志田和郎が次のように書いている。

校正の二三作を読んだ。（略）「福助縁起」の北町一郎は非常に達者で、地方色とユーモアを浸み出させてなか〳〵味な作品だ

翌年の『探偵春秋』二月号で中島親が本作品に言及している。それについては、次の「作家志願」の解題で引いておいたので、参照されたい。

「作家志願」は、『探偵春秋』一九三八年二月号（三巻二号）に掲載された。単行本に収められるのは今回が初めてである。

本作品が掲載された際の編集後記「編輯だより」（無署名）では「北町一郎氏の『作家志願』一〇〇枚は、探偵小説形態としては珍らしい主題《テーマ》で吾々が起り得るであろ《ママ》うと考へてゐる筋《プロット》を操る迫力は、蓋し新しい問題を探偵文壇へ投げかけたものと云へよう《ママ》」と書かれている

が、これに対して「迫力が少ない」と月評したのが中島親である。

（探偵春秋）では北町一郎の「作家志願」を読んだ。これは探偵小説と思つて読むと、随分無駄の多いことを感ずる。この作者のものは今迄に殆んど全部読んで来てゐるが、どうもこの人は探偵小説の本質的な面白味といふものを本当に理解してないのではないかといふ気がしてならない。この人の作品で探偵小説の面白味の真髄に触れたものを私はまだ読んだことがない。長篇「白日夢」はミステリー大衆小説としては非常に面白いものであつたが論理的な面白味には、さして秀れてゐるとは言へず、「五万円の接吻」は単なるナンセンスであり、「福助縁起」は素人臭い読物でしかなかつた。勿論、これはこれで結構、色々な意味で小説としての面白味はあるのだけれどこれ等は探偵小説の真髄に触れた面白味ではなかつた。

「作家志願」も探偵小説としては、どうも迫力が少ない。だからといつて、この小説が駄目だといふのではない。新人としてはとても器用に書けてゐるし、大衆小説としての面白さで読める［。］とに角、この人は筆の立つ人だ。その為にかなり徳《ママ》をしてゐる人だ。要するに、「作家志願」は月並の作品といふ所に落ちる。（中島親「虫太郎と啓助の作品について」『シュピオ』三七・二）

『ぷろふいる』の月評は、小説の方法論的な視点から本作品の難点を分析していて、充実したものである。

作者は馬鹿に筆達者で、相当の文章は感じられるが、その達者さに純粋感がなく、材料が随分ごたごたした小説であると思つた。その為か、題名「作家志願」によつて表象される作の狙ひが、どうもはつきりしない。トリツクは例の「一人二役」で、陳腐は陳腐、無理は無理でも、探偵小説の場合、面白く読ませることが出来ない訳はないのであらうが、作者は、この短篇小説の材料でしかないストーリイを発展させる上に、登場人物の動きや心理描写をことごとく客観的視点に立つ三人称で描き、作者だけは如何なる人物をも俯瞰出来る立場に立つ所謂長篇小説的な「バーヅ・アイ・ヴイユウ」の手法を用ひ、これが寧ろ、失敗の因を為してゐるのではないかと考へた。この手法は、自由で且つ便利である為に、さまざまの所謂「不協和音」を生んで、作品全体を雑然たらしめてしまつたのである。一々例を挙げるのは困難だが、作者は「集中」を忘れてゐるやうに思はれた。主人公である詐欺師的な作家の秘密を最後迄謎として発展させる意図であるならば、――この問題は方法論となり、各自の独断や嗜好に委すべきで軽々に論ずべきではないが、――高野と云ふ雑誌編輯者一人に作の視点を集中して発展させて行けば、すつきりしたミステリイ・ストーリイになつたのではないかと愚考する。肝心の犯罪動機も肯けなかつた。卒《ママ》直な読後感を誌し、余儀なく数々の失言を連ねたが、筆者の意を諒とせられ、一層の精進を祈るものである。（探遊窟童子「破片」『ぷろふいる』三七・三）

先に「会計士に小説が書けてたまるかい」という匿名の投稿を批判した遠路市内は、本作品についてふれたコラムの冒頭でその点を意識しつつ、作者にエールを送っている。当時、探偵小説の文学性（芸術性）をめぐって議論されていたことも踏まえた状況論的な視座も見逃せない。

北町一郎は会計士であるに拘らず、前号本誌の「作家志願」ではなか〳〵骨のある処を見せてゐる。つまり彼は会計士であるが故に暢々と書けるのだとも云へよ《ママ》う。彼は慥かに雪辱した。懸賞当選の作「白日夢」は幾分たどたどした処はあつたにしても本格探偵小説に挑戦しよ《ママ》うとした努力と意気とははつきりと覗はれる。探偵小説を芸術作品にしよ《ママ》うとした若々しい意図は最近頓に喧しくなつた探偵芸術論と相俟つて昨年中の相当な収穫であつたと云はねばならぬ。前にも度々云つたやうに芸術か非芸術か等は全く冗々《クドクド》云ふがものはない。傑作なら探偵小説だつて大芸術でもあり得よ《ママ》うし、駄作なら純文学だつて芸術でも何でもありはせぬ。「作歌志願」も探偵小説であるか又は全く別のものであるか、そんな議論の起るのもこの作がまだその何れにも属してゐない、換言すれば右でもない、左でもない、所に欠点があるのでビク〳〵せずに行きたい処へ行つてみせるといふ元気でやれば、この人は或る処までは行けるだらう。よい加減に白日の夢から覚めてほんとうの作家志願がして欲しい。（遠路市内「マン・ホール」『探偵春秋』三七・三）

また『ぷろふいる』の月評でも、短いながら好意的に評されている。

　北町一郎の「作家志願」では、この作家の持ち味をいよ〳〵発輝《ママ》して来た。一流大家の遺りツ放しな作品より、どれだけ有難いか知れない。しかし、所謂探偵小説ファン連中には、こんな味のものは余り歓迎されないかも知れない。（朝霧探太郎「噴水塔」『ぷろふいる』三七・四）

「**聖骸布**」は、『新青年』一九三八年四月号（一九巻五号）に掲載された。単行本に収められるのは今回が初めてである。

「新進作家傑作集」として、蘭郁二郎「エメラルドの女主人」、高橋鉄「浦島になつた男」、赤沼三郎「寝台」、光石介太郎「魂の貞操帯」とともに目次を飾った一編。キリストの聖骸布という、かなり特異な題材を扱った異色作。小栗虫太郎の新伝奇小説を連想させなくもない。

この時期になると、『ぷろふいる』（三七年四月号で終刊）や『探偵春秋』（三七年八月号で終刊）、『シュピオ』（三八年四月号で終刊）など、これまで月評を引いてきた諸雑誌は軒並み廃刊しているため、「聖骸布」に対する同時代の探偵小説ファンの評価を知る術がないのは残念である。

　なお、初出時の編集後記「編輯だより」では、A記者という署名で次のように書かれていた。

◇小説欄はグツと眼先を変へて次の探偵小説に活躍すべき五人の作家にお願ひして見た。探偵小説はこれまで単に猟奇とか怪異を追ふ不健全な趣味と誤解され勝ちであつたが、矢張りその底に人生と四つに取組んだ何者かゞなければ発達のしやう筈がない。五篇のそれ〴〵の中に、その芽を見つけて頂くのは諸君の鑑定に俟つのみである［〇］

〈評論・随筆篇〉

「**虫太郎と高太郎**」は、一九三六年五月発行の『ペンフロント』第四号（二巻二号）に掲載された。単行本に収められるのは今回が初めてである。

「**苦労あのテこのテ**」は、『ぷろふいる』一九三六年一〇月号（四巻一〇号）に、「苦労話五題」の内「創作苦労話」として掲載された。単行本に収められるのは今回が初めてである。

「現代の名文として、放送の時は思はず泣かされた『兵に告ぐ』」とは、同年の二月に起きた二・二六事件の際に、二九日にラジオで流された勧告文のこと。ここで言及されている大久保弘一少佐は、後に中佐としてマレー軍の宣伝班長に着任しており、陸軍に徴用されて南方に向かった文学者たちがまとめた井伏鱒二・海音寺潮五郎現地編輯『マライの土』（四三）に序文を寄せている。

海野十三の『深夜の市長』（三六）出版記念会は一九三六年七月二十四日に行なわれた。列席した面々のうち、辰野とあるのは辰野九紫のことであろう。

『白日夢』の創作苦心談は「外の雑誌に書いたこともある」と記しているが、該当する雑誌を見つけられず、不詳。

「**探偵小説の作り方**」は、『懸賞界』一九三七年六月号（三巻六号）に、「作法・指導講座」の一編として掲載された。単行本に収められるのは今回が初めてである。

甲賀三郎の『探偵小説論』が末広書房から近刊となっているが、これは未刊のままとなった。また、『ぷろふいる』の改題誌として『探偵倶楽部』の名が挙げられているが、同誌が発行された形跡は見られない。誌名を改題することを謳ったものの、結局、三七年四月号をもって終刊となったと目されている。ジョルジュ・シメノンGeorges Simenon（一九〇三～八九、白）の『モンパルナスの一夜』とは、現在『男の首』*Le tête d'um homme*（三一）として知られている作品が三三年に映画化され、それが日本に入ってきた時の邦題である（正確には『モンパルナスの夜』）。

アンケートとして再録したもののうち、「**諸家の感想**」は『探偵春秋』一九三八年一月号（二巻一号）に、「**ハガキ通信**」は『文学建設』一九三九年九月号（一巻九号）に掲載された。いずれも単行本に収められるのは今回が初めてである。「諸家の感想」であげているヴァン・ダインS. S. Van Dine（一八八七～一九三九、米）の「紫館殺人事件」は、現在『誘拐殺人事件』*The Kidnap Murder Case*（三六）として知られている作品。「紫館」という邦題では、『探偵春秋』一九三六年一一～一二月号に露下弴《つゆしたとん》（伴大矩《ばんだいく》の別名）によって訳載された。

著作権継承者の会田文子氏から資料を提供していただきました。記して感謝いたします。

［解題］**横井 司**（よこい つかさ）
1962年、石川県金沢市に生まれる。大東文化大学文学部日本文学科卒業。専修大学大学院文学研究科博士後期課程修了。95年、戦前の探偵小説に関する論考で、博士（文学）学位取得。共著に『本格ミステリ・ベスト100』（東京創元社、1997）、『日本ミステリー事典』（新潮社、2000）、『本格ミステリ・フラッシュバック』（東京創元社、2008）、『本格ミステリ・ディケイド300』（原書房、2012）など。現在、専修大学人文科学研究所特別研究員。日本推理作家協会・本格ミステリ作家クラブ会員。

北町一郎探偵小説選《きたまちいちろうたんていしょうせつせん》 I　〔論創ミステリ叢書79〕

2014年9月20日　初版第1刷印刷
2014年9月30日　初版第1刷発行

著　者　北町一郎
監　修　横井　司
装　訂　栗原裕孝
発行人　森下紀夫
発行所　論 創 社
〒101-0051 東京都千代田区神田神保町2-23 北井ビル
電話 03-3264-5254　振替口座 00160-1-155266
http://www.ronso.co.jp/

印刷・製本　中央精版印刷

Printed in Japan　ISBN978-4-8460-1361-5

論創ミステリ叢書

①平林初之輔Ⅰ
②平林初之輔Ⅱ
③甲賀三郎
④松本泰Ⅰ
⑤松本泰Ⅱ
⑥浜尾四郎
⑦松本恵子
⑧小酒井不木
⑨久山秀子Ⅰ
⑩久山秀子Ⅱ
⑪橋本五郎Ⅰ
⑫橋本五郎Ⅱ
⑬徳冨蘆花
⑭山本禾太郎Ⅰ
⑮山本禾太郎Ⅱ
⑯久山秀子Ⅲ
⑰久山秀子Ⅳ
⑱黒岩涙香Ⅰ
⑲黒岩涙香Ⅱ
⑳中村美与子
㉑大庭武年Ⅰ
㉒大庭武年Ⅱ
㉓西尾正Ⅰ
㉔西尾正Ⅱ
㉕戸田巽Ⅰ
㉖戸田巽Ⅱ
㉗山下利三郎Ⅰ
㉘山下利三郎Ⅱ
㉙林不忘
㉚牧逸馬
㉛風間光枝探偵日記
㉜延原謙
㉝森下雨村
㉞酒井嘉七
㉟横溝正史Ⅰ
㊱横溝正史Ⅱ
㊲横溝正史Ⅲ
㊳宮野村子Ⅰ
㊴宮野村子Ⅱ
㊵三遊亭円朝
㊶角田喜久雄
㊷瀬下耽
㊸高木彬光
㊹狩久
㊺大阪圭吉
㊻木々高太郎
㊼水谷準
㊽宮原龍雄
㊾大倉燁子
㊿戦前探偵小説四人集
(別)怪盗対名探偵初期翻案集
(51)守友恒
(52)大下宇陀児Ⅰ
(53)大下宇陀児Ⅱ
(54)蒼井雄
(55)妹尾アキ夫
(56)正木不如丘Ⅰ
(57)正木不如丘Ⅱ
(58)葛山二郎
(59)蘭郁二郎Ⅰ
(60)蘭郁二郎Ⅱ
(61)岡村雄輔Ⅰ
(62)岡村雄輔Ⅱ
(63)菊池幽芳
(64)水上幻一郎
(65)吉野賛十
(66)北洋
(67)光石介太郎
(68)坪田宏
(69)丘美丈二郎Ⅰ
(70)丘美丈二郎Ⅱ
(71)新羽精之Ⅰ
(72)新羽精之Ⅱ
(73)本田緒生Ⅰ
(74)本田緒生Ⅱ
(75)桜田十九郎
(76)金来成
(77)岡田鯱彦Ⅰ
(78)岡田鯱彦Ⅱ
(79)北町一郎Ⅰ

論創社